S·E·C·R·E·T

L. MARIE ADELINE

S·E·C·R·E·T

Μυθιστόρημα

ΜΕΤΑΦΡΑΣΗ
Νίνα Μπούρη

ΤΡΙΤΗ ΕΚΔΟΣΗ

ΕΚΔΟΣΕΙΣ ΠΑΤΑΚΗ

ΣΥΓΧΡΟΝΗ ΞΕΝΗ ΛΟΓΟΤΕΧΝΙΑ

Εκδόσεις Πατάκη – Ξένη λογοτεχνία
Σύγχρονη ξένη λογοτεχνία – 287
L. Marie Adeline, *S.E.C.R.E.T.*
Τίτλος πρωτοτύπου: *S.E.C.R.E.T.*
Μετάφραση: Νίνα Μπούρη
Υπεύθυνος έκδοσης: Κώστας Γιαννόπουλος
Επιμέλεια-Διόρθωση: Μαρία Σεβαστιάδου
Σελιδοποίηση: Παναγιώτης Βογιατζάκης
Φιλμ-Μοντάζ: Κέντρο Γρήγορης Εκτύπωσης

Πρώτη έκδοση στην ελληνική γλώσσα από τις Εκδόσεις Πατάκη, Αθήνα, Μάιος 2013
Ακολούθησε η ανατύπωση Ιουνίου 2013
Η παρούσα είναι η τρίτη εκτύπωση, Ιούλιος 2013
ΚΕΤ 8417 ΚΕΠ 547/13
ISBN 978-960-16-4977-1

ΕΚΔΟΣΕΙΣ ΠΑΤΑΚΗ

ΠΑΝΑΓΗ ΤΣΑΛΔΑΡΗ (ΠΡΩΗΝ ΠΕΙΡΑΙΩΣ) 38, 104 37 ΑΘΗΝΑ,
ΤΗΛ.: 210.36.50.000, 210.52.05.600, 801.100.2665, ΦΑΞ: 210.36.50.069
ΚΕΝΤΡΙΚΗ ΔΙΑΘΕΣΗ: ΕΜΜ. ΜΠΕΝΑΚΗ 16, 106 78 ΑΘΗΝΑ, ΤΗΛ.: 210.38.31.078
ΥΠΟΚΑΤΑΣΤΗΜΑ: ΚΟΡΥΤΣΑΣ (ΤΕΡΜΑ ΠΟΝΤΟΥ - ΠΕΡΙΟΧΗ Β΄ ΚΤΕΟ),
570 09 ΚΑΛΟΧΩΡΙ ΘΕΣΣΑΛΟΝΙΚΗΣ, ΤΗΛ.: 2310.70.63.54, 2310.70.67.15, ΦΑΞ: 2310.70.63.55
Web site: http://www.patakis.gr • e-mail: info@patakis.gr, sales@patakis.gr

Στη Νίτα

[ΚΕΦΑΛΑΙΟ ΕΝΑ]

Οι ΣΕΡΒΙΤΟΡΕΣ ΕΙΝΑΙ ΕΞΠΕΡ στη γλώσσα του σώματος. Το ίδιο και οι παντρεμένες που μένουν κάτω από την ίδια στέγη με οξύθυμους αλκοολικούς. Εγώ είχα υπάρξει και τα δύο: και σύζυγος επί δεκατέσσερα χρόνια και σερβιτόρα επί σχεδόν τέσσερα. Ήταν κομμάτι της δουλειάς μου να ξέρω, μερικές φορές πριν και από τους ίδιους τους πελάτες, τι ήθελαν. Το ίδιο μπορούσα να κάνω και με τον πρώην σύζυγό μου: να προβλέπω τι ακριβώς ήθελε από την πρώτη στιγμή που πατούσε το πόδι του στο σπίτι. Αλλά κάθε φορά που επιχειρούσα να αξιοποιήσω αυτήν τη δεξιότητα για τον εαυτό μου, να προβλέψω τις δικές μου ανάγκες, δεν τα κατάφερνα.

Δεν το είχα σκοπό να γίνω σερβιτόρα. Ποιος το έχει άλλωστε; Έπιασα δουλειά στο Café Rose μετά τον θάνατο του πρώην μου. Και στα τέσσερα χρόνια που ακολούθησαν, ενώ περνούσα από τη θλίψη στην οργή και από κει σ' ένα είδος μουδιασμένης αναμονής, περίμενα και εξυπηρετούσα. Τους ανθρώπους, τον χρόνο, τη ζωή. Παρ' όλα αυτά, εδώ που τα λέμε, μου άρεσε η δουλειά μου. Όταν δουλεύεις σε κάποιο μαγαζί όπως το Café Rose σε μια πόλη σαν τη Νέα Ορλεάνη, έχεις τους τακτικούς σου πελάτες, έχεις τους αγαπημένους σου, έχεις και μερικούς που προσπαθείς να τους πασάρεις στις συναδέλφους σου. Η Ντελ δεν ήθελε με τίποτα να εξυπηρετεί τους εκκεντρικούς της περιοχής, επειδή δεν άφηναν καλά φιλοδωρήματα. Από αυτούς όμως κρυφάκουγα τις καλύτερες ιστορίες. Έτσι, κάναμε μια συμφωνία. Θα αναλάμβανα εγώ τους εκκεντρικούς και τους μουσικούς αν εκείνη εξυπηρετούσε τους φοιτητές ή όποιον ερχόταν με μωρά και καρότσια.

Οι πιο αγαπημένοι μου ήταν τα ζευγάρια, και ειδικά ένα συγκεκριμένο ζευγάρι. Ίσως ακούγεται κάπως περίεργο, αλλά κάθε φορά που έρχονταν, ένιωθα το στομάχι μου να σφίγγεται. Η γυναίκα κόντευε τα σαράντα και είχε την ομορφιά που έχουν μερικές Γαλλίδες: λαμπερό δέρμα, κοντά μαλλιά, και παρ' όλα αυτά έναν αδιαμφισβήτητο αέρα θηλυκότητας. Ο φίλος της, ο άντρας με τον οποίο ερχόταν πάντα, είχε έντιμο πρόσωπο και καστανά κοντοκουρεμένα μαλλιά. Ήταν ψηλός, με αδύνατο και λυγερό κορμί και λίγο μικρότερός της, νομίζω. Κανένας από τους δύο δε φορούσε βέρα, οπότε δεν ήμουν σίγουρη για το ποια ακριβώς ήταν η φύση της μεταξύ τους σχέσης. Όποια κι αν ήταν όμως, ήταν σίγουρα ερωτική. Έδειχναν πάντα λες και είχαν μόλις κάνει σεξ ή σαν να είχαν σκοπό να πάνε να το κάνουν αφού πρώτα τσιμπολογούσαν κάτι στα γρήγορα.

Κάθε φορά που κάθονταν, είχαν τη συνήθεια να κάνουν το εξής: ο άντρας ακουμπούσε τους αγκώνες του στο τραπέζι, σηκώνοντας τα χέρια του μπροστά της, με τις παλάμες στραμμένες προς το μέρος της. Εκείνη περίμενε λίγο και μετά ακουμπούσε μαλακά τους αγκώνες της εμπρός από τους δικούς του και κρατούσαν έτσι τα χέρια τους, με τις παλάμες ανοιχτές σε απόσταση λίγων εκατοστών, λες και υπήρχε κάποια ήρεμη δύναμη που τους εμπόδιζε να αγγιχτούν – για μια στιγμή μονάχα, προτού η χειρονομία γίνει γλυκανάλατη ή προλάβει να την προσέξει κάποιος άλλος εκτός από μένα. Ύστερα έπλεκαν τα δάχτυλά τους. Της φιλούσε ένα ένα τα ακροδάχτυλα, που τώρα πλαισιώνονταν από την ανάστροφη της παλάμης του. Πάντα από τα αριστερά προς τα δεξιά. Εκείνη χαμογελούσε. Όλα αυτά γίνονταν γρήγορα, πάρα πολύ γρήγορα, και μετά χώριζαν τα χέρια τους κι έλεγχαν τον κατάλογο. Κοιτάζοντάς τους, ή μάλλον προσπαθώντας να τους κοιτάζω χωρίς να καρφώνομαι, ξυπνούσε μέσα μου μια βαθιά οικεία λαχτάρα. Αισθανόμουν αυτό που ένιωθε εκείνη, θαρρείς και το χέρι του χάιδευε το δικό μου χέρι, τον πήχη μου, τον καρπό μου.

Η ζωή που ζούσα δεν είχε τέτοιες επιθυμίες. Η τρυφερότητα μου ήταν άγνωστη. Το ίδιο και η λαχτάρα. Ο πρώην σύζυγός μου, ο Σκοτ, μπορούσε να γίνει καλός και γενναιόδωρος όταν ήταν νηφάλιος, αλλά προς το τέλος, όταν είχε γίνει υποχείριο του ποτού, μόνο έτσι δεν ήταν. Όταν πέθανε, έκλαψα για τον πόνο που είχε νιώσει και τον πόνο που είχε προκαλέσει, αλλά δε μου έλειψε. Ούτε τοσοδά. Κάτι ατρόφησε μέσα μου, ύστερα πέθανε, και προτού το καταλάβω, πέρασαν πέντε χρόνια χωρίς να κάνω σεξ. *Πέντε Χρόνια*. Συχνά φανταζόμουν αυτή την τυχαία αγαμία σαν κοκαλιάρικο γέρικο σκυλί, που δεν είχε άλλη επιλογή από το να με ακολουθεί. Η Πέντε Χρόνια ερχόταν μαζί μου όπου κι αν πήγαινα, με τη γλώσσα κρεμασμένη έξω, τριποδίζοντας. Όταν δοκίμαζα ρούχα, η Πέντε Χρόνια άσθμαινε ξαπλωμένη στο πάτωμα του δοκιμαστηρίου, και τα γυαλιστερά της μάτια περιγελούσαν την απόπειρά μου να φανώ ομορφότερη μέσα σ' ένα καινούριο φουστάνι. Επίσης στρογγυλοκαθόταν κάτω από το τραπέζι σε κάθε χλιαρό ραντεβού που πήγαινα, σωριασμένη στα πόδια μου.

Κανένα από αυτά τα ραντεβού δεν είχε οδηγήσει σε σχέση κανενός είδους. Στα τριάντα πέντε μου είχα αρχίσει να πιστεύω πως «αυτό» δε θα μου ξανασυνέβαινε ποτέ. Η ιδέα να με θέλουν, να με ποθούν έτσι όπως ποθούσε αυτός ο άντρας εκείνη τη γυναίκα, φάνταζε σαν κάτι βγαλμένο από ξένη ταινία σε μια γλώσσα που δε θα μάθαινα ποτέ, με υπότιτλους που γίνονταν ολοένα και πιο θολοί.

«Τρίτο ραντεβού...» μουρμούρισε το αφεντικό μου, ξαφνιάζοντάς με.

Στεκόμουν δίπλα στον Γουίλ πίσω από τη βιτρίνα με τα γλυκά, όπου εκείνος σκούπιζε τα άλατα του πλυντηρίου από τα ποτήρια. Είχε προσέξει ότι κοιτούσα το ζευγάρι. Κι εγώ πρόσεξα τα χέρια του, όπως έκανα πάντα. Φορούσε καρό πουκάμισο με τα μανίκια γυρισμένα έως τους αγκώνες, και οι πήχεις του ήταν μυώδεις και καλυμμένοι από απαλές τρίχες, που είχαν ξανθύνει από τον ήλιο. Παρόλο που ήμαστε φίλοι, κάπου κάπου με τάραζε λίγο η σεξουαλικότητά του, που μεγεθυνόταν από το γεγονός ότι δεν είχε καμία επίγνωση του πόσο σέξι ήταν.

«Ίσως το πέμπτο ραντεβού... Τι λες κι εσύ; Τόσο δεν περιμένουν οι γυναίκες προτού κοιμηθούν με αυτόν που βγαίνουν;»

«Πού να ξέρω;»

Ο Γουίλ με κοίταξε απαυδισμένος με τα σκούρα μπλε μάτια του. Δεν άντεχε πια την γκρίνια μου που δεν έβρισκα γκόμενο.

«Αυτοί οι δύο ήταν έτσι από την πρώτη μέρα» πρόσθεσα, ρίχνοντας ξανά μια ματιά στο ζευγάρι μου. «Θέλουν πάρα πολύ ο ένας τον άλλο».

«Τους δίνω έξι μήνες» αποκρίθηκε ο Γουίλ.

«Κυνικέ...» αντιγύρισα κουνώντας το κεφάλι.

Το συνηθίζαμε αυτό, να κάνουμε εικασίες για τη σχέση μεταξύ δύο πελατών. Ήταν το παιχνίδι μας, κάτι για να περνάει η ώρα.

«Εντάξει. Για κοίτα εκεί. Βλέπεις εκείνο τον γέρο που μοιράζεται μια μερίδα μύδια με την κοπελίτσα;» μου είπε δείχνοντάς μου διακριτικά με το σαγόνι του ένα άλλο ζευγάρι.

Εγώ τέντωσα τον λαιμό μου, προσπαθώντας να μη φανεί ότι κοιτούσα εξεταστικά έναν άντρα που καθόταν με μια πολύ μικρότερή του κοπέλα.

«Στοίχημα πως είναι η κόρη του καλύτερού του φίλου...» συνέχισε ο Γουίλ χαμηλώνοντας τη φωνή του. «Επιτέλους πήρε το πτυχίο της Νομικής, κι αυτός θέλει να την πάρει ως ασκούμενη στο δικηγορικό του γραφείο. Αλλά τώρα που έκλεισε τα είκοσι ένα, εκείνος έχει σκοπό να της την πέσει...»

«Μπλιαχ... Θα μπορούσε να είναι κόρη του!»

Ο Γουίλ ανασήκωσε τους ώμους.

Κοίταξα ολόγυρα στον χώρο, που για Τρίτη απόγευμα ήταν αναπάντεχα γεμάτος. Του έδειξα ένα άλλο ζευγάρι στη γωνία, που τώρα τέλειωνε το φαγητό του.

«Λοιπόν, τους βλέπεις εκείνους τους δύο;»

«Ναι».

«Μου φαίνεται πως είναι έτοιμοι να χωρίσουν» είπα, και ο Γουίλ μού έριξε ένα βλέμμα θαρρείς και η φαντασία μου κάλπαζε. «Τα βλέμματά τους δε διασταυρώνονται σχεδόν καθόλου, ενώ μόνο αυτός παράγγειλε επιδόρπιο. Του πήγα δύο σερβίτσια, αλλά εκείνος δεν της πρόσφερε ούτε κουταλιά. Κακό σημάδι...»

«Αυτό είναι πάντα κακό σημάδι. Ένας άντρας πρέπει *πάντα* να μοιράζεται το επιδόρπιό του...» αποκρίθηκε εκείνος κλείνοντάς μου το μάτι. Χαμογέλασα. «Να σου πω... Μήπως μπορείς να σκουπίσεις εσύ τα υπόλοιπα ποτήρια; Πρέπει να πάω να πάρω την Τρεϊσίνα. Πάλι χάλασε το αμάξι της...»

Η Τρεϊσίνα ήταν η βραδινή σερβιτόρα με την οποία τα είχε ο Γουίλ εδώ κι έναν χρόνο, αφού πρώτα μου ζήτησε να βγούμε και δεν κατάφερε τίποτα. Στην αρχή με κολάκεψε το ενδιαφέρον του για μένα, όμως δεν ήμουν σε θέση να κάνω κάτι γι' αυτό. Χρειαζόμουν έναν φίλο περισσότερο απ' όσο είχα ανάγκη να βγω με το αφεντικό μου. Επιπλέον, στο τέλος μπήκαμε τόσο βαθιά στη ζώνη της φιλίας, ώστε, παρά την έλξη που ένιωθα για κείνον, δε μου ήταν πλέον τόσο δύσκολο να κρατήσω τη σχέση μας πλατωνική... εκτός από σπάνιες περιπτώσεις, όταν τον τσάκωνα να δουλεύει έως αργά στο πίσω γραφείο, με το επάνω κουμπί του πουκάμισου ξεκούμπωτο και τα μανίκια σηκωμένα, και να περνάει τα δάχτυλά του μέσα από τα πυκνά γκρίζα μαλλιά του. Αλλά το ξεπερνούσα.

Ύστερα άρχισε να βγαίνει με την Τρεϊσίνα. Κάποια φορά τον κατηγόρησα ότι την προσέλαβε απλώς για να βγει μαζί της.

«Και λοιπόν; Είναι από τα λίγα πλεονεκτήματα του να είσαι το αφεντικό» αντιγύρισε.

Αφού ξεμπέρδεψα με τα ποτήρια, έκανα τον λογαριασμό του ζευγαριού και πλησίασα αργά το τραπέζι τους. Τότε παρατήρησα για πρώτη φορά το βραχιόλι της γυναίκας, μια χοντρή χρυσή αλυσίδα στολισμένη με μικρά χρυσά κρεμαστά κοσμήματα.

Ήταν πολύ ασυνήθιστο, ανοιχτοκίτρινο με ματ σατινέ φινίρισμα. Τα κρεμαστά από τη μια πλευρά είχαν χαραγμένους λατινικούς αριθμούς και από την άλλη λέξεις που δεν μπορούσα να διακρίνω. Είχε καμιά δεκαριά κρεμαστά στην αλυσίδα. Ο άντρας φαινόταν συνεπαρμένος από το κόσμημα. Περνούσε τα δάχτυλά του μέσα από τα κρεμαστά ενώ χάιδευε τον καρπό και τον πήχη της και με τα δυο του χέρια. Το άγγιγμά του ήταν σταθερό, κτητικό, με έναν τρόπο που μου προκάλεσε έναν κόμπο στον λαιμό και ανέβασε τη θερμοκρασία σ' ένα μέρος πίσω από τον αφαλό μου. *Πέντε Χρόνια.*

«Ορίστε» τους είπα, και η φωνή μου ανέβηκε κατά μία οκτάβα. Ακούμπησα τον λογαριασμό σ' ένα σημείο του τραπεζιού που δεν καλυπτόταν από τα άκρα τους.

Εκείνοι ξαφνιάστηκαν από την παρουσία μου.

«Α, ευχαριστούμε!» αποκρίθηκε η γυναίκα ισιώνοντας την πλάτη της.

«Ήταν όλα καλά;» ρώτησα. Γιατί τους ντρεπόμουν;

«Τέλεια, όπως πάντα!» απάντησε εκείνη.

«Ήταν υπέροχα, ευχαριστούμε» συμπλήρωσε ο άντρας κι έψαξε να βρει το πορτοφόλι του.

«Άσε με να κεράσω εγώ αυτήν τη φορά. Πάντα εσύ πληρώνεις...» Η γυναίκα έγειρε στο πλάι, έβγαλε το πορτοφόλι από την τσάντα της και μου έδωσε μια πιστωτική κάρτα. Το βραχιόλι της κουδούνιζε. «Ορίστε, χρυσό μου».

Είχαμε περίπου την ίδια ηλικία και με φώναζε «χρυσό μου»; Ας όψεται η αυτοπεποίθησή της. Όταν πήρα την κάρτα, μου φάνηκε πως είδα φευγαλέα μια ανησυχία στη ματιά της. Μήπως είχε προσέξει το λεκιασμένο καφέ πουκάμισο της δουλειάς; Εκείνο που φορούσα πάντα επειδή είχε το ίδιο χρώμα με το φαγητό που κατέληγε πάνω του; Ξαφνικά είχα συναίσθηση της εμφάνισής μου. Επίσης αντιλήφθηκα ότι δε φορούσα μακιγιάζ. Ω Θεέ μου, για να μη μιλήσω για τα παπούτσια μου – καφέ και ίσια. Χωρίς καν ψηλές κάλτσες – φορούσα σοσόνια, αν το χωράει ο νους σας. Τι είχα πάθει; Πότε είχα γίνει μια μεσήλικη ασουλούπωτη κακομοίρα πριν την ώρα μου;

Τα μάγουλά μου έκαιγαν ενώ απομακρυνόμουν, χώνοντας την κάρτα στην τσέπη της ποδιάς μου. Πήγα κατευθείαν στην τουαλέτα για να ρίξω κρύο νερό στο πρόσωπό μου. Έστρωσα την ποδιά μου και κοιτάχτηκα στον καθρέφτη. Φορούσα καφέ ρούχα επειδή ήταν πρακτικό. Δε γίνεται να φοράω φουστάνια. Σερβιτόρα είμαι. Κι όσο για την τσαπατσούλικη αλογοουρά μου, είμαι υποχρεωμένη να έχω τα μαλλιά πιασμένα. Έτσι επιτάσσει ο κανονισμός. Υποθέτω ότι θα μπορούσα να τα χτενίζω πιο καλά, για να μην πετάνε τρίχες δεξιά αριστερά, αντί να τα μαζεύω πρόχειρα με το λαστιχάκι σαν ένα μάτσο σπαράγγια. Τα παπούτσια μου ήταν τα παπούτσια μιας γυναίκας που δεν πολυσκεφτόταν τα πόδια της, παρόλο που μου έχουν πει πόσο ωραία είναι. Και η αλήθεια είναι πως είχα να κάνω επαγγελματικό μανικιούρ από τότε που παντρεύτηκα. Αλλά είναι πεταμένα λεφτά. Παρ' όλα αυτά, πώς έφτασα σ' αυτό το σημείο; Είχα παρατήσει τελείως τον εαυτό μου. Η Πέντε Χρόνια είχε σωριαστεί στην πόρτα του μπάνιου εξαντλημένη. Επέστρεψα στο τραπέζι τους με το απόκομμα συναλλαγής της πιστωτικής, αποφεύγοντας το βλέμμα τους.

«Δουλεύεις καιρό εδώ;» με ρώτησε ο άντρας ενώ η γυναίκα έβαζε την υπογραφή της.

«Σχεδόν τέσσερα χρόνια».

«Είσαι πολύ καλή στη δουλειά σου».

«Ευχαριστώ...» Αισθάνθηκα ένα κάψιμο να ανεβαίνει στα μάγουλά μου.

«Τα λέμε την επόμενη εβδομάδα» είπε η γυναίκα. «Το λατρεύω αυτό το μέρος!»

«Έχει δει καλύτερες μέρες...»

«Για μας είναι τέλειο!» αποκρίθηκε εκείνη δίνοντάς μου τον λογαριασμό και κλείνοντας το μάτι στον φίλο της.

Κοίταξα την υπογραφή της, περιμένοντας να δω κάτι φανταχτερό και ενδιαφέρον. Το *Πολίν Ντέιβις* μού φάνηκε συνηθισμένο και μικρό, πράγμα που με καθησύχασε κάπως εκείνη την ώρα.

Τους ακολούθησα με το βλέμμα καθώς έφευγαν, ενώ προχωρούσαν ανάμεσα στα τραπέζια κι έβγαιναν στον δρόμο, όπου φιλήθηκαν και οι δρόμοι τους χώρισαν. Περνώντας από την μπροστινή τζαμαρία, η γυναίκα κοίταξε μέσα στο καφέ και μου κούνησε το χέρι. Πρέπει να της φάνηκα πολύ βλαμμένη έτσι όπως καθόμουν και τους κοιτούσα σαν χαζή. Της κούνησα κι εγώ ντροπαλά το χέρι μέσα από το σκονισμένο τζάμι.

Μια ηλικιωμένη που καθόταν στο διπλανό τραπέζι με έβγαλε από τον ρεμβασμό μου.

«Της έπεσε κάτι της κυρίας...» είπε δείχνοντας κάτω από το τραπέζι.

Έσκυψα και μάζεψα ένα μικρό μπορντό σημειωματάριο. Ήταν φθαρμένο από τη χρήση και είχε απαλή υφή σαν δέρμα. Στο εξώφυλλο υπήρχαν ανάγλυφα τα αρχικά *Π.Ντ.* με χρυσά γράμματα, και οι σελίδες είχαν χρυσές ακμές. Το άνοιξα διστακτικά στην πρώτη σελίδα, αναζητώντας τη διεύθυνση ή το τηλέφωνο της Πολίν, και κατά λάθος το μάτι μου έπεσε στο περιεχόμενο: «*... το στόμα του στο δικό μου ... δεν έχω ξανανιώσει πιο ζωντανή ... με διαπέρασε σαν πυρωμένο ... με κυρίευε κατά κύματα, που στροβιλίζονταν ... με ξάπλωσε μπρούμυτα στο...*».

Έκλεισα με πάταγο το ημερολόγιο.

«Ίσως καταφέρεις να την προλάβεις» πρόσθεσε η γυναίκα μασώντας αργά ένα γλυκό, και πρόσεξα ότι της έλειπε ένα από τα μπροστινά δόντια.

«Μπα... Θα έχει φύγει» αποκρίθηκα. «Θα... της το κρατήσω. Έρχεται συχνά».

Εκείνη ανασήκωσε τους ώμους της και τράβηξε

μια λωρίδα ψίχα από το κρουασάν της. Έβαλα το σημειωματάριο στην τσέπη της ποδιάς μου, κι ένα ρίγος ενθουσιασμού διαπέρασε τη ραχοκοκαλιά μου. Στην υπόλοιπη βάρδιά μου, ώσπου να έρθει η Τρεϊσίνα φέρνοντας μαζί της έναν αέρα ανυπομονησίας με την τσιχλόφουσκα και τις σφιχτές μπουκλίτσες που χοροπηδούσαν στην ψηλή αλογοουρά της, το σημειωματάριο σχεδόν σπαρταρούσε στην τσέπη μου. Πρώτη φορά έπειτα από πολύ καιρό η Νέα Ορλεάνη το σούρουπο δε μου φαινόταν και τόσο μοναχική.

* * *

Ενώ περπατούσα προς το σπίτι, μετρούσα τα χρόνια. Είχαν περάσει έξι χρόνια από τότε που ο Σκοτ κι εγώ ήρθαμε στη Νέα Ορλεάνη από το Ντιτρόιτ για να κάνουμε καινούρια αρχή. Τα ενοίκια ήταν χαμηλά, και ο Σκοτ είχε μόλις χάσει την τελευταία δουλειά που θα έβρισκε ποτέ στη βιομηχανία αυτοκινήτων. Θεωρούσαμε και οι δύο πως μια νέα αρχή σε μια καινούρια πόλη που προσπαθούσε να ανοικοδομηθεί μετά τον τυφώνα ήταν καλό φόντο για έναν γάμο που ήλπιζε να κάνει το ίδιο πράγμα.

Βρήκαμε ένα χαριτωμένο γαλάζιο σπιτάκι στην οδό Ντοφίν στο Μαρινύ, όπου συνέρρεαν κι άλλοι νέοι. Υπήρξα τυχερή, βρίσκοντας δουλειά ως βοηθός κτηνιάτρου σ' ένα καταφύγιο ζώων στο Μέταιρι. Αλλά ο Σκοτ έχανε το ένα πόστο μετά το άλλο στα πετρέλαια και ύστερα τίναξε στον αέρα δύο χρόνια νηφαλιότητας όταν το μεθύσι της μίας νύχτας μετατράπηκε σε κραιπάλη δύο εβδομάδων. Όταν με χτύπησε δεύτερη φορά μέσα σε δύο χρόνια, κατάλαβα πως ο γάμος μας είχε τελειώσει. Ξαφνικά συνειδητοποίησα πόση προσπάθεια είχε καταβάλει για να κρατηθεί και να μη με ξαναχτυπήσει από την προηγούμενη φορά που μου είχε ρίξει μεθυσμένος μπουνιά στο πρόσωπο. Μετακόμισα μερικά τετράγωνα παρακάτω σ' ένα δυάρι, το πρώτο και μοναδικό διαμέρισμα που κοίταξα.

Μια νύχτα έπειτα από μερικούς μήνες ο Σκοτ μού τηλεφώνησε για να με ρωτήσει αν ήθελα να συναντηθούμε στο Café Rose ώστε να επανορθώσει για τη συμπεριφορά του, κι εγώ συμφώνησα. Είχε κόψει το ποτό, είπε, αυτήν τη φορά μια και καλή. Αλλά οι συγγνώμες του ακούγονταν κούφιες και η συμπεριφορά του εξακολουθούσε να είναι σκληρή και αμυντική. Στο τέλος του γεύματος εγώ πάσχιζα να καταπιώ τα δάκρυά μου, κι εκείνος στεκόταν από πάνω μου σφυρίζοντας τις τελευταίες *συγγνώμες* πάνω από το σκυμμένο κεφάλι μου.

«Το *εννοώ* πάντως. Το ξέρω ότι δεν ακούγομαι μετανιωμένος, μα μέσα στην ψυχή μου, Κέισσι, ζω καθημερινά με αυτό που σου έκανα... Δεν ξέρω πώς να σε κάνω να το ξεπεράσεις» είπε και μετά έφυγε σαν σίφουνας.

Όπως πάντα, μου άφησε αμανάτι τον λογαριασμό.

Βγαίνοντας, πρόσεξα την αγγελία που ζητούσε πρωινή σερβιτόρα. Σκεφτόμουν καιρό να παραιτηθώ από τη δουλειά μου στο κτηνιατρείο. Εκεί φρόντιζα τις γάτες κι έβγαζα βόλτα τα σκυλιά της απογευματινής βάρδιας, αλλά τα αδέσποτα έπειτα από τον τυφώνα Κατρίνα δεν έλεγαν να υιοθετηθούν, οπότε η δουλειά μου ήταν κυρίως να ξυρίζω τα αδύνατα ποδαράκια υγιών κατά τα άλλα ζώων, προετοιμάζοντάς τα για ευθανασία. Άρχισε να μου τη δίνει το να πηγαίνω στη δουλειά κάθε μέρα. Το μισούσα να κοιτάζω εκείνα τα θλιμμένα, κουρασμένα μάτια. Το ίδιο βράδυ συμπλήρωσα μια αίτηση για τη δουλειά στο εστιατόριο.

Επίσης το ίδιο εκείνο βράδυ πλημμύρισε ο δρόμος κοντά στο Παρλάνζ, και ο Σκοτ έπεσε με το αυτοκίνητό του στο Φολς Ρίβερ και πνίγηκε.

Δεν ήμουν σίγουρη αν ήταν ατύχημα ή αυτοκτονία, αλλά ευτυχώς η ασφαλιστική δεν το αμφισβήτησε – στο κάτω κάτω ήταν νηφάλιος. Κι επειδή τα προστατευτικά είχαν σκουριασμένες βίδες, πήρα μια γερή αποζημίωση από την κομητεία. Τι δουλειά όμως είχε ο Σκοτ εκεί πέρα εκείνο το βράδυ; Ήταν χαρακτηριστικό του να κάνει εντυπωσιακή έξοδο που θα με φόρτωνε τύψεις. Δε χάρηκα που πέθανε. Αλλά ούτε στενοχωρήθηκα. Κι έκτοτε παρέμενα εκεί, σ' αυτό το μουδιασμένο λίμπο.

Δύο μέρες αφότου επέστρεψα από την κηδεία του στο Αν Άρμπορ –όπου είχα καθίσει μόνη μου επειδή η οικογένεια του Σκοτ κατηγορούσε εμένα για τον θάνατό του– μου τηλεφώνησε ο Γουίλ. Στην αρχή η φωνή του με ξάφνιασε κάπως· η χροιά της θύμιζε πάρα πολύ του Σκοτ, όμως δε μασούσε τις λέξεις.

«Η Κέισσι Ρόμπισο;»

«Η ίδια. Ποιος είναι;»

«Ονομάζομαι Γουίλ Φορέ. Είμαι ιδιοκτήτης του Café Rose. Αφήσατε ένα βιογραφικό την προηγούμενη εβδομάδα. Θέλουμε κάποιον να αναλάβει αμέσως την πρωινή και τη μεσημεριανή βάρδια. Το ξέρω ότι δεν έχετε πολλή εμπειρία, αλλά μου κάνατε καλή εντύπωση τις προάλλες που γνωριστήκαμε και...»

Καλή εντύπωση;

«Πότε γνωριστήκαμε;»

«Όταν... Εεε... Όταν αφήσατε το βιογραφικό σας».

«Με συγχωρείτε... Φυσικά το θυμάμαι. Συγγνώμη. Ναι, θα μπορούσα να έρθω την Πέμπτη».

«Καλά είναι την Πέμπτη. Κατά τις δέκα και μισή; Θα σας δείξω τα κόλπα».

Έπειτα από σαράντα οχτώ ώρες έσφιγγα το χέρι του Γουίλ και κουνούσα το κεφάλι για το χαμένο μου μυαλό, επειδή πραγματικά δεν τον θυμόμουν – τόσο συγχυσμένη ήμουν εκείνο το βράδυ. Τώρα το λέγαμε για αστείο («Ναι, εκείνη τη φορά που συγκλονίστηκες τόσο πολύ από τη γνωριμία μας, *ώστε δε με θυμόσουν καν!*»), αλλά ήμουν τόσο θολωμένη μετά τον καβγά με τον Σκοτ, που και με τον Μπραντ Πιτ να μιλούσα, πάλι δε θα το θυμόμουν. Έτσι, όταν συνάντησα ξανά τον Γουίλ, αιφνιδιάστηκα από την ανεπιτήδευτη ομορφιά του.

Ο Γουίλ δε μου υποσχέθηκε ότι θα έκανα την τύχη μου· το καφέ είναι λίγο πιο βόρεια από τις ιν περιοχές και δεν είναι ανοιχτό τα βράδια. Ανέφερε πως ίσως επεκτεινόταν στον επάνω όροφο, όμως αυτό θα έπαιρνε χρόνια.

«Εδώ έρχονται και τρώνε κυρίως ντόπιοι. Ο Τιμ και τα παιδιά από το ποδηλατάδικο του Μάικλ. Πολλοί μουσικοί. Μερικούς θα τους βρεις να κοιμούνται στο κατώφλι, επειδή έπαιζαν όλη τη νύχτα έξω στο υπόστεγο. Ντόπιες φάτσες που τους αρέσει να κάθονται με τις ώρες. Αλλά πίνουν όλοι πολύ καφέ».

«Τέλεια!»

Η εκπαίδευση που μου έκανε περιορίστηκε σ' ένα ανόρεχτο τουρ όπου μου έδειχνε με το δάχτυλο διάφορα πράγματα και μουρμούριζε οδηγίες χρήσης για το πλυντήριο πιάτων και τον μύλο του καφέ και για το πού έβαζε τα καθαριστικά.

«Ο κανονισμός του δήμου λέει ότι πρέπει να έχεις τα μαλλιά δεμένα πίσω. Πέρα απ' αυτό, δεν είμαι πολύ επιλεκτικός. Δεν έχουμε στολές, μα το μεσημέρι πέφτει πολλή δουλειά, οπότε να είσαι πρακτική».

«Στο λήμμα "πρακτικός" στο λεξικό έχει τη φωτογραφία μου» αποκρίθηκα.

«Σκοπεύω ειλικρινά να κάνω ανακαίνιση» δήλωσε όταν είδε πως κοιτούσα ένα ράγισμα στα πλακάκια του πατώματος και, πιο μετά, έναν ανεμιστήρα οροφής που ταλαντευόταν.

Η καφετέρια ήταν κάπως παραμελημένη, αλλά είχε σπιτική ατμόσφαιρα και απείχε μόλις δέκα λεπτά με τα πόδια από το διαμέρισμά μου στη διασταύρωση Σαρτρ και Μάντεβιλ. Την ονόμασε Café Rose από τη Ρόουζ Νίκο, μια πρώην σκλάβα που πουλούσε δικό της χαρμάνι καφέ με ένα καρότσι στους δρόμους της Νέας Ορλεάνης. Ο ίδιος ήταν μακρινός συγγενής της από την πλευρά της μητέρας του, μου είπε.

«Πρέπει να δεις τις οικογενειακές μας φωτογραφίες. Είναι σαν ομαδική φωτογραφία του Οργανισμού Ηνωμένων Εθνών. Έχουμε απ' όλα τα χρώματα... Λοιπόν; Τη θες τη δουλειά;»

Έγνεψα καταφατικά, ενθουσιασμένη, και ο Γουίλ μού έσφιξε ξανά το χέρι.

Έπειτα από αυτό η ζωή μου συρρικνώθηκε σε μερικά αναγκαία τετράγωνα στο Μαρινύ. Καμιά φορά πήγαινα στην Τρεμέ για να ακούσω την Άντζελα Ρεζάν, μια από τις φίλες της Τρεϊσίνα, που δούλευε στο Maison. Ή χάζευα τις αντικερί και τα καταστήματα μεταχειρισμένων ειδών στην οδό Μαγκαζίν. Σπάνια πήγαινα όμως πιο πέρα από αυτές τις συνοικίες, ενώ είχα σταματήσει εντελώς να πηγαίνω στο Μουσείο Τέχνης ή στο πάρκο Όντουμπον. Μπορεί να ακούγεται παράξενο, αλλά θα μπορούσα να περάσω την υπόλοιπη ζωή μου στην πόλη χωρίς να δω ποτέ τη θάλασσα.

Πένθησα. Στο κάτω κάτω ο Σκοτ ήταν ο πρώτος και ο μοναδικός άντρας με τον οποίο είχα κάνει έρωτα. Ξεσπούσα σε κλάματα σε άσχετες στιγμές, την ώρα που ήμουν στο λεωφορείο ή ενώ έπλενα τα δόντια μου. Όταν με έπαιρνε ο ύπνος το μεσημέρι και ξυπνούσα αργά στη σκοτεινή κρεβατοκάμαρά μου, πάντα βούρκωνα. Δεν πενθούσα μόνο τον Σκοτ. Πενθούσα τα σχεδόν δεκαπέντε χρόνια που είχα χάσει από τη ζωή μου ακούγοντας τις συνεχείς προσβολές και την γκρίνια του. Και μόνο αυτό μου είχε μείνει. Δεν ήξερα πώς να ξεφορτωθώ την επικριτική φωνούλα που, παρά την απουσία του Σκοτ, εξακολουθούσε να επισημαίνει τις ατέλειές μου και να τονίζει τα λάθη μου. *Γιατί δεν έχεις γραφτεί στο γυμναστήριο; Κανένας δε θέλει μια γυναίκα άνω των τριάντα πέντε. Όλο τηλεόραση βλέπεις. Θα ήσουν πολύ πιο όμορφη αν έκανες λίγη προσπάθεια.* Πέντε Χρόνια.

Έπεσα με τα μούτρα στη δουλειά. Ο ρυθμός της μου ταίριαζε. Ήμαστε οι μόνοι στη γειτονιά που σερβίραμε πρωινό· όχι τίποτα το ιδιαίτερο: αυγά φτιαγμένα με όλους τους τρόπους, λουκάνικο, φρυγανισμένο ψωμί, φρούτα, γιαούρτι, αρτοσκευάσματα και κρουασάν. Το μεσημεριανό μενού δεν ήταν ποτέ εξεζητημένο: σούπες και σάντουιτς και καμιά φορά κάποιο απλό φαγητό κατσαρόλας, όπως μπουγιαμπέσα, φακές ή τζαμπαλάγια, αν η Ντελ ερχόταν νωρίς και είχε όρεξη να μαγειρέψει. Ήταν καλύτερη μαγείρισσα απ' ό,τι σερβιτόρα, αλλά δεν άντεχε να περνάει όλη τη μέρα στην κουζίνα.

Δούλευα μόνο τέσσερις μέρες την εβδομάδα, από τις εννιά έως τις τέσσερις, και μερικές φορές έως πιο αργά, αν έμενα για να τσιμπήσω κάτι και να τα πω με τον Γουίλ. Αν η Τρεϊσίνα αργοπορούσε, εξυπηρετούσα τα τραπέζια της ώσπου να έρθει. Δεν παραπονιόμουν ποτέ. Έβρισκα πάντα κάτι να κάνω.

Θα έβγαζα περισσότερα λεφτά τα απογεύματα, όμως μου άρεσε η πρωινή βάρδια. Μου άρεσε να ξεπλένω πρωί πρωί με το λάστιχο τη βρομιά της νύχτας από το λερωμένο πεζοδρόμιο. Μου άρεσαν οι πιτσιλιές του ήλιου στα έξω τραπέζια. Μου άρεσε να γεμίζω τη βιτρίνα με τα γλυκά ενώ γινόταν ο καφές και σιγόβραζε η σούπα. Μου άρεσε να κάνω ταμείο με το πάσο μου, απλώνοντας τα χρήματα σ' ένα από τα ασταθή τραπέζια δίπλα στα μεγάλα μπροστινά παράθυρα. Αλλά γυρίζοντας στο σπίτι, ένιωθα πάντα μοναξιά.

Η ζωή μου άρχισε να αποκτά έναν σταθερό, σίγουρο ρυθμό: δουλειά, σπίτι, διάβασμα, ύπνος. Δουλειά, σπίτι, διάβασμα, ύπνος. Δουλειά, *σινεμά*, σπίτι, διάβασμα, ύπνος. Δε χρειαζόταν υπεράνθρωπη προσπάθεια για να βγεις από αυτόν, όμως εγώ δεν μπορούσα με τίποτα να τον αλλάξω.

Νόμιζα πως έπειτα από λίγο θα άρχιζα αυτόματα να ζω πάλι, να βγαίνω ξανά με άντρες. Πίστευα ότι θα ερχόταν μια μαγική μέρα και τότε όλα θα έφτιαχναν, θα έσπαγα τη ρουτίνα και θα έβγαινα ξανά στον κόσμο. Θα γύριζε ένας διακόπτης. Μου πέρασε από τον νου η ιδέα να παρακολουθήσω κάποια μαθήματα. Να πάρω το πτυχίο μου. Αλλά παραήμουν μουδιασμένη για να το πάρω απόφαση. Πορευόμουν ολοταχώς με σκυμμένο το κεφάλι προς τη μέση ηλικία, ενώ η χοντρή πιτσιλωτή γάτα μου, η Ντίξι, πρώην αδέσποτο, γερνούσε κι αυτή μαζί μου.

«Της κοπανάς πως είναι χοντρή λες και φταίει *εκείνη* γι' αυτό!» μου έλεγε ο Σκοτ. «Δεν ήταν χοντρή όταν την πήρες. Εσύ την έκανες έτσι!»

Ο Σκοτ δεν υπέκυπτε στην Ντίξι και στα συνεχή κλαψουρίσματά της για να την ταΐσουμε. Εμένα από την άλλη με έπρηζε ώσπου να ενδώσω, ξανά και ξανά. Δεν ήμουν καθόλου αποφασιστική, και μάλλον αυτός ήταν ο λόγος για τον οποίο ανέχτηκα τον Σκοτ τόσο πολύ. Μου πήρε καιρό να συνειδητοποιήσω ότι δεν έφταιγα εγώ για τον αλκοολισμό του κι ότι δεν μπορούσα να τον σταματήσω, αλλά εξακολουθούσα να έχω την αίσθηση πως ίσως τον έσωζα αν είχα προσπαθήσει αρκετά.

Ίσως αν είχαμε κάνει παιδί, όπως ήθελε. Δεν του είπα ποτέ πόσο ανακουφίστηκα όταν έμαθα ότι δεν μπορούσα να κάνω παιδιά. Υπήρχε η εναλλακτική της παρένθετης μητέρας, αλλά παραήταν ακριβή για το βαλάντιό μας, και ευτυχώς ο Σκοτ δεν πολυήθελε να υιοθετήσουμε. Ήμουν σίγουρη ότι δεν ήθελα να γίνω μητέρα. Αλλά ήλπιζα ακόμα να βρω έναν σκοπό στη ζωή μου, κάτι το οποίο θα γέμιζε το κενό που δεν είχε καταλάβει ποτέ η λαχτάρα να αποκτήσω παιδιά.

* * *

Μερικούς μήνες αφότου έπιασα δουλειά στο καφέ, και πολύ προτού του κλέψει η Τρεϊσίνα την καρδιά, ο Γουίλ ανέφερε ότι θα μπορούσε να βρει εισιτήρια για μια περιπόθητη συναυλία στο φεστιβάλ τζαζ. Στην αρχή νόμισα πως ήθελε να μου μιλήσει σχετικά με κάποια κοπέλα για την οποία θα έπαιρνε τα εισιτήρια, αλλά όπως αποδείχθηκε, ήθελε να πάμε μαζί. Με έπιασε πανικός στο άκουσμα της πρόσκλησης.

«Δηλαδή... με ρωτάς αν θέλω να βγω ραντεβού μαζί σου;»

«Εεε... Ναι». Με κοίταξε πάλι με κείνο το ύφος, και μάλιστα για μια στιγμή μού φάνηκε πως είδα ένα πληγωμένο βλέμμα να περνάει αστραπιαία από τα μάτια του. «Είναι στην πρώτη σειρά, Κέισσι. Έλα. Είναι καλή ευκαιρία να βάλεις φουστάνι. Δε σ' έχω δει ποτέ με φουστάνι, τώρα που το σκέφτομαι».

Εκείνη τη στιγμή κατάλαβα πως έπρεπε να του το κόψω. Δεν μπορούσα να βγω ραντεβού. Δεν μπορούσα να βγω ραντεβού *με κείνον*. Με το *αφεντικό* μου. Δεν ήθελα επ' ουδενί να χάσω μια δουλειά που μου άρεσε για έναν άντρα που, αφού περνούσε λίγο καιρό μαζί μου, θα καταλάβαινε πόσο ανιαρή ήμουν. Επίσης αυτός ο άντρας δεν ήταν για τα δόντια μου. Παρέλυσα από τον φόβο στην προοπτική να βρεθώ μόνη μαζί του, έξω από το πλαίσιο της επαγγελματικής μας σχέσης.

«Δε μ' έχεις δει ποτέ να φοράω φουστάνι επειδή δεν έχω κανένα» αποκρίθηκα.

Δεν ήταν αλήθεια. Απλούστατα δεν μπορούσα να διανοηθώ να φορέσω φουστάνι. Ο Γουίλ έμεινε σιωπηλός για λίγα δευτερόλεπτα, σκουπίζοντας τα χέρια στην ποδιά του.

«Δεν τρέχει τίποτα» είπε. «Υπάρχει πολύς κόσμος που θέλει να δει αυτή την μπάντα».

«Γουίλ, κοίτα... Μου φαίνεται ότι μετά από τόσα χρόνια γάμου με έναν τόσο κατεστραμμένο άνθρωπο ίσως δεν είμαι σε θέση... να κάνω σχέση» δήλωσα, μιλώντας σαν ψυχολόγος νυχτερινής ραδιοφωνικής εκπομπής.

«Δηλαδή μου λες απέξω απέξω "Δε φταις εσύ. Εγώ φταίω"».

«Μα εγώ φταίω. Εγώ».

Ακούμπησα το χέρι στον πήχη του.

«Καλά τότε. Θα ζητήσω από την επόμενη όμορφη κοπέλα που θα προσλάβω να βγούμε...» αστειεύτηκε.

Το 'πε και το 'κανε. Την έπεσε στην εκθαμβωτική Τρεϊσίνα από την Τεξαρκάνα, με τη νότια προφορά και τα ατέλειωτα πόδια. Είχε έναν μικρότερο αδερφό με αυτισμό –τον οποίο φρόντιζε μετά μανίας– και περισσότερες καουμπόικες μπότες απ' όσες χρειάζεται ένας άνθρωπος. Την προσέλαβε για τη βραδινή βάρδια, και παρόλο που ήταν πάντα λιγάκι ψυχρή απέναντί μου, τα πηγαίναμε σχετικά καλά κι έδειχνε να κάνει τον Γουίλ ευτυχισμένο. Τώρα αισθανόμουν διπλή μοναξιά κάθε φορά που τον καληνύχτιζα, επειδή ήξερα ότι μάλλον θα περνούσε τη νύχτα του στο σπίτι της Τρεϊσίνα και όχι στον επάνω όροφο του καφέ. Δεν ήταν ότι ζήλευα. Πώς να ζηλέψω; Η Τρεϊσίνα ήταν ακριβώς ο τύπος της κοπέλας που ταίριαζε στον Γουίλ: αστεία, έξυπνη και σέξι. Είχε τέλειο δέρμα στο χρώμα του κακάου. Μερικές φορές άφηνε τα άφρο μαλλιά της να πετάνε σαν βουνό από μαλλί της γριάς, ενώ άλλοτε τα δάμαζε επιδέξια σε ωραία κοτσιδάκια. Η Τρεϊσίνα ήταν περιζήτητη. Η Τρεϊσίνα ήταν γεμάτη ζωή. Η Τρεϊσίνα ήταν στο στοιχείο της και ανήκε. Ενώ εγώ όχι.

* * *

Εκείνο το βράδυ, με το σημειωματάριο να καίει στην τσέπη της ποδιάς μου, παρακολούθησα την Τρεϊσίνα να κάνει προετοιμασίες για τους βραδινούς πελάτες. Ήταν η πρώτη φορά που παραδεχόμουν ότι τη ζήλευα λιγάκι. Όχι επειδή είχε τον Γουίλ. Ζήλευα το ότι κυκλοφορούσε στον χώρο με τόση άνεση και γοητεία. Ορισμένες γυναίκες είχαν αυτό το προσόν, αυτή την ικανότητα να μπαίνουν κατευθείαν μέσα στη ζωή – και να φαίνονται ωραίες κάνοντάς το. Δεν ήταν απλές παρατηρήτριες· βρίσκονταν στην καρδιά της δράσης. Ήταν... ζωντανές. Ο Γουίλ τής ζήτησε να βγουν, κι εκείνη απάντησε «Ευχαρίστως». Χωρίς δισταγμούς και αμφιβολίες. Μόνο ένα καθαρό και ξάστερο ναι.

Συλλογίστηκα το σημειωματάριο, τις λέξεις που είχα διατρέξει, τον άντρα στο τραπέζι, τον τρόπο με τον οποίο χάιδευε τον καρπό της συντρόφου του και φιλούσε τα δάχτυλά της. Το πώς έπαιζε με το βραχιόλι της, τον πόθο του... Ευχόμουν να αισθανόταν κάποιος άντρας το ίδιο για μένα. Φαντάστηκα μια χούφτα πυκνά μαλλιά στα χέρια μου, την πλάτη μου κολλημένη στον τοίχο της κουζίνας του εστιατορίου, ένα χέρι να σηκώνει τη φούστα μου. Για στάσου μια στιγμή... Ο άντρας που ήταν μαζί με την Πολίν είχε ξυρισμένο κεφάλι. Φανταζόμουν του Γουίλ τα μαλλιά, του Γουίλ το στόμα...

«Μία δεκάρα για τη σκέψη σου...» είπε ο Γουίλ, διακόπτοντας το παράλογο ονειροπόλημά μου.

«Αυτό θα σου στοιχίσει πολύ περισσότερο από μία δεκάρα...» αποκρίθηκα, ενώ ήξερα ότι το πρόσωπό μου είχε γίνει σαν παντζάρι. Πώς μου είχε έρθει; Η βάρδιά μου είχε τελειώσει. Ήταν ώρα να φύγω.

«Καλά τα φιλοδωρήματα σήμερα;»

«Ναι, μια χαρά. Πρέπει να φύγω. Και, Γουίλ, δε με νοιάζει αν *κοιμάσαι* μαζί της. Να της πεις, προτού φύγει, να γεμίσει τις ζαχαριέρες στα τραπέζια. Πρέπει να είναι γεμάτες για την πρωινή μου βάρδια».

«Μάλιστα, αφεντικό!» αναφώνησε, χαιρετώντας με στρατιωτικά. Ύστερα, ενώ πήγαινα προς την πόρτα, πρόσθεσε: «Τι θα κάνεις απόψε;».

Θα δω τίποτα στην τηλεόραση. Πρέπει να κατεβάσω τα σκουπίδια στην ανακύκλωση. Τι άλλο;

«Έχω μεγάλα σχέδια» απάντησα.

«Θα έπρεπε να έχεις ραντεβού με άντρα, όχι με γάτα, Κέισσι... Είσαι αξιαγάπητη γυναίκα, ξέρεις».

«*Αξιαγάπητη;* Σοβαρά τώρα, με είπες "αξιαγάπητη"; Μα, Γουίλ, αυτό το λένε σε γυναίκες άνω των τριάντα πέντε που δεν έχουν ξοφλήσει εντελώς ακόμη, αλλά που έχουν πάρει για τα καλά την άγουσα ώστε να βγουν από την αγορά. "*Είσαι αξιαγάπητη γυναίκα, αλλά...*"»

«Δεν έχει αλλά. Πρέπει ν' αρχίσεις να βγαίνεις έξω

στον κόσμο, Κέισσι» δήλωσε τινάζοντας το πιγούνι του προς την πόρτα και παραέξω.

«Εκεί ακριβώς πηγαίνω» αποκρίθηκα βγαίνοντας με την όπισθεν στο πεζοδρόμιο, όπου παραλίγο να με πατήσει ένας ποδηλάτης που είχε αναπτύξει μεγάλη ταχύτητα.

«Κέισσι, για όνομα του Θεού!» Ο Γουίλ όρμησε προς το μέρος μου.

«Τα βλέπεις; Αυτό γίνεται όταν ανοίγομαι. Γίνομαι λιώμα...» είπα, προσπαθώντας να ηρεμήσω το χτυποκάρδι μου και να το ρίξω στην πλάκα.

Ο Γουίλ κουνούσε το κεφάλι ενώ εγώ έκανα μεταβολή και κατηφόριζα την οδό Φρέντσμεν. Είχα την αίσθηση ότι στεκόταν στο πεζοδρόμιο και με παρακολουθούσε να απομακρύνομαι, όμως ντρεπόμουν να γυρίσω και να κοιτάξω.

[ΚΕΦΑΛΑΙΟ ΔΥΟ]

ΓΙΝΕΤΑΙ ΝΑ ΝΙΩΘΕΙΣ πολύ νέα και πολύ γριά ταυτόχρονα; Αισθανόμουν πτώμα ενώ διέσχιζα τα τέσσερα τετράγωνα που με χώριζαν από το σπίτι μου. Μου άρεσε να κοιτάζω τα καταπονημένα τοσοδούλικα σπίτια της γειτονιάς μου, άλλα γερμένα το ένα στο άλλο, άλλα περασμένα με τόσα χέρια μπογιάς, τριγυρισμένα από τόσο σφυρήλατο σίδερο, φορτωμένα με τόσα περίτεχνα παντζούρια, ώστε έμοιαζαν με γερασμένες αρτίστες που φορούσαν κουστούμια και επαγγελματικό μακιγιάζ. Το διαμέρισμά μου βρισκόταν στο ρετιρέ ενός διώροφου σπιτιού από γυψομάρμαρο στη γωνία Σαρτρ και Μάντεβιλ. Ήταν βαμμένο σε πράσινο παλ, με καμάρες και βαθυπράσινα παντζούρια. Έμενα στον τελευταίο όροφο, όμως στα τριάντα πέντε μου ζούσα ακόμα σαν φοιτήτρια. Το νοικιασμένο δυαράκι μου διέθετε έναν καναπέ-κρεβάτι, βιβλιοθήκες από καφάσια που λειτουργούσαν και σαν τραπεζάκια του καφέ, καθώς και μια συλλογή από αλατοπιπεριέρες που όλο και μεγάλωνε. Η κρεβατοκάμαρα βρισκόταν σε μια εσοχή, με μια μεγάλη γύψινη καμάρα και τρία στρογγυλά παράθυρα που κοιτούσαν νότια. Για να λέμε και του στραβού το δίκιο, η σκάλα ήταν τόσο στενή, ώστε ήταν απαγορευτική για μεγάλα και ογκώδη έπιπλα· τα πάντα αναγκαστικά ήταν φορητά, εύκαμπτα και πτυσσόμενα. Μόλις πλησίασα την πολυκατοικία μου και σήκωσα το βλέμμα ψηλά, συνειδητοποίησα πως μια μέρα των ημερών θα παραήμουν μεγάλη για να μπορώ να μένω στον τελευταίο όροφο, ιδίως αν συνέχιζα να κάνω μια δουλειά που απαιτούσε ορθοστασία. Κάποια βράδια μάλιστα επέστρεφα τόσο κουρασμένη, ώστε έπρεπε να βάλω όλη μου τη δύναμη για να ανέβω τις σκάλες.

Είχα αρχίσει να παρατηρώ πως οι γειτόνισσές μου, όταν μεγάλωναν, δεν έφευγαν· απλώς μετακόμιζαν σε χαμηλότερο όροφο. Οι αδερφές Ντελμόντ είχαν κάνει την κίνηση πριν από λίγους μήνες, όταν η Σάλλυ και η Ζανέτ, δύο άλλες αδερφές, πήγαν επιτέλους να μείνουν σε γηροκομείο. Μόλις άδειασε το ζεστό τριαράκι, τις βοήθησα να κουβαλήσουν τα βιβλία και τα ρούχα τους από τον πρώτο όροφο στο ισόγειο. Η Άννα και η Μπεττίνα είχαν δέκα χρόνια διαφορά, και παρόλο που η Άννα στα εξήντα της θα κατάφερνε να ανεβαίνει τις σκάλες για μερικά χρονάκια ακόμα, η Μπεττίνα την ανάγκασε να μετακομίσουν όταν έκλεισε τα εβδομήντα. Η Άννα ήταν αυτή που μου είπε πως, τη δεκαετία του '60, όταν η μονοκατοικία χωρίστηκε σε πέντε διαμερίσματα, απέκτησε την προσωνυμία «Γεροντοκοράδικο».

«Ανέκαθεν έμεναν μόνο γυναίκες» είπε. «Δεν εννοώ πως *είσαι* γεροντοκόρη, καλή μου. Ξέρω ότι στις μέρες μας οι εργένισσες μιας κάποιας ηλικίας έχουν ευαισθησία σ' αυτήν τη λέξη. Ούτε θέλω να πω πως είναι κακό να *είσαι* γεροντοκόρη, ακόμα κι αν *ήσουν*. Που εσύ *δεν είσαι*, σε καμία περίπτωση!»

«Είμαι χήρα όμως».

«Ναι, αλλά *νεαρή* χήρα. Έχεις καιρό μπροστά σου ώστε να ξαναπαντρευτείς και να κάνεις παιδιά. Καλά, τουλάχιστον να ξαναπαντρευτείς...» αποκρίθηκε η Άννα με σηκωμένο το ένα φρύδι.

Μου έβαλε στο χέρι ένα χαρτονόμισμα για τον κόπο μου, χειρονομία στην οποία είχα πάψει να αντιστέκομαι από καιρό, αφού το χαρτονόμισμα θα κατέληγε αναπόφευκτα έπειτα από μερικές ώρες χωμένο κάτω από την πόρτα μου, διπλωμένο στα οχτώ.

«Είσαι θησαυρός, Κέισσι!»

Άραγε ήμουν γεροντοκόρη; Πέρυσι είχα βγει μόνο ένα ραντεβού, με τον μικρό αδερφό του καλύτερου φίλου του Γουίλ, τον Βινς, έναν ξερακιανό χίπστερ που έμεινε με το στόμα ανοιχτό όταν του είπα πως ήμουν τριάντα τεσσάρων. Ύστερα, για να κρύψει την κατάπληξή του, έγειρε πάνω από το τραπέζι και μου είπε πως του άρεσαν οι μεγαλύτερες – κι αυτό το έλεγε κάποιος στην ώριμη ηλικία των τριάντα. Έπρεπε να τον έχω χαστουκίσει τον βλάκα. Αντί γι' αυτό, έπειτα από μία ώρα άρχισα να κοιτάζω το ρολόι μου. Φλυαρούσε ακατάσχετα για το ανόητο συγκρότημα στο οποίο έπαιζε, για το πόσο κακός ήταν ο κατάλογος των κρασιών και πόσα μισογκρεμισμένα σπίτια θα αγόραζε στη Νέα Ορλεάνη, επειδή, όπου να 'ναι, η αγορά σίγουρα θα ερχόταν στα ίσα της. Όταν με άφησε μπροστά από το Γεροντοκοράδικο, σκέφτηκα να του ζητήσω να ανέβει επάνω. Συλλογίστηκα την

Πέντε Χρόνια, που καθόταν καμπουριαστή στο πίσω κάθισμα. *Κάνε σεξ μαζί του, Κέισσι. Τι σε κρατάει; Τι σε κρατούσε πάντα;* Αλλά όταν τον έπιασα να φτύνει την τσίχλα του από το παράθυρο, αποφάσισα ότι δε γινόταν να ξεγυμνωθώ μπροστά σ' αυτό τον μεγάλο έφηβο.

Ραντεβού να σου πετύχει, σκέφτηκα ενώ γέμιζα την μπανιέρα κι έβγαζα τα ρούχα της δουλειάς. Ήθελα να ξεπλύνω τη μυρωδιά του εστιατορίου από πάνω μου. Έριξα μια ματιά στον διάδρομο, στο μικρό σημειωματάριο επάνω στο τραπέζι δίπλα στην εξώπορτα. Ένα κομμάτι μου ήξερε ότι δεν έπρεπε να το διαβάσω, και το άλλο κομμάτι μου δεν μπορούσε να αντισταθεί. Έτσι, καθ' όλη τη διάρκεια της βάρδιάς μου το ανέβαλλα διαρκώς, σκεπτόμενη: *Όταν θα πας στο σπίτι. Μετά το φαγητό. Αφού κάνεις μπάνιο. Όταν πέσεις στο κρεβάτι. Το πρωί. Ποτέ;*

Η Ντίξι τρίφτηκε στα πόδια μου για να της δώσω φαγητό, ενώ το νερό και οι μπουρμπουλήθρες γέμιζαν την μπανιέρα. Το φεγγάρι κρεμόταν πάνω από τη Σαρτρ, και ο ήχος των τζιτζικιών έπνιγε τον θόρυβο των αυτοκινήτων. Κοιτάχτηκα στον καθρέφτη και προσπάθησα να δω τον εαυτό μου όπως θα με έβλεπε κάποιος άλλος την πρώτη φορά. Το σώμα μου δεν ήταν απαίσιο. Ήταν καλό. Δεν ήμουν ούτε πολύ ψηλή ούτε πολύ αδύνατη. Τα χέρια μου ήταν σκασμένα, αλλά σε γενικές γραμμές ήμουν σε φόρμα, μάλλον λόγω της δουλειάς. Μου άρεσε το σχήμα του πισινού μου, είχε μια ωραία στρογγυλάδα· αλλά είναι αλήθεια αυτό που λένε ότι συμβαίνει όταν πλησιάζεις στα σαράντα: όλα αρχίζουν να μαλακώνουν. Χούφτωσα τα μεσαίου μεγέθους στήθη μου και τα σήκωσα ελαφρά. Ορίστε. Φαντάστηκα τον Σκοτ· όχι, όχι τον Σκοτ. Τον Γουίλ· όχι, ούτε αυτόν. Ήταν της Τρεϊσίνα, όχι δικός μου. Φαντάστηκα εκείνο τον τύπο, αυτόν από το εστιατόριο, να έρχεται από πίσω μου και να με πιάνει έτσι και να με βάζει να σκύψω προς τα εμπρός και μετά... *Σταμάτα, Κέισσι.*

Είχα σταματήσει να κάνω εκείνες τις ηλίθιες ολικές αποτριχώσεις στο μπικίνι από τότε που πέθανε ο Σκοτ. Το λουκ με τάραζε λίγο, επειδή με έκανε να μοιάζω με ανήλικο. Άφησα το χέρι μου να κατέβει στο... Τι; Πώς να το πεις όταν είσαι μόνη σου; Το *αιδοίο* μού ακουγόταν πολύ κλινικό. Το *πράμα* ήταν πολύ παιδικό. Το *γατάκι* παραήταν γατίσιο. *Μουνί;* Όχι. Παραπάει. Ψηλάφισα με το δάχτυλό μου την περιοχή *εκεί κάτω* και ανακάλυψα, προς μεγάλη μου έκπληξη, πως ήμουν υγρή. Αλλά δεν είχα ούτε την ενέργεια ούτε το κουράγιο να κάνω κάτι γι' αυτό.

Αν ένιωθα μοναξιά; Ναι, φυσικά. Ταυτόχρονα όμως απομόνωνα κομμάτια του εαυτού μου, απ' ό,τι φαίνεται διαπαντός, σαν μεγάλο εργοστάσιο που κατεβάζει τμηματικά διακόπτες. Ήμουν μόλις τριάντα πέντε και δεν είχε κάνει ποτέ πραγματικά υπέροχο, μαγευτικό, απελευθερωτικό, αισθησιακό σεξ σαν αυτό που υπαινισσόταν το σημειωματάριο.

Υπήρχαν μέρες που ένιωθα σαν σάρκινο κουστούμι φορεμένο σε σκελετό, που μπαινόβγαινε σε λεωφορεία, πήγαινε πάνω κάτω σ' ένα εστιατόριο, τάιζε τους πελάτες και καθάριζε τα τραπέζια τους. Στο σπίτι μου, το κορμί μου ήταν ένα ζεστό μέρος για να κοιμάται η γάτα. Πώς είχε γίνει αυτό; Πώς είχε γίνει έτσι η ζωή μου; Γιατί δεν μπορούσα να μαζέψω τα συντρίμμια και να βγω έξω στον κόσμο όπως είχε πει ο Γουίλ;

Κοιτάχτηκα και πάλι στον καθρέφτη: τόση σάρκα, διαθέσιμη και τρυφερή, κι όμως κλειδαμπαρωμένη. Μπήκα στην μπανιέρα και κάθισα και μετά γλίστρησα όλη κάτω από το νερό, βουτώντας επί μερικά δευτερόλεπτα το κεφάλι μου κάτω από τον αφρό. Άκουγα την καρδιά μου να χτυπάει μέσα στο νερό σ' έναν θλιβερό αντίλαλο. Αυτός, σκέφτηκα, είναι ο ήχος της μοναξιάς.

* * *

Έπινα σπάνια, πόσο μάλλον μόνη μου, όμως εκείνη η νύχτα σήκωνε ένα ποτήρι παγωμένο λευκό κρασί κι ένα ζεστό μπουρνούζι. Είχα ένα κουτί Chablis στο ψυγείο, και παρόλο που το είχα κάνα δίμηνο, θα βολευόμουν με αυτό. Γέμισα ένα μεγάλο ποτήρι έως επάνω. Ύστερα κάθισα στην άκρη του καναπέ με τη γάτα και το σημειωματάριο. Ψηλάφισα με το δάχτυλο τα αρχικά *Π.Ντ.* στο εξώφυλλο. Μέσα υπήρχε μια ετικέτα που έγραφε *Πολίν Ντέιβις*, αλλά δεν είχε άλλα στοιχεία επικοινωνίας. Στην επόμενη σελίδα βρισκόταν ένας πίνακας περιεχομένων με καλλιγραφικά γράμματα, που απαριθμούσε βήματα από το ένα έως το δέκα:

Βήμα Πρώτο: Παράδοση
Βήμα Δεύτερο: Θάρρος
Βήμα Τρίτο: Εμπιστοσύνη
Βήμα Τέταρτο: Γενναιοδωρία

Βήμα Πέμπτο: Αφοβία
Βήμα Έκτο: Αυτοπεποίθηση
Βήμα Έβδομο: Περιέργεια
Βήμα Όγδοο: Γενναιότητα
Βήμα Ένατο: Ζωντάνια
Βήμα Δέκατο: Η επιλογή

Θεέ μου, τι ήταν αυτό που κρατούσα; Τι λίστα ήταν αυτή; Αισθανόμουν να φλέγομαι και να παγώνω ταυτόχρονα, σαν να είχα ξεσκεπάσει ένα επικίνδυνο αλλά συναρπαστικό μυστικό. Σηκώθηκα από τον καναπέ για να κλείσω τις δαντελένιες κουρτίνες μου. *Αφοβία, Θάρρος, Αυτοπεποίθηση, Ζωντάνια;* Οι λέξεις είχαν ξεπηδήσει από τη σελίδα και θόλωναν μπροστά στα μάτια μου. Άραγε η Πολίν ακολουθούσε αυτά τα βήματα; Κι αν ναι, σε ποιο να είχε φτάσει; Ξανακάθισα και τα διάβασα πάλι. Κατόπιν γύρισα σελίδα στην επόμενη επικεφαλίδα, «Φαντασίωση για το πρώτο βήμα». Δεν μπορούσα να κρατηθώ. Άρχισα να διαβάζω:

Δεν μπορώ να σου περιγράψω πόσο πολύ φοβόμουν, πόσο ανησυχούσα ότι θα δείλιαζα, θα το ακύρωνα, θα το έβαζα στα πόδια. Στο κάτω κάτω αυτό δεν κάνω πάντα; Όταν τα πράγματα φτάνουν στο απροχώρητο, και ιδίως σεξουαλικά. Αλλά συλλογίστηκα τη λέξη «Αποδοχή» και ανοίχτηκα στην ιδέα ότι θα έπρεπε να το αποδεχτώ, να δεχτώ τη βοήθεια του S.E.C.R.E.T. Όταν όμως εκείνος μπήκε σιωπηλά στο δωμάτιο του ξενοδοχείου κι έκλεισε την πόρτα πίσω του, κατάλαβα πως ήθελα να το κάνω...

Ένιωθα την καρδιά μου να βροντοχτυπάει σαν να βρισκόμουν εγώ σ' εκείνο το δωμάτιο την ώρα που ο άγνωστος άνοιγε την πόρτα...

Μα τι άντρας! Τι να πω; Η Ματίλντα είχε δίκιο. Ήταν παρά πολύ σέξι... Ήρθε προς το μέρος μου αργά σαν γάτα, κι εγώ πισωπάτησα, ώσπου με σταμάτησε το κρεβάτι. Ύστερα με ξάπλωσε στο κρεβάτι με ένα απαλό σπρώξιμο, σήκωσε τη φούστα μου και μου άνοιξε τα πόδια. Τράβηξα ένα μαξιλάρι στο πρόσωπό μου μόλις ξεστόμισε τη μοναδική κουβέντα που μου είπε εκείνη τη μέρα: Γαμώτο, είσαι πάρα πολύ όμορφη. Και μετά με έφερε σε τέτοια κατάσταση έκστασης που δεν μπορώ πραγματικά να περιγράψω, αλλά θα προσπαθήσω...

Έκλεισα ξανά το τετράδιο. Δεν ήταν σωστό να το διαβάσω. Ήταν πολύ ωμό. Δε με αφορούσε. Έπρεπε να σταματήσω.

Ένα Βήμα ακόμα. Μετά θα σταματούσα. Ύστερα θα το άφηνα *οπωσδήποτε* στην άκρη.

Το άνοιξα στην τύχη κάπου στη μέση, πηδώντας, όπως υπέθεσα, σελίδες γεμάτες ερωτικά λόγια:

Ουάου! Κατ' αρχάς ήταν παράξενο. Δε θα πω γέματα. Αλλά μου έδωσε μια απίστευτη αίσθηση πληρότητας. Μόνο έτσι μπορώ να το περιγράψω. Θαρρείς και τα είχα όλα μέσα μου. Σαν να μην μπορούσα να πάω παραπέρα και μετά να ανακαλύπτω ότι μπορούσα. Δε με ένοιαξε πόσο δυνατά φώναξα. Τα χέρια του δε σταμάτησαν καθόλου να με πασπατεύουν. Ένιωθα απίστευτα! Πάλι καλά που το Μέγαρο έχει ηχομόνωση· έτσι μου έχουν πει τουλάχιστον. Αλήθεια πρέπει να είναι, αλλιώς θα ήξεραν όλοι τι συνέβαινε στα δωμάτια. Πάντως η καλύτερη αίσθηση προερχόταν από τον άλλο, τον Ολιβιέ, που ήταν ξαπλωμένος από κάτω μου, ο υπέροχος μελαχρινός ξένος με το χέρι καλυμμένο από τατουάζ που μου ρουφούσε την...

Έκλεισα με θόρυβο το τετράδιο. Εντάξει, έπρεπε να σταματήσω. Αυτό παραπήγαινε. Με δύο άντρες; Ταυτόχρονα; Κοίταξα την κορυφή της σελίδας. Αυτό ήταν το Πέμπτο Βήμα: *Αφοβία*. Σοκαρίστηκα που ένιωσα υγρασία ανάμεσα στα πόδια μου. Κανονικά δε διάβαζα ερωτογραφήματα, κι όποτε πετύχαινα κατά τύχη πορνογραφία, σπανίως την έβρισκα ερεθιστική. Αυτό όμως; Αυτό μιλούσε μόνο για *πόθο*. Ήθελα να το διαβάσω όλο. Αλλά όχι, δε θα το έκανα. Κράτησα το τετράδιο ερμητικά κλειστό στα πόδια μου.

Δεν της φαινόταν καθόλου της Πολίν, με τα κοντά μαλλιά και την κυριλέ εμφάνιση. Και πώς θα φαινόταν δηλαδή; Εγώ πόσο μακριά το είχα πάει με έναν άντρα; Ποιο ήταν το πιο τολμηρό πράγμα που είχα κάνει; Στο λύκειο, με ένα παιδί που βγαίναμε όταν ο Σκοτ κι εγώ είχαμε χωρίσει για λίγο, είχαμε πάει μια φορά στο σινεμά και του τον είχα παίξει με το χέρι πνιγμένη στα γέλια. Είχα πάρει πίπες. Ίσως όχι καλά, και όχι πάντα μέχρι τέλους. Από σεξουαλική άποψη ήμουν εντελώς άπειρη. Η Ντίξι είχε γυρίσει ανάσκελα, σε μια δεόντως πρόστυχη στάση.

«Αχ, γατούλα, περισσότερο θα καλοπέρασες εσύ στους δρόμους απ' ό,τι εγώ στην κρεβατοκάμαρά μου...»

Έπρεπε να αφήσω το σημειωματάριο στην άκρη. Αν διάβαζα κι άλλο, θα παραβίαζα ανέκκλητα την προσωπική ζωή της Πολίν και θα αναστατωνόμουν. Σηκώθηκα κι έχωσα το τετράδιο σχεδόν εξοργισμένη στο βάθος του συρταριού της εταζέρας δίπλα στην εξώπορτα. Έπειτα από δέκα λεπτά το μετακίνησα στην τσέπη ενός παλιού μπουφάν του σκι που είχα φέρει από το Μίσιγκαν και το είχα αφήσει να κρέμεται στο πίσω μέρος της ντουλάπας. Παρ' όλα αυτά, το τετράδιο εξακολουθούσε να μου φωνάζει. Ύστερα το έβαλα στο συρτάρι κάτω από τον φούρνο του γκαζιού. Κι αν έπαιρνε φωτιά από τη φλόγα του καυστήρα;

Αποφάσισα να το βάλω στην τσάντα μου, ώστε να μην ξεχάσω να το πάρω μαζί μου την άλλη μέρα στη δουλειά, μήπως κι ερχόταν η Πολίν για να το πάρει. Ω Θεέ μου... Κι αν νομίσει ότι το διάβασα; Μα πώς θα γινόταν να μην το διαβάσω; Καλά, τουλάχιστον δεν το διάβασα όλο, σκέφτηκα, βγάζοντάς το τελικά από την τσάντα και κλειδώνοντάς το στο πορτμπαγκάζ του αυτοκινήτου μου.

* * *

Έπειτα από δύο μέρες, αφού καταλάγιασε η μεσημεριανή κίνηση στο καφέ, τα κουδουνάκια στην πόρτα ανήγγειλαν την άφιξη της Πολίν. Το στομάχι μου σφίχτηκε λες κι ερχόταν να με συλλάβει. Αυτήν τη φορά δε συνοδευόταν από τον σέξι φίλο της, αλλά από μια πανέμορφη γυναίκα, μεγαλύτερή της σε ηλικία, πενηντάρα ή καλοδιατηρημένη εξηντάρα, με σπαστά κόκκινα μαλλιά, που φορούσε μια κοραλλί πουκαμίσα. Το ύφος τους ήταν λιγάκι βλοσυρό καθώς πήγαιναν να καθίσουν σ' ένα άδειο τραπεζάκι κοντά στην τζαμαρία. Έστρωσα το μπλουζάκι μου κι έκανα την καρδιά μου πέτρα την ώρα που πλησίαζα στο τραπεζάκι. *Προσπάθησε να μη στυλώσεις το βλέμμα σου επάνω της επί πολλή ώρα. Προσπάθησε να φανείς ατάραχη, φυσιολογική. Δεν ξέρεις τίποτα, επειδή δεν έχεις διαβάσει το σημειωματάριο.*

«Γεια σας. Θα αρχίσετε με καφέ;» ρώτησα, με τα χείλη μου τόσο τραβηγμένα ώστε να φαίνεται όλη η οδοντοστοιχία μου και την καρδιά μου να βροντοχτυπάει στο στέρνο μου.

«Ναι, ευχαριστώ» απάντησε η Πολίν, αποφεύγοντας τη ματιά μου και κοιτάζοντας την κοκκινομάλλα. «Εσύ;»

«Θα πάρω πράσινο τσάι... Και δύο καταλόγους, παρακαλώ» είπε, ανταποδίδοντάς της το βλέμμα.

Ένιωσα ντροπή. Ήξεραν κάτι. Ήξεραν ότι εγώ ήξερα κάτι.

«Φυ... Φυσικά» τραύλισα κι έκανα μεταβολή.

«Στάσου. Αναρωτιόμουν...»

Η καρδιά μου σκαρφάλωσε στο στόμα μου.

«Ναι;» είπα γυρίζοντας ξανά, με τα χέρια χωμένα βαθιά στην τσέπη της ποδιάς μου και τους ώμους σηκωμένους έως τα αυτιά.

Η φωνή ήταν της Πολίν. Έδειχνε εξίσου αγχωμένη με μένα. Το πρόσωπο της φίλης της όμως ήταν γαλήνιο, υποστηρικτικό. Διαισθάνθηκα ένα νευματάκι που την παρότρυνε να συνεχίσει. Πρόσεξα ότι και η κοκκινομάλλα φορούσε ένα από κείνα τα πανέμορφα χρυσά μπρασελέ, με το ίδιο σατινέ ανοιχτόχρωμο φινίρισμα και τα ίδια κρεμαστά.

«Μήπως ξέχασα κάτι εδώ την προηγούμενη φορά; Ένα τετραδιάκι... Στο μέγεθος αυτής της χαρτοπετσέτας. Μπορντό... Έχει τα αρχικά μου στο εξώφυλλο, Π.Ντ. Μήπως το βρήκες;» Η φωνή της έτρεμε. Φαινόταν έτοιμη να βάλει τα κλάματα.

Το βλέμμα μου πηδούσε μια σ' εκείνη και μια στο ήρεμο πρόσωπο της φίλης της.

«Εμμμ... Δεν ξέρω. Περιμένετε να ρωτήσω την Ντελ!» απάντησα, υπερβολικά πρόσχαρα. «Επιστρέφω αμέσως».

Κατευθύνθηκα σαν αγκυλωμένη προς την κουζίνα, άνοιξα την πόρτα χτυπώντας τη με τη γροθιά μου και ακούμπησα την πλάτη στα κρύα πλακάκια του τοίχου. Όλος ο αέρας είχε φύγει από τα πνευμόνια μου. Κοίταξα την κυρα-Ντελ, η οποία έπλενε τη μεγάλη κατσαρόλα όπου είχε φτιάξει το τσίλι. Παρόλο που τα σχεδόν κάτασπρα μαλλιά της ήταν πολύ κοντοκουρεμένα, φορούσε πάντα φιλέ και επαγγελματική στολή σερβιτόρας. Μια ιδέα γεννήθηκε στο μυαλό μου.

«Ντελ! Πρέπει να μου κάνεις μια χάρη».

«Δεν *πρέπει* να κάνω τίποτα, Κέισσι» αντιγύρισε ελαφρώς ψευδά. «Μίλα πιο ευγενικά».

«Εντάξει. Στα γρήγορα. Αυτές εκεί οι πελάτισσες. Η μια από τις δύο άφησε κάτι εδώ, ένα σημειωματάριο, και δε θέλω να νομίσει ότι το διάβασα. Επειδή το διάβασα. Όχι όλο δηλαδή. Αλλά *αναγκάστηκα* να διαβάσω λίγο. Πώς αλλιώς θα έβρισκα σε ποιον ανήκε; Καλά δε λέω; Ήταν όμως σαν ημερολόγιο, και μάλλον διάβασα παραπάνω απ' όσο έπρεπε... Και ήταν προσωπικό. Πάρα πολύ. Αλλά δε θέλω να καταλάβουν ότι διάβασα *έστω και λίγο*. Μήπως μπορείς να πεις ότι το βρήκες *εσύ*; Σε παρακαλώ;»

«Θες να πω ψέματα».

«Όχι, όχι! Εγώ θα πω *όλα* τα ψέματα».

«Για όνομα του Θεού, κοπέλα μου, ώρες ώρες δε σας καταλαβαίνω καθόλου εσάς τις νέες με τα δράματα και τις ιστορίες σας... Δεν μπορείς απλώς να πεις "*Να, βρήκα αυτό*";»

«Αυτήν τη φορά όχι. Δεν μπορώ...»

Στάθηκα μπροστά της με τα χέρια πλεγμένα ικετευτικά.

«Καλά...» αποκρίθηκε η Ντελ, διώχνοντάς με με το χέρι σαν να ήμουν μύγα. «Αρκεί να μη χρειαστεί να πω τίποτα. Ο Χριστός δε με ανέθρεψε για να λέω ψέματα».

«Να σε φιλήσω!»

«Ξέχνα το» αντιγύρισε εκείνη.

Έτρεξα στο ντουλάπι μου, άρπαξα το τετράδιο που βρισκόταν επάνω σ' έναν σωρό άπλυτα μπλουζάκια και σκέφτηκα ότι πρέπει να θυμηθώ να βάλω μπουγάδα. Έφτασα στο τραπέζι λαχανιασμένη. Οι δύο γυναίκες έστρεψαν ταυτόχρονα προς το μέρος μου το πρόσωπό τους, γεμάτο προσδοκία.

«Λοιπόν! Ρώτησα την Ντελ. Είναι η άλλη σερβιτόρα που δουλεύει εδώ τα πρωινά, εκεί πέρα...» Στο σημείο αυτό, η Ντελ βγήκε σαν καλό κορίτσι από την κουζίνα και μας κούνησε κουρασμένα το χέρι, για να νομιμοποιήσει το ψέμα μου. «Απ' ό,τι μου είπε, βρήκε αυτό» συμπλήρωσα, βγάζοντας θριαμβευτικά το σημειωματάριο από την ποδιά μου. «Αυτό είναι το...»

Πριν προλάβω να αποσώσω τη φράση μου, η Πολίν

το βούτηξε από τα δάχτυλά μου και το έβαλε στην τσάντα της.

«*Αυτό* είναι. Σ' ευχαριστώ πάρα πολύ...» μου είπε ξεφυσώντας. Ύστερα στράφηκε στην άλλη γυναίκα. «Ξέρεις κάτι; Πρέπει να πηγαίνω τώρα, Ματίλντα. Κρίμα, αλλά όπως φαίνεται, τελικά δεν προλαβαίνουμε να φάμε παρέα σήμερα. Σε πειράζει;»

«Καθόλου. Τα λέμε αργότερα. *Εγώ* όμως πεθαίνω της πείνας!» απάντησε η Ματίλντα. Σηκώθηκε και αγκάλιασε τη βιαστική φίλη της για να την αποχαιρετήσει.

Διαισθανόμουν την ανακούφιση και τη στενοχώρια που κυλούσε στις φλέβες της Πολίν. Είχε πάρει πίσω το τετράδιό της, αλλά ήξερε πως είχε αποκαλύψει κάποια από τα μυστικά του κάπου, σε κάποιον, και γι' αυτό δεν έβλεπε την ώρα να φύγει. Μετά το σύντομο αγκάλιασμά τους όρμησε στην πόρτα.

Η Ματίλντα ξανακάθισε στην καρέκλα της, χαλαρή σαν γάτα η οποία κουλουριάζεται σ' ένα σημείο που το χτυπάει ο ήλιος. Έριξα μια ματιά στο εστιατόριο. Η ώρα κόντευε τρεις, και το μαγαζί ήταν σχεδόν άδειο. Σύντομα θα σχόλαγα.

«Επιστρέφω αμέσως με το πράσινο τσάι σας» είπα. «Το μενού βρίσκεται εκεί, στον τοίχο».

«Σ' ευχαριστώ, Κέισσι» μου αποκρίθηκε καθώς απομακρυνόμουν.

Ένιωσα σαν να είχα δεχτεί γροθιά στο στομάχι. Ήξερε το όνομά μου. Πώς ήξερε το όνομά μου; Υπέγραφα τους λογαριασμούς. Και η Πολίν ήταν τακτική θαμώνας. Έτσι το ήξερε. Σίγουρα.

Η υπόλοιπη βάρδια κύλησε ομαλά. Η Ματίλντα

ήπιε αργά το τσάι της, χαζεύοντας από το παράθυρο. Παρήγγειλε ένα σάντουιτς με αυγοσαλάτα και μια πίκλα κι έφαγε το μισό. Δεν είπαμε τίποτα πέρα από τα τυπικά που λένε οι σερβιτόρες όταν εξυπηρετούν μια πελάτισσα. Της έφερα τον λογαριασμό και μου άφησε ένα καλό φιλοδώρημα.

* * *

Γι' αυτό τον λόγο αιφνιδιάστηκα την επόμενη μέρα, όταν είδα τη Ματίλντα να μπαίνει αφού έπεσε η μεσημεριανή κίνηση, μόνη της αυτήν τη φορά. Με χαιρέτησε από μακριά και μου έδειξε ένα τραπέζι. Της έκανα ένα νεύμα και πρόσεξα ότι τα χέρια μου έτρεμαν λιγάκι καθώς πήγαινα προς το μέρος της. Γιατί ήμουν τόσο αγχωμένη; Ακόμα κι αν γνώριζε πως είχα πει ψέματα, τι είχα κάνει πια που ήταν τόσο κακό; Πώς ήταν δυνατόν οποιοσδήποτε φυσιολογικός άνθρωπος να αντισταθεί και να μη διαβάσει ένα σημειωματάριο με τόσο συναρπαστικό περιεχόμενο; Εξάλλου μόνο η Πολίν θα μπορούσε να νιώσει αδικημένη, με την ιδιωτική της ζωή να έχει κάπως παραβιαστεί, όχι εκείνη.

«Γεια σου, Κέισσι!» μου είπε με γνήσιο χαμόγελο.

Αυτήν τη φορά παρατήρησα το πρόσωπό της. Είχε λαμπερά μεγάλα μάτια, σκούρα καστανά, και άψογο δέρμα. Φορούσε ελάχιστο μακιγιάζ, το οποίο μεταξύ άλλων την έκανε να φαίνεται νεότερη από την ηλικία της, που τώρα υποπτευόμουν πως ήταν πιο κοντά στα εξήντα παρά στα πενήντα. Είχε καρδιόσχημο πρόσωπο το οποίο κατέληγε σε σουβλερό πιγούνι και ήταν, για να μιλήσω ειλικρινά, εξαιρετικά όμορφη, όπως είναι μερικές φορές οι γυναίκες που έχουν ασυνήθιστα χαρακτηριστικά. Ήταν ντυμένη στα ολόμαυρα – φορούσε στενό παντελόνι που τόνιζε το πολύ γυμνασμένο σώμα της και πλεχτή μαύρη μπλούζα που τυλιγόταν γύρω της με πολύ θελκτικό τρόπο. Κι εκείνο το χρυσό βραχιόλι με τα κρεμαστά, που τώρα λαμπύριζε πάνω στο μαύρο μανίκι της μπλούζας της.

«Γεια σας και πάλι» αποκρίθηκα, αφήνοντας έναν κατάλογο στο τραπέζι.

«Θα πάρω το ίδιο με χτες».

«Πράσινο τσάι και αυγοσαλάτα;»

«Μάλιστα».

Της έφερα το τσάι και το σάντουιτς έπειτα από λίγα λεπτά και αργότερα της ξαναγέμισα την τσαγιέρα με ζεστό νερό όπως μου ζήτησε. Όταν τέλειωσε και πήγα να μαζέψω το πιάτο της, με κάλεσε να καθίσω μαζί της στο τραπέζι. Πάγωσα.

«Μια στιγμή μόνο...» πρότεινε, σπρώχνοντας μαλακά την καρέκλα απέναντί της.

«Δουλεύω...» αποκρίθηκα, σφιγμένη και κάπως ανήσυχη. Έβλεπα την Ντελ στην κουζίνα από το παράθυρο πίσω από την μπάρα. Κι αν με ρωτούσε τίποτα για το σημειωματάριο;

«Είμαι σίγουρη ότι δε θα τον πειράξει τον Γουίλ αν κάτσεις για λίγο» είπε η Ματίλντα. «Εξάλλου το μαγαζί είναι άδειο».

«Γνωρίζετε τον Γουίλ;» ρώτησα ενώ καθόμουν αργά στην καρέκλα.

«Γνωρίζω πολύ κόσμο, Κέισσι. Αλλά όχι εσένα».

«Λοιπόν, δεν είμαι και τόσο ενδιαφέρουσα. Είμαι

απλώς εγώ. Είμαι μονάχα μια απλή σερβιτόρα και... Αυτό είναι όλο».

«Καμία γυναίκα δεν είναι μονάχα μια απλή σερβιτόρα ή μια απλή δασκάλα ή μια απλή μητέρα».

«Εγώ είμαι μονάχα μια απλή σερβιτόρα. Υποθέτω πως είμαι και χήρα. Αλλά κατά κύριο λόγο είμαι μονάχα μια σερβιτόρα».

«Χήρα; Λυπάμαι πολύ... Η καταγωγή σου δεν είναι από τη Νέα Ορλεάνη. Διακρίνω μια ελαφριά μεσοδυτική προφορά. Από το Ιλλινόι;»

«Κοντά πέσατε. Από το Μίσιγκαν. Ήρθαμε εδώ πριν από έξι χρόνια. Ο άντρας μου κι εγώ. Προτού πεθάνει. Προφανώς. Εμμμ... Από πού γνωρίζετε τον Γουίλ;»

«Ήξερα τον πατέρα του. Δικό του ήταν το καφέ στο παρελθόν – πάνε σχεδόν είκοσι χρόνια που πέθανε, νομίζω. Από τότε έχω να έρθω. Δεν έχει αλλάξει πολύ» απάντησε κοιτάζοντας γύρω της.

«Ο Γουίλ λέει ότι θα το ανακαινίσει. Θα επεκταθεί και στον επάνω όροφο. Μα κοστίζει πολύ. Και τώρα όλα τα εστιατόρια της πόλης κάνουν ό,τι μπορούν για να μην κλείσουν».

«Πράγματι».

Κατέβασε το βλέμμα στα χέρια της, κι εγώ μπόρεσα να κοιτάξω καλύτερα το βραχιόλι της, που είχε πολύ περισσότερα κρεμαστά από το βραχιόλι της Πολίν. Ήμουν έτοιμη να σχολιάσω πόσο όμορφο ήταν, αλλά η Ματίλντα μίλησε ξανά.

«Λοιπόν, Κέισσι, θέλω να σε ρωτήσω κάτι. Εκείνο το βιβλιαράκι που... βρήκε η Ντελ. Η φίλη μου ανησυχεί λιγάκι μήπως το διάβασε κανείς. Είναι κάτι σαν ημερολόγιο και περιέχει διάφορες πολύ προσωπικές σκέψεις... Πιστεύεις πως υπάρχει περίπτωση να το διάβασε η Ντελ;»

«Προς Θεού, όχι!» απάντησα, με κάπως υπερβολική σιγουριά. «Η Ντελ δεν είναι τέτοιος άνθρωπος».

«Τι άνθρωπος; Τι εννοείς;»

«Εννοώ ότι δεν είναι αδιάκριτη. Δεν πολυενδιαφέρεται για τη ζωή των άλλων. Μόνο για το μαγαζί, τη Βίβλο και ίσως τα εγγόνια της».

«Πιστεύεις ότι θα φαινόταν περίεργο αν τη ρωτούσα; Για να δούμε αν το διάβασε ή αν το έδειξε σε κάποιον; Είναι σημαντικό να ξέρουμε».

Θεέ μου! Γιατί δε φροντίσαμε να συνεννοηθούμε ώστε να πούμε τα ίδια; Ότι δηλαδή η *Ντελ* βρήκε το σημειωματάριο και πως *εκείνη* το φύλαξε στο ντουλάπι της ώσπου να βρεθεί ο ιδιοκτήτης του; Επειδή δε σκέφτηκα ούτε για μια στιγμή ότι θα περάσω από ανάκριση, να γιατί. Φαντάστηκα μόνο μια ιδιοκτήτρια γεμάτη ευγνωμοσύνη που θα έφευγε σχεδόν τρέχοντας από το μαγαζί και δε θα ξαναπατούσε ποτέ. Αλλά τώρα τούτη εδώ η γυναίκα με είχε στριμώξει για τα καλά.

«Είναι *πάρα πολύ* απασχολημένη αυτήν τη στιγμή... Μήπως να πάω εγώ να τη ρωτήσω;»

«Α, δε με πειράζει να τη ρωτήσω η ίδια» αποκρίθηκε και σηκώθηκε από το τραπέζι. «Θα βάλω το κεφάλι μου από την πόρτα...»

«Σταθείτε!»

Η Ματίλντα ξανακάθισε αργά στην καρέκλα της και τα μάτια της καρφώθηκαν επάνω μου.

«*Εγώ* βρήκα το ημερολόγιο...»

Το πρόσωπό της χαλάρωσε λίγο, αλλά δε μου μίλησε. Απλώς ένωσε τα χέρια της επάνω στο τραπέζι κι έγειρε λίγο πιο μπροστά.

Έριξα μια ματιά στο άδειο καφέ και συνέχισα.

«Συγγνώμη που είπα ψέματα... Απλώς διάβασα λίγο – μόνο για να βρω ένα όνομα, κάποιο στοιχείο επικοινωνίας. Μα σας το ορκίζομαι, μπορείτε να πείτε στην Πολίν ότι σταμάτησα μετά από μια δυο σελίδες. Και να, ντρεπόμουν, υποθέτω... Δεν ήθελα να τη φέρω σε πιο δύσκολη θέση απ' όσο ήταν ήδη. Γι' αυτό είπα ψέματα. Συγγνώμη... Αισθάνομαι πολύ χαζή».

«Μη νιώθεις άσχημα. Εκ μέρους της Πολίν, σ' ευχαριστώ που της επέστρεψες το βιβλίο. Το μόνο που θέλουμε να σου ζητήσουμε είναι να μην αναφέρεις τίποτα γι' αυτά που διάβασες σε κανέναν. Απολύτως τίποτα. Μπορείς να το κάνεις αυτό;»

«Φυσικά! Δεν υπήρχε περίπτωση. Μην ανησυχείτε καθόλου».

«Κέισσι, δεν καταλαβαίνεις πόσο σημαντικό είναι. Πρέπει να το κρατήσεις μυστικό». Η Ματίλντα έβγαλε ένα εικοσαδόλαρο από το πορτοφόλι της. «Για το φαγητό. Κράτα τα ρέστα».

«Ευχαριστώ» αποκρίθηκα, κι εκείνη μου έτεινε μια κάρτα με το όνομά της επάνω.

«Αν έχεις απορίες σχετικά με αυτά που διάβασες, κάλεσέ με. Το εννοώ. Κατά τα άλλα δε θα έρθω ξανά εδώ. Ούτε η Πολίν. Μπορείς να επικοινωνήσεις μαζί μου σ' αυτό τον αριθμό. Μέρα ή νύχτα».

«Α... Εντάξει» είπα, πιάνοντας την κάρτα προσεκτικά λες και είχε ραδιενέργεια. *Ματίλντα Γκριν* και το τηλέφωνό της. Στο πίσω μέρος υπήρχε ένα ακρωνύμιο, *S.E.C.R.E.T.*, «μυστικό» δηλαδή, και τρεις φράσεις: *Καμία επίκριση. Κανένα όριο. Καμία ντροπή.* «Δηλαδή είστε κάτι σαν ψυχολόγος;»

«Μπορείς να το πεις κι έτσι... Ασχολούμαι με γυναίκες που έχουν φτάσει σ' ένα σταυροδρόμι στη ζωή τους. Συνήθως στη μέση ηλικία, αλλά όχι πάντα».

«Κάτι σαν σύμβουλος ζωής;»

«Κάτι τέτοιο. Οδηγός περισσότερο».

«Συνεργάζεστε και με την Πολίν;»

«Δε μιλάω για τους πελάτες μου».

«Και μένα δε θα μ' έβλαπτε λίγη καθοδήγηση». Το είπα φωναχτά αυτό; «Αλλά δεν έχω την οικονομική δυνατότητα». Ναι, το είπα φωναχτά.

«Λοιπόν, ίσως εκπλαγείς, αλλά έχεις την οικονομική δυνατότητα να με προσλάβεις, επειδή προσφέρω τις υπηρεσίες μου δωρεάν. Το μειονέκτημα είναι πως επιλέγω εγώ τις πελάτισσές μου».

«Τι σημαίνουν τα αρχικά;»

«Το *S.E.C.R.E.T.* εννοείς; Αυτό, αγαπητή μου, είναι μυστικό...» απάντησε, ενώ ένα κατεργάρικο χαμόγελο παιχνίδιζε στα χείλη της. «Αλλά αν ξανασυναντηθούμε, θα σ' τα εξηγήσω όλα».

«Εντάξει».

«Θα ήθελα πολύ να τα ξαναπούμε. Και το εννοώ».

Ήξερα πως είχα πάρει το δύσπιστο ύφος μου, αυτό που με έκανε να μοιάζω πάρα πολύ με τον πατέρα μου, τον άνθρωπο που μου είχε πει ότι τίποτα στη ζωή δεν είναι δωρεάν και τίποτα δεν είναι δίκαιο.

Η Ματίλντα σηκώθηκε. Όταν άπλωσε το χέρι της

για να με χαιρετήσει, το βραχιόλι της λαμπύρισε στον ήλιο.

«Κέισσι, χάρηκα πάρα πολύ για τη γνωριμία. Τώρα έχεις την κάρτα μου. Σ' ευχαριστώ πολύ για την ειλικρίνειά σου».

«Ευχαριστώ που... δε με περάσατε για τελείως χαζή».

Μου άφησε το χέρι και με έπιασε από το σαγόνι σαν μητέρα. Άκουγα τα κρεμαστά να κουδουνίζουν καθώς χτυπούσαν μεταξύ τους, τόσο κοντά ήταν στα αυτιά μου.

«Ελπίζω να ξανασυναντηθούμε».

Το κουδουνάκι της πόρτας σήμανε τον αποχαιρετισμό της. Ήξερα πως, αν δεν της τηλεφωνούσα, δε θα την έβλεπα ποτέ ξανά, κι αυτό με έκανε να νιώσω ανεξήγητη θλίψη. Έβαλα προσεκτικά την κάρτα στην τσέπη μου.

«Πιάνουμε καινούριες φιλίες, βλέπω...» είπε ο Γουίλ πίσω από την μπάρα. Άδειαζε μια κούτα με μπουκάλια ανθρακούχου νερού στο ψυγείο.

«Και πού είναι το κακό; Έχω ανάγκη από μερικές φίλες».

«Αυτή η γυναίκα είναι λιγάκι τρελούτσικη. Λίγο παγανίστρια, λίγο χίπισσα, λίγο χορτοφάγος ή κάτι τέτοιο. Την ήξερε παλιά ο πατέρας μου».

«Ναι, μου το είπε».

Ο Γουίλ άρχισε να ωρύεται ότι πρέπει να έχουμε μεγαλύτερο απόθεμα σε μη αλκοολούχα ποτά, μιας και ο κόσμος πίνει πολύ λιγότερο πλέον, λέγοντας παράλληλα ότι θα μπορούσαμε να χρεώνουμε περισσότερο το ανθρακούχο νερό και τα παράξενα αναψυκτικά και τους μηλίτες, κι έτσι θα εξακολουθούσαμε να έχουμε καλά περιθώρια κέρδους. Εμένα όμως το μυαλό μου ήταν στο ημερολόγιο της Πολίν και στους δύο άντρες, τον έναν πίσω της και τον άλλο από κάτω της, και στο πώς ο σέξι γκόμενός της χάιδευε με τα στιβαρά του χέρια τον βραχίονά της και πώς την τράβηξε στην αγκαλιά του στον δρόμο μπροστά σε όλους...

«Κέισσι!»

«Τι; Τι έγινε;» αναφώνησα τινάζοντας το κεφάλι μου. «Χριστέ μου, με τρόμαξες!»

«Πού τρέχει το μυαλό σου;»

«Πουθενά. Εδώ είμαι. Εδώ ήμουν» απάντησα.

«Καλά. Πήγαινε σπίτι λοιπόν. Φαίνεσαι κουρασμένη».

«Δεν είμαι κουρασμένη» του αποκρίθηκα κι έλεγα αλήθεια. «Μάλιστα νομίζω ότι πρώτη φορά βρίσκομαι σε τόση εγρήγορση».

[ΚΕΦΑΛΑΙΟ ΤΡΙΑ]

ΠΕΡΑΣΕ ΜΙΑ ΕΒΔΟΜΑΔΑ προτού τηλεφωνήσω στη Ματίλντα. Μία εβδομάδα όπου ακολουθούσα τη γνωστή ρουτίνα: πήγαινα στη δουλειά και επέστρεφα στο σπίτι, άφηνα αξύριστα τα πόδια μου, μάζευα όπως όπως τα μαλλιά σε αλογοουρά, τάιζα την Ντίξι, πότιζα τις γλάστρες, παράγγελνα φαγητό απέξω, σκούπιζα τα πιάτα, κοιμόμουν και μετά ξυπνούσα και φτου κι απ' την αρχή. Μία εβδομάδα όπου αγνάντευα το Μαρινύ το σούρουπο από το παράθυρό μου και συνειδητοποιούσα πως η μοναξιά είχε πνίξει κάθε άλλο συναίσθημα. Ήταν για μένα ό,τι το νερό για τα ψάρια.

Αν έπρεπε να περιγράψω τι με ώθησε να τηλεφωνήσω στη Ματίλντα, φαντάζομαι ότι θα μπορούσα να πω πως αισθανόμουν θαρρείς και το σώμα μου δεν ανεχόταν άλλο αυτή την κατάσταση. Παρόλο που το μυαλό μου αντιστεκόταν στην ιδέα να ζητήσω βοήθεια, το σώμα μου με εξανάγκασε να σηκώσω το τηλέφωνο της κουζίνας στο καφέ και να καλέσω τον αριθμό.

«Γεια σου, Ματίλντα. Η Κέισσι Ρόμπισο είμαι, από το Café Rose».

Η Πέντε Χρόνια σήκωσε τα αυτιά της.

Η Ματίλντα δεν ακουγόταν καθόλου έκπληκτη που με άκουγε. Είπαμε δυο λόγια για τη δουλειά και τον καιρό και ύστερα έκλεισα ραντεβού για την επομένη το απόγευμα στο γραφείο της στη συνοικία Λόουερ Γκάρντεν, στην Τρίτη οδό, κοντά στην πλατεία Κολοσσαίου.

«Είναι ένα μικρό λευκό παλιό αμαξοστάσιο δίπλα στο μεγάλο μέγαρο στη γωνία» είπε, λες και ήξερα πού ακριβώς βρισκόταν. Στην πραγματικότητα απέφευγα πάντα τα τουριστικά σημεία, τα πλήθη και τον κόσμο γενικότερα, αλλά αποκρίθηκα ότι δε θα δυσκολευόμουν να το βρω. «Έχει κουδούνι στην πύλη. Θα χρειαστεί να διαθέσεις γύρω στις δύο ώρες. Η πρώτη επίσκεψη κρατάει πάντα πολύ».

Η Ντελ μπήκε στην κουζίνα την ώρα που έσκιζα το κομμάτι με τη διεύθυνση από το πίσω μέρος του χάρτινου καταλόγου όπου την είχα γράψει. Με κοίταξε αυστηρά πάνω από τα γυαλιά πρεσβυωπίας.

«Τι;» ρώτησα απότομα.

Άραγε τι βοήθεια θα μου πρόσφερε η Ματίλντα; Δεν είχα ιδέα, αλλά αν ήταν τέτοιου είδους ώστε να καταλήξει με έναν φλογερό άντρα να κάθεται απέναντί μου στο τραπέζι, θα τη δεχόμουν ευχαρίστως. Κι όμως ανησυχούσα. *Κέισσι, δεν ξέρεις τι άνθρωπος είναι. Είσαι εντάξει μόνη σου. Δε χρειάζεσαι κανέναν. Είσαι καλά.* Αυτά έλεγε το μυαλό μου, αλλά το σώμα μου του είπε να το βουλώσει. Κι εκεί έληξε το ζήτημα.

Τη μέρα του ραντεβού έφυγα νωρίς από τη δουλειά, χωρίς να περιμένω την Τρεϊσίνα ή τον Γουίλ.

Μόλις άδειασε το καφέ, φώναξα αντίο στην Ντελ και πήγα στο σπίτι να κάνω ντους. Έβγαλα το λευκό καλοκαιρινό φουστάνι που είχα αγοράσει για τα τριακοστά γενέθλιά μου από το βάθος της ντουλάπας όπου ήταν καταχωνιασμένο. Ο Σκοτ με είχε στήσει εκείνο το βράδυ και δεν το είχα ξαναφορέσει από τότε. Πέντε χρόνια στον Νότο είχαν κάνει το δέρμα μου να μαυρίσει, και τέσσερα χρόνια στο πόστο της σερβιτόρας είχαν κάνει τα μπράτσα μου να σφίξουν, οπότε ξαφνιάστηκα όταν είδα πως τώρα μου πήγαινε περισσότερο από τότε. Έτσι όπως στεκόμουν μπροστά στον ολόσωμο καθρέφτη, κρατούσα με το χέρι το αγχωμένο στομάχι μου. Γιατί ανακατευόμουν; Μήπως επειδή ήξερα πως άφηνα κάτι καινούριο να μπει στη ζωή μου, αυτό το στοιχείο του ενθουσιασμού ή και του κινδύνου ακόμα; Προσπάθησα να ανακαλέσω στη μνήμη μου τα βήματα από το ημερολόγιο, *Παράδοση*, *Γενναιοδωρία*, *Αφοβία*, *Θάρρος*. Δεν μπορούσα να τα θυμηθώ όλα, αλλά την περασμένη εβδομάδα που τα συλλογιζόμουν μου είχαν ασκήσει μια απίστευτη έλξη, εντελώς ενστικτώδη, τόσο που το τηλεφώνημα ήταν περισσότερο παρόρμηση παρά απόφαση.

Το λεωφορείο της οδού Μαγκαζίν ήταν φίσκα από τουρίστες και καθαρίστριες που κατευθύνονταν στη συνοικία Γκάρντεν. Εγώ κατέβηκα στην Τρίτη οδό, στη στάση μπροστά από το μπαρ Tracey's. Σκέφτηκα να κατεβάσω ένα δυο σφηνάκια για να ηρεμήσω τα νεύρα μου. Ο Σκοτ κι εγώ είχαμε κάνει το τουρ της συνοικίας Γκάρντεν όταν πρωτομετακομίσαμε, κοιτάζοντας σαν χαζοί τα πολύχρωμα μέγαρα, τα ροζ νεοκλασικά, τα σπίτια ιταλικού ρυθμού, τις σιδερένιες καγκελόπορτες και τον πλούτο που απέπνεαν τα πάντα. Η Νέα Ορλεάνη αποτελούσε σπουδή στις αντιθέσεις. Πλούσιες γειτονιές δίπλα σε φτωχογειτονιές, το άσχημο πλάι στο όμορφο. Τον Σκοτ τον ενοχλούσε, αλλά εμένα αυτό μου άρεσε σε τούτη την πόλη. Ήταν των άκρων.

Κατευθύνθηκα βόρεια. Στην οδό Καμπ μπερδεύτηκα. Μήπως είχα προχωρήσει υπερβολικά προς λάθος κατεύθυνση; Σταμάτησα απότομα και προκάλεσα ένα μικρό μποτιλιάρισμα.

«Χίλια συγγνώμη...» είπα σε μια ανήσυχη νεαρή πίσω μου που κρατούσε από το χέρι ένα παιδί κι ένα νήπιο με βρόμικο πρόσωπο. Συνέχισα να βαδίζω στην Τρίτη οδό περπατώντας κοντά στα κτίρια, ώστε να αφήσω ένα γκρουπ από τουρίστες να με προσπεράσει.

Κάνε μεταβολή, Κέισσι, και γύρισε στο σπίτι. Δε χρειάζεσαι βοήθεια.

Μα χρειάζομαι! Μία συνάντηση. Μια δυο ώρες με τη Ματίλντα. Τι θα πειράξει;

Κέισσι, κι αν σε βάλουν να κάνεις κάτι απαίσιο; Κάτι που δε θέλεις να κάνεις;

Μη λες ανοησίες. Δεν πρόκειται να συμβεί κάτι τέτοιο.

Πώς το ξέρεις;

Επειδή η Ματίλντα μού φέρθηκε με καλοσύνη. Είδε τη μοναξιά μου και δε με περιγέλασε. Με έκανε να αισθανθώ πως ήταν μια προσωρινή κατάσταση, ακόμα και αναστρέψιμη.

Αφού νιώθεις τόσο μόνη, γιατί δεν πας σε κάποιο μπαρ όπως όλος ο κόσμος;

Επειδή φοβάμαι.

Φοβάσαι; Ενώ αυτό είναι λιγότερο τρομακτικό;

«Ναι, εδώ που τα λέμε, είναι...» μουρμούρισα.

«Κέισσι; Εσύ είσαι;» Έστρεψα το κεφάλι. Πίσω μου στο πεζοδρόμιο προχωρούσε η Ματίλντα, με μια αυλακιά ανησυχίας στο μέτωπο. Κρατούσε μια πλαστική σακούλα στο ένα χέρι κι ένα μπουκέτο γλαδιόλες στο άλλο. «Καλά είσαι; Μήπως δυσκολεύτηκες να το βρεις;»

Είχα γραπωθεί αφηρημένη από μια σιδερένια καγκελόπορτα, είτε για να κρατηθώ όρθια είτε για να μείνω εκεί όπου βρισκόμουν.

«Θεούλη μου! Γεια. Ναι. Όχι! Μάλλον έφτασα λίγο νωρίτερα. Σκέφτηκα να κάτσω λίγο».

«Ήρθες ακριβώς στην ώρα σου. Έλα, πάμε μέσα και θα σου δώσω κάτι κρύο να πιεις. Κάνει πολλή ζέστη σήμερα».

Δεν είχα άλλη επιλογή πλέον. Δε γινόταν να υπαναχωρήσω. Το μόνο που έπρεπε να κάνω ήταν να την ακολουθήσω πίσω από την καγκελόπορτα, που, για να την ανοίξει, πληκτρολόγησε έναν περίπλοκο κωδικό ασφαλείας σε μια συσκευή. Έριξα μια ματιά στο βάθος του δρόμου και είδα την Πέντε Χρόνια να ξεμακραίνει δίχως να γυρίσει να με κοιτάξει.

Ακολούθησα τη Ματίλντα στον καταπράσινο κήπο, που ήταν σκεπασμένος από κισσούς και δέντρα. Το μυαλό μου ήταν ακόμα γαντζωμένο από τα πόδια της μαμάς μου σαν τρομαγμένο νήπιο. Κατευθυνόμασταν προς την κόκκινη πόρτα ενός γραφικού λευκού σπιτιού, το οποίο παλιά ήταν αμαξοστάσιο, στα αριστερά ενός τεράστιου αρχοντικού, που διακρινόταν ελάχιστα από τον δρόμο. Με έπιασε ζαλάδα.

«Στάσου... Περίμενε. Δεν ξέρω αν μπορώ να το κάνω, Ματίλντα...»

«Ποιο, Κέισσι;» Στράφηκε και με κοίταξε, και τα κόκκινα λουλούδια πλαισίωναν το πρόσωπό της και αναδείκνυαν τα κόκκινα μαλλιά της.

«*Αυτό εδώ*, ό,τι κι αν είναι».

Έβαλε τα γέλια.

«Γιατί δεν περιμένεις πρώτα να δεις *τι* είναι και να αποφασίσεις μετά; Τι λες;»

Στάθηκα ακίνητη, και οι παλάμες μου ήταν μούσκεμα στον ιδρώτα. Κρατήθηκα για να μην τις σκουπίσω στο φουστάνι μου.

«Μπορείς να πεις όχι, Κέισσι. Εγώ απλώς προσφέρομαι. Είσαι έτοιμη;» Έδειχνε περισσότερο σαστισμένη παρά ανυπόμονη.

«Ναι» απάντησα, και όντως ήμουν. Τέρμα οι υπεκφυγές. Έκλεισα το διστακτικό μυαλό μου ή, μάλλον, το άνοιξα.

Η Ματίλντα με οδηγούσε. Εγώ την ακολούθησα. Το βλέμμα μου ξαναγύρισε στο πνιγμένο στους κισσούς αρχοντικό και στον κήπο με την οργιώδη βλάστησή του. Απρίλης στη Νέα Ορλεάνη σήμαινε κισσοί και ολάνθιστα λουλούδια. Οι μανόλιες άνθιζαν τόσο γρήγορα, ώστε ήταν σαν να είχαν φορέσει όλες διακοσμημένα σκουφάκια μπάνιου της δεκαετίας του '50 εν μια νυκτί. Δεν είχα ξαναδεί κήπο τόσο πλούσιο, πράσινο και ζωντανό.

«Ποιος μένει εδώ;» ρώτησα.

«Αυτό είναι το Μέγαρο. Η είσοδος επιτρέπεται μόνο στα μέλη».

Μέτρησα δώδεκα φεγγίτες, με περίτεχνα σιδερένια

σκέπαστρα που κρέμονταν πάνω από τα παράθυρα σαν δαντελένιες αφέλειες. Ο πυργίσκος είχε λευκό επιστέγασμα. Παρόλο που το Μέγαρο ήταν κατάλευκο, απέπνεε κάτι απόκοσμο σαν να ήταν στοιχειωμένο, ίσως όμως από πολύ ελκυστικά φαντάσματα.

Αφού φτάσαμε στο σπιτάκι και η Ματίλντα πληκτρολόγησε ακόμα έναν κωδικό ασφαλείας, διασχίσαμε τη μεγάλη κόκκινη πόρτα και μπήκαμε μέσα. Με χτύπησε το κλιματιστικό. Παρόλο που το εξωτερικό του κτίσματος ήταν αδιάφορο και τετράγωνο, το εσωτερικό του ήταν σπουδή στον μινιμαλισμό των μέσων του αιώνα. Τα παράθυρα ήταν μικρά, αλλά οι τοίχοι ήταν ψηλοί και λευκοί. Επάνω τους κρέμονταν τεράστιοι εκπληκτικοί πίνακες σε ζωηρές κόκκινες και ροζ αποχρώσεις, διάστικτες από κίτρινες και μπλε πινελιές. Ρεσό τρεμόπαιζαν στα περβάζια των παραθύρων, χαρίζοντας στον χώρο ατμόσφαιρα ακριβού σπα. Χαλάρωσα τους ώμους, που ήταν σηκωμένοι έως τα αυτιά μου. Τίποτα κακό δεν μπορεί να συμβεί σ' ένα μέρος σαν κι αυτό, σκέφτηκα. Ήταν τελείως παρθένο. Στο βάθος του δωματίου υπήρχαν μερικές πόρτες, που πρέπει να είχαν ύψος παραπάνω από τρία μέτρα. Μια νεαρή με κομψό μαύρο καρέ και γυαλιά με χοντρό μαύρο σκελετό σηκώθηκε από το γραφείο της και υποδέχτηκε τη Ματίλντα.

«Η Επιτροπή θα έρθει σύντομα» είπε, σπεύδοντας να πάρει τα ψώνια και τα λουλούδια από τα χέρια της.

«Σ' ευχαριστώ, Ντάνικα. Ντάνικα, να σου συστήσω την Κέισσι».

Η Επιτροπή; Μήπως διέκοπτα κάποιο συμβούλιο; Η καρδιά χτυπούσε άρρυθμα.

«Χαίρομαι πάρα πολύ που σε γνωρίζω επιτέλους» αποκρίθηκε η Ντάνικα.

Η Ματίλντα την κοίταξε αυστηρά.

Τι εννοούσε με το *επιτέλους*;

Η Ντάνικα πάτησε ένα κουμπί κάτω από το γραφείο της, και μια πόρτα άνοιξε πίσω της, αποκαλύπτοντας ένα πολύ φωτεινό δωματιάκι με επένδυση από ξύλο καρυδιάς κι ένα στρογγυλό χοντρό ροζ χαλί στο κέντρο.

«Το γραφείο μου» δήλωσε η Ματίλντα. «Πέρνα μέσα».

Ο χώρος ήταν φιλόξενος, έβλεπε στον καταπράσινο κήπο, και στο βάθος, πίσω από την καγκελόπορτα, ίσα που διακρινόταν ο δρόμος. Από το παράθυρο του γραφείου της μπορούσα επίσης να δω την πλαϊνή πόρτα του επιβλητικού Μεγάρου, όπου μια οικιακή βοηθός με στολή σκούπιζε τα σκαλοπάτια. Κάθισα στη φαρδιά μαύρη πολυθρόνα, από αυτές που σε κάνουν να νιώθεις σαν να σε έχει αγκαλιάσει στην παλάμη του ο Κινγκ Κονγκ.

«Ξέρεις γιατί βρίσκεσαι εδώ, Κέισσι;» με ρώτησε η Ματίλντα.

«Όχι, δεν ξέρω. Ναι. Όχι, συγγνώμη... Δεν ξέρω». Μου ερχόταν να βάλω τα κλάματα.

Η Ματίλντα κάθισε στην καρέκλα του γραφείου της, ακούμπησε το πιγούνι στα χέρια της και περίμενε να τελειώσω. Η σιωπή ήταν οδυνηρή.

«Βρίσκεσαι εδώ επειδή διάβασες κάτι στο ημερολόγιο της Πολίν το οποίο σε ώθησε να έρθεις σε επαφή μαζί μου. Σωστά;»

«Έτσι νομίζω... Ναι» απάντησα. Έψαξα με το

βλέμμα στο δωμάτιο, για να βρω μια άλλη πόρτα που θα με έβγαζε στην αυλή, μακριά από αυτό το μέρος.

«Τι πιστεύεις πως ήταν αυτό που σε ώθησε;»

«Δεν ήταν μόνο το ημερολόγιο» ξεστόμισα. Από το παράθυρο είδα δύο γυναίκες να μπαίνουν από την καγκελόπορτα.

«Τι ήταν τότε;»

Σκέφτηκα το ζευγάρι με τα πλεγμένα χέρια. Σκέφτηκα το σημειωματάριο, την Πολίν να οπισθοχωρεί προς το κρεβάτι, και τον άντρα...

«Ήταν η Πολίν, το πώς είναι με τους άντρες. Με τον φίλο της. Εγώ δεν ήμουν ποτέ έτσι με κανέναν, ούτε καν με τον άντρα μου. Και κανένας δεν ήταν ποτέ έτσι μαζί μου. Εκείνη δείχνει να είναι τόσο... ελεύθερη».

«Και το θες κι εσύ αυτό;»

«Ναι. Νομίζω... Ασχολείστε με αυτό;»

«Ασχολούμαστε *αποκλειστικά* με αυτό» απάντησε. «Και τώρα ας αρχίσουμε με σένα. Πες μου μερικά πράγματα για τον εαυτό σου».

Δεν ξέρω γιατί μου φάνηκε τόσο εύκολο, όμως η ιστορία μου κύλησε αβίαστα από το στόμα μου. Μίλησα στη Ματίλντα για τα παιδικά μου χρόνια στο Αν Άρμπορ. Της είπα πως η μητέρα μου πέθανε όταν ήμουν μικρή και πως ο πατέρας μου, που ήταν εργολάβος περιφράξεων για επαγγελματικούς χώρους, ασχολιόταν σπάνια μαζί μου, κι όταν το έκανε, ήταν εναλλάξ στρυφνός ή υπερβολικά στοργικός, ειδικά όταν ήταν πιωμένος. Μεγαλώνοντας, έμαθα να προσέχω και να είμαι σε επιφυλακή για τις ενδεχόμενες αλλαγές στην ατμόσφαιρα του δωματίου. Η αδερφή μου, η Λίλα, έφυγε από το σπίτι με την πρώτη ευκαιρία, και μετακόμισε στη Νέα Υόρκη. Τώρα πια μιλούσαμε σπάνια.

Κατόπιν της είπα για τον Σκοτ, τον γλυκό Σκοτ και τον θλιμμένο Σκοτ, τον Σκοτ που με χόρευε αργά υπό τους ήχους της μουσικής κάντρι στην κουζίνα μας και τον Σκοτ που με χτύπησε δύο φορές και δεν έπαψε ποτέ να μου ζητάει τη συγχώρεση που δεν μπορούσα να του δώσω. Της αφηγήθηκα πώς διαλύθηκε ο γάμος μας ενώ κλιμακωνόταν ο αλκοολισμός του. Της είπα πως ο θάνατός του δε με είχε απελευθερώσει, αλλά με είχε εξορίσει σε μια ήσυχη μέση κατάσταση, σ' έναν ασφαλή αμυντικό περίβολο που τον είχα φτιάξει μόνη μου. Δεν είχα ιδέα πόσο μεγάλη ήταν η ανάγκη μου να μιλήσω σε μια άλλη γυναίκα, πόσο πολύ είχα απομονωθεί, ώσπου άρχισα να ανοίγομαι στη Ματίλντα.

Και μετά το είπα. Το ξεφούρνισα σχεδόν άθελά μου: το γεγονός ότι είχα χρόνια να κάνω σεξ.

«Πόσα χρόνια;»

«Πέντε. Σχεδόν έξι, μάλλον...»

«Δεν είναι ασυνήθιστο. Η θλίψη, ο θυμός και η πικρία παίζουν άσχημα παιχνίδια στο σώμα».

«Πώς το ξέρεις; Είσαι σεξοθεραπεύτρια;»

«Κάτι τέτοιο...» μου είπε. «Αυτό που κάνουμε εδώ, Κέισσι, είναι να βοηθάμε τις γυναίκες να έρθουν ξανά σε επαφή με τη σεξουαλική τους πλευρά. Κάνοντάς το αυτό, έρχονται ξανά σε επαφή με το πιο ισχυρό κομμάτι του εαυτού τους. Κάνοντας ένα Βήμα κάθε φορά. Σε ενδιαφέρει;»

«Έτσι νομίζω... Αμέ» απάντησα, νιώθοντας αυτή

την ίδια ντροπή που είχα αισθανθεί όταν χρειάστηκε να πω στον πατέρα μου ότι μου είχε έρθει περίοδος για πρώτη φορά. Μιας και δεν είχα καμία γυναίκα στο σπίτι μεγαλώνοντας, εκτός από την αδιάφορη φιλενάδα του πατέρα μου, δεν είχα μιλήσει ουσιαστικά για το σεξ με κανέναν.

«Θα χρειαστεί να κάνω τίποτα... περίεργο;»

Η Ματίλντα έβαλε τα γέλια.

«Όχι. Τίποτα περίεργο, Κέισσι, εκτός κι αν σ' αρέσει κάτι τέτοιο».

Άρχισα να γελάω κι εγώ τότε, με το αμήχανο γέλιο κάποιου που είχε περάσει πια το σημείο χωρίς επιστροφή.

«Μα τι θα κάνω; Πώς γίνεται;»

«Ουσιαστικά δε χρειάζεται να κάνεις τίποτα, εκτός από το να πεις ναι στην Επιτροπή» απάντησε κοιτάζοντας το ρολόι της, «η οποία, ποπό, συγκεντρώνεται τώρα που μιλάμε!».

«Στην Επιτροπή;» Θεέ μου, τι είχα *κάνει*; Ήταν θαρρείς και είχα πέσει σε βαθύ λαγούμι.

Η Ματίλντα πρέπει να διαισθάνθηκε τον πανικό μου. Μου έβαλε ένα ποτήρι νερό από την κανάτα που βρισκόταν επάνω στο γραφείο της.

«Έλα, Κέισσι. Πιες λίγο νερό και προσπάθησε, σε παρακαλώ, να χαλαρώσεις. Είναι καλό αυτό που κάνεις. Υπέροχο, πίστεψέ με. Η Επιτροπή είναι απλώς μια ομάδα από γυναίκες, καλές γυναίκες, πολλές από τις οποίες είναι σαν και σένα, γυναίκες που θέλουν να βοηθήσουν. Βρίσκουν τις συμμετέχουσες και σχεδιάζουν τις φαντασιώσεις. Η Επιτροπή πραγματοποιεί τις φαντασιώσεις σου».

«Τις φαντασιώσεις *μου*; Κι αν δεν έχω φαντασιώσεις;»

«Έχεις, πώς δεν έχεις. Απλώς δεν το ξέρεις ακόμα. Και μην ανησυχείς. Δε θα αναγκαστείς ποτέ να κάνεις κάτι που δε θες ούτε και θα πας ποτέ με κάποιον που δε θες. Το μότο του S.E.C.R.E.T. είναι: Χωρίς επικρίσεις. Χωρίς όρια. Χωρίς ντροπή».

Το ποτήρι έτρεμε στο χέρι μου. Ήπια μια μεγάλη γουλιά νερό και πνίγηκα.

«S.E.C.R.E.T.;»

«Ναι, έτσι ονομάζεται η ομάδα μας. Κάθε γράμμα σημαίνει κάτι. Ο μοναδικός λόγος της ύπαρξής μας είναι η απελευθέρωση μέσω της πλήρους υποταγής στις σεξουαλικές σου φαντασιώσεις».

Κοίταξα το υπερπέραν, προσπαθώντας να αποδιώξω από το μυαλό μου την εικόνα της Πολίν με τους δύο άντρες...

«Αυτό έκανε η Πολίν;» ξεστόμισα.

«Ναι. Η Πολίν ολοκλήρωσε και τα δέκα βήματα του S.E.C.R.E.T. και τώρα ζει τη ζωή της στο έπακρο, όντας σεξουαλικά δραστήρια».

«Δέκα;»

«Τα πράγματα έχουν ως εξής: τυπικά πραγματοποιούνται εννιά φαντασιώσεις. Το Δέκατο Βήμα είναι κάποια απόφαση. Μπορείς είτε να παραμείνεις στο S.E.C.R.E.T. για έναν χρόνο, βρίσκοντας κι άλλες γυναίκες σαν και σένα, εκπαιδεύοντας τους συμμετέχοντες στις φαντασιώσεις και βοηθώντας τα άλλα μέλη να οργανώσουν την πραγματοποίησή τους, ή να επιλέξεις να μεταφέρεις τη σεξουαλική σου γνώση στον δικό σου κόσμο, ίσως μέσα σε μια σχέση αγάπης».

Πάνω από τον δεξιό ώμο της Ματίλντας, από το παράθυρο που έβλεπε στον κήπο, διέκρινα διάφορες γυναίκες όλων των ηλικιών, αποχρώσεων και μεγεθών να περνούν δυο δυο και τρεις τρεις από την καγκελόπορτα. Τις άκουγα να μπαίνουν στον προθάλαμο γελώντας και κουβεντιάζοντας.

«Αυτή είναι η Επιτροπή;»

«Ναι. Πάμε κι εμείς;»

«Στάσου. Όλα αυτά προχωρούν πολύ γρήγορα... Πρέπει να σε ρωτήσω κάτι: αν πω ναι, τι θα γίνει μετά;»

«Όλα όσα θες. Τίποτα που δε θες» μου απάντησε εκείνη. «Ένα ναι ή ένα όχι, Κέισσι. Είναι πραγματικά τόσο απλό».

Το σώμα μου συμφωνούσε απόλυτα, όμως το μυαλό μου κατόρθωσε επιτέλους να απελευθερωθεί από τα προσωρινά δεσμά του και εξαπέλυσε τις αμφιβολίες του.

«Μα ούτε καν σας *ξέρω*! Δεν ξέρω ποια είσαι εσύ, δεν ξέρω ποιες είναι οι άλλες. Και θες να κάτσω και να σου εξομολογηθώ τις πιο μύχιες, τις πιο προσωπικές μου σεξουαλικές φαντασιώσεις; Άσε που δεν ξέρω καν αν έχω καμιά, πόσο μάλλον *εννιά*, αφού σε όλη μου τη ζωή έχω κοιμηθεί μόνο με *έναν* άντρα! Οπότε, πώς γίνεται να πω ναι ή όχι σε *όλα* αυτά;»

Η Ματίλντα παρέμεινε ατάραχη καθ' όλη τη διάρκεια του λογυδρίου μου, έτσι όπως οι καλές μητέρες παρακολουθούν ήρεμες το οργισμένο ξέσπασμα ενός νηπίου. Ό,τι κι αν έλεγα, τίποτα δε θα μπορούσε να πείσει το σώμα μου να κάνει μεταβολή και να επιστρέψει στο σπίτι, και το ήξερα. Το ίδιο κι εκείνη. Το καημένο το μυαλό μου είχε χάσει τη μάχη.

«Ναι ή όχι, Κέισσι» επανέλαβε η Ματίλντα.

Κοίταξα το δωμάτιο, τη βιβλιοθήκη πίσω μου, τα παλιά παράθυρα που έβλεπαν στην αυλή, τους θάμνους που ήταν σαν φράχτης και ύστερα το καλοσυνάτο πρόσωπο της Ματίλντας. Είχα ανάγκη να με αγγίξουν. Είχα ανάγκη να αφήσω έναν άντρα ελεύθερο στο κορμί μου προτού εκείνο βιώσει έναν αργό και μοναχικό θάνατο. Είχα την αίσθηση πως αυτό ήταν κάτι που έπρεπε να κάνει κάποιος σε μένα. *Μαζί* μου.

«Ναι».

Χτύπησε παλαμάκια.

«Χαίρομαι πάρα πολύ! Α, και να ξέρεις πως όλο αυτό γίνεται για να περάσεις καλά. *Θα* περάσεις καλά!»

Και με αυτά τα λόγια, η Ματίλντα έβγαλε ένα μικρό τετράδιο από το συρτάρι του γραφείου της και το ακούμπησε μπροστά μου. Είχε το ίδιο μπορντό εξώφυλλο με το ημερολόγιο της Πολίν, μόνο που ήταν πιο μακρύ και πιο λεπτό, σαν βιβλιάριο επιταγών.

«Θα σ' αφήσω μόνη, ώστε να συμπληρώσεις αυτό το σύντομο ερωτηματολόγιο. Θα μας δώσει μια ιδέα για το τι ψάχνεις, τι σου... αρέσει. Και πού βρίσκεσαι. Θα γράψεις πιο συγκεκριμένες φαντασιώσεις αργότερα. Αλλά αυτό είναι μια αρχή. Έχεις ένα τέταρτο. Να είσαι ειλικρινής. Θα έρθω να σε πάρω μόλις τελειώσεις. Τα μέλη της Επιτροπής έχουν συγκεντρωθεί. Τσάι; Καφέ;»

«Ωραίο θα ήταν λίγο τσάι...» είπα, νιώθοντας μεγάλη κούραση.

«Κέισσι, ο φόβος είναι το μόνο πράγμα που στέκεται ανάμεσα σε σένα και στην πραγματική σου ζωή. Να το θυμάσαι».

Μόλις με άφησε μόνη μου, είχα τόσο άγχος, που δεν μπορούσα καν να κοιτάξω το σημειωματάριο. Σηκώθηκα και πήγα στη βιβλιοθήκη στην άλλη άκρη του γραφείου. Αυτό που νόμιζα πως ήταν μια σειρά εγκυκλοπαίδειες στην πραγματικότητα ήταν το *The Complete Kama Sutra*, *Η χαρά του σεξ*, *Ο εραστής της λαίδης Τσάτερλυ*, το *My Secret Garden*, το *The Happy Hooker*, το *Φάνυ Χιλ* και *Η ιστορία της Ο* σε δεμένα αντίτυπα· βιβλία που έβρισκα στα σπίτια όπου έκανα την μπέιμπι σίτερ όταν ήμουν έφηβη, βιβλία που ξεφύλλιζα και μετά με γέμιζαν απορίες αργά τη νύχτα όταν με γύριζαν οι γονείς στο σπίτι μου. Ήταν δεμένα με το ίδιο μπορντό δέρμα που είχε το σημειωματάριο και το ημερολόγιο, και οι τίτλοι ήταν γραμμένοι με χρυσά γράμματα. Τους διέτρεξα με το δάχτυλο, πήρα βαθιά ανάσα και ύστερα επέτρεψα στη θέση μου.

Κάθισα και άνοιξα το σημειωματάριο.

Το βιβλίο που κρατάς στα χέρια σου είναι απόλυτα εμπιστευτικό. Τις απαντήσεις σου θα τις δείτε μόνο εσύ και η Επιτροπή. Για να σε βοηθήσουμε στο S.E.C.R.E.T., πρέπει να μάθουμε περισσότερα σχετικά με σένα. Απάντησε διεξοδικά, ειλικρινά και άφοβα. Παρακαλώ, άρχισε από δω:

Ακολουθούσε μια σειρά από ερωτήσεις, με χώρο ανάμεσά τους για τις απαντήσεις. Οι ερωτήσεις με σάστισαν με τη λεπτομέρειά τους. Καθώς δοκίμαζα το στιλό, ακούστηκε ένα σιγανό χτύπημα στην πόρτα.

«Περάστε».

Το μαύρο καρέ της Ντάνικα ξεμύτισε από το άνοιγμα της πόρτας.

«Συγγνώμη για τη διακοπή...» μουρμούρισε. «Η Ματίλντα μού είπε ότι ζήτησες λίγο τσάι».

«Α, ευχαριστώ».

Μπήκε και ακούμπησε αθόρυβα μπροστά μου ένα ασημένιο σερβίτσιο του τσαγιού.

«Ντάνικα, εσύ το έχεις κάνει αυτό; Αυτό το *πράγμα;*»

Μου χάρισε ένα πλατύ χαμόγελο.

«Όχι. Βλέπεις;» είπε σηκώνοντας τον γυμνό καρπό της. «Δε φοράω βραχιόλι. Έτσι το καταλαβαίνεις. Η Ματίλντα λέει πως ίσως δε χρειαστεί καν να γίνω μέλος αν παίξω σωστά τα χαρτιά μου εξαρχής με τον φίλο μου. Εξάλλου πρέπει να είσαι κάπως μεγάλη – πάνω από τριάντα. Αλλά νομίζω πως είναι καταπληκτικό!» πρόσθεσε το εικοσιδυάχρονο. «Απλώς απάντησε ειλικρινά, Κέισσι. Όλα από κει και μετά θα είναι εύκολα. Έτσι λέει συνέχεια η Ματίλντα».

Ύστερα έκανε μεταβολή και βγήκε από το δωμάτιο, κλείνοντας την πόρτα πίσω της και αφήνοντάς με πάλι μόνη με το ερωτηματολόγιο και το μυαλό μου που κάλπαζε. *Μπορείς να το κάνεις, Κέισσι.* Κι έτσι, ξεκίνησα.

1. *Πόσους εραστές είχες; Ποιον θεωρείς ιδανικό εραστή ως προς την εξωτερική εμφάνιση; Προσδιόρισε ύψος, βάρος, χρώμα μαλλιών, μέγεθος πέους και λοιπές προτιμήσεις.*
2. *Μπορείς να έρθεις σε οργασμό μέσω κολπικής διείσδυσης;*

3. *Σου αρέσει το στοματικό σεξ (παθητικό); Σου αρέσει το στοματικό σεξ (ενεργητικό); Ανάπτυξε.*
4. *Πόσο συχνά αυνανίζεσαι; Ποια μέθοδο προτιμάς;*
5. *Έκανες ποτέ σεξ της μίας βραδιάς;*
6. *Όταν σε ελκύει κάποιος, συνήθως κάνεις εσύ την πρώτη κίνηση;*
7. *Έχεις κάνει ποτέ σεξ με γυναίκα ή με περισσότερους του ενός παρτενέρ; Ανάπτυξε.*
8. *Έχεις κάνει πρωκτικό σεξ; Σου άρεσε; Αν όχι, γιατί;*
9. *Ποια αντισυλληπτική μέθοδο χρησιμοποιείς;*
10. *Ποιες θεωρείς πως είναι οι ερωτογενείς σου ζώνες;*
11. *Τι άποψη έχεις για την πορνογραφία;*

Και τα λοιπά και τα λοιπά και τα λοιπά. *Σου αρέσει να κάνεις σεξ όταν έχεις περίοδο; Σου αρέσουν τα βρομόλογα; Ο σαδομαζοχισμός; Να σε δένουν; Σεξ με ανοιχτά ή με σβηστά φώτα;...* Αυτό φοβόμουν περισσότερο απ' όλα. Να νιώσω πελαγωμένη. Ήταν σαν εκείνους τους απαίσιους εφιάλτες που με ταλαιπωρούσαν αφότου παράτησα το πανεπιστήμιο: ότι έπρεπε να γράψω απροειδοποίητο διαγώνισμα. Είχα έναν και μοναδικό ερωτικό σύντροφο. Δεν είχα ιδέα τι μέγεθος πέους προτιμούσα, και το πρωκτικό σεξ ήταν μια εξωτική, απόμακρη ιδέα, της ίδιας λογικής με το να κάνω τατουάζ στο πρόσωπο ή να κλέψω από κατάστημα. Αλλά έπρεπε να απαντήσω ειλικρινά. Ποιο ήταν το χειρότερο που θα μπορούσε να συμβεί; Ότι θα ανακάλυπταν την απόλυτη σεξουαλική ανικανότητά μου και θα μου έδειχναν την έξοδο; Αυτή η σκέψη έκανε την υπόλοιπη άσκηση γελοιωδώς αστεία. Στο κάτω κάτω της γραφής τι είχα να χάσω; Στο κάτω κάτω της γραφής η σεξουαλική μου απειρία δε με είχε οδηγήσει εδώ;

Ξεκίνησα από την απλούστερη ερώτηση, την πρώτη, που ήταν σχετικά εύκολη – *Έναν*. Είχα *έναν* εραστή. Τον Σκοτ. Έναν. Και μοναδικό. Όσον αφορά τον σωματότυπο που προτιμούσα, σκέφτηκα όλους τους σταρ του σινεμά και τους μουσικούς που θεωρούσα ελκυστικούς και εξέπληξα τον εαυτό μου γεμίζοντας όλο το κενό με ονόματα και ιδανικά. Ύστερα προχώρησα στην επόμενη ερώτηση: κολπικούς οργασμούς; Την προσπέρασα. Δεν είχα ιδέα. Όταν έφτασα στην ερώτηση για τις ερωτογενείς ζώνες, μόνο που δε σηκώθηκα να πάω στη βιβλιοθήκη να βρω το λεξικό. Δεν μπορούσα να την απαντήσω. Ούτε την επόμενη ούτε και το αν είχα πάει με γυναίκα. Απάντησα στις υπόλοιπες όσο καλύτερα μπορούσα. Τελικά έφτασα στην τελευταία σελίδα του ερωτηματολογίου, όπου υπήρχε χώρος για να προσθέσω όποιες άλλες σκέψεις είχα.

Βάζω τα δυνατά μου να απαντήσω στις ερωτήσεις, αλλά έχω κάνει σεξ μόνο με τον σύζυγό μου. Τις περισσότερες φορές το κάναμε σε ιεραποστολική στάση. Μια δυο φορές την εβδομάδα όταν ήμαστε νεόνυμφοι. Πιο μετά, μία φορά τον μήνα, κι αν. Τα φώτα ήταν συνήθως σβηστά. Μερικές φορές ερχόμουν σε οργασμό... Νομίζω. Δεν είμαι σίγουρη· μπορεί και να προσποιούμουν. Ο Σκοτ δε με έγλειψε ποτέ. Έχω... χαϊδευτεί κάποιες φορές. Πάει όμως πολύς καιρός από την τελευταία φορά που το έκανα. Ο Σκοτ πάντα ήθελε να τον πάρω στο στόμα μου. Το έκανα για λίγο, αλλά δεν άντεχα να το ξανακάνω αφότου με χτύπησε. Δεν άντεχα να κάνω τίποτα μαζί του αφότου με χτύπησε.

Πέθανε πριν από τέσσερα χρόνια. Έχω να κάνω σεξ παραπάνω από τόσο. Συγγνώμη, αλλά δεν μπορώ να ολοκληρώσω το τεστ, παρόλο που έχω βάλει τα δυνατά μου.

Άφησα κάτω το στιλό κι έκλεισα το σημειωματάριο. Ένιωσα ξαλαφρωμένη και μόνο που τα έγραψα. Δεν άκουσα τη Ματίλντα, που γλίστρησε μέσα στο δωμάτιο.

«Πώς τα πήγες;» με ρώτησε μόλις πλησίασε και κάθισε στο γραφείο της.

«Όχι πολύ καλά, φοβάμαι...»

Πήρε το σημειωματάριο. Μου ερχόταν να το αρπάξω από τα χέρια της και να το σφίξω στο στήθος μου.

«Ξέρεις, δεν είναι διαγώνισμα για να κοπείς...» αποκρίθηκε, κι ένα θλιμμένο χαμόγελο ζωγραφίστηκε στο πρόσωπό της καθώς διάβαζε στα γρήγορα τις απαντήσεις μου. «Εντάξει λοιπόν. Κέισσι, έλα μαζί μου. Ήρθε η ώρα να γνωρίσεις την Επιτροπή».

Αισθανόμουν σαν να είχα γίνει ένα με τη φαρδιά, άνετη πολυθρόνα μου. Ήξερα πως, αν διάβαινα την πόρτα αυτού του δωματίου, θα άνοιγε ένα άλλο κεφάλαιο στη ζωή μου. Ήμουν έτοιμη;

Όλως περιέργως, ήμουν. Με κάθε χειρονομία φάνταζε όλο και πιο εφικτό. Ίσως έτσι θα μου φαίνονταν και τα δέκα βήματα. Υπενθύμιζα διαρκώς στον εαυτό μου ότι δε μου συνέβαινε τίποτα κακό. Το αντίθετο μάλιστα. Ένιωθα σαν να ξεκολλούσαν από πάνω μου κομμάτια πάγου.

Βγήκαμε μαζί από το δωμάτιο και διασχίσαμε τον χώρο υποδοχής, όπου η Ντάνικα πάτησε ένα άλλο κουμπί κάτω από το γραφείο της. Οι πελώριες λευκές πόρτες στο βάθος άνοιξαν και αποκάλυψαν ένα μεγάλο οβάλ τραπέζι από γυαλί, γύρω από το οποίο κάθονταν δώδεκα γυναίκες που κουβέντιαζαν μεγαλόφωνα. Η αίθουσα δεν είχε παράθυρα και ήταν κι αυτή κατάλευκη, με λίγους πολύχρωμους πίνακες παρόμοιους με αυτούς του προθαλάμου. Στον απέναντι τοίχο, πάνω από μια φαρδιά μαονένια κονσόλα, κρεμόταν το πορτρέτο μιας πανέμορφης γυναίκας με σκουρόχρωμο δέρμα και μια μακριά πλεξίδα που έπεφτε πάνω από τον έναν της ώμο. Μπήκαμε στην αίθουσα, και οι γυναίκες σώπασαν.

«Κορίτσια, να σας συστήσω την Κέισσι Ρόμπισο».

«Γεια σου, Κέισσι!» αποκρίθηκαν εκείνες εν χορώ.

«Κέισσι, να σου συστήσω την Επιτροπή».

Άνοιξα το στόμα μου για να μιλήσω, όμως δεν μπορούσα να αρθρώσω λέξη.

«Έλα να κάτσεις εδώ δίπλα μου, χρυσό μου» είπε μια μικροκαμωμένη Ινδή γύρω στα εξήντα με ζωηρόχρωμο σάρι και πολύ καλοσυνάτο χαμόγελο. Τράβηξε μια καρέκλα και τη χτύπησε απαλά με την παλάμη της.

«Ευχαριστώ» αποκρίθηκα και σωριάστηκα στο κάθισμα. Ήθελα να τις κοιτάξω όλες κατάματα και ταυτόχρονα να μην κοιτάξω καμία. Μια είχα τα χέρια μου πλεγμένα σφιχτά στα πόδια μου και μια καθόμουν επάνω τους, προσπαθώντας με όλες μου τις δυνάμεις να μην κάνω νευρικές κινήσεις σαν μαθητριούλα. *Τριάντα πέντε χρόνων είσαι, Κέισσι. Μεγάλωσε επιτέλους.*

Ενώ η Ματίλντα μού σύστηνε καθεμιά από τις γυναίκες ξεχωριστά, η φωνή της ακουγόταν απόμακρη, λες και ήταν κάτω από το νερό. Η ματιά μου πήγαινε από πρόσωπο σε πρόσωπο και στυλωνόταν εκεί, στην προσπάθειά μου να απομνημονεύσω τα ονόματά τους. Παρατήρησα πως καθεμιά ήταν όμορφη με τον δικό της τρόπο.

Γνώρισα την Μπερνίς, μια κοκκινομάλλα μαύρη, τροφαντή, κοντούλα και με πλούσιο μπούστο. Ήταν νεαρή. Γύρω στα τριάντα. Γνώρισα δύο ξανθιές, μια ψηλή που λεγόταν Δάφνη με ίσια μακριά μαλλιά και μια άλλη, την Τζουλς, με κοντές ατίθασες μπούκλες. Γνώρισα μια καστανή με καμπύλες ονόματι Μισέλ, με αγγελικό πρόσωπο, που έφερε τα χέρια της εμπρός στο στόμα της σαν να είχα κάνει κάτι χαριτωμένο σε κάποιο ρεσιτάλ χορού. Έσκυψε και ψιθύρισε κάτι σε μια γυναίκα που καθόταν απέναντί μου και λεγόταν Μπρέντα, η οποία είχε σφριγηλό, αθλητικό σώμα και φορούσε φόρμα. Δίπλα της καθόταν η Ρόζλυν, με τα μακριά καστανοκόκκινα μαλλιά. Είχε τα μεγαλύτερα καστανά μάτια που είχα δει στη ζωή μου. Επίσης γνώρισα δύο Λατίνες, που κάθονταν πλάι πλάι και ήταν πανομοιότυπες δίδυμες. Η Μαρία είχε αποφασιστικό βλέμμα· η Μάρτα φαινόταν πιο ήρεμη και ανοιχτή. Τότε παρατήρησα ότι καθεμιά από τις γυναίκες στο τραπέζι φορούσε το γνωστό βραχιόλι με τα χρυσά κρεμαστά.

«Και τέλος, δίπλα σου κάθεται η Αμάνι Λάκσμι, το παλιότερο μέλος της Επιτροπής. Μάλιστα εκείνη με καθοδήγησε, όπως θα καθοδηγήσω κι εγώ εσένα» ανακοίνωσε η Ματίλντα.

«Χαίρομαι πάρα πολύ που σε γνωρίζω, Κέισσι» είπε εκείνη με την ελαφριά προφορά της, σηκώνοντας το λεπτό της χέρι για να σφίξει το δικό μου. Είδα πως ήταν η μοναδική γυναίκα στην αίθουσα που φορούσε δύο βραχιόλια, ένα σε κάθε καρπό. «Προτού ξεκινήσουμε, μήπως έχεις κάποια ερώτηση;»

«Ποια είναι η γυναίκα στον πίνακα;» άκουσα τον εαυτό μου να λέει.

«Η Καρολίνα Μεντόζα, η γυναίκα που συνέβαλε στο να γίνουν όλα αυτά πραγματικότητα» απάντησε η Ματίλντα.

«Και εξακολουθεί» πρόσθεσε η Αμάνι.

«Ναι, πράγματι. Για όσο θα έχουμε τους πίνακές της, θα διαθέτουμε και τα μέσα ώστε να στηρίζουμε το S.E.C.R.E.T. στη Νέα Ορλεάνη».

Η Ματίλντα μού εξήγησε πώς είχε γνωρίσει την Καρολίνα Μεντόζα πριν από τριάντα πέντε χρόνια, όταν εργαζόταν ως πρόεδρος στον πολιτιστικό οργανισμό του δήμου. Η Καρολίνα ήταν ζωγράφος και είχε έρθει από την Αργεντινή. Εγκατέλειψε τη χώρα τη δεκαετία του '70, λίγο προτού η στρατιωτική καταστολή καταστήσει αδύνατη τη δημιουργία και την ελεύθερη έκφραση καλλιτεχνών και φεμινιστών. Γνωρίστηκαν σε μια δημοπρασία. Εκείνη είχε μόλις αρχίσει να εκθέτει τα έργα της, μεγάλους ζωηρόχρωμους καμβάδες και τοιχογραφίες που δε θύμιζαν τους πίνακες άλλων γυναικών ζωγράφων εκείνη την εποχή.

«Δικοί της είναι αυτοί οι πίνακες; Και οι άλλοι στη ρεσεψιόν;» ρώτησα.

«Ναι. Γι' αυτό και τα μέτρα ασφαλείας εδώ είναι τόσο αυστηρά. Κάθε πίνακας αξίζει εκατομμύρια. Έχουμε μερικούς ακόμη, αποθηκευμένους μέσα στο Μέγαρο».

Η Ματίλντα μού αφηγήθηκε πώς άρχισαν να κάνουν παρέα με την Καρολίνα, πράγμα που την εξέπληξε, επειδή είχε πάρα πολύ καιρό να κάνει καινούρια φίλη.

«Η σχέση μας δεν ήταν σεξουαλική, αλλά μιλούσαμε πάρα πολύ για το σεξ. Μετά από λίγο καιρό, αφού με εμπιστεύτηκε αρκετά, μου μίλησε για τον κόσμο της, έναν μυστικό κόσμο όπου οι γυναίκες συγκεντρώνονταν και συζητούσαν τις πιο μύχιες επιθυμίες τους, τις πιο κρυφές φαντασιώσεις τους. Να σου θυμίσω ότι τότε δε συνηθιζόταν να μιλάς για το σεξ. Πόσο μάλλον να λες πόσο πολύ σ' αρέσει...»

Αρχικά η ομάδα της Καρολίνας ήταν ανεπίσημη, συνέχισε η Ματίλντα, μια συνάθροιση φίλων καλλιτέχνιδων και ντόπιων εκκεντρικών τύπων, που αφθονούν στη Νέα Ορλεάνη. Οι περισσότερες ήταν εργένισσες, κάποιες άλλες χήρες, μερικές ήταν παντρεμένες χρόνια, ορισμένες μάλιστα είχαν ευτυχισμένους γάμους, μου είπε. Οι πιο πολλές ήταν επιτυχημένες και άνω των τριάντα. Κάτι έλειπε όμως από τον γάμο τους, από τη ζωή τους.

Η Ματίλντα ανέλαβε να εμπορεύεται τα έργα της κατ' αποκλειστικότητα, και οι πίνακες της Καρολίνας άρχισαν να πωλούνται αντί υπέρογκων ποσών. Τελικά πούλησε αρκετούς πίνακες στην Αμερικανίδα σύζυγο ενός πετρελαιά σεΐχη από τη Μέση Ανατολή αντί δεκάδων εκατομμυρίων δολαρίων. Αγόρασε το Μέγαρο και ύστερα έβαλε την υπόλοιπη περιουσία της σ' ένα καταπίστευμα που χρηματοδοτούσε την αυξανόμενη σεξουαλική κολεκτίβα τους.

«Στο τέλος συνειδητοποιήσαμε ότι θέλαμε να ζή-

σουμε τις σεξουαλικές μας φαντασιώσεις – μηδεμιάς εξαιρουμένης. Αλλά αυτά τα σενάρια κοστίζουν. Για να βρούμε τους άντρες και μερικές φορές τις γυναίκες, τους *κατάλληλους* άντρες και γυναίκες, για την εκπλήρωση των φαντασιώσεων, έπρεπε να τους στρατολογήσουμε. Και να τους... εκπαιδεύσουμε. Έτσι ιδρύθηκε το S.E.C.R.E.T.

»Αφού βοηθήσαμε η μια την άλλη να βιώσουμε τις *δικές μας* σεξουαλικές φαντασιώσεις, αποφασίσαμε να βρίσκουμε κάθε χρόνο ένα άτομο στο οποίο θα χαρίζαμε αυτό το δώρο, το δώρο της πλήρους σεξουαλικής απελευθέρωσης. Ως φετινή πρόεδρος της Επιτροπής, είχα καθήκον να επιλέξω τη νεοσύλλεκτη αυτής της χρονιάς. Σύμφωνα με το καταστατικό μας, πρέπει να μας επιλέξει κι εκείνη με τη σειρά της».

«Εσένα εννοεί, Κέισσι» είπε η Μπρέντα.

«Εμένα; Γιατί;»

«Για πολλούς λόγους. Σε παρακολουθούμε εδώ και καιρό. Σε πρότεινε η Πολίν, που σε είχε δει στο εστιατόριο. Δεν άφησε επίτηδες το ημερολόγιό της, αλλά πήγε τόσο καλά, που ούτε προσχεδιασμένο να ήταν. Είχαμε μιλήσει ήδη για σένα μια δυο φορές. Όλα πήγαν κατ' ευχήν».

Σάστισα για μια στιγμή που με είχαν παρακολουθήσει, που με είχαν ελέγξει... Για ποιον λόγο; Για σημάδια αξιοθρήνητης μοναξιάς; Αισθάνθηκα τη σπίθα της οργής να θεριεύει μέσα μου.

«Τι θέλετε να πείτε; Ότι είδατε πως ήμουν μια θλιβερή μοναχική σερβιτόρα;» Κοίταξα τριγύρω μου επιτιμητικά.

Η Αμάνι άπλωσε το χέρι και το ακούμπησε στον

ώμο μου, ενώ κάποιες μουρμούριζαν διαβεβαιώσεις: «Όχι...» και «Δεν είναι έτσι...» και «Αχ, καλή μου, δεν εννοούσαμε αυτό...».

«Κέισσι, δεν είναι προσβολή. Εμείς λειτουργούμε με πνεύμα αγάπης και υποστήριξης. Όταν μια γυναίκα εγκαταλείπει πρώιμα τη σεξουαλική πτυχή του εαυτού της, συχνά η ίδια δεν το παρατηρεί. Μα οι άλλοι το αντιλαμβάνονται. Είναι σαν να λειτουργείς με μία αίσθηση λιγότερη. Μόνο που δεν το ξέρεις. Κάποιες φορές οι άνθρωποι που έχουν αποσυρθεί κατ' αυτό τον τρόπο έχουν ανάγκη από κάποιου είδους παρέμβαση. Αυτό είναι όλο... Αυτό εννοούσα. Σε βρήκαμε. Σε επιλέξαμε. Και τώρα σου προσφέρουμε την ευκαιρία να κάνεις νέο ξεκίνημα. Να αφυπνιστείς. Αν το θελήσεις. Θες να γίνεις μέλος μας και ν' αρχίσεις το ταξίδι σου;»

Εγώ είχα κολλήσει στο γεγονός ότι με *παρακολουθούσαν. Πώς;* Πάντα πίστευα πως είχα καμουφλάρει καλά τη μοναξιά μου, την αθέλητη αγαμία μου. Κατόπιν θυμήθηκα τα καφέ ρούχα μου, την ατημέλητη αλογοουρά μου, τα απαίσια παπούτσια μου, το καμπούριασμά μου, τη γάτα μου, το πώς σερνόμουν κάθε μέρα επιστρέφοντας το σούρουπο στο άδειο σπίτι μου. Όποιος είχε μάτια θα μπορούσε να δει ότι με περιέβαλλε μια καφετιά αύρα, σαν να ήμουν πασπαλισμένη με ήττα. Ήταν ώρα. Ώρα να κάνω το άλμα.

«Ναι» απάντησα, αποδιώχνοντας όσες αμφιβολίες απέμεναν στο κεφάλι μου. «Συμφωνώ. Θέλω να το κάνω».

Η ομήγυρη ξέσπασε σε χειροκροτήματα. Η Αμάνι μού έγνεψε ενθαρρυντικά.

«Να θεωρείς τις γυναίκες αυτής της ομάδας αδερφές σου. Μπορούμε να σε οδηγήσουμε πίσω στον αληθινό σου εαυτό» είπε η Ματίλντα ενώ σηκωνόταν όρθια.

Το στήθος μου σφίχτηκε από τη συγκίνηση. Με κατέκλυσαν πολλά συναισθήματα ταυτόχρονα – χαρά, φόβος, σύγχυση και ευγνωμοσύνη. Άραγε συνέβαινε πραγματικά όλο αυτό; Σε μένα;

«Γιατί το κάνετε αυτό για μένα;» ρώτησα, ενώ δάκρυα λίμναζαν στις άκρες των ματιών μου.

«Επειδή μπορούμε» απάντησε η Μπερνίς.

Η Ματίλντα έβαλε το χέρι κάτω από το τραπέζι κι έβγαλε ένα ντοσιέ που έκλεινε με φερμουάρ. Φαινόταν φτιαγμένο από πραγματικό δέρμα αλιγάτορα κι επάνω του ήταν ανάγλυφα τα αρχικά μου, *Κ.Ρ.* Βαθιά μέσα τους ήταν σίγουρες ότι ήταν αδύνατο να αρνηθώ μια τέτοια ευκαιρία. Το άνοιξα αποκαλύπτοντας το εσωτερικό του, που ήταν γεμάτο έγγραφα με περίτεχνα ανάγλυφα στις άκρες. Στο αριστερό αυτί του ντοσιέ βρισκόταν ένας φάκελος από ακριβό χαρτί που έγραφε το όνομά μου με καλλιγραφικά γράμματα. Ούτε οι προσκλήσεις του γάμου μου δεν ήταν τόσο όμορφες.

«Έλα...» μου είπε η Ματίλντα. «Άνοιξέ τον».

Έσκισα προσεκτικά τη σφραγίδα. Μέσα υπήρχε μια κάρτα.

Σήμερα η Επιτροπή καλεί την Κέισσι Ρόμπισο να πραγματοποιήσει τα Βήματα.

______________________________ *Κέισσι Ρόμπισο*

Από κάτω υπήρχε μια άλλη γραμμή:

____________________ *Ματίλντα Γκριν, καθοδηγήτρια*

Μέσα στο δεξί αυτί του ντοσιέ βρισκόταν ένα μικρό ημερολόγιο, πανομοιότυπο με της Πολίν, που είχε κι αυτό τα αρχικά μου.

«Κέισσι, θα μπορούσες να μας διαβάσεις δυνατά τα Βήματα;»

«Τώρα;» Κοίταξα ολόγυρα στο τραπέζι και δεν είδα ούτε ένα πρόσωπο που να με τρομάζει και επιπλέον ήξερα ότι θα μπορούσα να σηκωθώ και να φύγω ανά πάσα στιγμή – αλλά δεν ήθελα. Σηκώθηκα, όμως τα πόδια μου είχαν πετρώσει. «Φοβάμαι...»

«Όλες οι γυναίκες που κάθονται γύρω απ' αυτό το τραπέζι έχουν αισθανθεί το ίδιο πράγμα που νιώθεις κι εσύ τώρα» συνέχισε η Ματίλντα, κι όλες συγκατένευσαν. «Κέισσι, *είμαστε* η σεξουαλική μας ζωή».

Δάκρυα κυλούσαν από τα μάτια μου. Ένιωθα επιτέλους πως όλη η θλίψη που είχα μαζέψει μέσα μου έβρισκε εντέλει μια διέξοδο.

Η Αμάνι έσκυψε προς το μέρος μου και είπε:

«Η ικανότητα να γιατρέψουμε τον εαυτό μας μας προσφέρει τη δυνατότητα να βοηθήσουμε κι άλλους. Γι' αυτό βρισκόμαστε εδώ. Αυτός είναι ο *μόνος* λόγος για τον οποίο βρισκόμαστε εδώ».

Κάρφωσα το βλέμμα στο ημερολόγιο. Επιστράτευσα κάθε ρανίδα δύναμης και κουράγιου που διέθετα. Ήθελα να ζωντανέψω κι εγώ όπως τούτες οι γυναίκες. Ήθελα να νιώσω ηδονή και να ζήσω ξανά μέσα στο σώμα μου. Τα ήθελα όλα. Ήθελα τα πάντα.

Άνοιξα το βιβλιαράκι στα Βήματα και διάβασα και τα δέκα, τις ίδιες λέξεις που είχα διαβάσει και στο ημερολόγιο της Πολίν. Μόλις τέλειωσα, κάθισα ξανά στην καρέκλα μου, κι ένα τεράστιο κύμα ανακούφισης ανέβηκε από τα πόδια μου, διέτρεξε όλο μου το κορμί και βγήκε από τα χέρια μου.

«Σ' ευχαριστώ, Κέισσι» είπε η Ματίλντα. «Τώρα θέλω να σου κάνω τρεις σημαντικές ερωτήσεις. Πρώτον, θες αυτό που έχουμε κι εμείς;»

«Ναι» απάντησα.

«Δεύτερον, μέσα στα όρια της απόλυτης ασφάλειας και σιγουριάς και της καθοδήγησης που σου παρέχουμε, είσαι διατεθειμένη να ακολουθήσεις αυτά τα Βήματα;»

Κοίταξα ξανά τα Βήματα. Το ήθελα. Πραγματικά το ήθελα.

«Ναι. Έτσι νομίζω...»

«Και τρίτον, Κέισσι Ρόμπισο, δέχεσαι να είμαι εγώ η καθοδηγήτριά σου;»

«Ναι, δέχομαι» είπα.

Η ομήγυρη ξέσπασε ξανά σε χειροκροτήματα.

Η Ματίλντα έσφιξε τα χέρια μου στα δικά της.

«Κέισσι, σου υπόσχομαι ότι θα είσαι ασφαλής, ότι θα σε περιποιούμαστε και θα σε φροντίζουμε. Έχεις απόλυτη κυριαρχία επάνω στο σώμα σου και στο τι θες να κάνεις με αυτό. Πάντα θα μπορείς να αποφασίζεις εσύ πώς θες να προχωρήσεις. Δε θα εξαναγκαστείς ποτέ να κάνεις το οτιδήποτε. Αυτό δε σημαίνει ότι δε θα αισθανθείς φόβο, μα γι' αυτό είμαστε εδώ. Γι' αυτό είμαι εγώ εδώ. Και τώρα έχω κάτι ακόμα για σένα...»

Πήγε στην κονσόλα πάνω από την οποία κρεμόταν το πορτρέτο της Καρολίνας. Άνοιξε το λεπτό επάνω συρτάρι κι έβγαλε με προσοχή ένα πορφυρό κουτάκι. Μου το έφερε σαν να ήταν το πιο εύθραυστο πράγμα στον κόσμο. Αλλά όταν το ακούμπησε στα χέρια μου, το κουτί ήταν αναπάντεχα βαρύ.

«Άνοιξέ το. Για σένα είναι».

Σήκωσα το βελούδινο καπάκι, και κάτω από ένα χνουδωτό κάλυμμα υπήρχε μια ανοιχτόχρωμη χρυσή αλυσίδα, χωμένη μέσα σε μετάξια. Ήταν πανομοιότυπη με τα βραχιόλια που φορούσαν όλες οι υπόλοιπες γυναίκες στην αίθουσα. Μόνο που αυτή η αλυσίδα ήταν γυμνή – δεν είχε κανένα κρεμαστό επάνω της.

«Δική μου είναι;»

Η Ματίλντα την έβγαλε από το κουτί και τη φόρεσε στον καρπό μου, που έτρεμε.

«Για κάθε Βήμα που θα ολοκληρώνεις, Κέισσι, θα σου δίνω ένα χρυσό κρεμαστό ως ανάμνηση της ολοκλήρωσής του. Αυτό θα συνεχιστεί μέχρι να πάρεις και τα εννιά κρεμαστά. Το δέκατο κρεμαστό απονέμεται αφού πρώτα επιλέξεις αν θα παραμείνεις στο S.E.C.R.E.T. ή αν θα φύγεις. Είσαι έτοιμη ν' αρχίσεις την περιπέτειά σου;»

Το βραχιόλι με έκανε να συνειδητοποιήσω πως όλα αυτά συνέβαιναν στ' αλήθεια, το βάρος του με προσγείωσε, με έκανε να καταλάβω τη βαρύτητα αυτών που είχαν μόλις συμβεί κι αυτών που θα συνέβαιναν.

«Είμαι έτοιμη».

[ΚΕΦΑΛΑΙΟ ΤΕΣΣΕΡΑ]

ΣΤΟΝ ΔΡΟΜΟ ΓΙΑ ΤΟ ΣΠΙΤΙ παλλόμουν σύγκορμη, ενώ σκεφτόμουν τη δουλειά που είχα να κάνω. Η Ματίλντα μού είχε δώσει το ντοσιέ και μου είχε πει ότι περιλάμβανε εννιά φύλλα, ένα για κάθε φαντασίωση. Έπρεπε να τα συμπληρώσω αμέσως και να τηλεφωνήσω στην Ντάνικα μόλις τα τέλειωνα, προφανώς για να στείλει έναν κούριερ να τα πάρει. Το τελευταίο πράγμα που μου είπε ήταν: «Θα αρχίσουμε αμέσως μόλις πάρουμε στα χέρια μας τα έγγραφα. Εμείς οι δύο θα κουβεντιάζουμε μετά από κάθε φαντασίωση. Αλλά στο μεταξύ μη διστάσεις να μου τηλεφωνήσεις για το οτιδήποτε. Εντάξει;».

Όταν έφτασα στο διαμέρισμά μου, σήκωσα την Ντίξι στην αγκαλιά μου και τη γέμισα φιλάκια στην κοιλιά. Ύστερα άναψα πολλά κεριά, γδύθηκα κι έκανα ένα αφρόλουτρο με γλυκιά μυρωδιά. Όλα αυτά ώστε να μπορέσω να σκεφτώ την καλύτερη δυνατή λίστα φαντασιώσεων. Βρήκα την αγαπημένη μου πένα κι έβγαλα το πρώτο φύλλο από το ντοσιέ. Αισθάνθηκα μέσα μου ένα σκίρτημα που είχα χρόνια να νιώσω. Η Ματίλντα μού είχε πει να τα αποκαλύψω όλα, να καταγράψω όλες τις σεξουαλικές μου επιθυμίες. Όλα όσα είχα θελήσει να κάνω ή να δοκιμάσω. Μου είπε να μην κρίνω, να μην αμφισβητήσω.

«Μην παραγίνεις περιγραφική, μην το πολυσκεφτείς. Μόνο γράφε». Δεν υπήρχαν κανόνες για τις φαντασιώσεις, διευκρίνισε, όμως τα αρχικά γράμματα του *S.E.C.R.E.T.* αντιπροσώπευαν τις προδιαγραφές τους, τις οποίες έκαναν το παν να τηρούν. Η Ματίλντα μού εξήγησε ότι κάθε φαντασίωση πρέπει να είναι:

S afe, δηλαδή *ασφαλής*, με την έννοια πως η συμμετέχουσα νιώθει ότι δεν κινδυνεύει.

E rotic, δηλαδή *ερωτική*, με την έννοια πως η φαντασίωση έχει σεξουαλικό χαρακτήρα, δεν είναι απλώς φανταστική.

C ompelling, δηλαδή *ακαταμάχητη*, με την έννοια πως η συμμετέχουσα θέλει πραγματικά να τη φέρει εις πέρας.

R omantic, δηλαδή *περιπαθής*, με την έννοια πως η συμμετέχουσα νιώθει ποθητή και επιθυμητή.

E cstatic, δηλαδή *εκστατική*, με την έννοια πως η συμμετέχουσα εισπράττει ηδονή από την πράξη.

T ransformative, δηλαδή *μεταμορφωτική*, με την έννοια πως κάτι μέσα στη συμμετέχουσα αλλάζει θεμελιωδώς.

Κοίταξα πάλι τα αρχικά και σημείωσα αφηρημένη μια φράση σαν υπότιτλο από κάτω τους, που με έκανε να βάλω τα γέλια όταν τη διάβασα ξανά: Η **Σε**ξουαλική **Ε**λευθερία της **Κ**έισσι **Ρ**όμπισο. Όσο για τα δύο τελευταία γράμματα, το μόνο που μπορούσα να σκεφτώ ήταν **Ε**κστατική **Τ**ύχη. Όλα αυτά ήταν πολύ συναρπαστικά. Και συνέβαιναν στα αλήθεια. Σε μένα!

Ενώ η Ντίξι τριβόταν στους αστράγαλούς μου και τα κεριά τρεμόσβηναν επάνω στο τραπέζι, ξεκίνησα, βάζοντας √ στο κουτάκι δίπλα στην πρόταση: *Θέλω να με περιποιηθούν*. Δεν ήμουν σίγουρη για το τι ακριβώς σήμαινε, αλλά το σημείωσα ούτως ή άλλως. Μήπως είχε να κάνει με το στοματικό σεξ; Το είχα προτείνει κάποτε στον Σκοτ, κι εκείνος είχε ζαρώσει τη μύτη του με τρόπο που απέκλεισε διαπαντός ένα τέτοιο ενδεχόμενο. Είχα καταχωνιάσει αυτή την επιθυμία σ' ένα ψηλό συρτάρι, όπου δε θα την έβλεπε ποτέ ξανά κανένας. Ή τουλάχιστον έτσι νόμιζα. Υπήρχαν και πολλά άλλα είδη σεξ που δεν είχα κάνει ποτέ. Στο κολέγιο είχα μια φίλη που εκθείαζε το να το κάνεις «από την πίσω πόρτα» και μου κέντριζε πάντα την περιέργεια. Δε θα μπορούσα ποτέ να ζητήσω από τον Σκοτ να δοκιμάσουμε κάτι τέτοιο. Και δεν ήμουν καν σίγουρη αν το ήθελα.

Θέλω να κάνω σεξ στα κρυφά, δημοσίως. Ναι.

Θέλω να με αιφνιδιάσουν. Αυτό με συνάρπαζε λίγο, παρόλο που, ξανά, δεν ήμουν σίγουρη για το τι σήμαινε. Με είχαν διαβεβαιώσει ότι θα ήμουν ασφαλής, ότι μπορούσα να σταματήσω το οτιδήποτε όποτε ήθελα. Έβαλα √ στο κουτάκι.

Θέλω να πάω με κάποιον διάσημο. Ορίστε; Πώς θα το κατάφερναν; Φάνταζε ανέφικτο, ενδιαφέρον. Ναι.

Θέλω να με διασώσουν. Από τι; Έβαλα √ στο κουτάκι.

Θέλω να γίνω η πριγκίπισσα της βραδιάς. Αχ, Θεέ μου, ποια γυναίκα δε θα το ήθελε; Ήμουν πάντα η καλή, η έξυπνη, ίσως ακόμα και η αστεία. Αλλά δεν είχα υπάρξει ποτέ η όμορφη, η πριγκίπισσα, ούτε μία φορά σε όλη μου τη ζωή. Απάντησα λοιπόν ναι και σ' αυτό. Σίγουρα. Παρόλο που ακουγόταν παιδιάστικο. Ήθελα να αισθανθώ έτσι. Έστω για μία φορά.

Θέλω να μου δέσουν τα μάτια. Φαντάστηκα ότι το σκοτάδι μπορεί να λειτουργήσει απελευθερωτικά, οπότε έβαλα √ στο κουτάκι.

Θέλω να κάνω σεξ σ' ένα εξωτικό μέρος με έναν εξωτικό άγνωστο. Πρακτικά ξένοι δε θα ήταν όλοι αυτοί οι άντρες με τους οποίους θα πήγαινα, που δε θα τους έβλεπα ποτέ ξανά; Χωρίς συζήτηση, χωρίς λόγια, μόνο κορμιά που αγγίζονται φευγαλέα ενώ συναντιούνται και ύστερα... Ίσως εκείνος θα με έπιανε από τον καρπό... Συνέχισε να γράφεις.

Θέλω να παίξω έναν ρόλο. Άραγε θα μπορούσα να το κάνω; Να γίνω κάποια άλλη, όχι εγώ; Είχα τα κότσια; Στην ανάγκη μπορούσα να υπαναχωρήσω.

Αυτή λοιπόν έγινε η λίστα μου: εννιά φαντασιώσεις που θα ακολουθούνταν από μια τελική απόφαση. Κι όπως με είχαν συμβουλέψει, τις έγραψα με τη σειρά που πίστευα ότι θα μπορούσα να τις διαχειριστώ.

Τις κοίταξα μια τελευταία φορά. Το μυαλό μου πλημμύρισε από τον θαυμασμό, την ανησυχία, τη χαρά και τον φόβο που θα απελευθέρωναν οι συγκεκριμένες φαντασιώσεις. Για φανταστείτε να πραγματοποιούνταν όλα όσα θέλατε και ακόμα περισσότερα.

Για φανταστείτε να γινόσασταν το αντικείμενο της επιθυμίας και του πόθου των άλλων –κάθε εκατοστό του κορμιού σας– έτσι ακριβώς όπως είστε. Αυτό συνέβαινε τώρα. Αυτό συνέβαινε *σε μένα*. Είχα πιστέψει πως η ζωή μου έφτανε στο τέλος της, όμως ήταν έτοιμη να αλλάξει για πάντα.

Μόλις τέλειωσα, τηλεφώνησα στην Ντάνικα.

«Γεια σου, Κέισσι» είπε.

«Πώς ήξερες ότι ήμουν εγώ;» ρώτησα, κοιτάζοντας αλαφιασμένη έξω από το παράθυρο.

«Εεε...Έχω αναγνώριση κλήσεων;»

«Μάλιστα. Λοιπόν, το ξέρω πως είναι αργά, αλλά η Ματίλντα μού είπε να τηλεφωνήσω αμέσως μόλις τελειώσω. Τέλειωσα – τις έχω... επιλέξει».

«Τι;»

«Ξέρεις... Τη λίστα».

Σιωπή.

«Τη λίστα;» με κέντρισε.

«Τις *φαντασιώσεις* μου...» ψιθύρισα.

«Αχ, Κέισσι... Απ' ό,τι φαίνεται, είσαι η καταλληλότερη επιλογή. Δεν μπορείς καν να ξεστομίσεις τη λέξη!» Γέλασε. «Θα στείλω κάποιον αμέσως, γλυκιά μου. Κρατήσου. Τα πράγματα όπου να 'ναι θα αποκτήσουν *μεγάλο* ενδιαφέρον!»

Έπειτα από ένα τέταρτο χτύπησε το κουδούνι. Άνοιξα την πόρτα απότομα, περιμένοντας να δω κάποιον κοκαλιάρη έφηβο, όμως στην παραστάδα της ήταν γερμένος ένας ψηλόλιγνος ωραίος άντρας. Είχε κουταβίσια καστανά μάτια και φορούσε φούτερ με κουκούλα, άσπρο μπλουζάκι και τζιν. Φαινόταν τριαντάρης. Χαμογέλασε.

«Έχω έρθει να πάρω το ντοσιέ σου. Μου είπαν επίσης να σου δώσω αυτό. Πρέπει να το ανοίξεις τώρα».

Δεν μπορούσα να καταλάβω την προέλευση της προφοράς του. Ισπανική; Μου έδωσε έναν μικρό κρεμ φάκελο. Απέξω είχε το γράμμα *Κ*.

Τον άνοιξα σκίζοντάς τον από πάνω. Μέσα υπήρχε μια κάρτα που έγραφε: *Βήμα Πρώτο*. Η καρδιά μου άρχισε να χτυπάει πιο γρήγορα.

«Τι γράφει η κάρτα;» με ρώτησε.

Ύψωσα τη ματιά μου και κοίταξα τον αδιανόητα ωραίο άντρα, τον κούριερ ή ό,τι ήταν τέλος πάντων, που στεκόταν εμπρός μου.

«Θες να σ' τη διαβάσω;»

«Ναι, έτσι πρέπει».

«Γράφει... *Παράδοση*». Η φωνή μου ίσα που ακουγόταν.

«Στην έναρξη κάθε φαντασίωσης θα σε ρωτούν αν αποδέχεσαι το Βήμα. Αποδέχεσαι το Βήμα;»

Ξεροκατάπια.

«Ποιο Βήμα;»

«Το Πρώτο Βήμα φυσικά. Την *Παράδοση*. Πρέπει να αποδεχτείς το γεγονός ότι χρειάζεσαι βοήθεια. *Σεξουαλικά...*»

Θεέ μου, σχεδόν γουργούρισε τη λέξη. Έβαλε το χέρι κάτω από το μπλουζάκι του και άγγιξε την κοιλιά του, ενώ ήταν γερμένος στο κούφωμα της πόρτας και με έτρωγε με τα μάτια του.

«Το αποδέχεσαι;» επανέλαβε.

Δεν ήξερα ότι θα ξεκινούσε *τόσο* γρήγορα.

«Τι;... Μαζί σου; Τώρα;»

«Αποδέχεσαι το Βήμα;» με ρώτησε και μετακινήθηκε ανεπαίσθητα προς το μέρος μου.

Μου είχε κοπεί η λαλιά.

«Τι... Τι θα συμβεί;»

«Τίποτα αν δεν αποδεχτείς το Βήμα».

Τα μάτια του, ο τρόπος με τον οποίο έγερνε στην παραστάδα...

«Εγώ... Ναι. Δέχομαι».

«Μπορείς να μου κάνεις λίγο χώρο εκεί πέρα;» είπε σχηματίζοντας έναν μεγάλο κύκλο με το χέρι του, δείχνοντάς μου τη μεριά ανάμεσα στο καθιστικό και στην τραπεζαρία. «Επιστρέφω αμέσως». Ύστερα έκανε μεταβολή κι έφυγε.

Έτρεξα στο παράθυρο του καθιστικού και τον είδα να κατευθύνεται προς τη λιμουζίνα που ήταν παρκαρισμένη απέξω.

Ακούμπησα το χέρι στο στήθος μου και κοίταξα γύρω μου, το πεντακάθαρο σαλόνι μου, τα κεριά που τρεμόσβηναν παντού. Ήμουν πλυμένη και αρωματισμένη. Φορούσα μεταξωτό νυχτικό. Το *ήξεραν*! Κλότσησα το πουφ να πάει δίπλα στον τοίχο κι έσπρωξα τον καναπέ πιο κοντά στο τραπεζάκι.

Ο νεαρός επέστρεψε έπειτα από δύο λεπτά, φέρνοντας μαζί του κάτι που έμοιαζε με φορητό κρεβάτι του μασάζ.

«Κέισσι, πήγαινε, σε παρακαλώ, στην κρεβατοκάμαρα και γδύσου εντελώς. Τυλίξου με αυτή την πετσέτα. Θα σε φωνάξω όταν είμαι έτοιμος».

Πηγαίνοντας προς την κρεβατοκάμαρα, πήρα μαζί μου την Ντίξι. Δε χρειαζόταν να το δει αυτό. Άφησα τη ρόμπα μου να πέσει στο πάτωμα κι έριξα μια τελευταία ματιά στον καθρέφτη του μπουντουάρ μου. Αμέσως πήρε μπρος ο εσωτερικός μου κριτής. Αυτήν τη φορά όμως έκανα κάτι που δεν είχα ξανακάνει. Έπαψα να τον ακούω. Περίμενα, σφίγγοντας και ξεσφίγγοντας τα χέρια μου. *Δεν είναι αληθινό. Δεν μπορεί να συμβαίνει. Αλλά συμβαίνει!*

«Έλα, σε παρακαλώ» άκουσα από την κλειστή πόρτα.

Μπήκα φοβισμένη σαν ποντικάκι στο μεταμορφωμένο δωμάτιο. Τα παντζούρια ήταν κλειστά. Τα κεριά είχαν τοποθετηθεί στα τραπεζάκια δεξιά και αριστερά από το κρεβάτι του μασάζ. Ήταν εξοπλισμένο με στηρίγματα για τα πόδια, και το κάτω μισό άνοιγε στα δύο. Έσφιξα αντανακλαστικά επάνω μου την πετσέτα την ώρα που πλησίαζα, στις μύτες των ποδιών, το κρεβάτι και τον αδιανόητα ωραίο νεαρό που στεκόταν στο σαλόνι μου. Ήταν σχεδόν ένα ογδόντα. Τα μαλλιά του ήταν λαμπερά και σπαστά και είχαν τέτοιο μάκρος, ώστε έβαζε κάποια τσουλούφια πίσω από τα αυτιά του. Οι πήχεις του ήταν νευρώδεις και μαυρισμένοι και τα μπράτσα του κάτω από το τισέρτ φαίνονταν μυώδη. Ίσως ήταν όντως μασέρ! Μόλις έβαλε το χέρι κάτω από το μπλουζάκι του, είδα την επίπεδη κοιλιά του, που ήταν επίσης μαυρισμένη. Στα χείλη του ήταν ζωγραφισμένο ένα χαμόγελο όλο νόημα, που τον έκανε να φαίνεται λίγο μεγαλύτερος και πολύ πιο σέξι. Καστανά μάτια. Σας είπα για τα μάτια του; Ήταν αμυγδαλωτά και λιγάκι σκανταλιάρικα. Πώς γινόταν να φαίνεται συγχρόνως καλοσυνάτος και σέξι; Δεν είχα ξανασυναντήσει αυτό τον συνδυασμό, αλλά ήταν αποτελεσματικός.

«Πέτα την πετσέτα. Άσε με να σε κοιτάξω» με πρόσταξε μαλακά.

Δίστασα. Πώς να δείξω το σώμα μου σ' έναν τόσο ελκυστικό άντρα;

«Θέλω να σε δω».

Για όνομα του Θεού, Κέισσι, πού έμπλεξες; Τι άλλη εναλλακτική είχα; Τώρα πραγματικά δεν μπορούσα να κάνω πίσω. Δεν άντεχα να τον κοιτάξω κατάματα καθώς άφηνα την πετσέτα να πέσει γύρω από τα πόδια μου.

«Τα χέρια μου έχουν να ασχοληθούν με μια όμορφη γυναίκα» είπε. «Ξάπλωσε, σε παρακαλώ. Έχω έρθει για να σου κάνω μασάζ».

Ανέβηκα στο κρεβάτι και ξάπλωσα. Το ταβάνι κρεμόταν απειλητικό από πάνω μου. Σκέπασα το πρόσωπο με τα χέρια μου.

«Δεν το πιστεύω αυτό που συμβαίνει...»

«Συμβαίνει όμως. Όλα για σένα γίνονται».

Ακούμπησε τα μεγάλα ζεστά χέρια του στο γυμνό κορμί μου και πίεσε απαλά τους ώμους μου, ενώ ύστερα έσπρωξε μαλακά τα χέρια από το πρόσωπό μου και τα κατέβασε στα πλευρά μου.

«Μην ανησυχείς» συνέχισε, και τα καστανά του μάτια μού χαμογελούσαν. «Δε θα συμβεί τίποτα κακό. Το ακριβώς αντίθετο, Κέισσι...»

Η αίσθηση της επαφής ήταν υπέροχη. Τα χέρια του στο διψασμένο δέρμα μου. Πόσος καιρός είχε περάσει από την τελευταία φορά που με είχαν αγγίξει, πόσο μάλλον με τέτοιον τρόπο; Δεν μπορούσα καν να θυμηθώ.

«Γύρνα μπρούμυτα, σε παρακαλώ».

Πάλι δίστασα. Μετά γύρισα από την άλλη, χώνοντας τα χέρια μου, που έτρεμαν, κάτω από το σώμα μου για να τα ηρεμήσω, στρέφοντας το κεφάλι στο πλάι. Εκείνος με σκέπασε απαλά με ένα σεντόνι.

«Σ' ευχαριστώ».

Έσκυψε και πλησίασε το στόμα του στο αυτί μου.

«Μη με ευχαριστείς ακόμα, Κέισσι...»

Αισθάνθηκα στην πλάτη μου πάνω από το σεντόνι τα χέρια του, που με πίεζαν στο τραπέζι.

«Όλα θα πάνε καλά. Κλείσε τα μάτια σου».

«Εγώ... Είμαι αγχωμένη, μάλλον. Δεν πίστευα ότι θα γινόταν τόσο γρήγορα, έτσι αμέσως. Θέλω να πω...»

«Απλώς μείνε ακίνητη. Βρίσκομαι εδώ για να σε κάνω να νιώσεις όμορφα».

Αισθάνθηκα τα χέρια του να ακουμπούν τους μηρούς μου κάτω από το σεντόνι και ύστερα να κατεβαίνουν πίσω από τα γόνατά μου. Κατόπιν πήγε στα πόδια του κρεβατιού, άνοιξε το κάτω μισό στα δύο, σαν Υ, και στάθηκε ανάμεσα στα πόδια μου.

Θεέ μου! σκέφτηκα. *Θα γίνει τώρα.*

«Δεν ξέρω αν μπορώ να το κάνω αυτό τώρα...» ψέλλισα προσπαθώντας να γυρίσω.

«Αν σ' αγγίξω με κάποιον τρόπο που δε σ' αρέσει, να μου το πεις. Και θα σταματήσω. Έτσι γίνεται. Έτσι θα γίνεται πάντα. Αλλά, Κέισσι, ένα μασάζ είναι μόνο».

Τον άκουσα να παίρνει κάτι κάτω από το κρεβάτι και μετά μύρισα το υπέροχο άρωμα καρύδας μιας λοσιόν. Τον άκουσα να την αλείφει στα χέρια του. Μετά έπιασε το πίσω μέρος των αστραγάλων μου.

«Σου φαίνεται εντάξει αυτό; Πες μου ειλικρινά».

Εντάξει; Ήταν πολύ καλύτερο από εντάξει.

«Ναι» απάντησα.

«Αυτό;» με ρώτησε, ανεβάζοντας αργά τα ζεστά λαδωμένα χέρια του στις γάμπες μου.

Χριστέ μου, τα χέρια του ήταν καταπληκτικά!

«Ναι».

«Αυτό; Σ' αρέσει αυτό; Πες μου» είπε όταν έφτασε στους μηρούς μου και σταμάτησε ακριβώς κάτω από τους γλουτούς μου. Ύστερα άρχισε να μαλάσσει το εσωτερικό των μηρών μου.

Ένιωσα τα πόδια μου να ανοίγουν για χάρη του.

«Κέισσι. Το θες;»

«Ναι». *Ω Θεέ μου, το είπα.*

«Ωραία» αποκρίθηκε κι έφερε τα χέρια του στην κορυφή των γλουτών μου. Εκεί άρχισε να με μαλάσσει κυκλικά, αγγίζοντάς με σχεδόν ανάμεσα στα πόδια. Σχεδόν, αλλά όχι ακριβώς.

Το σώμα μου ήταν σε κατάσταση πανικού, αλλά πάρα πολύ ερεθισμένο. Δεν είχα ξαναβρεθεί σ' αυτό το μέρος, ανάμεσα στον φόβο και στη νιρβάνα, και ήταν παράξενο, μεθυστικό και υπέροχο.

«Προτιμάς το δυνατό ή το απαλό;»

«Εμμμ...»

«Μασάζ εννοώ, Κέισσι».

«Α... Δυνατό μάλλον. Όχι. Απαλό...» μουρμούρισα, και τα λόγια μου τα έπνιξε το κρεβάτι. «Δεν ξέρω τι μ' αρέσει... Είναι φυσιολογικό αυτό;»

Εκείνος έβαλε τα γέλια.

«Τι λες να δοκιμάσουμε και τα δύο τότε;»

Έβαλε κι άλλη λοσιόν στα χέρια του και τα έτριψε

μεταξύ τους. Αυτήν τη φορά διέγραψε έναν μεγάλο κύκλο στην πλάτη μου, βγάζοντας εντελώς το σεντόνι από πάνω μου. Το παρακολούθησα να πέφτει στο δάπεδο δίπλα μου. Ήμουν γυμνή.

«Βγάλε τα χέρια από κάτω σου και ακούμπησέ τα στο επάνω μέρος του κρεβατιού, Κέισσι» είπε.

Το έκανα και άρχισα να χαλαρώνω, ενώ εκείνος μου έκανε το πιο έντονο μασάζ στην πλάτη που μου είχαν κάνει ποτέ. Οι αντίχειρές του ακολούθησαν το περίγραμμα της ραχοκοκαλιάς μου από τον κόκκυγα έως τον αυχένα μου και μετά γλίστρησαν στα πλαϊνά του θώρακά μου, περνώντας ξυστά από τα πλάγια του στήθους μου. Συνέχισε τον ίδιο κύκλο επί αρκετά λεπτά και ύστερα κατέβηκε πιο κάτω και διέγραφε κύκλους γύρω από τους γλουτούς μου. Κάτω από το τζιν του ένιωθα τη στύση του να ακουμπάει στο εσωτερικό του μηρού μου. Δεν μπορούσα να το πιστέψω. Αισθανόταν κι αυτός κάτι για μένα; Ενστικτωδώς, πίεσα περισσότερο το πόδι μου επάνω του.

Άφησα τα πόδια μου να ανοίξουν ακόμα περισσότερο στο χωρισμένο κάτω μέρος του κρεβατιού. Ήταν γλυκό και παράξενο να ανοίγομαι με αυτό τον τρόπο μπροστά σ' έναν άντρα.

«Γύρνα, Κέισσι. Θέλω να ξαπλώσεις ανάσκελα».

«Εντάξει» αποκρίθηκα.

Το δωμάτιο είχε ζεσταθεί από τα κεριά ή ίσως από το σώμα μου, που είχε υπερθερμανθεί. Τα χέρια του, το μασάζ μού είχαν πάρει όλη την ένταση και το άγχος. Ένιωθα σαν ζυμάρι.

Έκανα αυτό που μου ζήτησε. Έδειχνε να ξέρει τι κάνει. Φαντάζομαι πως αυτό εννοούσε η Ματίλντα όταν έλεγε ότι πρέπει να παραδοθώ. Εκείνη τη μέρα, προτού φύγω από το σπιτάκι, μου έδωσε μία απλή οδηγία για το Πρώτο μου Βήμα.

«Πάνω απ' όλα το σεξ απαιτεί παράδοση... Την ικανότητα να λιώνεις με κάθε στιγμή που έρχεται» δήλωσε.

Την ώρα που άλλαζα στάση, ήμουν τόσο λαδωμένη, ώστε παραλίγο να γλιστρήσω από το κρεβάτι. Από το σημείο όπου βρισκόταν, ανάμεσα στα πόδια μου, με έπιασε από τους μηρούς για να με σταθεροποιήσει. Κοίταξε όλο το σώμα μου με πεινασμένο βλέμμα. Άραγε προσποιούνταν; Φαινόταν, τολμώ να πω, να του αρέσω, πράγμα που έκανε την όλη κατάσταση πολύ πιο απολαυστική.

«Έχεις το πιο γλυκό μουνάκι που έχω δει ποτέ...» είπε.

«Α, εντάξει, σ' ευχαριστώ, υποθέτω...» αποκρίθηκα αμήχανη και σκέπασα με το χέρι τα μάτια μου. Ήμουν περίεργη να δω τι θα επακολουθούσε και συνάμα ντρεπόμουν αφάνταστα.

«Θες να το φιλήσω;»

Τι; Ήταν τρέλα. Ταυτόχρονα ήταν εκπληκτικό, αυτή η αίσθηση, αυτό το παράξενο και τέλειο πράγμα που ορμούσε σαν ρεύμα μέσα στο κορμί μου. Ούτε που με είχε ακουμπήσει καλά καλά *εκεί*, κι έχανα ήδη ένα μέρος της συνείδησής μου. Πριν από δύο εβδομάδες δεν είχα ιδέα πως υπήρχε ένας κόσμος σαν κι αυτόν, ένας κόσμος όπου σου χτυπούν την πόρτα σέξι άντρες την Τετάρτη το βράδυ και σε φέρνουν στο χείλος της έκστασης δίχως να σε αγγίξουν καν. Αλλά ήταν αληθινό και συνέβαινε – σε μένα.

Αυτός ο οδυνηρά ωραίος άντρας ήθελε να κάνει αυτό το πράγμα. Σε μένα!

Μου ερχόταν να βάλω τα γέλια και τα κλάματα.

«Πες μου τι θες, Κέισσι... Έχω τη δύναμη να σ' το δώσω. Και *θέλω* να σ' το δώσω. Θες να σ' το φιλήσω;»

«Το θέλω...» απάντησα και ύστερα ένιωσα την καυτή ανάσα του επάνω μου, ενώ τα χείλη του άγγιζαν απαλά την κοιλιά μου.

Ω Θεέ μου, χάιδεψε με το δάχτυλό του την κοιλιά μου και μετά το γλίστρησε μέσα μου.

«Είσαι υγρή, Κέισσι...» ψιθύρισε.

Ακούμπησα αντανακλαστικά το χέρι στο κεφάλι του κι έκλεισα απαλά τα μαλλιά του στη χούφτα μου.

«Πραγματικά θες να φιλήσω το γλυκό μουνάκι σου».

Να την πάλι αυτή η λέξη. Γιατί με έκανε να νιώθω τόσο μεγάλη συστολή;

«Ναι... Θέλω. Θέλω να με...»

«Μπορείς να το πεις, Κέισσι. Δεν είναι κακό να το πεις».

Χάιδευε και με πίεζε με το ένα του δάχτυλο μέσα κι έξω.

Κατόπιν ακούμπησε το στόμα του στην κοιλιά μου και εξερεύνησε τον αφαλό μου με τη γλώσσα του. Ακολούθησε το ίδιο μονοπάτι που είχε διαγράψει με το δάχτυλό του και βρήκε εκείνο το σημείο, όπου έγλειφε και δάγκωνε απαλά, ενώ ταυτόχρονα έκανε ασταμάτητα κύκλους με τα δάχτυλά του ακριβώς έξω από τον κόλπο μου. Η αίσθηση ήταν απίστευτη, σαν να ανέβαινα αργά αργά με ένα τρενάκι του λούνα παρκ όλο και πιο ψηλά. Τον άκουσα να βογκάει σιγανά. Αχ, Θεέ μου, ήταν σαν να ξυπνούσαν επιτέλους χιλιάδες νευρικές απολήξεις.

«Κέισσι, μ' αρέσει πάρα πολύ η γεύση σου...»

Αλήθεια; Ήταν δυνατόν;

Τα χέρια του άρχισαν να ανεβαίνουν κατά μήκος των ποδιών μου, ανοίγοντάς τα ακόμα πιο πολύ. Δεν είχα ξανανιώσει ποτέ τόσο αδύναμη, τόσο ευάλωτη. Ήμουν εκτεθειμένη, όλο ανάγκη και επιθυμία. Ήμουν ανίσχυρη και το ευχαριστιόμουν. Βρισκόμουν στο χείλος χιλιάδων εκρήξεων, εκατομμυρίων διαφορετικών αισθήσεων, κι αν συνέχιζε έτσι, θα... Και τότε σταμάτησε.

«Γιατί σταμάτησες;» φώναξα.

«Δεν ήθελες να σταματήσω;»

«Όχι!»

«Τότε πες μου τι θες».

«Θέλω να... τελειώσω. Έτσι. Έτσι ακριβώς».

Το χρυσοκάστανο δέρμα του, το πρόσωπό του... Ξάπλωσα ξανά και σκέπασα το πρόσωπο με τα χέρια μου. Δεν άντεχα να βλέπω. Ύστερα δεν άντεχα να μη βλέπω. Ξαφνικά αισθάνθηκα κάτι καυτό και υγρό να κυκλώνει την αριστερή θηλή μου. Το χέρι του χούφτωσε δυνατά το άλλο μου στήθος. Το στόμα του ήταν ζεστό. Με ρουφούσε και με τραβούσε, ενώ το ελεύθερο χέρι του άφησε το στήθος μου και πέρασε ξανά από την παλλόμενη κοιλιά μου, κατέβηκε στο ηβικό οστό μου και ακόμα παρακάτω. Αυτήν τη φορά έβαλε δύο δάχτυλα μέσα μου, απαλά στην αρχή, πιο γρήγορα στη συνέχεια. Ω Θεέ μου, ήταν τόσο ωραία! Επιχείρησα να σηκώσω τα γόνατα για να κυρτώσω την πλάτη μου.

«Μείνε ακίνητη...» μουρμούρισε. «Σ' αρέσει αυτό;»

«Μ' αρέσει. Μ' αρέσει πάρα πολύ...» απάντησα τραυλίζοντας, και τινάζοντας το χέρι πάνω από το κεφάλι μου, γραπώθηκα από την άκρη του κρεβατιού.

Εκείνος σταμάτησε να κουνάει τα δάχτυλά του. Ύστερα στάθηκε από πάνω μου για μια στιγμή και με κοίταξε.

«Είσαι πανέμορφη» μου είπε.

Μετά έσκυψε και ακούμπησε ξανά τη γλώσσα του επάνω μου. Έμεινε ακίνητος για μια καυτή παλλόμενη στιγμή, ενώ η ανάσα του φυσούσε ζωή μέσα μου. Ακούσια, πίεσα το κορμί μου στο πρόσωπό του. Αντιλήφθηκε την ανάγκη μου και άρχισε να με γλείφει, αργά στην αρχή. Ύστερα χρησιμοποίησε ξανά τα δάχτυλά του. Πιέζοντας το στόμα και τη γλώσσα του επάνω μου, με έγλειψε και πάλι, απελευθερώνοντας τους χυμούς μου και τους δικούς του. Ένιωσα όλο το αίμα που είχα στο σώμα μου να ορμάει εκεί κάτω. Αχ, ήταν τρελό! Ένα απίστευτο κύμα με διαπέρασε, μια παραφορά που δεν μπορούσα να εμποδίσω. Έφερε τα χέρια του στο στήθος μου, ενώ η γλώσσα του διέγραφε κύκλους επάνω μου με τέλειο ρυθμό.

«Μη σταματάς!» άκουσα τον εαυτό μου να λέει.

Ήταν υπερβολικά ερεθιστικό. Έκλεισα σφιχτά τα βλέφαρα. Η όμορφη αίσθηση εντεινόταν όλο και πιο πολύ, και μετά τέλειωσα έντονα επάνω στο πρόσωπο και στη γλώσσα του. Όταν ηρέμησα, τραβήχτηκε και ακούμπησε το ζεστό του χέρι στην κοιλιά μου.

«Πάρε ανάσα...» μου ψιθύρισε.

Τα πόδια μου έπεσαν χαλαρά από τις άκρες του

κρεβατιού. Κανένας άντρας δε με είχε αγγίξει ξανά έτσι. Ποτέ.

«Είσαι εντάξει;»

Έγνεψα καταφατικά. Δεν είχα λόγια. Προσπάθησα να βρω την αναπνοή μου.

«Πρέπει να διψάς».

Έγνεψα πάλι καταφατικά, και εμφανίστηκε ένα μπουκαλάκι νερό. Ανακάθισα για να πιω. Με κοίταξε από πάνω έως κάτω και φαινόταν περήφανος για τον εαυτό του.

«Πήγαινε να κάνεις ντους, όμορφη...» μου είπε.

Ξεκόλλησα από το κρεβάτι.

«Ποιος έχει τη δύναμη;» με ρώτησε.

«Εγώ...» απάντησα, χαμογελώντας του πάνω από τον ώμο μου.

Κατευθύνθηκα παραπατώντας προς το μπάνιο, έκανα ένα καυτό ντους και μετά, ενώ σκούπιζα με την πετσέτα τα μαλλιά μου, μου ήρθε μια επιφοίτηση. Πήγα τρέχοντας στο καθιστικό.

«Στάσου. Δεν ξέρω ούτε πώς σε λένε!» αναφώνησα ενώ έτριβα ακόμα τα βρεγμένα μαλλιά μου με την πετσέτα.

Αλλά είχε φύγει. Το ίδιο και το κρεβάτι του μασάζ και η λίστα με τις φαντασιώσεις που τον είχαν στείλει να πάρει. Το δωμάτιο ήταν ακριβώς όπως προτού έρθει, με μία μικρή διαφορά: επάνω στο τραπεζάκι βρισκόταν το πρώτο χρυσό κρεμαστό. Διέσχισα το δωμάτιο για να το πάρω, και το μάτι μου έπεσε στην αντανάκλασή μου στον καθρέφτη πάνω από το τζάκι. Το πρόσωπό μου ήταν αναψοκοκκινισμένο και τα υγρά μαλλιά μου έπεφταν σαν φίδια στον λαιμό και στους ώμους μου. Σήκωσα το κρεμαστό και το κούνησα μπροστά στο φως των κεριών. Στη μια πλευρά ήταν χαραγμένη η λέξη «Παράδοση» και στην άλλη ο λατινικός αριθμός I.

Το πέρασα στην αλυσίδα γύρω από τον καρπό μου κι ένιωσα να με κατακλύζει μια τόλμη που με ζάλισε. *Έκανα το πιο παράξενο πράγμα. Μου έκαναν το πιο παράξενο πράγμα!* Ήθελα να ουρλιάξω: *Κάτι μου συνέβη. Κάτι μου συμβαίνει. Και δε θα είμαι ποτέ ξανά η ίδια!*

[ΚΕΦΑΛΑΙΟ ΠΕΝΤΕ]

ΛΕΝΕ ΟΤΙ ΤΟ ΠΡΩΤΟ ΒΗΜΑ είναι το πιο δύσκολο. Η πρώτη παράδοση, η πρώτη φορά που λες: *Ναι, αποδέχομαι ότι χρειάζομαι βοήθεια. Δεν μπορώ να το κάνω μόνος μου.* Ο Σκοτ είχε δυσκολευτεί πολύ με αυτό όταν έκοψε το ποτό. Τον αρρώσταινε που ήταν αναγκασμένος να δεχτεί βοήθεια από κάτι ή κάποιον. Έτσι, αντιστάθηκε σ' αυτό, ό,τι κι αν ήταν. Εγώ όμως είχα παραδοθεί πλήρως. Είχα πάψει να αντιστέκομαι. Είχα αποδεχτεί τη βοήθεια μιας παράξενης ομάδας γυναικών.

Μετά μπήκα σ' ένα δωμάτιο που το έλουζε το φως των κεριών φορώντας μόνο μια πετσέτα. Άφησα την πετσέτα να πέσει στα πόδια μου κι έμεινα γυμνή. Είχα εμπιστοσύνη στη διαδικασία, στον άντρα, στην ομάδα του S.E.C.R.E.T. Αλλά αυτό που συνέβη έγινε μέσα στο σπίτι μου, στο σαλόνι μου, και παρόλο που το κορμί μου ανήκε σε μένα, το παραχώρησα προσωρινά σ' έναν παντελώς άγνωστο. Καθώς τα διηγιόμουν έπειτα από μία εβδομάδα σε μια συνεπαρμένη Ματίλντα, αισθανόμουν άθελά μου ότι μιλούσα για την εμπειρία μου σαν να είχε συμβεί σε κάποια άλλη, κάποια που γνώριζα καλά, αλλά είχε πτυχές που εγώ μόλις τώρα άρχιζα να κατανοώ.

Είπα στη Ματίλντα πως είχα νιώσει ασφαλής, πως αυτό που κάναμε ήταν ερωτικό, καθώς και πως είχα την ακαταμάχητη επιθυμία να ολοκληρώσω τη φαντασίωση. Και παρόλο που δε θα τον έβλεπα ποτέ ξανά, έπρεπε να παραδεχτώ πως είχα αισθανθεί επιθυμητή, ποθητή, πράγμα που κάνει κάθε γυναίκα να νιώθει εκστατικά.

«Οπότε ναι. Όντως... μεταμορφώθηκα, φαντάζομαι» είπα χώνοντας το κατακόκκινο πρόσωπό μου στα χέρια μου και πνίγοντας ένα γελάκι. Μερικές εβδομάδες νωρίτερα δεν είχα κανέναν για να μιλήσω, αν εξαιρούσες τον Γουίλ. Τώρα μοιραζόμουν τα πιο μύχια μυστικά μου με μια γυναίκα που δεν μπορούσα πια να τη θεωρώ ξένη. Μάλιστα έπρεπε να παραδεχτώ πως είχε αρχίσει να γίνεται φίλη μου.

* * *

Τις εβδομάδες μετά την πρώτη φαντασίωσή μου είχα περισσότερη δουλειά από ποτέ. Ανέλαβα μάλιστα να καλύψω και μια δυο από τις βραδινές βάρδιες, ώστε να μπορέσουν να βγουν ραντεβού η Τρεϊσίνα και ο Γουίλ. Αποχαιρετώντας τους ένα από κείνα τα βράδια, δεν μπόρεσα να εντοπίσω ούτε ένα ίχνος ζήλιας ή πικρίας μέσα μου. Εντάξει, ίσως μια στάλα ζήλιας, αλλά καθόλου πικρία. Καθόλου λαχτάρα. Καθόλου ανιχνεύσιμη θλίψη. Είχα ορκιστεί να αρχίσω να φέρομαι καλύτερα στην Τρεϊσίνα, να προσπαθήσω να καταλάβω τι της έβρισκε ο Γουίλ. Ίσως γινόμασταν φίλες, σκέφτηκα, και ο Γουίλ θα μπορούσε να κάνει άλλη μία απόπειρα να μου τα φτιάξει με κάποιον – αφού θα ολοκλήρωνα τα Βήματα φυσικά. Εκείνη τη στιγμή, ενώ σκεφτόμουν το διπλό ραντεβού, η Ντελ με έπιασε να σφυρίζω μέσα στο ψυγείο. Πότε πότε πήγαινα και καθόμουν εκεί λίγα λεπτά για να δροσιστώ, ενώ καμωνόμουν πως έψαχνα κάτι.

«Γιατί είσαι τόσο χαρούμενη, κορίτσι μου;» με ρώτησε ψευδίζοντας με το φαφούτικο στόμα της.

«Για τη ζωή, Ντελ. Δεν είναι όμορφη;»

«Όχι πάντα».

«Εγώ νομίζω πως είναι σπουδαία!» αντιγύρισα.

«Μπράβο σου» μου είπε ενώ κατευθυνόμουν προς την τραπεζαρία. Εκείνη έβγαζε μπάλες παγωτού για μια μικρή παρέα τραπεζιτών που γιόρταζαν κάποια γενέθλια.

Το ζευγάρι μου, τα αγαπημένα μου πιτσουνάκια, δεν είχαν έρθει ξανά από τότε που η Πολίν ξέχασε το ημερολόγιό της. Αλλά η ανάμνηση των χαδιών τους είχε αντικατασταθεί από φευγαλέες αναδρομές, από την εικόνα του όμορφου προσώπου εκείνου του άντρα ανάμεσα στους μηρούς μου, το πεινασμένο βλέμμα του, τόσο συνειδητό, τόσο ενθουσιώδες. Σκεφτόμουν τα δάχτυλά του, το πώς μπήκαν στο παιχνίδι την κατάλληλη στιγμή, πώς τα στιβαρά του χέρια με καθοδηγούσαν και με κινούσαν θαρρείς και δεν είχα βάρος, λες και ήμουν φτιαγμένη από πούπουλα...

«Κέισσι, για όνομα του Θεού!» φώναξε η Ντελ, χτυπώντας τα δάχτυλά της μπροστά στα μάτια μου. «Είσαι συνέχεια εκτός τόπου και χρόνου!»

Κόντεψα να τιναχτώ έξω από τα βαρετά καφέ παπούτσια μου.

«Συγγνώμη!»

«Το τραπέζι έντεκα ζητάει λογαριασμό, και στο εννιά θέλουν κι άλλον καφέ».

«Ναι. Εντάξει» αποκρίθηκα και είδα τα δύο κορίτσια στο τραπέζι οχτώ να με κοιτάζουν με απλανές βλέμμα.

Αφού εξυπηρέτησα τα δύο τραπέζια, γύρισα και πάλι στις σκέψεις μου. Η Ντελ είχε κάνει λάθος. Δεν ονειροπολούσα. Αναπολούσα. Όλα αυτά είχαν συμβεί στ' αλήθεια. Θυμόμουν πράγματα που κάποιος είχε κάνει σε μένα, στο σώμα μου. Κούνησα έντονα το κεφάλι μου. Αν ένιωθα έτσι μετά το Πρώτο Βήμα, πώς θα ήταν όταν θα είχα ολοκληρώσει μερικές ακόμα φαντασιώσεις;

* * *

Στις αρχές Απριλίου, τη μόνη μέρα που είχα ρεπό εκείνη την εβδομάδα, ένας κρεμ φάκελος κατέφτασε στο γραμματοκιβώτιό μου. Δεν είχε γραμματόσημο. Κάποιος είχε έρθει και τον είχε φέρει αυτοπροσώπως. Μου ανέβηκε η καρδιά στο στόμα. Έριξα μια ματιά στον δρόμο. Ψυχή. Άνοιξα τον φάκελο. Μέσα βρισκόταν η κάρτα του Δεύτερου Βήματος και η λέξη «Θάρρος». Υπήρχε επίσης ένα εισιτήριο για μια συναυλία τζαζ στο Halo, το μπαρ στην ταράτσα του The Saint, ενός καινούριου πολυτελούς ξενοδοχείου που έκανε το ντεμπούτο του στο φετινό φεστιβάλ. Παρόλο που δεν ήμουν λάτρης της μουσικής, ήξερα πως αυτά τα εισιτήρια ήταν δυσεύρετα. Κοίταξα την ημερομηνία. Απόψε! Μου το είπαν τελευταία στιγμή. Δεν είχα τι να φορέσω! Αυτό έκανα όλη την ώρα, έβρισκα δικαιολογίες, τη μια πίσω από την άλλη, που σωρεύονταν και σωρεύονταν, ώσπου ο φόβος μεγάλωνε τόσο πολύ, που ανέτρεπε όλα μου τα σχέδια για περιπέτεια. Πάντα έτσι γινόταν. Μου φαινόταν πιο εύκολο να ανοίξω την πόρτα του σπιτιού μου σ' έναν ξένο παρά να βγω μόνη μου στη ζεστή νύχτα, να μπω μόνη σε κάποιο μπαρ και να καθίσω μόνη μου εκεί περιμένοντας... Τι; Τι θα έκανα ενώ περίμενα; Θα διάβαζα; Ίσως το διάστημα των τριών τεσσάρων εβδομάδων που είχε μεσολαβήσει από την προηγούμενη φαντασίωση παραήταν μεγάλο. Ίσως είχα χάσει το θάρρος μου. Το Δεύτερο Βήμα όμως αφορούσε το *Θάρρος*, οπότε αποφάσισα να συγκεντρωθώ σ' αυτό, να είμαι ανοιχτή, να κάνω το αντίθετο από αυτό που έκανα συνήθως, δηλαδή να αρχίζω τη μέρα μου με τη λέξη «όχι» στα χείλη. Γι' αυτό, έπειτα από μερικές ώρες δοκίμαζα μαύρα φορεματάκια και μία ώρα μετά καθόμουν εντελώς ακίνητη ενώ μου περνούσαν τα νύχια των χεριών και των ποδιών με κόκκινο βερνίκι. Στο μεταξύ έλεγα στον εαυτό μου ότι μπορούσα πάντα να υπαναχωρήσω αν το ήθελα. Μπορούσα να αλλάξω γνώμη ανά πάσα στιγμή.

Το βράδυ πήρα το ντοσιέ με τις φαντασιώσεις μου από το κομοδίνο. Γιατί μου ήταν τόσο δύσκολο να βγω έξω μόνη, να δω μια ταινία μόνη ή να πάω για φαγητό μόνη μου; Δεν κατόρθωνα να πείσω τον εαυτό μου να το κάνει και προτιμούσα να νοικιάσω μια ταινία παρά να καθίσω μόνη μου σε μια σκοτεινή κινηματογραφική αίθουσα. Αλλά αυτό που φοβόμουν δεν ήταν ότι θα ήμουν μόνη μου. Αυτό ήταν εύκολο· όλη μου τη ζωή μόνη μου ένιωθα, ακόμα και τον καιρό που ήμουν παντρεμένη. Όχι. Αυτό που φοβόμουν ήταν πως όλοι οι υπόλοιποι, όλοι οι ζευγαρωμένοι και οι βολεμένοι, θα με έβλεπαν σαν μια από τους Μεγάλους Ανέραστους, τους Δυστυχώς Άπαρτους, τους Σεξουαλικά Ξεχασμένους. Φανταζόμουν ότι θα με έδειχναν και θα ψιθύριζαν. Φανταζόμουν ότι θα με λυπούνταν. Κι εγώ η ίδια περιποιούμουν περισσότερο τους μοναχικούς πελάτες στο καφέ, λες και ήταν βαρήκοοι ή κάτι παρόμοιο. Ίσως μάλιστα είχα περιπέσει στο αμάρτημα να κάθομαι λίγο περισσότερο στο τραπέζι τους, προσπαθώντας να τους κρατήσω συντροφιά.

Ίσως όμως κάποιες φορές *ήθελαν* να είναι μόνοι τους όσοι έβγαιναν έξω μόνοι τους. Υπάρχουν τέτοιοι άνθρωποι: άνθρωποι που έχουν αυτοπεποίθηση, που είναι μονήρεις, που αισθάνονται ασφαλείς όταν είναι μόνοι. Η Τρεϊσίνα, για παράδειγμα, κάθε Κυριακή απόγευμα πληρώνει κάποιον για να πηγαίνει τον δεκατετράχρονο αδερφό της για παγωτό, ώστε να μπορεί η ίδια να την αράζει στον καναπέ και να βλέπει τηλεόραση ανενόχλητη. Μια φορά μού είχε πει ότι το να πηγαίνει μόνη στο σινεμά ήταν ξεχωριστή απόλαυση για κείνη.

«Βλέπω αυτό που θέλω, τρώω χωρίς να μοιράζομαι το φαγητό μου και δε χρειάζεται να κάτσω και να δω όλους τους τίτλους τέλους, όπως με βάζει να κάνω ο Γουίλ κάθε φορά που πηγαίνουμε μαζί» μου είχε πει.

Είναι όμως εύκολο να είσαι μόνος σου όταν είναι επιλογή σου και δυσκολότερο όταν αυτή είναι η συνηθισμένη σου κατάσταση.

Ένιωθα τρόμο στην προοπτική να μπω στο κλαμπ,

αλλά τότε αντήχησε στα αυτιά μου η συμβουλή που μου είχε δώσει η Ματίλντα για το Δεύτερο Βήμα. Στη συζήτηση που κάναμε από το τηλέφωνο για να μου δώσει κουράγιο, μου είπε: «Ο φόβος είναι μόνο φόβος. Μπροστά στον φόβο πρέπει να αναλαμβάνουμε δράση, Κέισσι, επειδή η δράση αυξάνει το θάρρος μας».

Άι στο καλό. Θα το έκανα.

Τηλεφώνησα στην Ντάνικα για να στείλει τη λιμουζίνα.

«Έρχεται, Κέισσι. Καλή τύχη» μου είπε.

Έπειτα από δέκα λεπτά η λιμουζίνα έστριψε στη γωνία της Σαρτρ από τη Μάντεβιλ και σταμάτησε μπροστά στο Γεροντοκοράδικο. Αχ, δεν ήμουν έτοιμη ακόμα! Με τα παπούτσια στο χέρι, κατέβηκα δυο δυο τα σκαλιά και βγήκα τρέχοντας, προσπερνώντας μια εντελώς σαστισμένη Άννα Ντελμόντ.

«Είναι η δεύτερη φορά που βλέπω αυτήν τη λιμουζίνα σταματημένη μπροστά στο σπίτι» μου δήλωσε καθώς περνούσα σαν σίφουνας από μπροστά της. «Μήπως ξέρεις κάτι, Κέισσι; Πολύ παράξενο...»

«Θα του το πω, Άννα. Μην ανησυχείς. Ή μπορεί ο οδηγός να είναι γυναίκα. Σωστά; Ποτέ δεν ξέρεις...»

«Υποθέτω...»

Χωρίς να καθίσω να ακούσω την υπόλοιπη απάντησή της, μπήκα στη λιμουζίνα και φόρεσα τα παπούτσια μου. Μου ήρθε μια αστεία σκέψη: για φαντάσου να μάθαινε η Άννα τι πήγαινα να κάνω... Ήθελα να φωνάξω: *Δεν είμαι γεροντοκόρη. Είμαι ζωντανή για πρώτη φορά έπειτα από χρόνια!*

Καθώς η λιμουζίνα κατευθυνόταν με ταχύτητα

προς την οδό Κανάλ, κοίταξα το φουστάνι μου, ένα εφαρμοστό μαύρο μοντελάκι στενό στο μπούστο με φουσκωτή φούστα, που σταματούσε ακριβώς κάτω από το γόνατο. Το επάνω μέρος σήκωνε το στήθος μου στα σωστά σημεία και το κολάκευε, έτσι που ακόμα και μένα μου φαινόταν πλούσιο και ελκυστικό δίπλα στη μαύρη καμπύλη της έξωμης λαιμόκοψης. Τα παπούτσια με στένευαν λιγάκι, αλλά ήξερα ότι θα άνοιγαν όσο κυλούσε η νύχτα. Οι μαύρες γόβες πάνε με όλα, έλεγα στον εαυτό μου, δικαιολογώντας έτσι το ποσό που ξόδεψα για να τις αγοράσω. Είχα κάνει χωρίστρα στο πλάι και είχα ισιώσει τα μαλλιά μου, έχοντας πιάσει τα μπροστά με ένα χρυσό τσιμπιδάκι. Αυτό ήταν το μόνο κόσμημα που φορούσα, εκτός φυσικά από το βραχιόλι του S.E.C.R.E.T. με το ένα κρεμαστό.

«Είστε πανέμορφη απόψε, δεσποινίς Ρόμπισο!» είπε ο οδηγός.

Το προσωπικό του S.E.C.R.E.T. μού έδινε την εντύπωση πως είχε λάβει οδηγίες να κρατάει αποστάσεις, πράγμα που φανταζόμουν ότι θα ήταν δύσκολο για την Ντάνικα. Έδειχνε να μην μπορεί να συγκρατήσει τον εαυτό της. Το «Ευχαριστώ» που είπα ίσα που πρόλαβε να περάσει από το άνοιγμα του διαχωριστικού προτού κλείσει ανάμεσά μας.

Η καρδιά μου χτυπούσε όλο και πιο δυνατά σε κάθε στροφή που κάναμε. Προσπάθησα να καθαρίσω το μυαλό μου, όπως με είχε συμβουλέψει η Ματίλντα. *Προσπάθησε να μην προτρέχεις. Προσπάθησε να ζήσεις τη στιγμή.*

Η λιμουζίνα σταμάτησε μπροστά στο The Saint.

Το χέρι μου ήταν τόσο ιδρωμένο, ώστε γλίστρησε μόλις πήγα να πιάσω το χερούλι της πόρτας, όμως ο σοφέρ είχε βγει ήδη έξω κι ερχόταν να μου ανοίξει την πόρτα και να με βοηθήσει να σηκωθώ από το πίσω κάθισμα.

«Καλή τύχη, καλή μου» είπε.

Του έγνεψα με ευγνωμοσύνη και ύστερα στάθηκα για μια στιγμή, παρακολουθώντας την αφρόκρεμα της πόλης να μπαινοβγαίνει σαν ποτάμι από τις πόρτες του ξενοδοχείου – τολμηρές γυναίκες με μακριά πόδια που άφηναν πίσω τους μια αύρα από άρωμα και αυτοπεποίθηση και άντρες οι οποίοι καμάρωναν που τις συνόδευαν. Και από την άλλη υπήρχα εγώ. Συνειδητοποίησα πως είχα ξεχάσει να βάλω άρωμα. Τα μαλλιά μου, που πριν από μία ώρα ήταν ολόισια, είχαν αρχίσει να κατσαρώνουν. Η σκέψη πως αυτή η φαντασίωση θα εκτυλισσόταν σε δημόσιο χώρο έκανε τη γεμάτη φόβο καρδιά μου να βουλιάξει. Εκεί θα έπρεπε να βρίσκονται οι καρδιές, σκέφτηκα, βαθιά μέσα στα σωθικά μας, όπου υπάρχει περισσότερη μόνωση και μπορεί να κρύψει τους αγχωμένους παλμούς τους. Κι όμως, παρόλο που είχα άγχος, είχα ταυτόχρονα και... περιέργεια. Πήρα βαθιά ανάσα, διέσχισα την είσοδο και πήγα γραμμή στα ασανσέρ.

Στα αριστερά μου εμφανίστηκε ένας μικρόσωμος άντρας με στολή του ξενοδοχείου.

«Μπορώ να δω το εισιτήριό σας;»

«Α, ναι...» αποκρίθηκα ψαχουλεύοντας στην τσάντα μου. «Ορίστε».

Κοίταξε το εισιτήριο, μετά εμένα και ξερόβηξε.

«Εντάξει λοιπόν» είπε πατώντας το κουμπί για

επάνω. «Καλώς ορίσατε στο The Saint. Σας ευχόμαστε καλή διαμονή».

«Α, ξέρετε, δε μένω εδώ. Έχω έρθει για να συναντήσω... Δηλαδή για να δω... Για ν' *ακούσω*, ν' ακούσω μουσική».

«Φυσικά. Καλά να περάσετε» μου αποκρίθηκε κάνοντας μια υπόκλιση και πισωπατώντας για να απομακρυνθεί.

Το ασανσέρ με κατάπιε, και το ανέβασμα ήταν ολέθριο για το ήδη ανακατεμένο στομάχι μου. Έκλεισα τα μάτια κι έγειρα επάνω στον δροσερό καθρέφτη, γαντζωμένη σφιχτά στο κάγκελο. Μόλις το ασανσέρ πλησίασε το κλαμπ στο ρετιρέ, άκουσα πνιχτή μουσική και πολλές φωνές. Οι πόρτες άνοιξαν και αποκάλυψαν δεκάδες κομψά ντυμένους ανθρώπους οι οποίοι ήταν συγκεντρωμένοι στον μισοφωτισμένο προθάλαμο και ακόμα περισσότερους στο σκοτεινό μπαρ πίσω από τις γυάλινες πόρτες. Χρειάστηκε υπεράνθρωπη προσπάθεια για να ξεκολλήσω τα δάχτυλα από το κάγκελο, να εγκαταλείψω την ασφάλεια του ασανσέρ και να σπρώξω τον εαυτό μου μέσα στο πλήθος.

Όλοι κρατούσαν από ένα ποτήρι σαμπάνια κι έδειχναν βυθισμένοι σε ενδιαφέρουσες συζητήσεις. Κάποιες γυναίκες με κοίταξαν πάνω από τον ώμο τους, έτσι όπως θα κοιτούσε κανείς έναν δυνητικό αντίπαλο. Οι συνοδοί τους με ζύγισαν κι αυτοί. Άραγε με κοιτούσαν με... ενδιαφέρον; Όχι, δεν μπορεί. Προχώρησα αργά ανάμεσα από το πλήθος με χαμηλωμένα μάτια και αναρωτιόμουν τι δουλειά είχα εγώ σ' ένα τόσο σικ μέρος. Είδα μερικές ντόπιες διασημότητες, την Κέυ Λαντουσέρ από το δημοτικό συμβούλιο, που ήταν επίσης πρόεδρος διαφόρων γνωστών φιλανθρωπικών οργανώσεων. Είχε πιάσει ζωηρή συζήτηση με τον Πιέρ Καστίγ, τον πανέμορφο δισεκατομμυριούχο μεγαλοεργολάβο που ήταν περιβόητος μονήρης εργένης. Με κοίταξε, κι εγώ έστρεψα αλλού το βλέμμα μου. Ύστερα συνειδητοποίησα τι ακριβώς κοιτούσε. Δίπλα μου είχαν συγκεντρωθεί πολλές νεαρές πρωτόβγαλτες κόρες της καλής κοινωνίας του Νότου, από αυτές που οι φωτογραφίες τους φιγουράρουν στα κοινωνικά της εφημερίδας *Times-Picayune*.

Απόψε θα έπαιζε το συγκρότημα Smoking Time Jazz Club, όμως δεν είχε ανέβει ακόμα στη σκηνή. Τους είχα ακούσει ξανά στο Blue Nile. Μου άρεσε πολύ η τραγουδίστριά τους, μια ιδιόρρυθμη κοπέλα με μισοξυρισμένο κεφάλι και υπέροχη υπνωτιστική φωνή. Αλλά δεν είχα έρθει για να απολαύσω τη μουσική. Άραγε ποιον θα συναντούσα, τι θα συνέβαινε; Παρά το άγχος μου, δε γινόταν να μην προσέξω έναν ψηλό ελκυστικό άντρα που μιλούσε με μια γυναίκα με μακριά πόδια, ντυμένη με ένα τολμηρό κόκκινο φόρεμα. Ενώ τους παρακολουθούσα (διακριτικά, όπως πίστευα), την άφησε και ήρθε προς το μέρος μου. Ο αέρας εγκατέλειψε το κορμί μου μόλις εκείνος μου έκοψε τον δρόμο για το μπαρ.

«Γεια σου...» μου είπε χαμογελώντας. Με τέτοια πράσινα μάτια και ξανθά μαλλιά ήταν σαν να είχε βγει από περιοδικό. Φορούσε ένα πολύ καλοραμμένο γκριζόμαυρο κουστούμι και άσπρο πουκάμισο. Η γραβάτα του ήταν λεπτή και μαύρη. Φαινόταν λίγο μικρότερος από τον μασέρ και πιο μυώδης. Έριξα μια ματιά στη γυναίκα με το κόκκινο φόρεμα, που η στάση της υπαινισσόταν ήττα. Είχε σταματήσει να της μιλάει για να διασχίσει την αίθουσα και να έρθει να μιλήσει σε *μένα*; Τρελός ήταν;

«Με λένε... Με λένε Κέισσι» τραύλισα, ελπίζοντας ότι δε θα μάντευε τις αγχωμένες σκέψεις μου.

«Απ' ό,τι βλέπω, δεν κρατάς ποτό. Επίτρεψέ μου να σε κεράσω ένα» αποκρίθηκε ακουμπώντας το χέρι του στη μέση μου και με οδήγησε προς το μπαρ μέσα από το πλήθος, που πύκνωνε.

«Α... Ναι. Γιατί όχι;»

Το συγκρότημα ανέβαινε στη σκηνή. Τους άκουγα που έκαναν ζέσταμα.

«Και η... συνοδός σου;» είπα.

«Ποια συνοδός;» ρώτησε με γνήσια απορία.

Κοίταξα πάνω από τον ώμο μου προς το σημείο όπου στεκόταν η γυναίκα. Είχε εξαφανιστεί.

Τράβηξε ένα άδειο σκαμπό και μου έκανε νόημα να καθίσω. Ύστερα έσκυψε προς το μέρος μου, βάζοντας μια τούφα από τα μαλλιά μου πίσω από το αυτί μου, για να μπορέσει να φέρει κοντά το στόμα του. Αισθάνθηκα τη ζεστή ανάσα του. Άθελά μου έκλεισα τα μάτια κι έγειρα προς το μέρος του.

«Κέισσι, σου παρήγγειλα σαμπάνια» μου είπε. «Πάω να κανονίσω κάτι. Όσο θα λείπω, θέλω να μου κάνεις μια χάρη».

Ακούμπησε το δάχτυλό του στο σαγόνι μου και με χάιδεψε απαλά. Με κοιτούσε βαθιά μέσα στα μάτια. Ο άντρας ήταν γοητευτικός, το όμορφο στόμα του απείχε έναν πόντο από το δικό μου.

«Όσο θα λείπω, βγάλε το κιλοτάκι σου. Πέταξέ το

στο πάτωμα κάτω από την μπάρα. Αλλά μη σε δει κανένας».

«Εδώ; Τώρα;» Το μάτι μου έπεσε στο είδωλό μου στον καθρέφτη πάνω από την μπάρα και είδα τα φρύδια μου να τινάζονται προς τα επάνω.

Ένα πονηρό και τέλειο χαμόγελο τρεμόπαιζε στο στόμα του. Τα γένια των δύο ημερών δεν αφαιρούσαν τίποτα από τη λάμψη του.

Γύρισα και τον παρακολούθησα να απομακρύνεται περνώντας μπροστά από τη σκηνή και την όμορφη τραγουδίστρια. Κοίταξα γύρω μου το πλήθος, που δεν είχε ιδέα τι συνέβαινε και παρακολουθούσε την μπάντα με τεντωμένο λαιμό. Οι πρώτες μελωδίες ήταν στριγκές και δυνατές, και το μπάσο δονούσε τα σωθικά μου. Κοίταξα προς τις γυναικείες τουαλέτες. Αν έφευγα από το σκαμπό, θα έχανα τη θέση μου στην μπάρα. Κι εκείνος δε θα με έβρισκε.

Η αίθουσα γέμιζε. Τα φώτα χαμήλωσαν λίγο ακόμα. Ένα παγωμένο ψηλό ποτήρι σαμπάνια βρέθηκε μπροστά μου. Ήμουν μόνη σ' ένα μπαρ και σκεφτόμουν να βγάλω το εσώρουχό μου επειδή μου το είχε ζητήσει ένας ωραίος νεαρός. Κι αν με έπιαναν στα πράσα; Σίγουρα θα με πετούσαν έξω για ανάρμοστη συμπεριφορά. Προσπάθησα να θυμηθώ τι κιλοτάκι φορούσα. Ένα μαύρο στρινγκ. Απλό, μεταξωτό. Στις προσκοπίνες δε μας είχαν μάθει πώς να κατεβάζουμε το βρακάκι μας δημοσίως χωρίς να μας πάρει χαμπάρι κανένας.

Τράβηξα το σκαμπό πιο κοντά στην μπάρα. Ύστερα, παρακολουθώντας τον εαυτό μου στον καθρέφτη, έκανα μια πρόβα, γλιστρώντας τον πήχη και το χέρι μου στα πόδια μου, ενώ πάνω από την μπάρα το μπράτσο και ο ώμος μου φαίνονταν ακίνητα. Ωραία, γινόταν. Κινήθηκα γρήγορα· το χέρι μου κάτω από την μπάρα μάζεψε το μπροστινό μέρος της φούστας μου. Γλίστρησα το άλλο μου χέρι ψηλά στους μηρούς μου, αγκίστρωσα το δάχτυλο στο κορδόνι του εσώρουχου και σήκωσα ελάχιστα τους γλουτούς μου από το σκαμπό, γαντζώνοντας τα τακούνια μου στη βάση του για να κρατήσω κόντρα. Τη στιγμή ακριβώς που το τράβηξα δυνατά, το τραγούδι τέλειωσε απότομα. Νόμιζα πως ήμουν η μόνη που άκουσε το ύφασμα να σκίζεται, σαν βελόνα που γρατζουνίζει δίσκο. Αλλά ένας άντρας με ξυρισμένο κεφάλι, που στεκόταν με την πλάτη προς το μέρος μου, στράφηκε για να δει από πού είχε ακουστεί αυτός ο ήχος. Πάγωσα. Οχ, όχι...

Του χαμογέλασα αμήχανα και γέλασα νευρικά. Ήταν άντρας που σε καθήλωνε, με ζαρωμένα μάτια σαν του Γουίλ, μόνο που τα δικά του είχαν το μπλε του πάγου. Φορούσε μαύρο κουστούμι με μαύρο πουκάμισο και μαύρη γραβάτα. Για άνθρωπος που ήταν πιο κοντά στα πενήντα παρά στα τριάντα, είχε ψηλόλιγνη κορμοστασιά ποδοσφαιριστή. Έσκυψε προς το μέρος μου.

«Το έβγαλες ή ακόμα;» ρώτησε. Περιεργάστηκε τη σοκαρισμένη έκφρασή μου με σαστισμένο χαμόγελο, μετά ήπιε μια γουλιά από το ουίσκι του και ακούμπησε το άδειο ποτήρι στην μπάρα, σκουπίζοντας το στόμα του με την ανάστροφη της φαρδιάς παλάμης του. «Το κιλοτάκι σου εννοώ. Το έβγαλες;» επανέλαβε με εγγλέζικη προφορά.

Κοίταξα γύρω για να δω αν τον είχε ακούσει κανείς. Η μουσική όμως είχε αρχίσει να παίζει ξανά.

«Ποιος είσαι;»

«Το πραγματικό ερώτημα είναι: αποδέχεσαι το Βήμα;»

«Το Βήμα; Τι; Με σένα; Νόμιζα ότι θα γινόταν με τον άλλο...»

«Μπορώ να σε διαβεβαιώσω, Κέισσι, ότι μαζί μου βρίσκεσαι σε πολύ καλά χέρια. Λοιπόν, αποδέχεσαι το Βήμα;»

«Τι θα συμβεί;»

Κοίταξα πανικόβλητη ολόγυρά μου, αλλά δε μας κοιτούσε κανένας. Παρακολουθούσαν όλοι την μπάντα. Ούτε και ενδιαφερόταν κανείς για ποιο πράγμα μιλούσαμε. Ήταν σαν να ήμαστε αόρατοι.

«Τι θα συμβεί;» ρώτησα και πάλι.

«Όλα όσα θες και τίποτα που δε θες».

«Αυτό έχουν μάθει σε όλους σας να λέτε;» είπα κάπως παιχνιδιάρικα. Μπορούσα να το κάνω. Και οπωσδήποτε μπορούσα να το κάνω μαζί του. Τράβηξα πάλι το στρινγκ, και τούτη τη φορά το λάστιχο κόλλησε στο επάνω μέρος των μηρών μου, αφήνοντάς με σε πάρα πολύ άβολη θέση.

«Αποδέχεσαι το Βήμα, Κέισσι; Μόνο τρεις φορές μπορώ να σε ρωτήσω» συνέχισε υπομονετικά. Τα μάτια του κατέβηκαν στη φούστα μου.

«Ίσως αν πήγαινα στην τουαλέτα...»

Εκείνος γύρισε κι έκανε νεύμα στον μπάρμαν.

«Θα ήθελα τον λογαριασμό, παρακαλώ. Και χρέωσε μέσα και τη σαμπάνιά της. Εντάξει;»

«Περίμενε... Φεύγεις;»

Μου χαμογέλασε και τράβηξε δύο εικοσαδόλαρα από μια δεσμίδα.

«Μη φύγεις...» τραύλισα, βγάζοντας το χέρι μου από το κάτω μέρος της μπάρας και ακουμπώντας το στον στιβαρό πήχη του. «Αποδέχομαι το Βήμα».

«Μπράβο το καλό κορίτσι...» αποκρίθηκε εκείνος βάζοντας τα χαρτονομίσματα στην τσέπη του.

Έβγαλε το σακάκι του και μου ζήτησε να το κρατήσω στα πόδια μου. Έτσι όπως στεκόταν δίπλα μου στην μπάρα, γύρισε στο πλάι, σαν να ήθελε να παρακολουθήσει την μπάντα. Όταν έσπρωξε απότομα το σκαμπό μου λιγάκι προς τα πίσω, το στομάχι μου χρειάστηκε μια στιγμή για να προσαρμοστεί. Κόλλησε το σώμα του επάνω στην πλάτη μου, και το καυτό στόμα του βρέθηκε δίπλα στο αυτί μου. Αισθανόμουν τη στύση του στη μέση μου, εκεί όπου ο προηγούμενος άντρας είχε βάλει το χέρι του.

«Κέισσι, είσαι πανέμορφη με αυτό το φουστάνι, μα το κιλοτάκι πρέπει να φύγει αμέσως...» μου ψιθύρισε βραχνά. «Επειδή έχω σκοπό να παίξω μαζί σου, αν δεν έχεις αντίρρηση...»

«Εδώ; Τώρα;» Ξεροκατάπια.

«Ω, ναι...»

«Κι αν μας πιάσει κανείς;»

«Δεν πρόκειται. Σ' το υπόσχομαι...»

Η πλάτη μου ακουμπούσε στο στέρνο του, κοιτούσαμε και οι δύο την μπάντα, κι εκείνος έχωσε το δεξί του χέρι κάτω από τη φούστα μου και ακολούθησε τη σχισμή ανάμεσα στους μηρούς μου έως το στρινγκ μου. Με δεξιοτεχνική άνεση, βύθισε το δάχτυλό του μέσα μου. Ήμουν υγρή. Ήταν τρελό. Η μπάντα επιτάχυνε τον ρυθμό, η φωνή της τραγουδίστριας ήταν σαν μουσικό όργανο, και οι στίχοι βγήκαν από το στόμα της την ίδια ακριβώς στιγμή που δύο δάχτυλά του αγκιστρώθηκαν στο λάστιχο του εσώρουχού μου.

«Σήκω, αγάπη μου!» με πρόσταξε και με αριστοτεχνικό συγχρονισμό τράβηξε το κατεστραμμένο εσώρουχο στα γόνατά μου.

Το κατέβασα με γρήγορες κινήσεις έως τους αστράγαλούς μου και το άφησα να πέσει διακριτικά στο πάτωμα. Το μπαρ ήταν σκοτεινό, θορυβώδες και πήχτρα στον κόσμο. Ακόμα και να ούρλιαζα, κανένας δε θα έδινε σημασία.

Αισθάνθηκα το χέρι του να διαγράφει αργούς κύκλους στο εσωτερικό των μηρών μου διεγείροντάς με, ενώ εξακολουθούσε να ανασαίνει μέσα στο αυτί μου. Φαντάστηκα πώς θα πρέπει να φαινόμασταν: ένα ερωτευμένο ζευγάρι που παρακολουθεί την μπάντα. Μόνο οι δυο μας γνωρίζαμε ότι το δεξί του χέρι με άλωνε. Σίγουρος ότι δε μας κοιτούσε κανένας, έγινε τολμηρότερος και γλίστρησε το άλλο του χέρι επάνω στο δεξί στήθος μου, αφήνοντάς το εκεί για μια στιγμή. Ύστερα το έτριψε με τη φαρδιά παλάμη του, ώσπου ένιωσα τη ρώγα μου να σκληραίνει.

«Μακάρι να μπορούσα να πάρω τη ρώγα σου στο στόμα μου. Μα δεν μπορώ, γιατί βρισκόμαστε σε μια αίθουσα γεμάτη κόσμο...» μου ψιθύρισε στο αυτί. «Αυτό σε καυλώνει περισσότερο;»

Ω Θεέ μου, ναι. Έγνεψα καταφατικά.

«Αν βάλω τα δάχτυλα μέσα σου τώρα, θα είσαι υγρή;»

«Ναι...» απάντησα.

«Το υπόσχεσαι;»

Κούνησα καταφατικά το κεφάλι κι ένιωσα το άλλο του χέρι να αναδεύεται ξανά κάτω από το σακάκι του, που ήταν απλωμένο στα πόδια μου. Γλίστρησε ψηλά στους μηρούς μου, και μετά ένα δάχτυλο χώρισε τα χείλη. Κόντεψα να πέσω από το σκαμπό, αλλά εκείνος με κράτησε γερά. Έδωσε ένα σπρωξιματάκι στον δεξιό μηρό μου για να ανοίξει περισσότερο, κι εγώ άπλωσα πιο πολύ το σακάκι του, για να κρύψω αυτά που συνέβαιναν από κάτω.

«Πιες λίγη σαμπάνια, Κέισσι...» μου είπε.

Έπιασα το δροσερό ποτήρι κι ένιωσα τις φυσαλίδες να σκάνε πάνω στη γλώσσα μου.

«Θα σε κάνω να χύσεις εδώ και τώρα».

Πριν προλάβω καν να καταπιώ, τα δάχτυλά του άρχισαν να με ανοίγουν. Η αίσθηση ήταν τόσο υπέροχη, ώστε πνίγηκα λιγάκι με το ποτό μου. Κανένας απ' όσους στέκονταν γύρω μας δε θα μπορούσε να αντιληφθεί τα θαυμάσια πράγματα που μου έκανε.

«Το νιώθεις, Κέισσι;» μου ψιθύρισε με τη σέξι προφορά του. «Έλα προς τα εμένα, μωρό μου...» συμπλήρωσε. «Αυτό είναι».

Έσπρωξα τη λεκάνη μου στο χέρι του, που είχε αγκαλιάσει την ήβη μου. Τα δάχτυλά του μπαινόβγαιναν μέσα μου, ενώ ο αντίχειράς του διέγραφε κύκλους επάνω μου. Σφάλισα τα βλέφαρα. Ένιωθα λες κι όλο μου το κορμί μετεωριζόταν κάτω από το δυνατό χέρι του, σαν να κρατιόμουν από μια κούνια.

«Κανένας δεν μπορεί να δει τι κάνω...» μουρμούρισε. «Όλοι νομίζουν ότι σου λέω πόσο πολύ μ' αρέσει το συγκρότημα... Το αισθάνεσαι αυτό;»

«Ναι. Αχ, Θεέ μου, ναι...»

Κόλλησε ξανά το σώμα του στην πλάτη μου. Αφέθηκα στη γλύκα· σήκωσα το δεξί χέρι και πιάστηκα από τον ώμο του, ενώ με το αριστερό κρατούσα σταθερό το σακάκι. Ένιωθα τους σφιχτούς μυς του χεριού του να κινούνται, ενώ ο αντίχειράς του διέγραφε εκείνους τους μαγικούς κύκλους και τα επιδέξια δάχτυλά του γλιστρούσαν μέσα έξω στο σώμα μου. Με έπαιζε σαν να ήμουν μουσικό όργανο. Χάθηκα στο σκοτάδι της αίθουσας, στον ρυθμό της μουσικής, στα κύματα της ηδονής. Ήθελα περισσότερο από κείνον μέσα μου, όχι μόνο τα δάχτυλά του. Εκείνον. Ολόκληρο. Μετακίνησα πιο έξω τον δεξιό μηρό μου, κι εκείνος κατάλαβε το σινιάλο, για να αφήσει τα δάχτυλά του να με εξερευνήσουν βαθύτερα. Έσκυψα το κεφάλι προς τα εμπρός. Προσπάθησα να φανώ απορροφημένη από τη μουσική, αλλά είχα ζαλιστεί από τα κύματα που προκαλούσε αυτός ο άντρας στο σώμα μου, ξανά και ξανά, που τώρα γιγαντώνονταν, οδηγώντας προς έναν παραδεισένιο οργασμό.

«Κέισσι, το νιώθω... Θα τελειώσεις στο χέρι μου. Έτσι δεν είναι, κορίτσι μου;» μου είπε σιγανά.

Γραπώθηκα από την μπάρα με το δεξί μου χέρι, θαρρείς και βρισκόμουν σε έκσταση, και η αίθουσα χάθηκε από τα μάτια μου, η μουσική μπερδεύτηκε με ένα χαμηλόφωνο βογκητό (το δικό μου;), που με έκανε να τιναχτώ προς τα πίσω. Εκείνος ήταν σαν τείχος που με συγκρατούσε καθώς με πλημμύριζε το ένα κύμα πίσω από το άλλο. Αχ, Χριστούλη μου, μου ήταν αδύνατο να πιστέψω ότι μπορούσε να με κάνει να αισθανθώ έτσι, εκεί. Μου ήταν αδύνατο να πιστέψω πως είχα μόλις φτάσει σε οργασμό μέσα σε μια θορυβώδη σκοτεινή αίθουσα γεμάτη ξένους, μερικοί από τους οποίους στέκονταν μισό μέτρο μακριά μου. Εκείνος επιβράδυνε την κίνηση του αντίχειρά του καθώς καταλάγιαζαν τα κύματα στο σώμα μου· τα μάτια μου εστίασαν ξανά. Στάθηκε ασάλευτος, κρατώντας με αγκαλιά για μια στιγμή. Όταν κουνήθηκα, τράβηξε απαλά τα δάχτυλά του, σέρνοντάς τα επάνω στον γυμνό μηρό μου.

Έσπρωξε το ποτήρι της σαμπάνιας μπροστά μου.

«Είσαι ατρόμητη, Κέισσι...»

Έπιασα το ποτήρι με ασταθές χέρι, το άδειασα και ύστερα το ακούμπησα με κάπως περισσότερο θόρυβο στην μπάρα. Χαμογέλασα πλατιά, το ίδιο κι εκείνος. Με κοιτούσε σαν να με έβλεπε για πρώτη φορά.

«Είσαι κουκλάρα! Το ξέρεις;» μου είπε.

Αντί να κάνω κάποιο υποτιμητικό σχόλιο για τον εαυτό μου, αυτήν τη φορά τον πίστεψα.

«Σ' ευχαριστώ».

«*Εγώ σ'* ευχαριστώ» μου αποκρίθηκε κι έκανε νόημα στον μπάρμαν να φέρει τον λογαριασμό. Έβγαλε πάλι τα δύο εικοσαδόλαρα.

«Κράτα τα ρέστα» είπε στον μπάρμαν. Κατόπιν τράβηξε κάτι από την τσέπη του. «Κι αυτό είναι για σένα» πρόσθεσε πετώντας κάτι που έμοιαζε με νόμισμα στον αέρα. Κατόπιν το έπιασε στην παλάμη του και με μια κίνηση σαν ράπισμα το χτύπησε πάνω στην μπάρα.

Όταν σήκωσε το χέρι του, είδα να λάμπει κάτω από τα φώτα το κρεμαστό του Δεύτερου Βήματος, επάνω στο οποίο ήταν χαραγμένη η λέξη «Θάρρος».

«Ήταν θεσπέσια!» συνέχισε φιλώντας με στα μαλλιά. Ύστερα τράβηξε το σακάκι του από τα πόδια μου και χάθηκε μέσα στο πλήθος.

Αφού πέρασα το κρεμαστό στην αλυσίδα και το θαύμασα μαζί με το ταίρι του επάνω στο βραχιόλι μου, κατέβηκα γλιστρώντας από το σκαμπό μου, αλλά τα πόδια μου ήταν σαν βούτυρο και κόντεψα να σωριαστώ στο πάτωμα δίπλα στο παρατημένο εσώρουχό μου. Ενώ προχωρούσα μέσα στο υποφωτισμένο πλήθος, η ανάσα μου ήταν ακόμα κομμένη και το βλέμμα μου θολό. Έπεσα πάνω σ' ένα μικροκαμωμένο κορίτσι με ψηλές πλατφόρμες και παραλίγο να την πετάξω κάτω. Στην αρχή δεν αναγνώρισα την Τρεϊσίνα, επειδή ήταν περιποιημένη: τα κατσαρά μαλλιά της ήταν μαζεμένα σε ψηλό κότσο και το καστανό δέρμα της δημιουργούσε θεαματική αντίθεση με το ανοιχτοπράσινο φόρεμά της. Και οπωσδήποτε δεν αναγνώρισα τον Γουίλ με το κομψό σακάκι και τη γραβάτα. Φαινόταν... τρομερά σέξι.

«Βλέπεις;» είπε εκείνη χτυπώντας δυνατά τον Γουίλ στο στέρνο. «Του το είπα πως ήσουν εσύ!»

Γαμώτο! Δεν μπορεί να μου συμβαίνει αυτό. Όχι τώρα. Όχι εδώ.

«Γειααα...» ήταν το μόνο που κατάφερα να αρθρώσω.

«Μόλις σε είδα με κείνο τον... τύπο, είπα: "Γουίλ, για δες την *Κέισσι με γκόμενο*!"» αναφώνησε, χτυπώντας τα δάχτυλά της καθώς έλεγε τραγουδιστά την τελευταία λέξη. Λικνιζόταν μεθυσμένη.

Ο Γουίλ έδειχνε νευρικός και αμήχανος. Άραγε με είχαν δει να κολλάω επάνω στον άντρα, να τον αρπάζω από τον ώμο ενώ σπαρταρούσα; Ω Θεέ μου! Άραγε κατάλαβαν τι κάναμε; Σίγουρα όχι. Ήταν πολύ σκοτεινά, είχε πολύ θόρυβο. Πού να στέκονταν άραγε; Με είχε κυριέψει πανικός, όμως δεν μπορούσα να κάνω τίποτε άλλο πέρα από το να σχολιάσω την μπάντα. Και μετά να το βάλω στα πόδια.

«Πού πήγε;» ρώτησε η Τρεϊσίνα.

«Ποιος;»

«Ο ωραίος συνοδός σου».

«Α... Πήγε να φέρει το αμάξι. Φεύγουμε. Πρέπει να φύγουμε. Ναι. Οπότε...» Ένιωθα τον ιδρώτα να τρέχει στο ντεκολτέ και στον αυχένα μου.

«Μα το συγκρότημα θα παίξει κι άλλο... Αυτά τα εισιτήρια είναι δυσεύρετα, Κέισσι».

«Ίσως χόρτασαν από μουσική για απόψε...» είπε σφιγμένα ο Γουίλ, κατεβάζοντας μια γουλιά από την μπίρα του.

Ζήλια ήταν αυτό που άκουγα; Με το ζόρι με κοιτούσε. Έπρεπε να φύγω.

«Λοιπόν, δε θέλω να τον αφήσω να περιμένει... Οπότε τα λέμε αύριο» ψέλλισα ενώ κουνούσα το χέρι και προχωρούσα ήδη προς το ασανσέρ.

Να πάρει και να σηκώσει. Μέσα στο ασανσέρ, μόνη μου, χοροπηδούσα επάνω κάτω λες κι έτσι θα το έκανα να φτάσει πιο γρήγορα στο ισόγειο. Έπρεπε να φύγω και να συνέλθω. Άφησα έναν ξένο να βάλει τα χέρια του επάνω μου, *μέσα* μου –σε δημόσιο χώρο– και να με ξετρελάνει, ενώ το αφεντικό μου και η φιλενάδα του στέκονταν κάπου εκεί γύρω. Τι είχαν δει; Πώς μπορούσε κάτι τόσο θεσπέσια αισθησιακό να στραβώσει τόσο πολύ; Προς το παρόν όμως έπρεπε να το ξεχάσω. Θα το συζητούσα με τη Ματίλντα. Εκείνη θα ήξερε τι πρέπει να κάνω.

Οι πόρτες του ασανσέρ άνοιξαν. Βγήκα, διέσχισα βιαστικά τη ρεσεψιόν, και περνώντας μέσα από τις γυάλινες πόρτες, έφτασα στον δρόμο. Η λιμουζίνα με περίμενε στο ίδιο σημείο όπου με είχε αφήσει. Άνοιξα την πίσω πόρτα πριν προλάβει να αντιδράσει ο οδηγός, μπήκα και κάθισα, ενώ εξακολουθούσα να αισθάνομαι τον νυχτερινό αέρα να ανεβαίνει κάτω από τη φούστα μου, παγώνοντας την υγρασία ανάμεσα στους μηρούς μου.

[ΚΕΦΑΛΑΙΟ ΕΞΙ]

Καθε μαΐο η Γιορτή της Άνοιξης στην οδό Μαγκαζίν τόνιζε πόσο λίγες πρωινές ατραξιόν είχε να προσφέρει η οδός Φρέντσμεν. Οχτώ χιλιόμετρα καταστημάτων, μουσικής και πεζών που περιφέρονταν προσέλκυαν τα πλήθη στα εστιατόρια και στις καφετέριες της συνοικίας Λόουερ Γκάρντεν. Πού τέτοια τύχη στο Μαρινύ. Η Φρέντσμεν είχε νυχτερινά στέκια, όπου ο κόσμος ερχόταν για να ακούσει τζαζ και να μεθύσει. Η έκφραση στο πρόσωπο του Γουίλ ήταν εύγλωττη την ώρα που τακτοποιούσε τις αποδείξεις της προηγούμενης μέρας, και οι μύες στα χέρια του έκαναν συσπάσεις καθώς άθροιζε τα ποσά στη γέρικη αριθμομηχανή του.

«Ήταν ανάγκη να αγοράσει ο πατέρας μου *αυτό* το κτίριο και ν' ανοίξει το καφέ σ' *αυτό* τον δρόμο; Ήταν ανάγκη να αγοράσουν οι Καστίγ *εκείνη* την πολυκατοικία ακριβώς απέναντί μας;»

Πέταξε το μολύβι του στο τραπέζι. Ο μήνας ήταν κακός από άποψη εσόδων.

«Κοίτα τι σου φέρνω» είπα, προσπαθώντας να ελαφρύνω την ατμόσφαιρα. Του έδειξα τον εσπρέσο που του είχα μόλις φτιάξει επάνω στο γραφείο του. Δεν τον κοίταξε καν.

«Κι αν βγάζαμε πέντ' έξι τραπεζάκια πίσω, εκεί που παρκάρω, βάζαμε λαμπιόνια, παίζαμε λίγη μουσική και το βαφτίζαμε αίθριο; Ίσως είναι ωραία εκεί πίσω. Πιο ήσυχα...» τραύλισε σαν υπνωτισμένος.

Είτε στεκόμουν εγώ μπροστά του είτε κάποιος άλλος ήταν ένα και το αυτό. Εκείνη τη στιγμή μπήκε χοροπηδώντας στο γραφείο η Τρεϊσίνα.

«Για ανακαινίσεις λέτε; Φτιάξε πρώτα τις τουαλέτες, τις χαλασμένες καρέκλες και τα αναθεματισμένα τα πλακάκια στο αίθριο, και μετά βλέπουμε, μωρό μου!» Πέταξε την τσάντα της στην καρέκλα στη γωνία. Ύστερα έβγαλε το χαχόλικο άσπρο μπλουζάκι της μπροστά σε μένα και στον Γουίλ κι έβαλε ένα στενό κόκκινο μπλουζάκι που είχε μέσα στην τσάντα, εκείνο που φορούσε πάντα στη βραδινή βάρδια. Πάντα ήταν πολύ άνετη, πολύ σίγουρη για το μικροσκοπικό τέλειο σώμα της.

Προσπάθησα να κοιτάξω αλλού.

Η Γιορτή της Άνοιξης έκανε τα μαλλιά του Γουίλ να ασπρίζουν πιο πολύ απ' όσο οι Απόκριες ή το φεστιβάλ τζαζ. Αλλά οι γκρίζες τρίχες τον έκαναν ακόμα πιο σέξι. Ανήκε στους άντρες που, όσο μεγαλώνουν, ομορφαίνουν, διαπίστωση που ήμουν έτοιμη να εκφράσω εκείνο το πρωί την ώρα που μας διέκοψε η Τρεϊσίνα. Οι δύο αταξίες που είχα κάνει και η τόλμη που μου γεννούσαν με έκαναν να πετάω έναν σωρό σχόλια. Μάλιστα είχα αρχίσει να βρίζω και περισσότερο, προξενώντας μεγάλη σύγχυση στην καημένη την Ντελ και τη μικρή κόκκινη Βίβλο της.

«Έχει δουλειά απόψε;» ρώτησε η Τρεϊσίνα ενώ έβαζε το μπλουζάκι μέσα στο παντελόνι της.

Τέλειωνα τη βάρδιά μου την ώρα που άρχιζε τη δική της και δεν είχα ούτε ένα τραπέζι να της δώσω. Τέτοια νέκρα.

«Μπα...»

«Καθόλου» είπε ο Γουίλ. «Γιορτή της Άνοιξης».

«Δε γαμιέται και η Γιορτή της Άνοιξης!» αποκρίθηκε εκείνη και ύστερα βγήκε χοροπηδώντας από το δωμάτιο.

Παρακολούθησα τη φουντωτή αλογοουρά της να αναπηδάει προχωρώντας στον διάδρομο προς την τραπεζαρία.

«Είναι καταπληκτική...» μουρμούρισα.

«Μπορείς να την πεις κι έτσι» αποκρίθηκε εκείνος σέρνοντας τα δάχτυλά του μέσα στα μαλλιά του. Το έκανε τόσο συχνά, ώστε αναρωτιόμουν αν είχε κάνει αυλακιές στο δέρμα του κρανίου του. Τελικά πρόσεξε πως ήμουν εκεί. Σήκωσε τα μάτια και με κοίταξε. «Έχεις σχέδια για απόψε;»

«Όχι».

«Δε θα δεις εκείνο τον τύπο;»

«Ποιον τύπο;» ρώτησα απορημένη.

«Τον τύπο από το Halo».

«Α, *εκείνο* τον τύπο...» είπα, και η καρδιά μου άρχισε να χτυπάει πιο γρήγορα.

Είχαν περάσει εβδομάδες από κείνο το βράδυ, και δεν το είχαν αναφέρει ούτε ο Γουίλ ούτε η Τρεϊσίνα, η Τρεϊσίνα μάλλον επειδή παραήταν πιωμένη για να το θυμάται, και ο Γουίλ επειδή δε γινόταν ποτέ αδιάκριτος. Μήπως τελικά είχε δει κάτι;

«Μία φορά βγήκα μαζί του μόνο. Δεν υπήρχε χημεία».

Ο Γουίλ με κοίταξε με ζαρωμένα μάτια, σαν να θυμόταν λίγο διαφορετικά τα πράγματα.

«Δεν υπήρχε χημεία;» Ξαναγύρισε στην αριθμομηχανή του κι έγραψε κι άλλα ποσά. «Εγώ άλλα είδα...»

Όταν ρώτησα τη Ματίλντα τι να κάνω στην περίπτωση που συναντήσω κάποιον γνωστό μου όταν είχα ραντεβού κανονισμένο από το S.E.C.R.E.T., μου είπε πως η αλήθεια ήταν πάντα προτιμότερη από το ψέμα. Και να που τώρα έλεγα ψέματα.

«Γουίλ, η Τρεϊσίνα ήρθε, οπότε εγώ την κάνω. Τα λέμε αύριο» αποκρίθηκα και ετοιμάστηκα να γίνω καπνός.

«Κέισσι!» αναφώνησε ο Γουίλ, τρομάζοντάς με.

Σε παρακαλώ, μη μου κάνεις άλλες ερωτήσεις, προσευχήθηκα από μέσα μου.

Ο Γουίλ με κοίταξε στα μάτια.

«Σ' ευχαριστώ για τον καφέ».

Τον χαιρέτησα στρατιωτικά κι έφυγα.

«Κέισσι!»

Τι θέλει πάλι; Έκανα μεταβολή, γύρισα πίσω κι έχωσα το κεφάλι στο άνοιγμα της πόρτας.

«Φαινόσουν πολύ... καλά εκείνο το βράδυ. Καταπληκτικά».

«Α... Ευχαριστώ» αποκρίθηκα, κοκκινίζοντας σίγουρα σαν κοριτσάκι.

Αχ, Γουίλ. Καημένε Γουίλ. Καημένο Café Rose. Κάτι έπρεπε να γίνει, και γρήγορα.

* * *

Ήταν αναπόφευκτο. Εκείνο το βράδυ το τακούνι της φωσφοριζέ γόβας της Τρεϊσίνα γαντζώθηκε σε μια ρωγμή στο πεζοδρόμιο. Τα δάχτυλα του ποδιού της προχώρησαν, αλλά το τακούνι έμεινε σταθερό, στρίβοντας τον αστράγαλό της, που ήταν σαν κλαδάκι. Μας είχε προειδοποιήσει –και την είχαμε προειδοποιήσει κι εμείς– πως ήταν επικίνδυνο να φοράει γόβες στη δουλειά με τόσες ρωγμές στο πλακόστρωτο. Αλλά τέτοια είναι η γυναικεία ματαιοδοξία και τέτοια ήταν η ζωή μου, μιας κι έπρεπε να αναλάβω εγώ μερικές από τις νυχτερινές της βάρδιες ώσπου να επανέλθει ο πρησμένος αστράγαλός της στο φυσιολογικό λεπτεπίλεπτο μέγεθός του. Γκρίνιαξα στη Ματίλντα, που μου είχε ζητήσει να την ενημερώνω για το πρόγραμμά μου. Ήλπιζα πως η επόμενη φαντασίωσή μου θα πραγματοποιούνταν στο Μέγαρο και επίσης ευχόμουν αυτό να συνέβαινε σύντομα. Αλλά έτσι όπως πήγαιναν τα πράγματα, τούτος ο μήνας μάλλον θα περνούσε χωρίς φαντασιώσεις. «Δεν υπάρχει πρόβλημα» μου είπε. «Απλώς θα προγραμματίσουμε δύο τον ερχόμενο μήνα». Παρ' όλα αυτά, οι αναμνήσεις από το ιντερλούδιο στο τζαζ μπαρ ξεθώριαζαν, και η αλήθεια είναι ότι λαχταρούσα περισσότερα.

Το μόνο που σκεφτόμουν ήταν: ευτυχώς που υπάρχει και η Γιορτή της Άνοιξης, γιατί, έτσι και είχαμε δουλειά, δε θα τα έβγαζα πέρα με μία εβδομάδα διπλοβάρδιες. Τα πρωινά είχε νέκρα, αλλά το βραδάκι στη γειτονιά μας ήταν ακόμα πιο καταθλιπτικό. Οι πελάτες που απορροφούσαν τη λάμψη από τα φώτα του δρόμου ήταν τόσο λίγοι, που το φως αντικατοπτριζόταν στους τοίχους και στα τζάμια κι έκανε το καφέ να μοιάζει βγαλμένο από έρημο πίνακα. Ο Γουίλ έμενε στο σπίτι της Τρεϊσίνα για να τη βοηθάει να μετακινείται, οπότε η καθησυχαστική παρουσία του έλειπε από το επάνω πάτωμα. Δε με πείραζε. Είχα πρόχειρα ένα δυο καλά βιβλία, και μάλιστα είχα το θάρρος να αξιοποιήσω τον ελεύθερο χρόνο μου ώστε να σημειώσω μερικές από τις σκέψεις μου στο «ημερολόγιο των φαντασιώσεων», το μοναδικό πράγμα που μου είχαν ζητήσει από το S.E.C.R.E.T. να κάνω.

Αυτό ακριβώς έκανα καθισμένη στην μπάρα την ώρα που τα κουδουνάκια της πόρτας με ειδοποίησαν ότι μπήκε κάποιος που φαντάστηκα ότι θα ήταν βραδινός πελάτης. Αλλά ήταν το παιδί που έφερνε τα γλυκά, πράγμα παράξενο, επειδή συνήθως αυτοί έκαναν τις παραδόσεις τα χαράματα, όταν βρισκόταν εδώ η Ντελ για να υπογράψει το δελτίο αποστολής. Είχα στείλει τη μαγείρισσα στο σπίτι της πριν από ώρες, αφού μετά τις εφτά σερβίραμε μόνο καφέ και επιδόρπια, κι αυτά μόνο σε όσους τέλειωναν το δείπνο τους. Στράφηκα και ακολούθησα με το βλέμμα τον νεαρό με το γκρίζο φούτερ και την κουκούλα, που έσπρωχνε ένα καροτσάκι φορτωμένο με κουτιά γεμάτα γλυκά και πέρασε από δίπλα μου δίχως να πει κουβέντα.

«Συγγνώμη...» είπα και κατέβηκα από το σκαμπό κρύβοντας το ημερολόγιο πίσω από την πλάτη μου. «Μήπως έχεις αργήσει λίγο; Δεν έρχεσαι κανονικά το πρωι...»

Πέρασε από μπροστά μου, έβγαλε την κουκούλα

και μου χαμογέλασε πάνω από τον ώμο του. Είχε κοντοκουρεμένα μαλλιά και σμιλεμένο πρόσωπο με σκούρα γαλάζια μάτια, και τα χέρια του ήταν καλυμμένα από τατουάζ. Το πρόσωπο όλων των κακών αγοριών που είχαν κάνει την καρδιά μου να λιγώσει στο γυμνάσιο πέρασε από το μυαλό μου.

«Πάω να τα αφήσω στην κουζίνα. Τα λέμε εκεί;» είπε σηκώνοντας ψηλά το ντοσιέ του.

Κατάλαβα ότι θα έπαιρνα κάτι παραπάνω από καμιά εικοσαριά μπενιέ κι έναν δίσκο με ταρτάκια λάιμ. Ελάχιστες στιγμές αφότου πέρασε τις πόρτες της σκοτεινής κουζίνας, άκουσα έναν πάταγο ο οποίος με έκανε να χαρώ που ο Γουίλ δεν ήταν επάνω. Και ο σαματάς δε σταμάτησε εκεί. Είχε πολλές φάσεις. Πρώτα ο πάταγος, μετά διαδοχικοί κρότοι και ύστερα ένας ακόμα μεταλλικός ορυμαγδός.

«Ω Θεέ μου!» φώναξα και πλησίασα την πόρτα της κουζίνας, πίσω από την οποία ακούγονταν βογκητά. «Είσαι καλά;»

Έσπρωξα την πόρτα κι ένιωσα ένα σώμα, το σώμα του, να μετακινείται λίγο. Ψηλάφισα τον εσωτερικό τοίχο, πάτησα τον διακόπτη για τις λάμπες φθορίου και τον είδα σωριασμένο στο πάτωμα να κρατάει τα πλευρά του. Γλυκά σε διάφορες παστέλ αποχρώσεις είχαν πασαλειφτεί στο πάτωμα, φτάνοντας έως το ψυγείο.

«Τα έκανα μαντάρα...» βόγκηξε.

Θα έβαζα τα γέλια, αλλά η καρδιά μου δεν είχε ηρεμήσει αρκετά.

«Είσαι καλά;» τον ξαναρώτησα πλησιάζοντάς τον διστακτικά, λες και ήταν σκυλί που το είχε χτυπήσει αυτοκίνητο και μπορεί να το έβαζε στα πόδια αν έκανα γρήγορες κινήσεις.

«Έτσι νομίζω, ναι. Οχ, με συγχωρείς που λέρωσα...»

«Είσαι από το... Ξέρεις...»

«Ναι. Υποτίθεται ότι θα σε "αιφνιδίαζα". Ορίστε! Άουτς...» είπε πιάνοντας τον αγκώνα του ενώ ξάπλωνε και πάλι στο πάτωμα, έχοντας για μαξιλάρι ένα κουτί με πίτα πεκάν.

«Εδώ που τα λέμε, με αιφνιδίασες κατά κάποιον τρόπο...» αποκρίθηκα, γελώντας με το χάος που είχε προκαλέσει.

Απ' ό,τι φαινόταν, το καροτσάκι είχε τρακάρει με την ατσαλένια νησίδα της Ντελ, γκρεμίζοντας όλα τα κατσαρολικά που κρέμονταν από πάνω της στο πάτωμα.

«Θες βοήθεια;» ρώτησα απλώνοντας το χέρι.

Τι πρόσωπο. Αν ένα κακό παιδί ήταν ταυτόχρονα άγγελος, αυτή την όψη θα είχε. Ήταν είκοσι οχτώ χρόνων, τριάντα το πολύ. Επίσης μιλούσε με καδιανή προφορά, ντόπια και πολύ σέξι. Άνοιξε το φερμουάρ του φούτερ του, το έβγαλε και το πέταξε στο πάτωμα, για να κοιτάξει καλύτερα τον χτυπημένο αγκώνα του. Δε συνειδητοποιούσε πως έτσι αποκάλυπτε το ρωμαλέο στέρνο του κάτω από το λευκό φανελάκι, με τα πολύπλοκα τατουάζ που κάλυπταν τα χέρια και τους ώμους του.

«Αυτό αύριο το πρωί θα γίνει μια ωραιότατη μελανιά...» είπε καθώς σηκωνόταν όρθιος δίπλα μου.

Δεν ήταν ψηλός, αλλά ο σέξι ανδρισμός του έκανε την παρουσία του επιβλητική. Αφού απόδιωξε τα τελευταία υπολείμματα πόνου, τεντώθηκε προς τα πίσω και με κοίταξε από την κορφή ως τα νύχια.

«Ουάου! Είσαι πολύ όμορφη» πρόσθεσε.

«Νομίζω... πως κάπου εδώ γύρω έχουμε ένα κουτί πρώτων βοηθειών ή κάτι ανάλογο».

Καθώς περνούσα από δίπλα του για να πάω στο γραφείο, με έπιασε από τον αγκώνα και με τράβηξε μαλακά προς το μέρος του.

«Λοιπόν; Θα το κάνεις;»

«Τι να κάνω;» ρώτησα.

Χρυσοκάστανα. Τα μάτια του ήταν σίγουρα χρυσοκάστανα.

«Θα κάνεις αυτό το Βήμα μαζί μου;»

«Δεν το λες όπως πρέπει».

«Γαμώτο...» μουρμούρισε εκείνος στύβοντας το μυαλό του.

Τούτος εδώ ήταν πολύ γλυκούλης, αλλά όχι ιδιαίτερα ξύπνιος· αν και υποθέτω ότι δεν είχε σημασία.

«Πρέπει να ρωτήσεις: "*Αποδέχεσαι* το Βήμα";»

«Σωστά. Αποδέχεσαι το Βήμα;»

«Εδώ; Τώρα; Μαζί σου;»

«Ναι. Εδώ. Τώρα. Μαζί μου» απάντησε γέρνοντας το κεφάλι στο πλάι και χαμογελώντας μου στραβά. Παρά το τραχύ παρουσιαστικό του και τη λεπτή ουλή στο επάνω χείλος του, είχε την πιο λευκή οδοντοστοιχία που είχα δει ποτέ μου. «Θα με βάλεις να σε παρακαλέσω;» συμπλήρωσε. «Εντάξει λοιπόν. Σε παρακαλώ πολύ πολύ πολύ;»

Το απολάμβανα. Πάρα πολύ. Και αποφάσισα να το τραβήξω λίγο ακόμα.

«Τι θα μου κάνεις;»

«Το ξέρω αυτό» μου είπε. «Όλα όσα θες και τίποτα που δε θες».

«Καλή απάντηση...»

«Είδες; Δεν είμαι τελείως άχρηστος». Τι γλυκός και τι σέξι. «Λοιπόν; Αποδέχεσαι το Βήμα;»

«Ποιο απ' όλα είναι;»

«Εεε... Το τρίτο, νομίζω. *Εμπιστοσύνη;*»

«Μάλιστα...» απάντησα καθώς επιθεωρούσα τις ζημιές στην κουζίνα. «Έρχεσαι εδώ πέρα ενώ ετοιμάζομαι να κλείσω και προκαλείς τέτοιον χαμό, που θα με αναγκάσει να μείνω εδώ μετά το σχόλασμα για να καθαρίσω». Έβαλα τα χέρια στους γοφούς μου και τον κοίταξα με σμιχτά τα φρύδια, θαρρείς κι έπρεπε πραγματικά να σταθμίσω τις επιλογές μου. Είχε πολλή πλάκα. «Και πιστεύεις στ' αλήθεια πως είσαι σε θέση να...»

«Δεν το καταλαβαίνω. Θες να πεις ότι δεν αποδέχεσαι το Βήμα;» Συσπάστηκε σαν να πονούσε πραγματικά. «Γαμώτο, τα έκανα σκατά...»

«Μπα. Θα... αποδεχτώ το Βήμα» είπα έπειτα από μια μεγάλη παύση.

«Γιούχου!» αναφώνησε χειροκροτώντας δυνατά, πράγμα που μου προκάλεσε χαχανητά. «Δε θα σε απογοητεύσω, Κέισσι!» συμπλήρωσε σβήνοντας τα φώτα, αφήνοντας να μας φωτίζει μόνο η ζεστή λάμψη από τους φανοστάτες του δρόμου που έμπαινε από το παραθυράκι της πόρτας της κουζίνας. Έκανε ένα βήμα προς το μέρος μου κι έπιασε το πρόσωπό μου στα χέρια του.

Τελικά δεν ήταν ούτε η αναπάντεχη αργοπορημένη παράδοση ούτε το ατύχημα εκείνο που με αιφνιδίασε. Ήταν *αυτό*. Αυτό το φιλί. Ξαφνικά με κόλλησε στο δροσερό πλακάκι του τοίχου της κουζίνας, πιέζοντας το ρωμαλέο σώμα του δυνατά επάνω μου, ώστε να μου δείξει ότι το εννοεί. Θεέ μου, τον ένιωθα να σκληραίνει. Έπειτα από λίγο το πουκάμισό μου είχε βγει και είχε πεταχτεί πάνω από το φούτερ του στο πάτωμα. Τις πρώτες δύο φορές δε με είχαν φιλήσει και δε μου είχε λείψει. Αλλά αυτό... *Αυτό* ήταν το κάτι άλλο. Τα γόνατά μου λύγισαν, ώστε εκείνος αναγκάστηκε να φέρει τα χέρια του στη μέση μου για να μη σωριαστώ στο πάτωμα. Πότε με είχαν ξαναφιλήσει έτσι, με ακριβώς τη σωστή δόση πόθου; Ποτέ στη ζωή μου.

Η γλώσσα του εξερεύνησε το στόμα μου με μια ανάγκη που συναγωνιζόταν τη δική μου. Είχε την αμυδρή γεύση της αγαπημένης μου τσίχλας με άρωμα κανέλας. Αφού με φίλησε βαθιά μερικές στιγμές ακόμα, μου δάγκωσε απαλά το κάτω χείλος και ύστερα το πανέμορφο στόμα του κατέβηκε στο πλάι του λαιμού μου, ψάχνοντας και φιλώντας και καταλήγοντας τελικά σ' ένα σημείο ακριβώς πάνω από την κλείδα μου. Με φίλησε εκεί, απαιτητικά, κι έβγαλα έναν αναστεναγμό. Τα χέρια του κινούνταν σαν να άνοιγαν δρόμο για το στόμα του, οπότε, αφού ελευθέρωσαν το στήθος μου από το σουτιέν, τα χείλη του ακολούθησαν πρόθυμα. Το στόμα του ταξίδεψε πάνω από τη μια ρώγα, ώσπου η σκληράδα της τον έκανε να αναζητήσει την άλλη, ενώ συγχρόνως γλιστρούσε το χέρι του στο μπροστινό μέρος του τζιν μου, για να ανακαλύψει αυτό που υποπτευόμουν: ήμουν μούσκεμα. Σταμάτησε να με φιλάει και κάρφωσε το βλέμμα του στο δικό μου ενώ με εξερευνούσε με τα δάχτυλά του, με μάτια γυάλινα, βλέμμα έντονο. Ύστερα έβγαλε το χέρι του από το παντελόνι μου κι έβαλε το δάχτυλό του στο στόμα του. Παραλίγο να τελειώσω επιτόπου.

«Πεινάω. Δε βγάζεις το τζιν σου; Θα στρώσω τραπέζι».

Το κτηνώδες βλέμμα στα μάτια του, ο γυαλιστερός ιδρώτας που κάλυπτε το τέλειο σώμα του, το ένοχο χαμόγελό του. Θεέ μου, αυτό το αγόρι με είχε κατακτήσει. Κοίταξα γύρω μου το κρεμώδες γλυκό μακελειό που λέρωνε το πάτωμα.

«Εδώ; Στην κουζίνα;» ρώτησα ενώ έλυνα τη ζώνη μου.

«Εδώ».

Κάνοντας μια κίνηση με το γεμάτο τατουάζ χέρι του, πέταξε τα υπόλοιπα πράγματα από το ατσάλινο τραπέζι της Ντελ. Οι μεταλλικές γαβάθες, οι κατσαρόλες και τα τηγάνια, τα σύρματα και τα πλαστικά κουζινικά έπεσαν με πάταγο στο πάτωμα. Κατόπιν άρπαξε το καρό τραπεζομάντιλο από το κάτω ράφι και το άπλωσε πάνω στην ανοξείδωτη μεταλλική επιφάνεια. Εγώ έβγαλα το τζιν μου κι έμεινα με τα χέρια σταυρωμένα επάνω στο γυμνό σώμα μου.

«Ξέρεις τι έχει το μενού για επιδόρπιο;» με ρώτησε γυρίζοντας να με κοιτάξει, με υψωμένο το ένα φρύδι. «Εσένα...»

Έκανε μερικά βήματα προς το μέρος μου και με τύλιξε στην αγκαλιά του φιλώντας με ξανά. Ύστερα με κάθισε απαλά επάνω στο τραπέζι και με άφησε εκεί, με τα πόδια να κρέμονται. Τον παρακολούθησα να πηγαίνει προς το ψυγείο και να χάνεται στο εσωτερικό του.

«Για να δούμε τώρα...» είπε. Βγήκε με την αγκαλιά γεμάτη δοχεία κι ένα κορνέ με σαντιγί.

«Τι στο καλό κάνεις;» ρώτησα.

«Κλείσε τα μάτια και ξάπλωσε».

Κρατώντας το κορνέ, πήγε στους αστράγαλούς μου, τους έπιασε με τα χέρια του και με τράβηξε στην κάτω άκρη του τραπεζιού. Ύστερα μου άνοιξε τα πόδια με ντροπιαστική ευκολία. Έβγαλα μια γελαστή κραυγή, που κόπηκε απότομα όταν μου έβαλε λίγη σαντιγί μέσα στον αφαλό. Κατόπιν έβαλε δύο σβόλους σαντιγί στις ρώγες μου και περιεργάστηκε με σοβαρό ύφος το έργο του.

«Μα τι κάνεις;»

«Φτιάχνω επιδόρπιο. Στην κανονική μου ζωή είμαι ζαχαροπλάστης, αν μπορείς να το πιστέψεις. Για να δούμε... Άλλη μία».

Κι έτσι, τράβηξε μια γραμμή σαντιγί από τον αφαλό μου έως κάτω. Ύστερα πήρε τη συσκευασία με το γλάσο σοκολάτας και περιέχυσε απαλά λίγο επάνω μου. Άπλωσε το χέρι, πήρε ένα κερασάκι μαρασκίνο και το έβαλε στον αφαλό μου. Προσπάθησα να σταματήσω το χαχανητό, αλλά δεν μπορούσα. Ήταν όλα κρύα, και γαργαλιόμουν, αλλά επίσης ήταν απίστευτα ερεθιστικό. Κοίταξε καλά καλά το έργο του, έσκυψε κι έκλεισε το στόμα του πάνω από τον αφαλό μου, έφαγε το κερασάκι κι έγλειψε όλη τη σαντιγί. Κατόπιν πασάλειψε το γλάσο στο στήθος μου, ενώ συνάμα το στόμα του κατηφόριζε ανυπόμονα. Τα κολλώδη χέρια του συμμετείχαν κι αυτά στο διεγερτικό κρεσέντο, διασχίζοντας τον θώρακά μου, την κοιλιά μου και ύστερα ανοίγοντας τα πόδια μου. Η γλώσσα του ήταν καυτή και απαλή. Στην αρχή μόνο έγλειφε, χωρίς να με αγγίζει κατευθείαν, και μου φάνηκε ότι θα πέθαινα αν δεν το έκανε. Και μετά, επιτέλους, έκλεισε το στόμα του γύρω μου, διαγράφοντας κύκλους με τη γλώσσα του, την απαλή, την καυτή, την κολλώδη, και με έριξε σε μια τοξική παραζάλη. Ένιωσα τα δάχτυλά του να με γαργαλίζουν εξωτερικά, και η σταθερότητά τους συμπλήρωνε τα απαλά υγρά πιπιλίσματά του καθώς έτρωγε όλη τη σαντιγί από πάνω μου. Το ποθούσα όσο ποτέ άλλοτε. Με τράβηξε τόσο γρήγορα στο χείλος, ώστε αναγκάστηκα να γραπωθώ από τις άκρες του τραπεζιού για να σταθεροποιήσω το σώμα μου.

Τότε σταμάτησε.

«Γιατί σταματάς;» βόγκηξα με κομμένη την ανάσα. Κοίταξα τα πεινασμένα μάτια του, την ανάστροφη της παλάμης του, που σκούπιζε τη σαντιγί από το μάγουλό του.

«Κέισσι, ένιωθες τι έκανα με τη γλώσσα μου;»

Ε, ναι. Αισθανόμουν *εκατό τοις εκατό* αυτό που έκανε. Με τρέλαινε.

«Ναι» απάντησα όσο πιο ήρεμα μπορούσα.

«Θέλω να κάνεις το ίδιο με τα δάχτυλά σου. Μπροστά μου. *Για μένα...*»

«Θες *τι πράγμα*;» Ένιωθα σαν μεθυσμένη έτσι όπως κοιτούσα το πρόσωπό του, που ήταν ακόμα αξιαγάπητα πασαλειμμένο με σαντιγί.

«Θέλω να δω να χαϊδεύεσαι» μου είπε.

«Μα... δεν ξέρω πώς. Δεν το κάνω καλά. Μπορώ να ξεκινήσω, μα ύστερα νιώθω... Δεν ξέρω. Και τώρα που θα με κοιτάς κι εσύ, θα...»

«Δώσ' μου το χέρι σου».

Έβαλα επιφυλακτικά το χέρι μου στο δικό του. Το κράτησε σταθερά, οδηγώντας το στο σημείο όπου ήμουν καυτή και μουσκεμένη. Απομόνωσε τον δείκτη μου. Τον ακούμπησε απαλά επάνω μου, και χρησιμοποιώντας το στόμα του, με ύγρανε ξανά. Το χέρι του οδήγησε το δικό μου να κάνει κύκλους, ενώ η γλώσσα του τιναζόταν πότε εδώ και πότε εκεί. Ω Θεέ μου, ήταν απίστευτο.

«Δεν ξέρω τι είναι πιο νόστιμο... Εσύ ή η σαντιγί;» πρόσθεσε.

Μόλις βρήκα τον ρυθμό, μου άφησε το χέρι, και τα δάχτυλά μου συνέχισαν, ενώ εκείνος διέτρεχε απαλά με το στόμα του το κορμί μου. Τα χέρια του έπιασαν το εσωτερικό των μηρών μου και τους πίεσαν επάνω στον τραπέζι. Σταμάτησε για μια στιγμή και με παρακολουθούσε. Βρισκόμουν στην κόψη της έκστασης. Τίναξα πίσω το κεφάλι, προσπαθώντας να εμπεδώσω τα πάντα, όλα αυτά τα ερεθίσματα. Εκείνος με παρακολουθούσε να χαϊδεύομαι. Ύστερα το στόμα του ακολούθησε τα δάχτυλά μου.

«Το νιώθεις αυτό; Σ' αρέσει;» με ρώτησε γλείφοντάς με με πυρετώδη ρυθμό.

«Αχ, ναι...» απάντησα, νιώθοντας κάθε παλμό και συνοδεύοντάς τον με έναν δικό μου.

Δεν ήμουν σίγουρη για το πού βλάσταινε ο οργασμός μου, αλλά ερχόταν από ένα καινούριο μέρος, κάπου βαθιά μέσα μου, ενώ η υγρή του γλώσσα τραβούσε κάτι από τον πυρήνα μου. Έχωσε τα δάχτυλά του μέσα μου ώσπου δεν πήγαιναν πιο βαθιά, και καθώς το άλλο του χέρι έσπρωξε τους μηρούς μου για να ανοίξουν, η ηδονή πυρπόλησε κάθε ίνα του κορμιού μου. Εκείνος διαισθάνθηκε την ενέργεια που συσσωρευόταν μέσα μου.

«Αν είναι δυνατόν...» τραύλισα, σχεδόν τρομαγμένη με αυτό που επρόκειτο να συμβεί, θαρρείς και θα ήταν αβάσταχτο, και τότε με διαπέρασε μια κορωμένη φλόγα, κάνοντας τους μηρούς μου να σηκωθούν πιο ψηλά, ένα σινιάλο που τον έκανε να αναλάβει εκείνος δράση, και παραμερίζοντας το χέρι μου, να με φιλήσει και να με γλείψει με πάθος.

Η διέγερση ήταν τόσο ισχυρή, που ένιωθα σαν να έπρεπε να κρατηθώ από κάπου, οπουδήποτε, για να μην πεθάνω.

«Θεέ μου... Θεέ μου... Θεέ μου... Θεέ μου...» κατόρθωσα να ψελλίσω, ενώ ταυτόχρονα συστρεφόμουν επάνω στο γλιστερό τραπέζι δίχως να νοιάζομαι μήπως πέσω στο πάτωμα, παραζαλισμένη από την ευδαιμονία.

Εκείνος με άρπαξε, κρατώντας με εντελώς ακίνητη, ώσπου κατάλαβε ότι κατέβαινα από την κορυφή του γκρεμού. Μόλις καταλάγιασε ο οργασμός μου, σκούπισε μαλακά το πρόσωπό του στο εσωτερικό των μηρών μου.

«Ήταν –ουάου– πολύ έντονος, Κέισσι! Τον αισθάνθηκα».

«Ναι, ήταν...» αποκρίθηκα ακουμπώντας το μπράτσο στο μέτωπό μου σαν να είχα μόλις ξυπνήσει από όνειρο.

«Θες να το ξανακάνουμε;»

Έβαλα τα γέλια.

«Δε νομίζω ότι θα καταφέρω ποτέ να το ξανακάνω!»

Εκείνος ξεκόλλησε από πάνω μου κι έπιασε δύο πετσέτες της κουζίνας κάτω από το τραπέζι, μουλιάζοντάς τες για μερικά δευτερόλεπτα σε ζεστό νερό στον νεροχύτη δίπλα στο ψυγείο.

«Α, θα το ξανακάνεις...»

«Πού σε βρήκαν;» τον ρώτησα ενώ ανακάθιζα.

«Ποιοι;»

Άφησα τα πόδια μου να κρέμονται από την άκρη του τραπεζιού, ενώ εκείνος επέστρεψε κοντά μου και άρχισε να καθαρίζει απαλά τις κολλώδεις ουσίες από πάνω μου με τη ζεστή πετσέτα.

«Οι γυναίκες από το S.E.C.R.E.T.».

«Δεν επιτρέπεται να σου πω, εκτός κι αν γίνεις μέλος».

Ύστερα έφερε την άλλη πετσέτα στο πρόσωπο και στα χέρια μου. Ήταν σχολαστικός και τρυφερός συνάμα.

«Έχεις παιδιά;» τον ρώτησα ξεκάρφωτα.

Ακολούθησε μεγάλη παύση.

«Έχω... έναν γιο. Μιλάμε υπερβολικά, Κέισσι».

Μπορούσα εύκολα να φανταστώ τον γιο του, ένα αγοράκι ολόιδιο με τον πατέρα του, αλλά με πιο φουσκωμένα μαγουλάκια και δίχως τατουάζ.

«Σε πληρώνουν για να το κάνεις;»

Μου σκούπιζε τα χέρια, και η πετσέτα τριβόταν επάνω στο απαλό δέρμα των καρπών μου.

«Όχι βέβαια! Δε χρειάζεται να με πληρώσουν για να κάνω αυτό που μόλις έκανα. Θα το έκανα για χάρη σου *οποτεδήποτε*!»

«Τότε εσύ τι κερδίζεις;»

Εκείνος σταμάτησε, με το χέρι μου μέσα στην πετσέτα. Με κοίταξε αυστηρά στο πρόσωπο για μερικά δευτερόλεπτα.

«Αλήθεια δεν ξέρεις, ε;»

«Τι να ξέρω;»

«Πόσο όμορφη είσαι».

Είχα μείνει άφωνη, η καρδιά μου κόντευε να σπάσει. Δεν είχα άλλη επιλογή από το να τον πιστέψω. Φαινόταν πολύ ειλικρινής. Σταμάτησε να με σκουπίζει και ύστερα πέταξε τις βρόμικες πετσέτες πάνω από τον ώμο του. Σήκωσε το φούτερ του από το πάτωμα. Μου έδωσε τα ρούχα μου και ντυθήκαμε και οι δύο, ή σχεδόν.

«Άσε με να σε βοηθήσω να καθαρίσεις» μου πρότεινε, σπρώχνοντας με το πόδι του έναν άδειο κάδο σκουπιδιών στο κέντρο του δωματίου.

Μας πήρε δέκα λεπτά να πετάξουμε όλα τα διαλυμένα κουτιά, περισώζοντας μόνο δύο. Γέμισα έναν κουβά με ζεστό νερό ώστε να σφουγγαρίσω το πάτωμα και του είπα ότι μπορούσα να κάνω μόνη μου τα υπόλοιπα.

«Δε θέλω, μα πρέπει να φύγω τώρα. Έτσι λένε οι κανόνες. Σ' ευχαριστώ για το επιδόρπιο. Και το ραγισμένο πλευρό. Και τον σπασμένο αγκώνα...» μου είπε πλησιάζοντάς με αργά. Στην αρχή δίστασε, όμως μετά έκανε ένα βήμα εμπρός και με φίλησε αποφασιστικά στα χείλη. «Είσαι γαμάτη!» πρόσθεσε.

«Κι εσύ είσαι γαμάτος» του αποκρίθηκα, έκπληκτη που άκουγα τον εαυτό μου να το λέει μεγαλόφωνα. «Θα σε ξαναδώ;»

«Μπορεί. Μα οι πιθανότητες δεν είναι με το μέρος μου».

Κατόπιν βγήκε πισωπατώντας από την πόρτα της κουζίνας, μου έκλεισε το μάτι κι έφυγε από το καφέ. Τον παρακολούθησα να κατηφορίζει τον σκοτεινό δρόμο, ενώ άκουγα τα κουδουνάκια της πόρτας να λένε αντίο.

* * *

Νόμιζα πως είχα ξεφορτωθεί όλα τα πειστήρια του εγκλήματος. Αλλά στο άπλετο φως του πρωινού είδα την Ντελ να περνάει το ανοξείδωτο ατσάλι της νησίδας με πανί και ειδικό καθαριστικό υγρό. Ίσως ήταν η ιδέα μου, αλλά όσο το έτριβε, ήταν σχεδόν σαν να μου έριχνε ένα αποδοκιμαστικό βλέμμα που έλεγε: *Δεν ξέρω πώς βρέθηκε το αποτύπωμα του πισινού σου στο τραπέζι μου, όμως δεν υπάρχει περίπτωση να σε ρωτήσω.*

Έψαξα στην κουζίνα να βρω τον δίσκο μου, και μόλις τον βρήκα, βγήκα σφαίρα στην τραπεζαρία, αλλά έπεσα επάνω σε δύο εξίσου επικριτικά μάτια, αυτήν τη φορά της Ματίλντας. Καθόταν σαν άγαλμα στο τραπέζι οχτώ. Πήγα κοντά της.

«Τι κάνεις εδώ;» ψιθύρισα κοιτάζοντας γύρω μου.

«Τι εννοείς, Κέισσι; Είναι ένα από τα αγαπημένα μου καφέ στη Νέα Ορλεάνη. Έχεις λίγο χρόνο να τα πούμε;»

«Έχω *μόνο* ένα δευτερόλεπτο!» απάντησα ψέματα, αφήνοντας έναν κατάλογο στο τραπέζι. «Πνιγόμαστε στη δουλειά. Λείπει μία σερβιτόρα, και δουλεύω σαν σκυλί!»

Η αλήθεια ήταν ότι προσπαθούσα να αποφύγω τη συζήτηση με τη Ματίλντα, επειδή ανησυχούσα μήπως είχα παραβεί τους κανόνες γιατί έπιασα την κουβέντα με τον χτεσινό άντρα κι επειδή του έκανα πολλές προσωπικές ερωτήσεις. Κοίταξα γύρω μου το σχεδόν άδειο εστιατόριο. Αυτοί που έρχονταν για πρωινό θα κατέφταναν το νωρίτερο σε κάνα μισάωρο. Ο Γουίλ μάλλον ήταν ακόμα στο σπίτι της Τρεϊσίνα, γνωρίζοντας πως είχα εγώ την πρωινή βάρδια. Κάθισα στην καρέκλα νιώθοντας ενοχές, δίχως να ξέρω για ποιον λόγο.

«Πέρασες καλά χτες το βράδυ; Με τον Τζέσσι;» με ρώτησε.

«Τζέσσι; Έτσι τον λένε;» Το στομάχι μου σφίχτηκε.

«Ναι. Τζέσσι. Πρώτα πρώτα λυπάμαι αν ξαφνιάστηκες από την αργοπορημένη άφιξή του».

«Όλα πήγαν καλά στο τέλος. Πάρα πολύ καλά μάλιστα» αποκρίθηκα κοιτάζοντας κάτω. «Τον... συμπάθησα».

«Αυτός είναι ο δεύτερος λόγος που με φέρνει εδώ. Νομίζω πως του έκανες κι εσύ εντύπωση, Κέισσι».

Η καρδιά μου αναπήδησε λιγάκι στην ιδέα και συγχρόνως πλημμύρισε από την ανοίκεια απιθανότητά της.

«Άκου... Συμβαίνει κάπου κάπου. Δημιουργείται μια συμπάθεια. Κάτι κάνει κλικ, και δύο άνθρωποι θέλουν να γνωρίσουν λίγο καλύτερα ο ένας τον άλλο. Λοιπόν. Θα σου πω το εξής: μπορώ να κανονίσω μια συνάντηση με τον Τζέσσι. Αλλά αν επιλέξεις να το κάνεις αυτό, έχεις τελειώσει. Το ταξίδι σου θα τελειώσει στο Τρίτο Βήμα. Θα βγεις από το S.E.C.R.E.T. Το ίδιο κι εκείνος».

Ξεροκατάπια.

«Ειλικρινά» πρόσθεσε, «δε νομίζω πως ο Τζέσσι είναι ο τύπος σου. Δηλαδή είναι σέξι, αλλά είναι...»

«Παντρεμένος;»

«Χωρισμένος. Μα δεν μπορώ να σου πω περισσότερα, Κέισσι. Σκέψου το... Θα σου δώσω μία εβδομάδα».

«Εκείνος είναι... Θέλει... να με δει ξανά;»

«Ναι, το θέλει...» μου απάντησε κάπως θλιμμένα. «Το ξεκαθάρισε. Άκουσέ με, Κέισσι. Δεν μπορώ να σου υποδείξω τι να κάνεις, αλλά θα σου πω το εξής: έχεις ανθίσει. Το βλέπω. Θα στενοχωρηθώ αν ανακόψεις τη φόρα που έχεις πάρει για χάρη ενός άντρα, για τον οποίο δεν ξέρεις τίποτα, τόσο κοντά στην αρχή της πορείας σου, βασισμένη απλώς σε μία υπέροχη βραδιά».

«Συμβαίνει συχνά;»

«Πολλές γυναίκες σταματούν την εξερεύνηση του εαυτού τους πρόωρα. Οι περισσότερες το μετανιώνουν. Όχι μόνο μέσα στο S.E.C.R.E.T., μα και στη ζωή».

Η Ματίλντα σκέπασε με το χέρι της το δικό μου ακριβώς τη στιγμή που ο Γουίλ έμπαινε φουριόζος από την πόρτα της κουζίνας στην τραπεζαρία, μας προσπερνούσε και κατευθυνόταν προς το σημείο όπου η Τρεϊσίνα προσπαθούσε να παρκάρει το φορτηγάκι του, σ' ένα μικρό κενό στον δρόμο μπροστά από το εστιατόριο. Ακόμα και από κει όπου καθόμουν έβλεπα πως ήταν κακή ιδέα.

«Χριστέ μου! Σταμάτα. Σου είπα να με περιμένεις!» φώναξε από το κατώφλι.

Δεν μπορούσα να ακούσω τι του είπε η Τρεϊσίνα,

όμως η απάντησή της ήταν απότομη και οργισμένη· το φορτηγάκι ήταν χωμένο λοξά και εμπόδιζε την κίνηση απέξω.

Έτσι είναι να έχεις φίλο, σκέφτηκα, κι έτσι είναι να είσαι η φιλενάδα κάποιου. Περνάς τις μέρες σου ταλαντευόμενη ανάμεσα στην ευτυχία και την απογοήτευση, στον έρωτα και στην απέχθεια και κάθε σου κίνηση αποτιμάται από την επιδοκιμασία ή την αποδοκιμασία ενός άλλου. Δεν τους ανήκεις και δε σου ανήκουν, όμως είσαι υπεύθυνη για κάθε ανάγκη και επιθυμία τους, κάποιες από τις οποίες μπορείς να ικανοποιήσεις, ενώ άλλες δε θα τις ικανοποιήσεις στον αιώνα τον άπαντα. Άραγε το ήθελα αυτό τώρα; Ήθελα να γίνω η φιλενάδα κάποιου; Και τι ήξερα τελικά για τον Τζέσσι; Πως ήταν ένας ζαχαροπλάστης με τατουάζ που έμενε ένας Θεός ξέρει πού και είχε παιδί; Ναι, υπήρχε χημεία μεταξύ μας. Αλλά και πάλι. Δεν τον ήξερα καθόλου!

Την ώρα που συλλογιζόμουν όλα αυτά τα πράγματα, είδα έξω από την τζαμαρία την Τρεϊσίνα να βγαίνει από το άτσαλα παρκαρισμένο φορτηγάκι και να βροντάει την πόρτα. Την παρακολούθησα να κουνάει τα κλειδιά μπροστά στο πρόσωπο του Γουίλ και μετά να τα εκσφενδονίζει στα πόδια του.

Ο Γουίλ τα σήκωσε κι έμεινε ακίνητος για λίγο, κοιτάζοντας κατευθείαν μπροστά του.

«Ξέρεις κάτι;» είπα γυρίζοντας ξανά στη Ματίλντα. «Δε χρειάζομαι άλλο χρόνο για να το σκεφτώ καλύτερα. Ξέρω τι θέλω να κάνω. Θέλω περισσότερα. Θέλω το S.E.C.R.E.T.».

Η Ματίλντα χαμογέλασε. Ακούμπησε μαλακά το

κρεμαστό του Τρίτου Βήματος στη χούφτα μου και την έκλεισε.

«Ο Τζέσσι ξέχασε να σ' το δώσει. Μα νομίζω πως ο κατάλληλος άνθρωπος να σ' το προσφέρει είμαι εγώ».

Κοίταξα τη λέξη επάνω στο κρεμαστό: «Εμπιστοσύνη». Μάλιστα. Εμπιστευόμουν όμως τον εαυτό μου πως είχε κάνει τη σωστή επιλογή;

[ΚΕΦΑΛΑΙΟ ΕΦΤΑ]

Τρεις εβδομαδες αφότου κόντεψα να τα παρατήσω, κατέφτασε με τον παραδοσιακό τρόπο, δηλαδή μέσω ταχυδρομείου, η κάρτα για το Τέταρτο Βήμα. Ανέβηκα δυο δυο τα σκαλιά προς το διαμέρισμά μου, μιας και, βλέποντας τους φακέλους, ένιωθα τον ίδιο ενθουσιασμό όπως όταν σκεφτόμουν τις φαντασιώσεις. Ήταν σαν να δεχόμουν κάθε μήνα μια πρόσκληση για ένα καταπληκτικό πάρτι. Πότε πότε τρύπωνε στο μυαλό μου η σκέψη του Τζέσσι, κυρίως επειδή απορούσα που το S.E.C.R.E.T. είχε διαλέξει αυτόν, έναν ζαχαροπλάστη όλο τατουάζ, ως τον «τύπο» μου. Αλλά είχαν δίκιο. Συνειδητοποίησα ότι στο παρελθόν επέλεγα άντρες, έρωτες και συνοδούς από πάρα πολύ στενό πεδίο. Δε μετάνιωνα όμως για την απόφασή μου να παραμείνω στο S.E.C.R.E.T. Ανακάλυπτα τόσο πολλά για τον εαυτό μου, που δε γινόταν να σταματήσω τώρα. Αλλά μερικές φορές η ανάμνηση των χεριών του, του σκανταλιάρικου χαμόγελού του, περνούσε αστραπιαία από το μυαλό μου κι έκανε όλο μου το κορμί να αναριγεί.

Έσκισα τον κίτρινο φάκελο. Ένας μικρότερος, πιο

περίτεχνος, γλίστρησε από μέσα. Η κάρτα του Τέταρτου Βήματος. Στο πίσω μέρος ήταν τυπωμένη με κομψά γράμματα η λέξη «Γενναιοδωρία». Μέσα βρισκόταν μια πρόσκληση σε σπιτικό γεύμα στο Μέγαρο για τη δεύτερη Παρασκευή του μήνα. Στο Μέγαρο. Σπιτικό γεύμα. Ήταν πράγματι γενναιοδωρία! Ο ενδυματολογικός κώδικας όμως μου φάνηκε αλλόκοτα συγκεκριμένος: *Σε παρακαλούμε να φορέσεις μαύρη φόρμα για γιόγκα, απλό λευκό μπλουζάκι, αθλητικά παπούτσια, να πιάσεις τα μαλλιά σου σε αλογοουρά και να βάλεις ελάχιστο μακιγιάζ.* Ένα μικρό κομμάτι μου απογοητεύτηκε λίγο που θα πήγαινα στο Μέγαρο χωρίς να μπορώ να φορέσω κάτι υπερβολικά σέξι ή σοφιστικέ. Καλά λοιπόν. Τουλάχιστον δε θα χρειαζόταν να πάω για ψώνια. Και τουλάχιστον θα πήγαινα επιτέλους στο Μέγαρο, αυτό το μυθικό μέρος που είχε αιχμαλωτίσει τη φαντασία μου και με καλούς και με ελαφρώς τρομακτικούς τρόπους.

Ένας χτύπος στην πόρτα διέκοψε τις σκέψεις μου. Ο Γουίλ! Του είχα υποσχεθεί ότι θα πήγαινα μαζί του σε κάποια δημοπρασία εξοπλισμού εστιατορίων στο Μέταιρι. Χρειαζόμασταν καινούριους δίσκους, καινούριες καρέκλες για να αντικαταστήσουμε τις δικές μας, που ξέφτιζαν συνέχεια, κι έναν σταθερότερο πάγκο κουζίνας, μιας και ο δικός μας είχε αρχίσει μυστηριωδώς να τραμπαλίζεται. Ο Γουίλ είχε επίσης τον νου του μήπως βρει ένα μίξερ και μια φριτέζα ώστε να αρχίσουμε να φτιάχνουμε δικές μας πίτες, ίσως ακόμα και μπενιέ. Κανονικά θα ζητούσε από την Τρεϊσίνα να τον συνοδέψει, αλλά ο αστράγαλός της δεν είχε γιάνει τελείως. Δε χρειαζόταν πια τις πατερίτσες, παρ' όλα αυτά όμως περιφερόταν κουτσαίνοντας στην τραπεζαρία, πράγμα που έκανε τον Γουίλ να νιώθει τύψεις για το ατύχημα. Εκείνη μάλιστα δήλωσε χαριτολογώντας πως, αν δεν έβγαινε μαζί του, θα του είχε κάνει μήνυση. Δεν είμαι σίγουρη πως αστειευόταν. Σήμερα λοιπόν θα ήμουν η ρεζέρβα φιλενάδα του Γουίλ.

«Έρχομαι!» φώναξα.

Έχωσα τον φάκελο στο ντοσιέ μου, τον καταχώνιασα ανάμεσα στα στρώματα του κρεβατιού και πήγα τρέχοντας στην πόρτα, διακόπτοντας το δεύτερο χτύπημα του Γουίλ. Φορούσε ένα από τα πουκάμισα που μου άρεσαν πολύ επάνω του, ένα μουντό κόκκινο που του είχε αγοράσει η Τρεϊσίνα. Όσο κι αν μου έδινε στα νεύρα, έπρεπε να ομολογήσω ότι τον έβαζε να ντύνεται πολύ καλύτερα, και μάλιστα τον είχε πείσει να κόψει και λίγο πιο κοντά τα μαλλιά του.

«Γεια! Ωραία. Έλα μέσα».

«Έχω διπλοπαρκάρει. Κατέβα όταν είσαι έτοιμη. Δε μ' άκουσες που κόρναρα;»

«Όχι, συγγνώμη. Είχα... βάλει σκούπα».

Ο Γουίλ έριξε μια ματιά στο ακατάστατο σπίτι μου, το ασκούπιστο καθιστικό μου.

«Μάλιστα...» αποκρίθηκε μουρμουριστά. «Θα σε περιμένω κάτω».

Ο Γουίλ ήταν απόμακρος και αφηρημένος στη σύντομη διαδρομή, αλλάζοντας σταθμό κάθε φορά που δεν του άρεσε το τραγούδι ή που μια θορυβώδης διαφήμιση ακολουθούσε ένα καλό τραγούδι.

«Νεύρα έχεις» του είπα.

«Είμαι λίγο κακόκεφος μάλλον...»

«Τι σε πείραξε;»

«Τι σε νοιάζει;»

«Τι εννοείς με το τι με νοιάζει; Είμαι φίλη σου. Είπα να ρωτήσω».

Ο Γουίλ έμεινε σιωπηλός επί μισό χιλιόμετρο. Κάποια στιγμή γύρισα το κεφάλι μου από την άλλη για να χαζέψω το τοπίο. Στο τέλος δεν κρατήθηκα άλλο.

«Όλα καλά με σένα και την Τρεϊσίνα; Είδα το καβγαδάκι για το αυτοκίνητο τις προάλλες...»

«Όλα ανθηρά, Κέισσι. Σ' ευχαριστώ που ρώτησες».

Ουάου! Πρώτη φορά ήταν τόσο απότομος μαζί μου.

«Εντάξει τότε» αποκρίθηκα. «Δε θα ρωτήσω τίποτε άλλο. Αλλά αν ήξερα ότι θα ήσουν τόσο χάλια παρέα σήμερα, δε θα είχα έρθει. Είναι Κυριακή. Έχω ρεπό, αν θυμάσαι. Νόμιζα ότι θα περνούσαμε κάπως καλά, μα...»

«Με συγχωρείς...» με διέκοψε. «Δεν περνάς *καλά*; Να προσπαθήσω λίγο περισσότερο για να περάσεις *καλά*. Μήπως θα έπρεπε επίσης να σταματήσω να διακόπτω τις συζητήσεις σου στη δουλειά με τα καινούρια φιλαράκια σου που περνάτε *καλά*;»

Εννοούσε τη Ματίλντα. Της είχα ζητήσει να μην περνάει τόσο συχνά από το εστιατόριο, όμως τις προάλλες, μετά τη συζήτηση για τον Τζέσσι, ο Γουίλ είχε σχολιάσει ότι δε θα έπρεπε να κάθομαι με τους πελάτες όσο δουλεύω.

«Είναι τακτική πελάτισσα κι έχουμε αρχίσει να γινόμαστε φίλες, αυτό είναι όλο. Πού είναι το κακό;»

«Μια τακτική πελάτισσα που σου χαρίζει κοσμήματα ίδια με τα δικά της;»

Έριξε μια ματιά στο βραχιόλι που ακουμπούσε στον μηρό μου. Μου άρεσε το σατινέ φινίρισμά του, η χρυσαφιά γυαλάδα του. Ήταν τόσο όμορφο, που, από τότε που άρχισα να συλλέγω τα κρεμαστά, δεν άντεχα να μην το φοράω.

«Αυτό;» ρώτησα σηκώνοντας τον καρπό μου. «Αυτό. Μου... το έδωσε μια φίλη της. Μια φίλη της που τα φτιάχνει. Το θαύμαζα και ήθελα κι εγώ ένα. Έτσι κάνουν τα κορίτσια, Γουίλ». Ήλπιζα να ήμουν πειστική.

«Πόσο κόστισε; Δείχνει για χρυσός 18 καρατίων».

«Είχα μαζέψει χρήματα. Στ' αλήθεια όμως, αυτό δεν είναι δική σου δουλειά».

Ο Γουίλ αναστέναξε και ύστερα έμεινε πάλι σιωπηλός.

«Ώστε δεν επιτρέπεται πια να μιλάω με τους πελάτες... Έτσι πάει; Επειδή, πρέπει να πω, δουλεύω σκληρά και το εστιατόριο σημαίνει πολλά και για μένα. Ξέρεις ότι θα έκανα τα πάντα για να...»

«Συγγνώμη...»

«... Για να...»

«*Άκουσέ με*, Κέισσι. Συγγνώμη. Ειλικρινά. Δεν ξέρω γιατί είμαι τόσο... Τα πράγματα πηγαίνουν καλά με την Τρεϊσίνα. Μα ψάχνει για... Θέλει να προχωρήσουμε τη σχέση μας, αλλά εγώ δεν είμαι σίγουρος ότι νιώθω έτοιμος. Καταλαβαίνεις; Οπότε ναι, είμαι λιγάκι μυγιάγγιχτος. Κάθομαι σε αναμμένα κάρβουνα».

«*Γάμο* εννοείς;» Κόντεψα να πνιγώ. Γιατί; Τον είχα απορρίψει τον Γουίλ, και φυσικά θα έπρεπε να παντρευτεί την κοπέλα που αγαπούσε. Σωστά;

«Όχι! Προς Θεού. Εννοώ να συζήσουμε... Αλλά ναι. Αυτό που θέλει τελικά είναι ο γάμος».

«Εσύ αυτό θες, Γουίλ;»

Κόντευε μεσημέρι. Ο ήλιος έμπαινε από την ηλιοροφή, ζεσταίνοντας την κορυφή του κεφαλιού μας. Με ζάλιζε κάπως.

«Βέβαια. Δηλαδή, γιατί όχι; Έτσι δεν είναι; Γιατί να μην το θέλω; Είναι σπουδαία κοπέλα» μου απάντησε. Είχε καρφώσει το βλέμμα του στον δρόμο. Ύστερα στράφηκε προς το μέρος μου για μια στιγμή, χαμογελώντας αδύναμα.

«Ουάου! Το πάθος σου μ' έχει τυφλώσει» αποκρίθηκα, και γελάσαμε και οι δύο.

Φτάσαμε στο πάρκινγκ της δημοπρασίας. Ήταν μισοάδειο, πράγμα καλό – λιγότερος κόσμος σήμαινε χαμηλότερες τιμές.

«Πάμε να αγοράσουμε καμιά παλιατζούρα» είπε σβήνοντας τη μηχανή και σχεδόν πηδώντας έξω από το αυτοκίνητο.

Προς στιγμήν είχα την παρόρμηση να καθίσω εκεί μαζί του για λίγο, να τον παρηγορήσω, να του χαϊδέψω τα μαλλιά, να του πω πως όλα θα πήγαιναν καλά, ότι το μόνο που έπρεπε να κάνει ήταν να είναι ειλικρινής με τον εαυτό του. Αλλά ταυτόχρονα αισθάνθηκα ένα τσίμπημα ζήλιας. Η Τρεϊσίνα δε φαινόταν να ενοχλείται από τη φιλία μου με τον Γουίλ, δεν έδειχνε να τη βάζει σε υποψίες ούτε κατά διάνοια ο χρόνος που περνούσαμε μαζί, πράγμα που, εδώ που τα λέμε, το έβρισκα λιγάκι εκνευριστικό. Το ήξερα ότι δεν ήμουν απειλή για κείνην, όμως ένα κομμάτι μου ήθελε να της προκαλέσει λίγη ανησυχία, ένα μέρος μου που όλο και μεγάλωνε ήθελε να της αποδείξει πως ήμουν υπολογίσιμη δύναμη, έστω και μικρή.

Αλλά δεν πρόλαβα καν να αρθρώσω κουβέντα. Ο Γουίλ κόντευε ήδη να φτάσει στο κτίριο, οπότε άνοιξα την πόρτα, βγήκα από το αυτοκίνητο και τον ακολούθησα.

* * *

Η Παρασκευή ήρθε πολύ αργά. Είχα βγάλει επάνω στο κρεβάτι μου μια καινούρια φόρμα για γιόγκα κι ένα ελαστικό λευκό μπλουζάκι, το οποίο αποφάσισα να φορέσω πάνω από ένα στενό μαύρο φανελάκι. Ήταν ήδη αρκετά κακό που θα φορούσα ρούχα γυμναστικής. Έτσι, πρόσεξα τουλάχιστον να μην πλησιάσει η Ντίξι το παντελόνι. Δε χρειαζόταν να εμφανιστώ στο Μέγαρο καλυμμένη με τριχόμπαλες σαν μεσήλικη γεροντοκόρη. Ακριβώς την καθορισμένη ώρα είδα τη λιμουζίνα να σταματάει μπροστά από το σπίτι μου. Κατέβηκα και βγήκα από την πόρτα προτού καλά καλά χτυπήσει ο σοφέρ το κουδούνι.

«Ήρθα...» τραύλισα, χαιρετώντας τον λαχανιασμένη.

Με οδήγησε με το γαντοφορεμένο χέρι του στο αυτοκίνητο και μου άνοιξε την πίσω πόρτα.

«Ευχαριστώ» είπα καθώς βολευόμουν στο αφράτο κάθισμα και κοιτούσα την πολυκατοικία μου.

Μια δαντελένια κουρτίνα στο ισόγειο άνοιξε και ύστερα έπεσε. Η καημένη η Άννα είχε μπερδευτεί ολότελα.

Μέσα στη λιμουζίνα υπήρχε μια παγωνιέρα με ένα μπουκάλι σαμπάνια κι ένα μπουκάλι νερό. Πήρα το νερό· δεν ήθελα να φτάσω μισομεθυσμένη. Η ώρα ήταν εφτά το απόγευμα, και δεν είχε πολλή κίνηση στον δρόμο, οπότε φτάσαμε σε χρόνο μηδέν στα κεντρικά του S.E.C.R.E.T. Κανονικά έμπαινα από την πύλη που βρισκόταν παρακάτω στον δρόμο και οδηγούσε στο παλιό αμαξοστάσιο, το οποίο χωριζόταν από το κεντρικό κτίριο με μαντρότοιχο. Αυτήν τη φορά η δίφυλλη πόρτα που οδηγούσε κατευθείαν στο Μέγαρο άνοιξε αυτόματα για να μπει η λιμουζίνα. Καθώς περνούσαμε μπροστά από το αμαξοστάσιο, είδα πάνω από τον σκεπασμένο με κισσούς τοίχο ότι και οι τέσσερις φεγγίτες είχαν φως. Αναρωτήθηκα τι δουλειά να έκαναν παρασκευιάτικα στο σπιτάκι, τι σενάρια να κατέστρωναν για μένα και ίσως και για άλλες γυναίκες που έκαναν τα βήματα ταυτόχρονα με μένα. Άραγε να υπήρχαν κι άλλες; Είμαι η μόνη; Είχα πολλές απορίες, που ήξερα πως η Ματίλντα δε θα μπορούσε να μου τις απαντήσει αν δε γινόμουν μέλος του S.E.C.R.E.T.

Ενώ η αυλή που περιέβαλλε το παλιό αμαξοστάσιο ήταν πνιγμένη στους κισσούς και τους θάμνους, ο κήπος του Μεγάρου ήταν περιποιημένος και πεντακάθαρος και σκόρπιζε μια απόκοσμη φωτεινή πράσινη λάμψη, που έκανε το κοντοκουρεμένο γκαζόν να φαντάζει ψεύτικο. Στην ατμόσφαιρα πλανιόταν το βαρύ άρωμα των τριανταφυλλιών, που σκαρφάλωναν στους τοίχους του Μεγάρου κι έμοιαζαν με γιγάντιο ροζ, κίτρινο και λευκό κρινολίνο. Το κτίριο είχε πρόσοψη ιταλικού ρυθμού, χαρακτηριστική των πιο μεγαλόπρεπων οικημάτων της συνοικίας, με φαρδιούς λευκούς κίονες που σκίαζαν το βεραντάκι και στήριζαν το ημικυκλικό μπαλκόνι από πάνω. Αλλά είχε μια μεγαλοπρέπεια που έκανε τα υπόλοιπα σπίτια της περιοχής να ωχριούν μπροστά του. Και παρόλο που ήταν όμορφο, φαινόταν απρόσιτο μέσα στην υπερβολική τελειότητά του. Το σύνολο του κτιρίου ήταν καλυμμένο από ανοιχτόγκριζο σοβά με λευκές μαρκίζες, και στο ισόγειο είχε περιμετρικό χαγιάτι. Περίτεχνα κάγκελα πλαισίωναν μικρές μπαλκονόπορτες στον πρώτο και τον δεύτερο όροφο. Όλο το κτίσμα φωτιζόταν από μέσα από μια θερμή αμυδρή λάμψη που ήταν φιλόξενη και συγχρόνως αλλόκοτη. Σταματήσαμε μπροστά στην πλαϊνή είσοδο, αλλά το λιθόστρωτο δρομάκι συνέχιζε πάνω στον λοφίσκο και κατέληγε σ' ένα γκαράζ στην πίσω αυλή. Ήταν ένα σπίτι από το οποίο δε σου έκανε καρδιά να φύγεις, ούτε όμως μπορούσες πραγματικά να ζήσεις σ' αυτό.

Μια γυναίκα με ασπρόμαυρη στολή εμφανίστηκε στην πλαϊνή πόρτα. Μας χαιρέτησε από μακριά. Κατέβασα το παράθυρο της λιμουζίνας.

«Πρέπει να είσαι η Κέισσι» είπε. «Με λένε Κλοντέτ».

Είχα συνηθίσει πλέον να περιμένω να κατέβει ο σοφέρ για να μου ανοίξει την πόρτα. Μόλις βγήκα, παρατήρησα μερικούς σωματοφύλακες να κόβουν βόλτες στον κήπο· φορούσαν όλοι καλοραμμένα κουστούμια και μαύρα γυαλιά, και ο ένας από αυτούς μιλούσε σ' ένα ακουστικό.

«Εκείνος σε περιμένει στην κουζίνα. Δεν έχει πολλή ώρα, αλλά ανυπομονεί να σε γνωρίσει!» πρόσθεσε η Κλοντέτ.

«*Ποιος;*» ρώτησα ενώ την ακολουθούσα. Και τι εννοούσε λέγοντας ότι *εκείνος* με περιμένει και δεν έχει πολλή ώρα; *Δική μου* δεν ήταν η φαντασίωση;

«Θα δεις» μου απάντησε ακουμπώντας καθησυχαστικά το χέρι της στην πλάτη μου ενώ με συνόδευε μέσα στο σπίτι.

Το πάτωμα της πλαϊνής εισόδου ήταν μαρμάρινο με ασπρόμαυρο πιε ντε πουλ σχέδιο, που συνέχιζε στον διάδρομο. Δύο Ερωτιδείς σ' ένα σιντριβανάκι έχυναν νερό από αμφορείς σε μια ρηχή δεξαμενή. Παιώνιες ξεπρόβαλλαν από τεράστια βάζα. Έριξα μια ματιά στον εντυπωσιακό προθάλαμο στα δεξιά μου. Στη βάση της σκάλας καθόταν άλλος ένας σωματοφύλακας σε μια καρέκλα και διάβαζε εφημερίδα.

«Γιατί δεν πας να περιμένεις έξω;» του είπε η Κλοντέτ.

Ο μεγαλόσωμος τύπος δίστασε λίγο και ύστερα σηκώθηκε από το κάθισμά του.

Προχωρήσαμε στον μακρύ διάδρομο, ακολουθώντας τον ήχο της δυνατής χιπ χοπ ή ραπ· δεν καταλάβαινα τη διαφορά. Η καρδιά μου βροντοχτυπούσε. Αισθανόμουν πολύ προχειροντυμένη για τέτοιο περιβάλλον και αναρωτιόμουν για ποιον λόγο με είχαν βάλει να φορέσω κάτι τόσο απλό και καθημερινό. Οι σωματοφύλακες, το πιεστικό πρόγραμμα, η μουσική – τίποτα δεν έβγαζε νόημα. Κατευθυνθήκαμε προς το πίσω μέρος του σπιτιού, προσπερνώντας αρκετές πολυτελείς σκάλες στα πλαϊνά του μεγάλου διαδρόμου, ενώ η μουσική δυνάμωνε όσο πλησιάζαμε μια δίφυλλη δρύινη πόρτα. Παρατήρησα ότι τα στρογγυλά παράθυρα ήταν καλυμμένα με μαύρο τσιγαρόχαρτο. Τι συνέβαινε;

Η Κλοντέτ άνοιξε την πόρτα, και με χτύπησε ο ήχος της μουσικής και η μυρωδιά της ζεστής σούπας, των θαλασσινών, της ντομάτας ενδεχομένως και των μπαχαρικών. Γύρισα για να τη ρωτήσω πού πήγαινα και ποιον θα συναντούσα, αλλά είχε φύγει ήδη, και η πόρτα έκλεινε αθόρυβα πίσω της. Έριξα μια ματιά στην ευρύχωρη κουζίνα, που είχε ντεκόρ παλιομοδίτικου πλυσταριού: οι γυαλιστεροί βερνικωμένοι τοίχοι ήταν λευκοί από τη μέση και κάτω και μαύροι από τη μέση κι επάνω. Δεκάδες χρωματιστά χάλκινα κατσαρολικά κρέμονταν πάνω από τον κεντρικό πάγκο της κουζίνας. Οι ηλεκτρικές συσκευές είχαν μέγεθος μικρού αυτοκινήτου, όμως ήταν υπερσύγχρονες, απλώς είχαν διακοσμηθεί έτσι που να φαίνονται παλιές. Το ψυγείο μάρκας Sub-Zero θύμιζε αυτό που είχαμε στη δουλειά, μόνο που ήταν πιο καινούριο και πεντακάθαρο. Η στόβα ήταν μαντεμένια, με οχτώ μάτια, και δεν είχε καμία σχέση με κείνη στην κουζίνα του Café Rose. Έμοιαζε με στόβα κάστρου.

Μετά ξεπετάχτηκε *εκείνος*, μπροστά από τη στόβα, με τη γυμνή του πλάτη προς το μέρος μου. Νωρίτερα ήταν σκυμμένος και ρύθμιζε μια φλόγα και τώρα ανακάτευε κάτι που μαγειρευόταν σε μεγάλη κατσαρόλα, ενώ ταυτόχρονα μιλούσε δυνατά στο ακουστικό που ήταν στηριγμένο στον ώμο του. Η πλάτη του είχε μυς σαν κανονικού αθλητή, όχι μποντιμπιλντερά· το μαύρο δέρμα του ήταν αψεγάδιαστο. Το φαρδύ τζιν του ήταν κατεβασμένο χαμηλά, αλλά όχι υπερβολικά· ίσα για να επιδεικνύει την απίστευτα λεπτή μέση του. Μιλούσε και ανακάτευε συγχρόνως.

«Με συγχωρείτε!» είπα, προσπαθώντας να ακουστώ μες στον θόρυβο της μουσικής, αλλά δε μίλησα τόσο δυνατά ώστε να τον κάνω να γυρίσει.

«Δε λέω ότι δε μ' αρέσει *όλο* το κομμάτι» έλεγε. «Μόνο αυτή η γέφυρα. Άκου». Περίμενε να ακουστεί ένας σκοπός και ύστερα σήκωσε το ακουστικό στον αέρα. «Το ακούς; Δε νομίζω πως αυτό το δείγμα είναι κατάλληλο. Τον ρώτησες αν μπορώ να προσλάβω τον Χεπ να μου το φτιάξει; Το ξέρω ότι τον χρησιμοποιεί στο δικό του άλμπουμ, μα θα μου κάνει χάρη».

Στράφηκε προς το μέρος μου και ξαφνιάστηκε λίγο που στεκόμουν εκεί χωρίς να με πάρει είδηση. Με κοίταξε από πάνω έως κάτω κι έβαλε το ελεύθερο χέρι του στον γοφό του. Οι κοιλιακοί του σφίχτηκαν. Προσπάθησα να μην τον κοιτάζω επίμονα, αλλά ήταν δύσκολο. Αυτός ο άντρας άγγιζε την τελειότητα. Κοίταξα πάνω από τον ώμο μου τη δίφυλλη δρύινη πόρτα. Δίχως να σταματήσει να ακούει τον συνομιλητή του στο τηλέφωνο, μου χαμογέλασε έτσι όπως μόνο οι πολύ χαρισματικοί άνθρωποι ξέρουν να χαμογελούν. Κυριολεκτικά άλλαξε τη θερμοκρασία του δωματίου. Κατόπιν ύψωσε το δάχτυλό του σαν να μου έλεγε *ένα λεπτό θα κάνω*. Μου φαινόταν γνωστός. Αυτό το πλατύ χαμόγελο και τα νυσταγμένα καστανά μάτια...

«Πες του ότι θα του δώσω τα διπλά για να κάνει το σινγκλ μαζί μου» συνέχισε, ακουμπώντας ξανά το ακουστικό στον λαιμό του, μόνο που τώρα τα μάτια του ήταν καρφωμένα επάνω μου, προκαλώντας μου πάλι αμηχανία. Παρόλο που δεν ήταν μεγαλόσωμος, συμπεριφερόταν σαν να ήταν γίγαντας, λες και ήταν κανένας διάσημος, πράγμα που φυσικά αποκλείεται. «Θα τον φιλοξενήσουμε στο Ritz. Οπωσδήποτε στη Γαλλία. Εκεί θα κόψουμε τον δίσκο». Κατόπιν σκέπασε το ακουστικό με το χέρι του και απευθύνθηκε ψιθυριστά σε μένα: «Συγγνώμη... *Ένα λεπτό* θα κάνω. Βολέψου, Κέισσι...».

Ήξερε το όνομά μου! Ύστερα συνέχισε να μιλάει στο ακουστικό.

«Δεν ξέρω. Σε μια δυο μέρες. Πρέπει να επισκεφθώ τη γιαγιάκα μου στη Νέα Ορλεάνη. Μετά πάμε Νέα Υόρκη και ύστερα Γαλλία. Η περιοδεία ξεκινάει σε οχτώ εβδομάδες, αλλά εγώ θέλω να ετοιμάσω τα κομμάτια για δύο σινγκλ. Να τα βγάλουμε όσο θα κάνουμε την περιοδεία. Αδιαφορώ. Πες του πως έχουμε πολύ περισσότερα. Το άλμπουμ θα το κάνουμε».

Θυμήθηκε ξανά πως έπρεπε να ανακατέψει το περιεχόμενο της κατσαρόλας, οπότε μου γύρισε την πλάτη και δοκίμασε λίγο από το φαγητό, που σιγόβραζε. Έδειχνε τελείως άνετος· ήξερε ακριβώς σε πιο συρτάρι θα έβρισκε το σκεύος που έψαχνε. Κάθε πρέζα μπαχαρικών και κάθε ανακάτεμα έκανε τους μυς στις ωμοπλάτες και στα μπράτσα του να κυματίζουν και να διαγράφονται. Ο ρυθμός της μουσικής ήταν υπνωτιστικός, και πότε πότε τον έβλεπα να χάνεται σ' αυτόν, θαρρείς και τον κυρίευε και τον ανάδευε από μέσα. Έχοντας ακόμα το τηλέφωνο σφηνωμένο μεταξύ αυτιού και ώμου, στράφηκε και με πλησίασε, κρατώντας ένα κουτάλι με σούπα πάνω από τη χούφτα του.

«Δοκιμάζω τη συνταγή της γιαγιάς μου. Ναι. Θα σου φέρω. Λοιπόν, θα είμαι απασχολημένος για καμιά ωρίτσα» είπε ενώ φυσούσε τη σούπα κι έφερνε το κουτάλι κοντά στο στόμα μου.

Δοκίμασα προσεκτικά και κάηκα. Σούπα γκάμπο.

Ω Θεέ μου, ήταν καλύτερη από της Ντελ, καλύτερη, εδώ που τα λέμε, απ' όσες είχα δοκιμάσει.

«Κάνα δίωρο μάλλον. Θα σου τηλεφωνήσω όταν επιστρέψω στο ξενοδοχείο. Ναι. Γεια».

Πέταξε το κουτάλι, έκλεισε το τηλέφωνο και στράφηκε προς το μέρος μου. Και στάθηκε έτσι, χωρίς να πει κουβέντα, επί δέκα δευτερόλεπτα τουλάχιστον. Φαινόταν εντελώς σίγουρος για τον εαυτό του, παρόλο που καθόταν έτσι και με έτρωγε με τα μάτια χωρίς να βγάζει άχνα, ενώ η μουσική έπαιζε ακόμα στη διαπασών. Ήταν κάποιος επώνυμος. Αυτό ήταν σίγουρο. Αποφάσισα να σπάσω τον πάγο.

«Ελπίζω να μη διέκοψα κάτι σημαντικό!» φώναξα για να ακουστώ πάνω από τη μουσική.

Εκείνος έπιασε ένα τηλεχειριστήριο και σημάδεψε κάπου πάνω από το κεφάλι μου, χαμηλώνοντας την ένταση. Δεν απάντησε.

«Ποιος είσαι;» τον ρώτησα.

Πήγε να πει κάτι, αλλά τελικά έβαλε τα γέλια και κούνησε αρνητικά το κεφάλι του.

«Όποιος θες εσύ, μωρό μου...»

«Ναι, αλλά... Τόσοι σωματοφύλακες. Για σένα δεν είναι;»

Να το πάλι εκείνο το κούνημα του κεφαλιού και το ντροπαλό αγορίστικο χαμόγελο.

«Ουδέν σχόλιον» απάντησε. «Δεν είμαστε εδώ για να μιλήσουμε σχετικά με μένα. Είμαστε εδώ για να μιλήσουμε σχετικά με... τα ρούχα σου. Πες μου κάτι γι' αυτά που φοράς» συμπλήρωσε σταυρώνοντας τα χέρια στο στέρνο του και ακουμπώντας ύστερα τον αντίχειρα στα χείλη του.

Έκανε τον κύκλο της νησίδας και στάθηκε τρία μέτρα μακριά μου, ζυγίζοντάς με με το μάτι σαν να περνούσα από οντισιόν. Μου κόπηκαν τα γόνατα μόλις είδα την πόρπη της ζώνης του χαμηλά στη λεκάνη του. Προσπάθησα να ξεκολλήσω το βλέμμα μου, όμως ήταν πολύ γοητευτικός άντρας. Αισθανόμουν χαζή και γριά με την ηλίθια φόρμα που φορούσα.

«Εμμμ... Αυτό μου ζήτησαν να φορέσω» είπα κοιτάζοντας τα ηλίθια αθλητικά μου.

«Τέλεια! Όταν τους είπα πως ήθελα "μια μητέρα από τα προάστια", δεν το εννοούσα κυριολεκτικά... Παρ' όλα αυτά, πρέπει να ομολογήσω ότι πάνω κάτω αυτό είχα στο μυαλό μου. Απλώς το πακέτο γύρω από το οποίο είναι τυλιγμένα τα ρούχα είναι πιο σέξι απ' όσο φανταζόμουν...»

«Να κάτσω;» ρώτησα δείχνοντας ένα σκαμπό στη νησίδα. Έτρεμα τόσο πολύ, που, αν δεν καθόμουν, θα σωριαζόμουν στο πάτωμα.

«Φυσικά. Σ' αρέσει το γκάμπο;» Πήρε την κουτάλα και στράφηκε στη στόβα για να ανακατέψει πάλι τη σούπα.

«Το λατρεύω. Είναι... πεντανόστιμο. Εεε... Θα μου *μαγειρέψεις*; Δεν είμαι σίγουρη πως ανέφερα ποτέ κάποια φαντασίωση που περιλάμβανε μαγείρεμα».

«Εγώ θα σου *μαγειρέψω*, κι εσύ θα κάνεις κάτι άλλο για μένα...» απάντησε δείχνοντάς με με την κουτάλα.

«Αλήθεια;»

«Ναι».

«Κι εγώ που νόμιζα πως ήταν *δική μου* η φαντασίωση...»

«Θα έχουμε πρόβλημα;» με ρώτησε με τέτοια αυτοπεποίθηση, που μου έκοψε λίγο τη φόρα. Δεν έμοιαζε με άνθρωπο που άκουγε συχνά τη λέξη «όχι».

«Θα μου πεις πώς σε λένε;» είπα, νιώθοντας πιο τολμηρή.

«Χρησιμοποιώ άλλο όνομα στη δουλειά, αλλά το πραγματικό μου όνομα είναι Σον».

Έσβησε τη φωτιά, έκανε τον γύρο του πάγκου και στάθηκε δίπλα μου, δεσπόζοντας πάνω από το κοντό κόκκινο σκαμπό μου. Τα μαλλιά του ήταν κοντοκουρεμένα. Στον δεξιό καρπό του υπήρχαν άπειρα δερμάτινα βραχιόλια, λαστιχάκια, καθώς και μια χρυσή αλυσίδα πιο χοντρή και πιο γυαλιστερή από τη δική μου. Χωρίς κρεμαστά. Το δέρμα του ανέδιδε μια υποψία μόσχου, ένα άρωμα που είχε βγει από πανάκριβο μπουκάλι.

Έσφιξα το σαγόνι μου. Η τόλμη του έβγαζε κάτι από μέσα μου, κάτι νέο και σφοδρό.

«Θα μου πεις ποιος είσαι;»

«Αυτό θα το ανακαλύψεις μόνη σου. Αργότερα. Τώρα είμαι για σένα η φαντασίωσή σου να κάνεις σεξ με διάσημο... Μόνο που, αν θυμάσαι, είμαστε στο S.E.C.R.E.T. Όπως σίγουρα έχεις δει, αυτά τα πράγματα λειτουργούν αμφίδρομα. Λοιπόν, αποδέχεσαι το Βήμα;»

«Θες να πεις ότι η φαντασίωσή μου είναι με κάποιον τρόπο και δική σου;»

«Αμέ!»

«Και πρέπει να πιστέψω πως είσαι διάσημος επειδή το λες;»

«Σωστά». Ακούμπησε το στιβαρό χέρι του στο

σκαμπό όπου καθόμουν, ακριβώς ανάμεσα στα πόδια μου.

«Εντάξει... Αυτό το καταλαβαίνω. Αλλά πώς στο καλό είναι δυνατόν να είμαι εγώ η *δική σου* φαντασίωση;»

Όσο μιλούσε, διέτρεχε με το δάχτυλό του επάνω κάτω τον μηρό μου. Ρίγη διαπερνούσαν τη ραχοκοκαλιά μου.

«Κέισσι» απάντησε, καρφώνοντας τα μάτια του στα δικά μου, «όταν είσαι διάσημος, όλοι σε θέλουν, *απλώς* επειδή είσαι διάσημος. Εσύ ζήτησες μια φαντασίωση με κάποιον γνωστό, αλλά δε διευκρίνισες ότι έπρεπε να είναι γνωστός *σε σένα*. Είπα ότι θα το δεχόμουν αν ήταν με κάποια που δεν ήξερε ποιος στον διάολο ήμουν, με μια οποιαδήποτε μητέρα των προαστίων. Κάποια που ήταν τόσο απασχολημένη με το να πηγαινοφέρνει τα παιδιά της από δω και από κει, ώστε δεν έκανε τον κόπο να βάλει τίποτε άλλο πέρα από φόρμες και μπλουζάκια. Επειδή έχω βαρεθεί τις μοντέλες. Καταλαβαίνεις τι εννοώ;»

«Μαμά των προαστίων... Αυτό υποτίθεται πως είμαι;» Έβαλα τα γέλια, το ίδιο κι εκείνος. «Το έχεις ξανακάνει αυτό; Με το S.E.C.R.E.T.;»

Αγνόησε την ερώτηση και πήγε στον φούρνο πίσω μου, για να ρίξει μια ματιά σε κάτι που ψηνόταν μέσα.

«Καλό φαίνεται... Καλαμποκόψωμο».

Έκλεισε την πόρτα του φούρνου. Έπειτα από λίγο βρισκόταν πίσω μου, ελάχιστα εκατοστά μακριά μου. Ακούμπησε τα χέρια του στους ώμους μου και μετά τα κατέβασε αργά στα μπράτσα μου. Ένιωσα τον σφυγμό μου να επιταχύνεται μόλις τράβηξε απαλά τα χέρια μου πίσω από την πλάτη μου και κράτησε τους καρπούς μου με το ένα χέρι. Αισθανόμουν την ανάσα του στο αυτί μου.

«Θα αποδεχτείς το Βήμα, γλυκιά μου μαμά των προαστίων;» ρώτησε φέρνοντας το χέρι του στην αλογοουρά μου, απ' όπου τράβηξε το λαστιχάκι που συγκρατούσε πίσω τα μαλλιά μου, ενώ το στόμα του ανάσαινε μέσα τους καθώς χύνονταν στους ώμους μου.

«Ναι...» κατόρθωσα να πω χαχανίζοντας.

Οι μαμάδες είναι φαντασίωση; Ποιος να μου το 'λεγε.

«Ωραία». Ύστερα έφερε το στόμα του πιο κοντά στο αυτί μου. «Θες να μάθεις ποιος είμαι;»

Έγνεψα καταφατικά. Μου ψιθύρισε το όνομά του, το όνομα με το οποίο δούλευε, το ψευδώνυμό του. Χάρηκα που δε στεκόταν μπροστά μου, επειδή μου πετάχτηκαν τα μάτια έξω. Δε μου άρεσε το χιπ χοπ, όμως ακόμα κι εγώ τον είχα ακουστά. Και τώρα ο Σον γλιστρούσε τα χέρια του κάτω από το μπλουζάκι μου. Το σήκωσε προσεκτικά λες και ήταν αραχνοΰφαντο. Άπλωσε το χέρι του και άγγιξε το στήθος μου πάνω από το στενό λίκρα φανελάκι μου.

«Κι αυτό πρέπει να φύγει. Σήκωσε τα χέρια!»

Τέντωσε το φανελάκι πάνω από το κεφάλι μου και το πέταξε στην άλλη άκρη της κουζίνας. Ύστερα έπιασε το σκαμπό και με γύρισε προς το μέρος του. Με τράβηξε κοντά του έτσι ώστε τα πόδια μου να βρίσκονται ανάμεσα στους ανοιχτούς μηρούς του, και το δεξί του χέρι έγειρε το κεφάλι μου προς τα πίσω για να τον κοιτάζω, ενώ το αριστερό έπαιζε με τη θηλή μου. Έβαλε διστακτικά τον αντίχειρά του στο στόμα μου, κι εγώ έγλειψα ενστικτωδώς τα υπολείμματα των μπαχαρικών που είχαν ξεμείνει επάνω του, πράγμα που τον έκανε να κλείσει τα μάτια. Μου άρεσε που αυτό τον λίγωνε από επιθυμία, που τον έκανε να λικνίζεται λιγάκι. Τον ρούφηξα λίγο πιο δυνατά.

«Βάζω στοίχημα πως είσαι καλή σ' αυτό...» μουρμούρισε ανοίγοντας τα βλέφαρά του, που ήταν βαριά από την ηδονή. «Βάζω στοίχημα ότι μπορείς να κάνεις έναν άντρα να πεθάνει με το στόμα σου».

Σταμάτησα αυτό που έκανα. Μέχρι στιγμής στις φαντασιώσεις μου μόνο εγώ εισέπραττα την ηδονή, δεν την ανταπέδιδα ποτέ. Τώρα ήθελα διακαώς να προσφέρω, να είμαι γενναιόδωρη όπως απαιτούσε το Βήμα, αλλά δεν ήξερα πώς.

«Θέλω να κάνω κάτι για σένα» είπα.

«Τι, Κέισσι;» με ρώτησε δαγκώνοντας το κάτω χείλος του με αγωνία ενώ έκλεινα το στόμα μου γύρω από τον δείκτη του.

Τον κοίταξα στα μάτια, με το στόμα κλειστό γύρω από το δάχτυλό του για ένα δευτερόλεπτο. Ύστερα, με όση τόλμη μπόρεσα να επιστρατεύσω, είπα:

«Σε θέλω στο... στόμα μου. Ολόκληρο».

Αέρας μαζεύτηκε στα πνευμόνια μου, αλλά δεν έφευγε. Το είχα όντως ξεστομίσει. Είχα όντως πει σε κάποιον άντρα, έναν πολύ διάσημο, ότι ήθελα να... του πάρω μια πίπα. Και τώρα;

Είχα πάρει μία και μοναδική πίπα στο λύκειο. Το είχα προσπαθήσει με τον Σκοτ μερικές φορές που ήταν μεθυσμένος και το είχε απαιτήσει, όμως ήταν μια απαίσια εμπειρία, όπου στο τέλος εμένα με πονούσε το σαγόνι μου και τον Σκοτ τον είχε πάρει ο ύπνος. Δεν το απολάμβανα. Η πιθανότητα να το δοκιμάσω τώρα –και να αποτύχω– με άγχωνε. Αφού όμως πραγματοποιούσα μια ερωτική φαντασίωση με έναν διάσημο, αποφάσισα να αφήσω τον διάσημο να κάνει αυτό στο οποίο είναι καλοί οι διάσημοι: να απαιτήσει ένα άλφα επίπεδο εξυπηρέτησης.

«Θέλω να μου δείξεις πώς... να σε ευχαριστήσω» είπα.

Χάιδεψε με το υγρό του δάχτυλο τον λαιμό μου και μετά, πιάνοντας το πιγούνι μου στο χέρι του, μου αποκρίθηκε:

«Νομίζω πως αυτό μπορώ να το κάνω».

Αυτός ο θεός ήθελε να του πάρω πίπα!

«Μόνο που... δεν ξέρω αν είμαι καλή σ' αυτό. Θέλω να πω, αν *αυτή* είναι η φαντασίωσή σου, τότε δυστυχώς τον... *ήπιες*». Μου πήρε μια στιγμή να συνειδητοποιήσω γιατί έσκασε στα γέλια. «Ξέρεις τι θέλω να πω... Κατάλαβες».

Σταμάτησε να γελάει, και ορκίζομαι πως ένιωσα ότι θα μπορούσα να βυθιστώ στο βαθύ μαύρο βλέμμα του, τόσο έντονο ήταν. Καταλάβαινα γιατί ήταν διάσημος, παρόλο που δε γνώριζα καν τη μουσική του. Ήταν χαρισματικός, είχε εκτόπισμα, αυτοπεποίθηση.

Αφού του είχα ζητήσει να μου κάνει μάθημα, ξεκίνησε.

«Ας αρχίσουμε γδύνοντάς σε».

Σηκώθηκα κι έκανα ένα βήμα πίσω. Κάτω από το βλέμμα του έβγαλα τα υπόλοιπα ρούχα μου – πρώτα κλότσησα τα αθλητικά μου, μετά κατέβασα τη φόρμα και ύστερα το κιλοτάκι μου. Με παρακολουθούσε. Το ήθελε. *Με* ήθελε. Εμένα! Και το αισθανόμουν. Επαναλάμβανα από μέσα μου: *Αφέσου, θα σου δείξει, όλα θα πάνε καλά.* Το άγχος μου δούλευε προς όφελός μου ενώ με κατακτούσε με τα υπέροχα μάγια του. Γύρισε, τράβηξε μια καρέκλα από το τραπέζι της κουζίνας και κάθισε.

«Δε γίνεται να τα θαλασσώσεις, Κέισσι, εκτός αν βάλεις δόντια. Δεν είναι καλεσμένα. Ό,τι άλλο, και θα είμαι ευτυχισμένος. Έλα εδώ».

Έκανα ένα βήμα προς το μέρος του. Ύστερα άλλο ένα. Στεκόμουν ακριβώς από πάνω του, γυμνή. Έπιασε τους καρπούς μου με τις χερούκλες του και με τράβηξε να γονατίσω μπροστά του. Μύριζε ζέστη και μπαχαρικά ή μπορεί και να έφταιγε το φαγητό και το ψωμί· πάντως και οι δύο αρχίσαμε να ζεσταινόμαστε. Πήρε τα χέρια μου και τα ακούμπησε στο στήθος του και μετά τα έσυρε πάνω στην απίθανα σφιχτή κοιλιά του.

«Ξεκούμπωσέ μου το παντελόνι, Κέισσι».

Κάτι έλιωσε μέσα μου· άπλωσα το χέρι κι έλυσα τη ζώνη του. Εκείνος κατέβασε το παντελόνι του στο πάτωμα. Ήταν σκληρός και μεγάλος. Και χοντρός.

«Χριστέ μου...» ψιθύρισα τυλίγοντας τα χέρια μου γύρω του, ψηλαφίζοντας το απαλό δέρμα του.

Πώς γινόταν να είναι τόσο... σκληρός και μαλακός την ίδια στιγμή;

«Τώρα σκύψε και φίλησε την άκρη του...» είπε. «Αυτό είναι, πάρ' τον αργά στην αρχή. Έτσι, ναι... Φίλησέ τον. Έτσι...»

Τον πήρα στο στόμα μου κι έγλειψα τον κορμό του οργάνου του από την κορυφή έως τη βάση· ένιωσα το σώμα του να λικνίζεται μόλις το στόμα και τα χέρια μου βρήκαν έναν σταθερό ρυθμό.

«Έτσι... Λίγο πιο γρήγορα».

Τάχυνα τον ρυθμό μου, ενώ εκείνος έβαλε απαλά το ένα μου χέρι γύρω του και το άφησε εκεί. Τον πήρα βαθιά μέσα στο στόμα μου κι έφερα το άλλο μου χέρι από κάτω του.

«Ναι...» είπε, περνώντας τρυφερά τα δάχτυλά του μέσα από τα μαλλιά μου. «Το έπιασες. Έτσι...»

Τα χέρια μου έσμιξαν με τα χείλη μου και σχημάτισα ένα κενό αέρος γύρω του, καταβροχθίζοντάς τον. Ύστερα τον άφησα, γλείφοντας μόνο το κεφάλι με την άκρη της γλώσσας μου. Κατέβασε τα μάτια και με κοίταξε την ώρα που ύψωνα το βλέμμα για να τον κοιτάξω, και οι ματιές μας συναντήθηκαν. Το πρόσωπό του ήταν μακάριο, ήρεμο, κι ένα κύμα ισχύος διαπέρασε το κορμί μου. Τον είχα. Ήταν δικός μου. Τον πήρα πάλι στο στόμα μου, ρουφώντας και τραβώντας τον μέσα μου, κι ένιωσα μια δόνηση στη λεκάνη του. Έγινα ακόμα πιο τολμηρή και τον πήρα βαθύτερα στο στόμα μου. Τον αισθανόμουν να σπρώχνεται μέσα μου και ταυτόχρονα τον ένιωθα να λιγώνει, να λιώνει. Εγώ *του* το έκανα αυτό. Εγώ είχα τον έλεγχο, την εξουσία. Όπου να 'ναι, θα τον έκανα να τελειώσει... στο στόμα μου.

«Κορίτσι μου, δε χρειάζεσαι τη βοήθειά μου...»

Όσο περισσότερο τον ευχαριστούσα, τόσο πιο υγρή γινόμουν, κάτι που δε μου είχε ξανασυμβεί ποτέ. Γιατί παλιότερα μου φαινόταν αγγαρεία; Τέντωσα το χέρι πίσω του και τον έπιασα από τη μέση, ενώ το στόμα μου τον τραβούσε όλο και πιο βαθιά. Κατόπιν, ερμηνεύοντας τα σημάδια του σώματός του, τον αισθάνθηκα να φτάνει σ' ένα σημείο καμπής και επιβράδυνα τον ρυθμό μου.

«Αχ, ναι... Είναι τέλειο. Μη σταματάς!»

Τα λόγια του τροφοδότησαν την πείνα μου. Τον πήρα βαθύτερα στο στόμα μου, κι αυτός γραπώθηκε από τον πάγκο για να μη χάσει την ισορροπία του. Όταν κοίταξα το πρόσωπό του και είδα πως κόντευε να τελειώσει μόλις του έδινα εντολή, ένιωσα ακόμα πιο ισχυρή και σέξι.

«Αχ, Κέισσι...» τραύλισε ικετευτικά· το ένα χέρι του ήταν μπλεγμένο στα μαλλιά μου, και το άλλο κρατιόταν από το σκαμπό από πάνω μου. «Παναγία μου...» ψέλλισε, ενώ αισθανόμουν να ρουφάω τον οργασμό από μέσα του.

Πήρε μια κοφτή ανάσα και κοκάλωσε. Ύστερα βούλιαξε σε μια πανέμορφη σιωπή. Έπειτα από λίγο τον ένιωσα να αποτραβιέται και τελικά να γλιστράει έξω από το στόμα μου. Τον φίλησα σ' εκείνο το αξιολάτρευτο σημείο όπου ο κορμός του σμίγει με τους μηρούς του. Μετά σήκωσα το μπλουζάκι μου από το πάτωμα και σκούπισα απαλά το στόμα μου. Ένα αίσθημα θριάμβου με κατέκλυσε και του χαμογέλασα.

«Ήμαρτον, κορίτσι μου...» είπε ασθμαίνοντας και πισωπάτησε. «Δε χρειαζόσουν *καμία* οδηγία. Ήταν... καταπληκτικό».

«Αλήθεια;» ρώτησα και τον πλησίασα. Το στήθος μου ακούμπησε στο δικό του κι ένιωσα τους μυς του επάνω μου.

«Αλήθεια» απάντησε, ακουμπώντας το μέτωπό του στο δικό μου. «Κα-τα-πλη-κτι-κό!»

Είχε ένα έκπληκτο ύφος και εξακολουθούσε να βαριανασαίνει. Εγώ ήμουν θεόγυμνη και πατούσα επάνω στα ρούχα μου. Κοίταξα κάτω.

«Πράγματι εξαίσιο, γαμώτο μου! Υπάρχει τουαλέτα πίσω από το αποθηκάκι» συμπλήρωσε δείχνοντάς μου.

Μάζεψα τη στολή της μητέρας των προαστίων από το πάτωμα και άρχισα να απομακρύνομαι.

«Περίμενε!»

Γύρισα, κι εκείνος ήρθε κοντά μου και μου έδωσε ένα ατέλειωτο υγρό φιλί στο στόμα.

«Ήταν αυτό ακριβώς που χρειαζόμουν» είπε.

Μπήκα στην τουαλέτα κι έκλεισα την πόρτα πίσω μου. Ακόμα κι αυτό το δωματιάκι πίσω από την αποθηκούλα ήταν πολυτελές και καταστόλιστο, με χρυσές βρύσες και χρυσαφί βελουτέ ταπετσαρία με ανάγλυφα μπορντό λαχούρια. Το πόδι του νιπτήρα ήταν οι βραχίονες μιας γυναίκας, που κατέληγαν στις παλάμες, οι οποίες σχημάτιζαν τη γούρνα. Έριξα κρύο νερό στο πρόσωπο και στον αυχένα μου. Ήπια μια γουλιά νερό. Σταγόνες κύλησαν στο στέρνο και ανάμεσα στα στήθη μου. Τις ακολούθησα με το δάχτυλό μου. Είχα χαρίσει σε κάποιον ηδονή, είχα φανεί γενναιόδωρη απλώς για να το κάνω – και για κανέναν άλλο λόγο.

Είχα αρχίσει να ντύνομαι, όταν ακούστηκε το σιγανό χτύπημα στην πόρτα.

«Εγώ είμαι. Άνοιξέ μου».

Ίσως, αντίθετα από τον μασέρ, ο Σον ήθελε να με

αποχαιρετήσει. Άνοιξα λίγο την πόρτα. Εκείνος γλίστρησε μέσα στην τουαλέτα, κι εγώ ένιωσα τον σφυγμό μου να επιταχύνεται. Με γύρισε από την άλλη ώστε να κοιτάζω στον καθρέφτη και στάθηκε πίσω μου. Ύστερα έχωσε το πρόσωπό του στην καμπύλη του αυχένα μου, όπως είχε κάνει στην κουζίνα.

«Αυτό είναι για σένα» μου είπε.

Είχε φορέσει πάλι το τζιν του, αλλά τον αισθανόμουν ξανά σκληρό πίσω μου. Ύψωσα τα χέρια και τον αγκάλιασα από τον αυχένα, νιώθοντας τη λεκάνη του να κολλάει επάνω μου, σπρώχνοντας τους μηρούς μου στο ψυχρό πορσελάνινο χείλος του νιπτήρα. Έγινα αμέσως μούσκεμα. Με δάγκωσε απαλά στον σβέρκο και μετά γλίστρησε από πίσω το χέρι του ανάμεσα στα πόδια μου. Η πλάτη μου κύρτωσε. Έγειρα προς τα εμπρός, πιο κοντά στον καθρέφτη, και παρακολούθησα το είδωλό του, τα σφαλιστά του βλέφαρα, τα χέρια του, που κατέβαιναν στα στήθη μου, στο στομάχι μου, τα δάχτυλά του, που άνοιγαν σαν βεντάλια. Ακόμα και η πράξη αυτή είχε ρυθμό για κείνον, θαρρείς κι έβρισκε μια μελωδία στο κορμί μου. Έπαιζε με το σώμα μου, με έσφιγγε ολοένα και πιο πολύ επάνω του και τα δάχτυλά του πάλλονταν έντονα μέσα μου. Το να νιώθω ποθητή, το να με παίρνουν και να με αγγίζουν έτσι, ήταν σαν να με ζωντάνευε από μέσα προς τα έξω. Το βλέμμα μου συνάντησε το δικό του στον καθρέφτη. Ύστερα ήρθε ένας στρόβιλος από χρώμα και ρυθμό, και αισθάνθηκα το σώμα μου να εκρήγνυται στα χέρια του, μια λάβα να με διαπερνάει και μετά ένα κύμα ανακούφισης.

«Έτσι, έτσι...» μουρμούρισε γλυκά, και χωρίς να

το συνειδητοποιώ, έσπρωξα το σώμα μου επάνω στο δικό του, ώσπου φτάσαμε στον τοίχο πίσω μας και ακουμπήσαμε πάνω του για να μείνουμε όρθιοι.

Κατόπιν, χωρίς λόγο, έβαλα τα γέλια.

«Σ' ευχαριστώ...» τραύλισα ξέπνοη. Θυμήθηκα τα ρούχα μου, τον λόγο για τον οποίο είχα έρθει εξαρχής στην τουαλέτα. Η στολή της μητέρας των προαστίων βρισκόταν σ' έναν μικρό σωρό στο πάτωμα μπροστά από το έπιπλο του νιπτήρα.

«Πρέπει να ξαναντυθείς μάλλον» είπε.

«Έτσι νομίζω».

Και αφού μου έδωσε ένα ακόμα φιλί στον λαιμό, βγήκε πισωπατώντας από την πόρτα και την έκλεισε πίσω του. Το πρόσωπό μου στον καθρέφτη ήταν αναψοκοκκινισμένο από αέρα και ζωή. Ντύθηκα και μετά έριξα κι άλλο νερό στο πρόσωπό μου.

«Το κάνεις...» ψιθύρισα, χαμογελώντας στον εαυτό μου στον καθρέφτη. «Το *έκανες*... Μόλις πήρες πίπα σ' έναν παίδαρο μουσικό, μεγάλη φίρμα και βραβευμένο με Γκράμμυ. Και μετά εκείνος σ' έκανε να τελειώσεις σ' ένα μπάνιο...» Σ' αυτήν τη σκέψη τσίριξα σιγανά, δαγκώνοντας τις γροθιές μου. *Ααα!*

Ντυμένη πλέον, με τα μαλλιά ανακατωμένα από το σεξ, ξαναμπήκα στη μισοσκότεινη κουζίνα. Η μουσική είχε σταματήσει. Η κατσαρόλα έλειπε. Το ίδιο και ο άντρας. Στην άκρη του πάγκου βρισκόταν ένα ταπεράκι με ζεστό γκάμπο κι επάνω του ένα χρυσό κρεμαστό. Κάθισα στο σκαμπό, πήρα βαθιές ανάσες και συλλογίστηκα τι είχε συμβεί.

Έπειτα από λίγες στιγμές η Κλοντέτ διέσχισε την πόρτα.

«Κέισσι, η λιμουζίνα σου περιμένει. Ελπίζω να πέρασες καλά κοντά μας» είπε με την ελαφρώς συρτή προφορά της Νέας Ορλεάνης.

«Πολύ καλά, σ' ευχαριστώ». Έσφιξα το κρεμαστό στο στήθος μου, πήρα το τάπερ, πέρασα άρον άρον την πλαϊνή πόρτα του Μεγάρου και βρέθηκα στο αφράτο δερμάτινο κάθισμα της λιμουζίνας.

Ενώ διασχίζαμε την οδό Μαγκαζίν, χάζευα τον δρόμο έξω, όμως στην πραγματικότητα κοιτούσα μέσα μου. Έσφιξα το χρυσό κρεμαστό στην παλάμη μου. Για ποιον λόγο φοβόμουν πάντα να δώσω; Ποιος ήταν ο φόβος μου; Μήπως αισθανθώ ότι με χρησιμοποιούν μάλλον. Μήπως δίνοντας εξαντληθώ. Στην ουσία όμως αντλούσα ικανοποίηση δίνοντας· αντλούσα ευχαρίστηση ευχαριστώντας. Κατέβασα το παράθυρο και άφησα τον άνεμο να μου δροσίσει το πρόσωπο, ενώ το γκάμπο ζέσταινε τα πόδια μου. Αυτός ήταν ο σκοπός του S.E.C.R.E.T., να μας κάνει να παραδώσουμε το σώμα μας πέρα για πέρα στις ανάγκες του και να βοηθήσει και τους άλλους να παραδοθούν. Γιατί αυτό μου φαινόταν τόσο δύσκολο στο παρελθόν; Άνοιξα τη χούφτα μου και κοίταξα το χρυσό κρεμαστό που λαμπύριζε και τη λέξη «Γενναιοδωρία» χαραγμένη με κομψά καλλιγραφικά γράμματα.

«Πράγματι!» αναφώνησα καθώς περνούσα το τέταρτο κρεμαστό στο βραχιόλι μου.

[ΚΕΦΑΛΑΙΟ ΟΧΤΩ]

Το ΚΑΛΟΚΑΙΡΙ ΣΚΕΠΑΣΕ την πόλη σαν χοντρή μάλλινη κουβέρτα. Και αφού ο κλιματισμός στο καφέ είχε πάντα τα θέματά του, η μοναδική ανακούφιση από τη ζέστη ήταν μια σύντομη επίσκεψη στο ψυγείο. Η Τρεϊσίνα, η Ντελ κι εγώ καλύπταμε η μια την άλλη όταν το κάναμε, προσέχοντας να μη μας δει ο Γουίλ να σπαταλάμε τον ψυχρό αέρα.

«Να κινείσαι πιο αργά» με συμβούλεψε ο Γουίλ μια μέρα. «Αυτό έκαναν τον παλιό καιρό».

«Η Ντελ θα το καταφέρει μια χαρά!» πέταξε την κακία της η Τρεϊσίνα καθώς άδειαζε έναν κάδο με άπλυτα πιάτα δίπλα μου.

Ήθελα να ρίξω στη ζέστη την κακή της διάθεση, αλλά στην πραγματικότητα δεν υπήρχε καμία σύνδεση μεταξύ τους. Το ραδιόφωνο έβαλε ένα τραγούδι του νέου αγαπημένου μου χιπχοπά, και δυνάμωσα τον ήχο, μπερδεύοντας την Τρεϊσίνα.

«Πώς και μια λευκή ακούει τη μουσική αυτού του πανέμορφου μαύρου;» με ρώτησε χαμηλώνοντας την ένταση.

«Είμαι θαυμάστριά του».

«Θαυμάστριά του; Εσύ;»

«Μάλιστα γνωρίζω πολύ καλά το έργο του» απάντησα, κρύβοντας μετά βίας το χαμόγελό μου.

Η Τρεϊσίνα κούνησε το κεφάλι κι έφυγε. Κεφάτη, δυνάμωσα ξανά το ραδιόφωνο και συνέχισα να απολυμαίνω τους δίσκους κοπής. Παρόλο που δεν μπορούσα με τίποτα να φανταστώ τον εαυτό μου μέσα στη θάλασσα των θαυμαστών που είχε στα πόδια του, η έξαψη εκείνης της φαντασίωσης δεν είχε ξεθωριάσει. Κάπου κάπου επανερχόταν η αίσθηση του δέρματός μου επάνω στο δικό του, η εικόνα του προσώπου του, το οποίο σφιγγόταν από ηδονή, και τότε ένα ρίγος διέγερσης σκαρφάλωνε έρποντας στη ραχοκοκαλιά μου. Ήταν άλλο να χρησιμοποιείς μια φαντασίωση για να προκαλέσεις αυτή την αίσθηση, κι άλλο να πραγματοποιείς τη φαντασίωση, να την αποθηκεύεις στη μνήμη σου και μετά να την ξαναθυμάσαι. Αυτό έκανε σπουδαίο το S.E.C.R.E.T. Οι φαντασιώσεις δημιουργούσαν αναμνήσεις των αισθήσεων, τις οποίες μπορούσα να αποθηκεύσω για μια ζωή και να τις έχω πρόχειρες οποτεδήποτε χρειαζόμουν τόνωση. Δεν ήμουν ηδονοβλεψίας. Συμμετείχα.

Παρά τα συναρπαστικά σενάρια όμως, είχα αρχίσει να φαντασιώνομαι ένα συγκεκριμένο είδος σεξ που έως τώρα μου διέφευγε. Ήθελα... Λοιπόν, ήθελα έναν άντρα μέσα μου. *Ιδού.* Γινόταν όλο και πιο εύκολο να παραδεχτώ στον εαυτό μου πως ήθελα κάτι.

Το δύσκολο ήταν να το παραδεχτώ μεγαλόφωνα στη Ματίλντα, η οποία αργότερα την ίδια μέρα καθόταν απέναντί μου στο Tracey's στην οδό Μαγκαζίν. Είχε γίνει το στέκι μας, και όχι μόνο επειδή ήταν κοντά στο Μέγαρο. Η σαματατζίδικη ατμόσφαιρά του μας επέτρεπε να μιλάμε χωρίς να ακούει κανένας.

Έλεγα στον εαυτό μου ότι σήμερα θα τη ρωτούσα γιατί δεν είχε θελήσει να το κάνει μαζί μου κανένας από τους άντρες. Ο εγκέφαλός μου φυσικά το είχε εκλάβει ως απόρριψη· φόβοι που είχαν ξεμείνει από την εποχή του Σκοτ. Είχε ταλέντο να με κάνει να αισθάνομαι ανεπιθύμητη. Κι επειδή είχα ξεκινήσει να καταλαβαίνω την παράξενη αμοιβαιότητα που διέπει τις φαντασιώσεις, άρχισα να ανησυχώ πως ίσως δεν ικανοποιούσα τους άντρες που συναντούσα – ότι, εν ολίγοις, δε με ήθελαν.

«Ανοησίες, Κέισσι. Σε θέλουν και σε παραθέλουν!» είπε η Ματίλντα, κάπως πιο μεγαλόφωνα απ' όσο χρειαζόταν, πάνω σ' ένα ξαφνικό κενό της μουσικής. Ψιθυρίζοντας, πρόσθεσε: «Θες να πεις ότι δεν είσαι ευχαριστημένη από τα σενάρια;».

«Όχι! Δεν έχω κανένα παράπονο από τις φαντασιώσεις μέχρι τώρα. Αντίθετα, με συναρπάζουν. Γιατί όμως δεν έχει θελήσει κανένας να...; *Ξέρεις...*»

«Κέισσι, υπάρχει λόγος που αυτές οι φαντασιώσεις δεν περιλαμβάνουν πλήρες σεξ» απάντησε. «Κάποιες φορές το σεξ μετατρέπεται σε έρωτα για μερικές γυναίκες. Τα συναισθήματά τους παρασύρονται από την έκσταση και ξεχνούν ότι η σωματική ηδονή και ο έρωτας μπορεί να είναι ξεχωριστά πράγματα. Δεν προσπαθούμε να σε βοηθήσουμε να ερωτευτείς. Είναι φανερό ότι δε χρειάζεσαι βοήθεια σ' αυτό. Θέλουμε πρώτα να ερωτευτείς τον εαυτό σου. Κατόπιν θα είσαι σε πολύ καλύτερη θέση να επιλέξεις σύντροφο, τον σωστό σύντροφο. Έναν *αληθινό* σύντροφο».

«Δηλαδή μου λες ότι δεν μπορώ να κάνω σεξ στις φαντασιώσεις μου επειδή φοβάστε ότι θα ερωτευτώ;»

«Όχι. Αυτό που θέλω να πω είναι πως πρέπει να περιμένουμε μέχρι να καταλάβεις τα παιχνίδια που παίζει το σώμα σου στο μυαλό σου. Κατά τη διάρκεια του σεξ εκκρίνονται χημικές ουσίες που μπορεί να σε παραπλανήσουν και να περάσεις αυτό που αισθάνεσαι για έρωτα. Όταν δεν το καταλαβαίνουμε αυτό για το σώμα μας, προκαλούμε πολλές παρεξηγήσεις και περιττό πόνο».

«Κατάλαβα...» αποκρίθηκα ρίχνοντας μια ματιά στο μπαρ, το οποίο ήταν γεμάτο από αντροπαρέες που έπιναν μπίρες· χοντροί, κοντοί, νέοι και γέροι. Παλιότερα αναρωτιόμουν πώς το έκαναν, πώς κάποιοι άντρες μπορούσαν να κάνουν σεξ και μετά να απεμπλακούν με τέτοια ευκολία. Υποθέτω ότι δεν έφταιγαν εκείνοι. Ήταν θέμα χημείας. Παρ' όλα αυτά, η Ματίλντα είχε δίκιο. Δενόμουν εύκολα. Κατέληξα να παντρευτώ τον πρώτο με τον οποίο έκανα σεξ, επειδή όλο μου το σώμα μού έλεγε πως ήταν το σωστό, το *μόνο* που μπορούσα να κάνω, παρόλο που το μυαλό μου ήξερε πως ήταν πέρα για πέρα λάθος. Μάλιστα, παραλίγο να κατέβω από το τρένο στη στάση του Τζέσσι επειδή μου μίλησε, με έκανε να γελάσω και φιλούσε υπέροχα.

«Κέισσι, σε παρακαλώ, μην ανησυχείς τόσο πολύ... Πίστεψέ με όμως όταν σου λέω πως αυτό που κάνουμε αφορά το σεξ. Την ηδονή και το σεξ. Ο έρωτας, αγαπητή μου, αποτελεί εντελώς άλλο κεφάλαιο».

* * *

Η επόμενη κάρτα κατέφτασε έπειτα από έξι βασανιστικές εβδομάδες, αφού ο καύσωνας είχε αντικατασταθεί από προγνώσεις για θύελλες, και ο καιρός αντικατόπτριζε απόλυτα την απογοήτευσή μου. Οι φαντασιώσεις θα πραγματοποιούνταν σε διάστημα ενός έτους, μου θύμισαν. Και παρόλο που η Επιτροπή προσπαθούσε να τις κατανείμει ομοιόμορφα, ακόμα και η ίδια η Ματίλντα παραδέχτηκε σ' ένα σύντομο τηλεφώνημά μας ότι τόσο μεγάλο διάστημα ήταν ασυνήθιστο. «Υπομονή, Κέισι. Κάποια πράγματα θέλουν τον χρόνο τους».

Έπειτα από μερικές μέρες, μια νύχτα χτύπησε το κουδούνι της κάτω πόρτας ένας κούριερ. Κατέβηκα κυριολεκτικά τρέχοντας για να υπογράψω. Ήμουν τόσο ενθουσιασμένη, ώστε παραλίγο να τον φιλήσω στο στόμα.

«Είδα πως ήσουν ξύπνια» είπε δείχνοντας τα παράθυρα στον δεύτερο όροφο του Γεροντοκοράδικου. Ήταν νεαρός, γύρω στα είκοσι πέντε, με σώμα που μόνο οι πιο επιθετικοί ποδηλάτες μπορούν να χτίσουν σε μια τόσο επίπεδη πόλη. Ήταν όμως τόσο γλυκούλης, που μου πέρασε από το μυαλό να τον καλέσω να ανέβει επάνω.

«Σ' ευχαριστώ!» αποκρίθηκα, αρπάζοντας τον φάκελο από τα νευρώδη χέρια του. Από τον αέρα τα μαλλιά μου μου ράπιζαν το πρόσωπο και η ρόμπα μου πλατάγιζε γύρω από τα πόδια μου.

«Α, είναι κι αυτό...» συνέχισε δίνοντάς μου έναν φάκελο με φυσαλίδες στο μέγεθος μικρού μαξιλαριού. «Έρχεται θύελλα. Ντύσου καλά» πρόσθεσε ρίχνοντας ένα τολμηρό βλέμμα στα πόδια μου και ύστερα μου κούνησε το χέρι κι έφυγε ποδηλατώντας.

Ανέβηκα δυο δυο τα σκαλιά, σκίζοντας ταυτόχρονα τον φάκελο. Η κάρτα έγραφε: Βήμα Πέμπτο, *Αφοβία*, κι αυτό έστειλε ένα ρίγος στη ραχοκοκαλιά μου. Έγραφε επίσης πως η λιμουζίνα θα ερχόταν να με πάρει πρωί πρωί με την αυγούλα κι ότι «η απαιτούμενη ενδυμασία εσωκλείεται».

Καθώς ο αέρας έκανε τα παραθυρόφυλλά μου να κροταλίζουν εκείνο το βράδυ, εγώ αισθανόμουν ευγνωμοσύνη που ο Σκοτ κι εγώ είχαμε έρθει έναν χρόνο αφότου ρήμαξαν την πόλη ο τυφώνας Κατρίνα και οι αδερφές του, η Βίλμα και η Ρίτα. Εκτός από τον Ισαάκ και μια δυο άλλες τροπικές καταιγίδες που λύγισαν δέντρα κι έσπασαν μερικά τζάμια, δεν είχε προκληθεί καμία καταστροφή αυτής της κλίμακας έκτοτε, πράγμα για το οποίο, όντας από το Μίσιγκαν, ήμουν ευγνώμων. Ήμουν προετοιμασμένη για βροχή, αλλά όχι για τα επικίνδυνα καιρικά φαινόμενα που εμφανίζονταν πότε πότε εδώ.

Έσκισα τον αφράτο φάκελο και άδειασα το περιεχόμενό του στο κρεβάτι μου. Είχαν διαλέξει τα ρούχα που θα φορούσα αύριο: άσπρο στενό κάπρι, μεταξωτή γαλάζια τουνίκ με βαθύ ντεκολτέ, λευκό μαντίλι, μαύρα γυαλιά σε στιλ Τζάκι Ο και ψηλοτάκουνες εσπαντρίγιες· και φυσικά όλα μού ταίριαζαν τέλεια.

Το επόμενο πρωί άφησα τη λιμουζίνα να περιμένει ενώ δοκίμαζα διάφορους τρόπους για να δέσω το μαντίλι στον λαιμό μου, ώσπου κατέληξα να το δέσω στο κεφάλι. Έριξα μια ματιά στον καθρέφτη· έπρεπε να παραδεχτώ πως απέπνεα έναν αριστοκρατικό αέρα. Ακόμα και η Ντίξι, που ήταν ξαπλωμένη στα πόδια μου, φαινόταν να μου δίνει την έγκρισή της. Αλλά δε θα ξεχάσω ποτέ την έκφραση της Άννας, που ήταν γέννημα θρέμμα της Νέας Ορλεάνης, την ώρα που έπαιρνα μια πτυσσόμενη μαύρη ομπρέλα από την ομπρελοθήκη στην είσοδο.

«Αν έρθει καταιγίδα, καλύτερα να χρησιμοποιήσεις μια από κείνες τις ομπρελίτσες που βάζουν στα ακριβά ποτά...» είπε κατσούφικα.

Αναρωτήθηκα μήπως έπρεπε να της πω κάτι, να επινοήσω κάποιον πλούσιο γκόμενο ώστε να εμποδίσω την περιέργεια για τη λιμουζίνα να διογκωθεί σε κάτι μεγαλύτερο και λιγότερο καλοπροαίρετο. Όχι σήμερα, αποφάσισα. Δεν προλαβαίνω.

«Καλημέρα, Κέισσι» είπε ο σοφέρ, που κρατούσε ανοιχτή την πόρτα.

«Καλημέρα» αποκρίθηκα, προσπαθώντας να μη φανεί στη φωνή μου πως είχα συνηθίσει να έρχεται και να με παίρνει μια μακριά μαύρη λιμουζίνα στη μέση του Μαρινύ.

«Εκεί όπου σε πηγαίνω θα σου είναι άχρηστη» συνέχισε δείχνοντας προς την ομπρελίτσα μου. «Θα αφήσουμε πίσω μας αυτό τον μουντό καιρό».

Τι ωραία, σκέφτηκα. Είχε ελάχιστη κίνηση εκείνο το πρωί, και τα λιγοστά αυτοκίνητα που συναντήσαμε απομακρύνονταν από τη λίμνη προς την οποία κατευθυνόμασταν. Κοντά στην ακτή Ποντσαρτρέιν μείναμε στη δεξιά λωρίδα και προσπεράσαμε το λιμάνι Σάουθ Σορ, που αγκάλιαζε την ταραγμένη θάλασσα, την οποία κατόρθωνα πότε πότε να διακρίνω μέσα από τα διάκενα στο φράγμα. Τα νερά ήταν τρικυμισμένα και άγρια, παρόλο που δεν είχε ρίξει ούτε σταγόνα βροχής. Στην Πάρις Ρόουντ ο σοφέρ έμεινε αριστερά, οδηγώντας στον ανώμαλο χαλικόδρομο, κρατώντας τη λιμνοθάλασσα στα δεξιά μας. Έπειτα από πέντε λεπτά κάναμε πάλι δεξιά σ' έναν άλλο χαλικόδρομο. Γραπώθηκα από το δερμάτινο κάθισμα, ενώ τρύπωνε μέσα μου ο φόβος. Φτάσαμε σ' ένα ξέφωτο στον λόγκο, όπου ο έλικας ενός σκούρου μπλε ελικοπτέρου έκανε αργές απειλητικές περιστροφές προτού επιταχύνει.

«Εεε... Ελικόπτερο είναι αυτό;» Ανόητη ερώτηση. Καλύτερη θα ήταν η εξής: *Περιμένεις να πετάξω με τούτο το πράγμα;* Η δεύτερη ερώτηση όμως είχε σκαλώσει στον λαιμό μου.

«Θα κάνεις μια πολύ ξεχωριστή εκδρομή».

Μπα; Ήταν σαφές ότι δε με ήξερε καλά. Η ιδέα να μπω σε ελικόπτερο ήταν γελοία, όσο δελεαστικά κι αν ήταν αυτά που με περίμεναν. Η λιμουζίνα σταμάτησε πέντε μέτρα από το ελικοδρόμιο. Δε μου άρεσε καθόλου αυτό. Ο σοφέρ κατέβηκε και μου άνοιξε την πόρτα. Εγώ είχα κοκαλώσει στη θέση μου, και η λέξη «όχι» ανάβρυζε απ' όλους τους πόρους του σώματός μου.

«Κέισσι, δεν υπάρχει λόγος να φοβάσαι!» φώναξε ο σοφέρ για να ακουστεί πάνω από τον φασαριόζικο αέρα και τον ακόμα πιο φασαριόζικο έλικα. «Σε παρακαλώ, ακολούθησε εκείνο τον νεαρό! Θα σε φροντίσει. Σ' το υπόσχομαι!»

Τότε μόνο πρόσεξα τον πιλότο, που ερχόταν τρέχοντας προς τη λιμουζίνα με το καπέλο του ανά χείρας. Καθώς πλησίαζε, χτένισε με τα δάχτυλα τα μαλλιά του, που είχαν ξανθύνει από τον ήλιο, και φόρεσε το καπέλο του, δίνοντάς μου την εντύπωση ότι σπάνια έβγαινε έξω χωρίς αυτό. Με χαιρέτησε με γλυκιά αμηχανία.

«Κέισσι, είμαι ο κυβερνήτης Άρτσερ... Θα σε πάω στον προορισμό σου. Ακολούθησέ με, σε παρακαλώ». Πρέπει να είχε δει τον δισταγμό μου. «Όλα θα πάνε καλά!»

Τι άλλη εναλλακτική είχα; Υποθέτω κάμποσες, μεταξύ άλλων να παραμείνω κολλημένη στη θέση μου και να απαιτήσω να με γυρίσει ο σοφέρ στο σπίτι. Αντί γι' αυτό, βγήκα με φόρα από τη λιμουζίνα, πριν προλάβει ο εγκέφαλός μου να με πείσει για το αντίθετο. Ο κυβερνήτης Άρτσερ τύλιξε τη μαυρισμένη χερούκλα του γύρω από τον καρπό μου και αρχίσαμε να τρέχουμε, σκύβοντας κάτω από τον φρενιασμένο έλικα.

Μέσα στο ελικόπτερο το ίδιο χέρι τεντώθηκε πάνω από τα πόδια μου, αγγίζοντας φευγαλέα τους μηρούς μου ενώ με έδενε με τη ζώνη στο κάθισμα. *Όλα είναι εντάξει, όλα είναι εντάξει, όλα είναι εντάξει*, επαναλάμβανα συνεχώς από μέσα μου σαν μάντρα. *Δεν έχω λόγο να φοβάμαι*. Αισθάνθηκα μερικές τούφες που είχαν ξεφύγει να μαστιγώνουν το πρόσωπό μου και χάρηκα που είχα φορέσει έτσι το μαντίλι. Την ώρα που ο πιλότος τοποθετούσε προσεκτικά τα μεγάλα ακουστικά στα αυτιά μου, μύρισα τη μέντα στην ανάσα του από την τσίχλα. Ύστερα με κοίταξε με βλέμμα βαθύγκριζο και έντονο.

«Μ' ακούς;» ρώτησε, και η φωνή του βούιξε απευθείας στα αυτιά μου από το μικρόφωνό του. Αυστραλέζικη ήταν η προφορά του;

Έγνεψα καταφατικά.

«Είσαι στα χέρια μου, Κέισσι. Μην ανησυχείς... Είσαι απόλυτα ασφαλής. Χαλάρωσε και απόλαυσε τη διαδρομή».

Με αναστάτωνε κάπως το γεγονός ότι όλοι οι συμμετέχοντες στο S.E.C.R.E.T. ήξεραν το όνομά μου. *Αυτή είναι η ζωή μου,* σκέφτηκα κάπως ζαλισμένη. *Έρχεται και με παίρνει μια λιμουζίνα. Δεν τρέχει και τίποτα. Με πηγαίνει σ' ένα ελικόπτερο. Δε βαριέσαι. Κι ένας απίστευτα ωραίος πιλότος με οδηγεί σε μέρη μακρινά και ονειρεμένα.*

Απογειωθήκαμε, και μόλις ανεβήκαμε πάνω από τα απειλητικά μαύρα σύννεφα, η μέρα φαινόταν εντελώς αλλιώτικη, σαν να βρισκόμασταν σε τροπικό παράδεισο. Ο κυβερνήτης Άρτσερ με τσάκωσε να παρατηρώ τα σύννεφα από κάτω μας την ώρα που αφήναμε πίσω μας την κακοκαιρία και στρίβαμε προς το ηλιοβασίλεμα.

«Το πάει για άσχημη καταιγίδα. Αλλά εκεί όπου πηγαίνουμε δεν πρόκειται να μας αγγίξει».

«*Πού* πηγαίνουμε αλήθεια;»

«Θα δεις» μου απάντησε με χαμογελαστό βλέμμα, που στάθηκε στο δικό μου.

Το στομάχι μου ήταν ακόμα σφιγμένο, αλλά το σφίξιμο γινόταν πιο υποφερτό, και ο φόβος μου εξελισσόταν σε κάτι που μπορούσα να υπερβώ. Ότι θα έμπαινα με τη θέλησή μου σ' ένα ελικόπτερο ενώ προμηνυόταν καταιγίδα και θα πετούσα ένας Θεός ξέρει για πού, για να κάνω ποιος ξέρει τι, με ποιος ξέρει ποιον ούτε που θα το φανταζόμουν πριν από πέντε μήνες. Σήμερα όμως κάτω από τον φυσιολογικό φόβο βρισκόταν ένα συναίσθημα που καταλάβαινα πως ήταν καθαρός ενθουσιασμός.

Μόλις σταθεροποιηθήκαμε πάνω από τα σύννεφα, το ελικόπτερο ανέπτυξε ταχύτητα προς τον καταγάλανο Κόλπο. Εγώ κοιτούσα μια το νερό από κάτω μας και μια τα σμιλεμένα χέρια του πιλότου, που πατούσαν το ένα ή το άλλο κουμπί με αποτελεσματικότητα και άνεση. Οι πήχεις του ήταν μαυρισμένοι και ελαφρώς μαλλιαροί με κατάξανθες τριχούλες. Άραγε αυτός θα ήταν ο παρτενέρ μου; Αυτός θα συμμετείχε στη φαντασίωσή μου; Αν ναι, είχαμε κάνει πολύ καλή αρχή.

«Πού πηγαίνουμε;» φώναξα καθώς τραβούσα το μαντίλι, αφήνοντας τα μαλλιά μου να ξεχυθούν στους ώμους μου. Φλερτάριζα. Για πρώτη φορά στη ζωή μου μου έβγαινε φυσικά.

«Θα δεις. Δεν αργούμε!» μου απάντησε κλείνοντάς μου το μάτι.

Κράτησα σταθερή τη ματιά μου, αφήνοντάς τον να τραβήξει εκείνος πρώτος τη δική του. Δεν το είχα ξανακάνει ποτέ *αυτό*, και ήταν μεθυστικό το να φλερτάρω παρά τον φόβο μου.

Έπειτα από μερικά λεπτά ένιωσα το ελικόπτερο να χαμηλώνει. Με κυρίεψε πανικός. Δεν μπορούσα να δω ακριβώς από κάτω μας, οπότε από το σημείο όπου καθόμουν φαινόταν λες και θα προσγειωνόμασταν επάνω στα γαλάζια νερά του Κόλπου. Όταν τα πέδιλα του ελικοπτέρου χτύπησαν κάτι στέρεο, συνειδητοποίησα πως είχαμε προσγειωθεί σε σκάφος. Ήταν πολύ μεγάλο σκάφος. Για την ακρίβεια, ήταν μια θαλαμηγός.

Ο πιλότος πήδησε έξω από το ελικόπτερο και μου άνοιξε την πόρτα, τείνοντάς μου το χέρι του.

Κατέβηκα με ένα πηδηματάκι στο γυαλισμένο κατάστρωμα, σκιάζοντας τα μάτια μου λόγω του εκτυφλωτικού πια ήλιου, ενώ σκεφτόμουν πόσο γρήγορα αλλάζει ο καιρός.

«Είναι απίστευτο!» είπα.

«Είναι» αποκρίθηκε ο πιλότος, δίνοντάς μου την εντύπωση πως ίσως δεν αναφερόταν στο πλοίο. «Μου είπαν να σε φέρω εδώ. Και τώρα θα πρέπει να πηγαίνω».

«Κρίμα...» μουρμούρισα και το εννοούσα. Από το επάνω κατάστρωμα μπορούσα να αγναντέψω ολόγυρα. Ήταν πράγματι θαλαμηγός, και μάλιστα ένα από τα ωραιότερα σκάφη οποιουδήποτε είδους που είχα δει ποτέ στη ζωή μου. Το κατάστρωμα ήταν από παρκεταρισμένο ξύλο που λαμποκοπούσε· το κύτος και οι τοίχοι ήταν εκτυφλωτικά λευκοί. «Μπορείς να μείνεις για ένα ποτό; Μόνο ένα...»

Τι έκανα; Συνήθως οι φαντασιώσεις ξεδιπλώνονταν μπροστά μου, κι εγώ τώρα προσπαθούσα να επέμβω σ' αυτό που είχαν σχεδιάσει για χάρη μου. Αλλά η διαδρομή με το ελικόπτερο με είχε γεμίσει ενέργεια και ήθελα να συνεχίσω το φλερτ.

«Υποθέτω πως ένα ποτό δε βλάπτει...» απάντησε. «Πάμε στην πισίνα;»

Ποια πισίνα; Μου κόπηκε η ανάσα όταν έσκυψα στην κουπαστή και είδα την οβάλ πισίνα, επάνω στη *θαλαμηγό*, στο κέντρο του μπροστινού καταστρώματος. Δεξιά και αριστερά υπήρχαν άσπρες σεζ λονγκ, όπου στην πλάτη τους βρίσκονταν διπλωμένες πετσέτες με άσπρες και κόκκινες ρίγες. *Για μένα; Όλα αυτά για μένα;* Ό,τι και να μου συμβεί εδώ δεν έχει σημασία, σκέφτηκα, αρκεί να μπορέσω να *κολυμπήσω σε πισίνα σε μια θαλαμηγό*! Και παρόλο που η θάλασσα είχε αρχίσει να αγριεύει, το πλοίο ήταν πελώριο και ακλόνητο σαν βράχος, ακόμα και με το ελικοπτεράκι κουρνιασμένο στην κορυφή του. Μου πέρασε από το μυαλό η σκέψη πως ανάμεσα στα ρούχα που μου είχαν δώσει δε συμπεριλαμβανόταν μαγιό, όμως ο πιλότος προχωρούσε ήδη προς την πισίνα σπέρνοντας πίσω του τα ρούχα του, προτού στρίψει στη γωνία και χαθεί από το βλέμμα μου.

Περίμενα λίγο και μετά τον ακολούθησα. Δε φαινόταν να βρίσκεται κανένας άλλος στο πλοίο· τα παράθυρα στην τιμονιέρα ήταν τόσο φιμέ, που δεν μπορούσες να διακρίνεις το πλήρωμα, αν βρισκόταν όντως εκεί. Όταν έφτασα στην πισίνα, ο πιλότος είχε πέσει ήδη στο νερό, κι αν έκρινα από τη στοίβα με τα ρούχα που είχε αφήσει πίσω του, ήταν γυμνός.

«Μπες. Ζεστά είναι!»

«Θα σ' την πουν;» ρώτησα, νιώθοντας ντροπή.

«Μόνο αν διαμαρτυρηθείς που είμαι εδώ».

«Δεν πρόκειται» αποκρίθηκα. «Αλλά... σε πειράζει να γυρίσεις από την άλλη;»

«Καθόλου» απάντησε και γύρισε.

Ήταν παντού μαυρισμένος, αν και μπορούσα να διακρίνω πως ο πισινός του κάτω από την επιφάνεια του νερού ήταν κάτασπρος. Δίστασα για μια στιγμή και ύστερα αποτίναξα τα απομεινάρια του φόβου. Απ' ό,τι φαινόταν, εγώ είχα τον έλεγχο σ' αυτήν τη φαντασίωση, και κανένας δε με σταματούσε. Έβγαλα τα ρούχα μου και τα ακούμπησα προσεκτικά σε μια σεζ λονγκ. Γλίστρησα στο νερό, το οποίο μου φάνηκε πιο ζεστό, επειδή έξω είχε ψύχρα, από αυτήν που φέρνουν οι θύελλες. Ο ήλιος έλαμπε καυτός, όμως στον ορίζοντα υπήρχαν μαύρα σύννεφα, και η ατμόσφαιρα ήταν ηλεκτρισμένη.

«Εντάξει. Μπορείς να γυρίσεις τώρα» είπα σταυρώνοντας τα χέρια μου επάνω στα στήθη μου, που βρίσκονταν κάτω από το νερό. Γιατί ντρεπόμουν τόσο πολύ; Επίσης συνειδητοποίησα πως δε μου είχε ζητήσει να αποδεχτώ το Βήμα, μια φράση που μου προκαλούσε πλέον σχεδόν παβλοφιανή αντίδραση. Μόλις άρθρωναν αυτήν τη φράση, έπεφτα σ' ένα είδος ύπνωσης που μου επέτρεπε να ακολουθήσω τη φαντασίωση. Αυτήν τη φορά *εγώ* ωθούσα τα πράγματα, με έναν άντρα που δεν ήταν προεπιλεγμένος, παρόλο που θα έπρεπε. Ποτέ δε μου άρεσαν οι ξανθοί, όμως αυτός ήταν πολύ αρρενωπός· τα μαυρισμένα χέρια του απλώθηκαν προς το μέρος μου και με τράβηξαν κοντά του παρά την αντίσταση του νερού.

«Το δέρμα σου έχει απίστευτη υφή μέσα στο νερό...» μουρμούρισε, διατρέχοντας με τα χέρια του την πλάτη μου ενώ με σήκωνε στην αγκαλιά του.

Τον ένιωσα να σκληραίνει. Έσκυψε και πήρε τολμηρά τη ρώγα μου στο στόμα του, και το χέρι του χούφτωσε στους γυμνούς γλουτούς μου. Τα σώματά μας χτυπούσαν το ένα επάνω στο άλλο παράγοντας έναν ήχο όμοιο με τον παφλασμό καθώς το νερό αναταραζόταν όλο και περισσότερο από τις κινήσεις μας. Τουλάχιστον εγώ αυτό νόμιζα ότι προκαλούσε κύματα. Άνοιξα ξανά τα μάτια προς τον ουρανό και είδα ότι τώρα σκόρπιζε μια λάμψη εντελώς αλλιώτικη, μοχθηρότερη. Ο ήλιος είχε κρυφτεί πίσω από κάτι λουλακί σύννεφα, που έκαναν τον κυβερνήτη Άρτσερ να σταματήσει να μου δαγκώνει απαλά τον ώμο.

«Ποπό, αυτός ο ουρανός είναι κακός, κάκιστος...» είπε καθώς σηκωνόταν, ρίχνοντάς με από την αγκαλιά του. «Πρέπει να πάρω το ελικόπτερο από το σκάφος, διαφορετικά θα το πάρει ο αέρας. Εσύ, αγαπητή μου, θα μπεις μέσα και δε θα κουνηθείς μέχρι να έρθει κάποιος να σε πάρει. Μ' ακούς; Δεν το είχαμε σχεδιάσει έτσι. Σου ζητώ συγγνώμη... Θα καλέσω ενισχύσεις με τον ασύρματο».

Βγήκε από την πισίνα στη στιγμή. Δεν υπήρχε καιρός για ματαιοδοξίες. Μου κράτησε μια πετσέτα που με κατάπιε ολόκληρη και μου έδωσε τα ρούχα στο χέρι. Ο αέρας φυσούσε φρενιασμένα· παραλίγο να μας ρίξει στη θάλασσα. Ο κυβερνήτης με γράπωσε, με κόλλησε στον τοίχο και ξεκρέμασε ένα σωσίβιο από έναν γάντζο πάνω από το κεφάλι μου.

«Κατέβα κάτω, άλλαξε και φόρα το σωσίβιο!»

«Να μην έρθω μαζί σου;» ρώτησα, με τον φόβο να φωλιάζει ξανά στα σωθικά μου. Έσφιξα την πετσέτα κάτω από το σαγόνι μου κι έτρεξα ξοπίσω του, στάζοντας νερά έως το ελικόπτερο.

«Είναι πολύ επικίνδυνο, Κέισσι... Καλύτερα να μείνεις στο πλοίο. Προχωράει γρήγορα. Θα σε απομακρύνει από τη θύελλα. Πήγαινε μέσα τώρα και μη φύγεις μέχρι να έρθει κάποιος να σε πάρει. Και μη στενοχωριέσαι...» μου είπε δίνοντάς μου ένα φιλί στο μέτωπο.

«Ξέρει κανείς ότι είμαι εδώ;»

«Μην ανησυχείς. Όλα είναι εντάξει, καλή μου!»

Έσφιξα περισσότερο την πετσέτα γύρω μου την ώρα που έβαζε μπρος τους έλικες. Μόλις το ελικόπτερο σηκώθηκε μερικά μέτρα, μια ριπή αέρα το έκανε να περιστραφεί. Χώθηκα στην καμπίνα και παρακολούθησα με έκπληξη και τρόμο τις επιδέξιες μανούβρες του μες στην αναμπουμπούλα, ευγνώμων που δε βρισκόμουν μέσα στο ελικόπτερο, όπου σίγουρα θα έκανα εμετό στα παπούτσια του. Άκουσα τον κινητήρα της θαλαμηγού να ξεκινάει, και οι δονήσεις ανέβηκαν στα πόδια μου κι έκαναν τα δόντια μου να κροταλίσουν· ή μπορεί να έφταιγε ο τρόμος γι' αυτό. Ύστερα η μηχανή έσβησε εξίσου γρήγορα. Μα πού ήταν όλοι; Αν υπήρχε πλήρωμα το οποίο κυβερνούσε τη θαλαμηγό, πού βρισκόταν; Κάθισα στην καμπίνα και φόρεσα τα ρούχα μου, διέσχισα το μπαρ και ανέβηκα τις σκάλες, θεωρητικά προς τη γέφυρα. Μόλις άνοιξα την πόρτα του καταστρώματος, άκουσα τη νεροποντή – η έντονη βροχή μαστίγωνε το ξύλο κάνοντας δυνατό αντίλαλο.

Είδα τον μαύρο ουρανό.

«Κακό αυτό...» μουρμούρισα κλείνοντας την πόρτα. Τα φινιστρίνια είχαν θολώσει από τη βροχή. Έπρεπε να βρω κάποιον από το πλήρωμα, να τους πω πως είμαι εδώ και να μάθω το σχέδιο, αν υπήρχε. Έσπρωξα ξανά την πόρτα και προχώρησα μες στη βροχή, που τώρα έπεφτε λοξά και μου μαστίγωνε το δέρμα. Ήμουν έτοιμη να πάω στη γέφυρα, αλλά άκουσα μια φωνή. Μου φάνηκε πως έβγαινε από ηχείο, αλλά είχε ακουστεί από ένα ρυμουλκό της ακτοφυλακής που είχε έρθει δίπλα στη θαλαμηγό. Ένας ψηλός με άσπρο μπλουζάκι και τζιν φώναζε το όνομά μου από ένα μεγάφωνο.

«Κέισσι, με λένε Τζέικ! Πρέπει να αποβιβαστείς αμέσως. Θα χρειαστεί να φύγεις τώρα από το σκάφος, προτού χειροτερέψει η θύελλα! Έλα κοντά και θα σε πιάσω. Μ' έστειλαν για να σε σώσω!»

Να με σώσει; Αν δεν ήταν πραγματικά κακός ο καιρός, που μου προκαλούσε αληθινό πανικό, θα είχα υποθέσει πως ήταν, στ' αλήθεια, η φαντασίωση που είχα με τη διάσωση. Αλλά έπρεπε να γλιτώσω από τη θύελλα, και το σφιγμένο πρόσωπο του άντρα μού έδειχνε καθαρά πως αυτό δεν ήταν κομμάτι της φαντασίωσης. Βρισκόμουν *πράγματι* σε κίνδυνο. Γραπώθηκα από το κάγκελο· η τουνίκ μου ήταν καταμουσκεμένη. Ήταν ασφαλέστερο το μικροσκοπικό βαρκάκι από το τεράστιο γιοτ; Τίποτα δε φαινόταν λογικό.

«Κέισσι, έλα πιο κοντά και πιάσε το χέρι μου!»

Προχώρησα πιο έξω στο κατάστρωμα και είδα την ταραγμένη θάλασσα γύρω μου. Τα κύματα έσκαγαν το ένα μετά το άλλο επάνω στο σκάφος, ραπίζοντας τα πόδια μου, στέλνοντας γαλόνια νερό επάνω στα γυαλισμένα ξύλα και στη γαλάζια πισίνα. Έσκασε άλλο ένα κύμα, που με παρέσυρε και προσγειώθηκα στον γοφό μου με γδούπο. Έμεινα καθισμένη, με τα πόδια ανοιχτά, κοκαλωμένη, όπως κάνω πάντα σε περιπτώσεις απεχθούς πανικού. Δεν άκουγα πια τη φωνή του Τζέικ, παρά μόνο τον ήχο της οργισμένης μαύρης θάλασσας. Γραπώθηκα από ένα χαμηλότερο κάγκελο, αλλά φοβόμουν να σηκωθώ όρθια. Είχα τη ζοφερή εντύπωση πως, αν το άφηνα, θα με έπαιρνε η θάλασσα από το κλυδωνιζόμενο πλοίο. Προτού καλά καλά καταλάβω τι συνέβαινε, μια χερούκλα σαν κορμός δέντρου με άρπαξε από τη μέση και με σήκωσε όρθια.

«Πρέπει να εγκαταλείψουμε αμέσως το πλοίο!» κραύγασε ο Τζέικ.

«Εντάξει!»

Τι να έλεγα; Δερνόμουν σαν πανικόβλητη βρεγμένη γάτα μες στην καταρρακτώδη βροχή. Πιανόμουν απ' όπου μπορούσα, όμως η μπλούζα του γλιστρούσε και μου ήταν αδύνατο να κρατηθώ. Έπεσα από τη θαλαμηγό κι ένιωσα το οδυνηρό τσούξιμο του νερού. Για μια στιγμή βρέθηκα κάτω από την επιφάνεια, όπου έβλεπα μόνο το ανακάτεμα πάνω από το κεφάλι μου. Ούρλιαξα μέσα στο νερό άηχα κι ένιωσα το σώμα μου να παραδέρνει στα κύματα, ώσπου επιτέλους το κεφάλι μου αναδύθηκε και το ουρλιαχτό μου μου τρύπησε τα αυτιά. Πήρα γρήγορα μια ανάσα και είδα για μια σύντομη στιγμή πως, αν τα δύο σκάφη πλησίαζαν περισσότερο, θα με τσάκιζαν ανάμεσά τους. Πριν προλάβω να σκεφτώ τι να κάνω, είδα τον Τζέικ να παλεύει μέσα στα κύματα για να με φτάσει.

«Κέισσι, ηρέμησε!» φώναξε ο Τζέικ ενώ κολυμπούσε προς το μέρος μου. «Όλα θα πάνε καλά, μα πρέπει να ηρεμήσεις!»

Προσπάθησα να ακούσω τη συμβουλή του, προσπάθησα να θυμηθώ πως ήξερα να κολυμπάω. Μας βοήθησα να πλησιάσουμε το πλάι της σωστικής λέμβου, όπου εκείνος με έβαλε να πιαστώ από ένα χαμηλό σκαλί, σκαρφάλωσε μερικά ακόμα και ύστερα έσκυψε και με ανέβασε πάνω σαν να ήμουν βρεγμένη πάνινη κούκλα. Σωριάστηκα στο κατάστρωμα κοντανασαίνοντας. Εκείνος τίναξε τα μαλλιά του, βγάζοντας το θαλασσόνερο από τα αυτιά του, και μετά πήρε το πρόσωπό μου στα χέρια του.

«Μπράβο σου, Κέισσι!» αναφώνησε.

«Τι εννοείς;» ρώτησα. «Παραλίγο να μας σκοτώσω και τους δύο. Πανικοβλήθηκα!»

«Αλλά μετά ηρέμησες και βοήθησες να κολυμπήσουμε μέχρι το σκάφος. Είμαστε εντάξει τώρα. Όλα θα πάνε καλά». Απομάκρυνε μερικές βρεγμένες τούφες από το πρόσωπό μου. «Πάμε κάτω».

Επιτέλους, την ώρα που σηκωνόταν, κατάφερα να κοιτάξω καλά τον άνθρωπο που με έσωσε. Ήταν πανύψηλος, τουλάχιστον ένα ενενήντα πέντε, με πυκνά μαύρα σπαστά μαλλιά και μαύρα μάτια. Είχε κατατομή ελληνικού αγάλματος. Με έπιασε να κοιτάζω το στέρνο του, και τότε μου ήρθε: *Ξέρει πώς με λένε!*

«Είσαι από το...;»

«Ναι» μου απάντησε και με τράβηξε όρθια. Έριξε μια χοντρή μάλλινη κουβέρτα στους ώμους μου και πρόσθεσε: «Τώρα που είσαι εδώ και είσαι ασφαλής, ίσως πρέπει να επιστρέψουμε στο σχέδιο... Τι λες; Αποδέχεσαι το Βήμα;»

«Εεε... Υποθέτω. Ναι. Το αποδέχομαι».

«Λοιπόν, όπως και να 'χει, πρέπει να φύγουμε από δω. Είμαι πιστοποιημένος δύτης και ναυαγοσώστης, σε περίπτωση που αναρωτιόσουν...»

Έβαλε τα στιβαρά του χέρια στους τρεμάμενους ώμους μου και με οδήγησε κάτω, σ' ένα μικρότερο δωμάτιο, πιο ζεστό από αυτό που είχα δει στη θαλαμηγό, αλλά λιγότερο σταθερό. Τα κύματα μαστίγωναν τα φινιστρίνια. Πήγα γραμμή στη θερμάστρα στη γωνία και χρησιμοποίησα την κουβέρτα για να εγκλωβίσω τον ζεστό αέρα γύρω μου. Κοίταξα τριγύρω, προσπαθώντας να διατηρήσω την ισορροπία μου, ενώ η φουρτούνα κλυδώνιζε το σκάφος. Το δωμάτιο είχε χαμηλό φωτισμό από απλίκες φωταερίου, δρύινους τοίχους και καπιτονέ μαξιλάρες πεταγμένες σ' ένα ψηλό κρεβάτι. Πρόσεξα ένα γραφικό κουζινάκι με παλιομοδίτικη στόβα και εμαγιέ νεροχύτη. Καταπώς φαινόταν, βρισκόμουν στην καμπίνα του κυβερνήτη.

«Συγγνώμη που πανικοβλήθηκα... Νόμιζα πως *απομακρυνόμασταν* από τη θύελλα. Και... ύστερα βρεθήκαμε μέσα της». Άρχισα να μυξοκλαίω, καθώς χώνευα επιτέλους τα γεγονότα της τελευταίας ώρας.

«Σσσσς... Όλα είναι καλά» αποκρίθηκε ο Τζέικ. Διέσχισε γρήγορα το δωμάτιο και με πήρε στην αγκαλιά του. «Είσαι ασφαλής τώρα. Μα πρέπει να σ' αφήσω, για να απομακρύνω το σκάφος από τον τυφώνα».

«Τον τυφώνα;»

«Αρχικά ήταν τροπική καταιγίδα. Μα γύρισε πολύ γρήγορα. Περίμενε εδώ. Και βγάλε τα βρεγμένα. Δε θα αργήσουμε να βρεθούμε σε ασφαλές μέρος» είπε, και το μυώδες στέρνο του διαγραφόταν κάτω από το βρεγμένο λευκό μπλουζάκι.

Ήταν τέλειος, σαν βγαλμένος από εξώφυλλο Άρλεκιν. Και παρόλο που δεν ήθελα να μείνω μόνη μου πάλι, η φωνή του είχε έναν τόνο τόσο επιτακτικό, ώστε ήταν δύσκολο να τον αγνοήσεις.

«Μπες κάτω από τα σκεπάσματα να ζεσταθείς. Θα έρθω κι εγώ σε λίγο».

Πήγε να φύγει, ύστερα έκανε μεταβολή και ήρθε

μπροστά στη θερμάστρα όπου στεκόμουν. Όταν έσκυψε για να με φιλήσει, κόντεψα να βάλω τα γέλια με την εικόνα: εγώ γυμνή κάτω από μια κουβέρτα να με φιλάει ένας πελώριος ημίγυμνος θεός με υγρές μπούκλες και με τις πιο πυκνές βλεφαρίδες που είχα δει σε άντρα. Ακούμπησε τα χείλη του στα δικά μου και τα πίεσε, ανοίγοντάς τα με ευκολία, ενώ η ζεστή του γλώσσα γλιστρούσε μέσα στο στόμα μου, επιφυλακτικά στην αρχή. Έγειρε πάνω μου, και το τεράστιο χέρι του κρατούσε το κεφάλι μου θαρρείς και ήταν μικρό σαν ροδάκινο. Τραβήχτηκε μακριά μου απρόθυμα, το ένιωσα.

«Δε θ' αργήσω» είπε.

«Να γυρίσεις γρήγορα». *Να γυρίσεις γρήγορα; Μόνο η νότια προφορά μού έλειπε!* Εδώ κινδυνεύαμε πραγματικά, κι εγώ είχα ξεμυαλιστεί σαν μαθητριούλα.

Πέταξα τη βρεγμένη κουβέρτα στο πάτωμα και περιεργάστηκα το δωμάτιο. Άνοιξα τη μικρή ντουλάπα και βρήκα μερικά γαλάζια πουκάμισα εργασίας. Έβγαλα τα μουσκεμένα ρούχα μου και τα άπλωσα προσεκτικά σε μια καρέκλα μπροστά από τη θερμάστρα. Φόρεσα ένα φανελένιο πουκάμισο. Ήταν τόσο μεγάλο, *εκείνος* ήταν τόσο μεγαλόσωμος, που έφτανε ως τα γόνατά μου. Σκαρφάλωσα στο μεγάλο κρεβάτι νιώθοντας τα κύματα. Με κάθε λεπτό που περνούσε, τα νερά του Κόλπου ηρεμούσαν ολοένα και περισσότερο. Σκέφτηκα τον ωραίο πιλότο και ήλπιζα να είχε φτάσει ασφαλής στη στεριά. Να θυμηθώ να ζητήσω από τον Τζέικ να ρωτήσει. Σίγουρα θα υπάρχει κάποιος αριθμός, ένα τηλεφωνικό κέντρο μέσω του οποίου τα μέλη και οι συμμετέχοντες μπορούν να επικοινωνήσουν με κάποιον από το S.E.C.R.E.T.

Ο ήχος του κινητήρα, που έσβηνε, με ξύπνησε. Δεν είχα ιδέα πόση ώρα είχα κοιμηθεί, πάντως η φουρτούνα είχε καταλαγιάσει αισθητά. Άκουγα τον Τζέικ να κάνει θορύβους πάνω από το κεφάλι μου καθώς διέσχιζε το κατάστρωμα προς τις σκάλες που κατέβαιναν κάτω, όπου τον περίμενα εγώ ξαπλωμένη στο κρεβάτι. Η αναμονή δεν είναι το δυνατό μου σημείο. Η ψυχραιμία μπροστά στο χάος δεν είναι το στιλ μου. Αλλά στο κάτω κάτω αυτή ήταν η φαντασίωσή μου ότι με σώζουν. Παρόλο που είχα αποφασίσει ότι δε μου άρεσε καθόλου μα καθόλου να με σώζουν, ανυπομονούσα να πάρω μέρος στα μεθεόρτια.

«Γεια!» μου είπε με ένα χαμόγελο έως τα αυτιά, βλέποντάς με ξαπλωμένη στο κρεβάτι.

«Γεια...»

«Όλα καλά επάνω. Βρισκόμαστε σε απόσταση ασφαλείας από τη θύελλα. Σε πειράζει να βγάλω και τα υπόλοιπα βρεγμένα ρούχα μου;»

«Καθόλου» απάντησα ενώ έπεφτα ξανά στα μαξιλάρια. Αν είχε σκοπό να με σώσει, θα έπαιζα τον ρόλο μου. «Δηλαδή είμαι ασφαλής τώρα;»

«Δεν κινδύνεψες καθόλου» είπε βγάζοντας το υγρό τζιν του. Το σχόλιό του έσκασε τη φούσκα της φαντασίωσης, και η πραγματικότητα με μπέρδεψε.

«Πλάκα μού κάνεις; Έπεσα από ένα *πλοίο* μέσα στον *Κόλπο* στη διάρκεια *τυφώνα*!»

Ήταν τόσο ψηλός, που αναγκαζόταν να βαδίζει σκυφτός μέσα στην καμπίνα καθώς ερχόταν προς το κρεβάτι.

«Ναι, πράγματι, Κέισσι. Αλλά είμαι εκπαιδευμένος να σώζω ζωές. Και η δική σου δε διέτρεξε μεγάλο κίνδυνο. Σε διαβεβαιώ».

Το δέρμα του ήταν τόσο λείο από την κορφή ως τα νύχια, που έμοιαζε με μάρμαρο.

«Μα κι αν... μου συνέβαινε κάτι;»

«Ήταν μια τροπική καταιγίδα που γύρισε πολύ γρήγορα σε τυφώνα. Κανένας δεν το περίμενε. Ούτε καν η μετεωρολογική υπηρεσία».

Έπρεπε να παραδεχτώ πως ήταν συναρπαστικό να επιβιώνεις από ένα ατύχημα. Νιώθεις ζωντανός με τον πλέον σαρκικό τρόπο· οι φλέβες σου σφύζουν· αντιλαμβάνεσαι το δέρμα σου να αναπνέει. Αισθάνεσαι πολύ εύθραυστος και ανθρώπινος και συνάμα σχεδόν αθάνατος. Ο Τζέικ πλησίασε επιφυλακτικά το κρεβάτι. Μύριζα το αλατόνερο στο δέρμα του και από κάτω ένα άλλο άρωμα, κάτι βελούδινο και σκοτεινό.

«Αποδέχεσαι ακόμα το Βήμα;» με ρώτησε, με τα μαύρα μάτια του καρφωμένα επάνω μου, σπρώχνοντας πίσω τα βρεγμένα μαλλιά του με τα χέρια, με έναν τρόπο που μου θύμιζε πολύ τον Γουίλ.

«Υποθέτω... πως ναι» απάντησα, με το πιγούνι να προβάλλει κάτω από τα σκεπάσματα σαν αυθάδικου παιδιού. «Δεν ξέρω αν μπορώ να νιώθω σέξι και τρομοκρατημένη ταυτόχρονα».

«Να σε βοηθήσω» μου αποκρίθηκε πιάνοντας με τη γροθιά του την κουβέρτα μου.

Την έσυρε από τους ώμους μου και την έσφιξε γύρω από τη μέση μου. Με κοίταξε για λίγο και ύστερα με τράβηξε κοντά του, έγειρε το κεφάλι μου προς τα πίσω και ακούμπησε τα αρμυρά χείλη του στα δικά μου. Στάθηκε από πάνω μου, κάνοντάς με να αισθανθώ πάλι ασφαλής, προστατευμένη. Μου είπε ξανά και ξανά πως ήμουν καλά, πως όλα θα πήγαιναν καλά, τραβώντας αργά αργά την κουβέρτα από τη μέση μου προς το πάτωμα, σπρώχνοντάς με παράλληλα να ξαπλώσω στο κρεβάτι. Ένιωσα τα νοτισμένα μαλλιά μου να απλώνονται γύρω μου και το δέρμα του, εκείνη την απαλή έκταση, να σμίγει με κάθε εκατοστό της σάρκας μου. Σφάλισα τα βλέφαρα και άφησα την αποφασιστικότητά μου να διαλυθεί. Και ανάσανα τη μυρωδιά του: ωκεανός.

«Το ξέρεις ότι θα σε φροντίσω... Έτσι δεν είναι;»

Έγνεψα καταφατικά· παραήμουν σαστισμένη για να μιλήσω. Δεν είχα ξαναδεί τέτοιον άντρα, δεν είχα ποτέ ανάλογη εμπειρία. Με έκανε να νιώθω απαλή και μικροσκοπική και ντελικάτη. Στη διαρκή αυτάρκειά μου είχα ξεχάσει πως ήταν δυνατόν να έχω έναν άντρα να με προστατεύει, να είναι η άγκυρά μου. Μα τον Θεό, έτρεμα βλέποντάς τον να πηγαίνει στα πόδια του κρεβατιού, να τυλίγει απαλά τα πελώρια χέρια του γύρω από τους αστραγάλους μου, να σηκώνει το πόδι μου στο πρόσωπό του και ύστερα να γλείφει με τη γλώσσα του την τρυφερή καμάρα, να φιλάει τις άκρες των δαχτύλων μου και μετά να τα βάζει στο στόμα του. Δεν μπορούσα να συγκρατήσω τα χαχανητά μου. Ακούμπησα χαλαρά στους αγκώνες μου, ενώ εκείνος γλιστρούσε τα χέρια στις γάμπες μου, στους μηρούς μου και κατόπιν σταμάτησε και με κοίταξε κατάματα, τρώγοντάς με με το βλέμμα. Γονάτισε στο κρεβάτι ανάμεσα στα πόδια μου και με άνοιξε. Διέτρεξε με τα χέρια του τους τρεμάμενους μηρούς μου (ναι, έτρεμαν πραγματικά!). Πέρασε απαλά τους αντίχειρές του από πάνω μου, χωρίς να με αγγίζει εκεί, και ανέβηκε στον θώρακα και στο στήθος μου. Τέντωσα την πλάτη προς το μέρος του λαχταρώντας τον. Τανύστηκα με τρόπο που έλεγε: *Τώρα, σε παρακαλώ!* Κι όμως εκείνος συνέχισε να με προκαλεί με τη γλώσσα του, ερεθίζοντάς με γρήγορα και απόλυτα. *Βλέπεις; Βλέπεις τι μου κάνεις;* ήθελα να πω. Αλλά είχα μείνει άφωνη. Αχ, Θεέ μου, δεν είχα ξαναπάει με τόσο ακαταμάχητο, τόσο δυνατό άντρα. Ήταν έργο τέχνης.

«Με θες μέσα σου, Κέισσι;» με ρώτησε στηριγμένος στον αγκώνα του ενώ χάιδευε το στήθος μου με το ελεύθερο χέρι του.

Αν τον ήθελα;

«Εεε... Ναι».

«Πες το. Πες μου ότι με θες...»

«Σε... θέλω» είπα, με μια λαχτάρα που με έκανε να βουρκώσω.

Με αυτά τα λόγια, έσυρε το χέρι του από το στήθος στην κοιλιά μου κι έχωσε το δάχτυλό του μέσα μου.

«*Στ' αλήθεια* με θες...» αποκρίθηκε με ένα σκοτεινό χαμόγελο στα χείλη.

Παραλίγο να αστειευτώ πως κόντευα να πνιγώ από τη συγκίνηση, αλλά το κατάπια. Το πρόσωπό του πλησίασε το δικό μου, και το φιλί του ήταν γεμάτο ζέση και φλόγα. Του το ανταπέδωσα κι εγώ με την ίδια ένταση. Ήταν διαφορετικό από το φιλί του Τζέσσι ή οποιοδήποτε άλλο φιλί μού είχαν δώσει ποτέ.

Ήταν πολύ παθιασμένο. Τον φιλούσα σαν να κρεμόταν από αυτό η ζωή μου. Κατόπιν το χέρι του χώθηκε κάτω από ένα μαξιλάρι, έβγαλε ένα προφυλακτικό και σταμάτησε να με φιλάει, ίσα για να σκίσει τη συσκευασία με τα δόντια του. Το φόρεσε με ευκολία και μετά μπήκε μέσα μου.

«Δε θα ξαναφοβηθείς ποτέ, Κέισσι...» ψιθύρισε.

Σήκωσα τη λεκάνη μου για κείνον και ύστερα, με τα μάτια κλειστά, απόλαυσα την αίσθησή του μέσα μου. Πόσος καιρός είχε περάσει από την τελευταία φορά που είχε μπει ένας άντρας μέσα μου; Πότε με είχε ξαναπάρει κανείς τόσο απόλυτα, τόσο ολοκληρωτικά; Ποτέ. Η επιθυμία μου ήταν τόσο μεγάλη, ώστε αισθανόμουν σχεδόν σαν να ήταν η πρώτη μου φορά.

Έμπαινε μέσα μου όλο και πιο βαθιά, σταματώντας έπειτα από κάθε εκατοστό ώθησης ώστε να τον δεχτώ, να ανασάνω μέσα του και κατόπιν άρχισε να κουνιέται πάνω μου, πιο αργά στην αρχή και ύστερα γρηγορότερα, ρυθμικά, μαλακά. Δεν κρατήθηκα και βόγκηξα. Τα μπράτσα του βρίσκονταν από κάτω μου, με τραβούσαν προς το μέρος του ώστε να μπει βαθύτερα μέσα μου. Δεν μπορούσα να πιστέψω πόσο υγρή ήμουν. Οι μηροί μου είχαν τυλιχτεί ψηλά στην πλάτη του, και οι μύες στα μπράτσα του σφίγγονταν κι έκαναν συσπάσεις.

«Κέισσι, είναι απίστευτο...» μουρμούρισε προτού μου δώσει ένα σπρωξιματάκι ώστε να γυρίσω από την άλλη και να γλιστρήσω επάνω του, πράγμα που έκανα.

Τα χέρια του βρήκαν τη μέση μου και την κράτησαν

και με ανασήκωνε ώσπου ξαναβρήκαμε τον ρυθμό μας. Ύστερα ακούμπησε τον αντίχειρά του επάνω μου, ζωντανεύοντας ένα ακόμα κομμάτι μου.

«Θα μπορούσα να συνεχίσω έτσι μαζί σου για πάντα...» πρόσθεσε.

Αλλά ήταν αβάσταχτο. Έριξα πίσω το κεφάλι, στηρίζοντας τα χέρια μου στο στέρνο του. Βρισκόταν τόσο βαθιά μέσα μου, που αισθανόμουν σαν να ήταν κομμάτι μου, και καθώς μπαινόβγαινε, κάτι μέσα μου πήρε φωτιά τη στιγμή που με άγγιξε σ' ένα σημείο, το πιο γλυκό σημείο που είχα στο κορμί μου.

Η ηδονή ξεπρόβαλε στην επιφάνεια, παραμερίζοντάς με για να πάρει εκείνη τον έλεγχο.

«Μωρό μου, θα με κάνεις να χύσω...» Οι λέξεις κατρακύλησαν από τα χείλη μου.

Χώθηκε βαθιά μου, πιέζοντας εκείνο το σημείο μέσα μου, ώσπου δεν είχα άλλη επιλογή από το να αφεθώ. Ήταν σαν κύμα, και μέσα και έξω μου. Τον ίππευσα με γρήγορες κινήσεις και τον ένιωσα να σφίγγεται, αφήνοντας ένα σιγανό, βαθύ βογκητό. Δε νοιαζόμουν πια μήπως έπεφτα, μήπως κινδύνευα, πού βρισκόμουν και τι γινόταν έξω στη θάλασσα. Μόνο αυτά που συνέβαιναν μέσα είχαν σημασία, εδώ, σε τούτο το κρεβάτι, επάνω σ' αυτό το σκάφος, με αυτό τον Έλληνα θεό που με είχε τραβήξει από τα νερά και τώρα τον καβαλίκευα επάνω σ' ένα ψηλό μαλακό κρεβάτι.

Έπειτα από μερικές στιγμές κατέρρευσα στο στέρνο του. Τον αισθάνθηκα να μικραίνει μέσα μου, ώσπου αποτραβήχτηκε απαλά. Και ύστερα έμεινε ξαπλωμένος, χαϊδεύοντας νωχελικά την πλάτη μου, τραβώντας τα νοτισμένα μαλλιά μου, μουρμουρίζοντας, ξανά και ξανά, την ίδια λέξη: «Απίστευτο...».

* * *

Εκείνη τη νύχτα, ξαπλωμένη στο κρεβάτι μου με το ημερολόγιο στα πόδια και την Ντίξι στο μαξιλάρι δίπλα μου, ένιωθα ακόμα ζαλισμένη από τη βάρκα. Μου φαινόταν λες και το Γεροντοκοράδικο λικνιζόταν απαλά πέρα δώθε.

Επιχείρησα να περιγράψω με λέξεις για ποιον λόγο αυτή η θαλασσινή περιπέτεια με είχε μεταμορφώσει τόσο πολύ. Άραγε ήταν η συναρπαστική διαδρομή έως τη θαλαμηγό, το γεγονός ότι επέζησα από την πτώση στη θάλασσα ή το σεξ στη σωστική λέμβο με έναν άντρα που έκανε τα πάντα τόσο εξαίσια; Άραγε ήταν το ότι ανέβηκα στο κατάστρωμα μαζί του για να πιούμε ζεστή σοκολάτα και να δούμε το ηλιοβασίλεμα, που είχε πολύ έντονα χρώματα μετά την καταιγίδα; Άραγε συνέβη όταν μου έβαλε το κρεμαστό του Πέμπτου Βήματος στο χέρι, που έγραφε από πίσω *Αφοβία*; Ναι, ήταν όλες αυτές οι στιγμές και κάτι παραπάνω. Θυμήθηκα τη Ματίλντα, που μου έλεγε πως ο φόβος δε φεύγει χωρίς την άδειά μας. Αφού εμείς οι ίδιοι τον προκαλούμε, μόνο εμείς μπορούμε να τον διώξουμε. Κι αυτό ακριβώς είχα κάνει. Υπήρχε φόβος. Τον αισθάνθηκα. Και μετά τον έδιωξα.

[ΚΕΦΑΛΑΙΟ ΕΝΝΙΑ]

ΜΕΡΙΚΕΣ ΕΒΔΟΜΑΔΕΣ μετά τη βουτιά μου στον Κόλπο και την απίστευτη εμπειρία στο ρυμουλκό, μια καινοφανής αφοβία εκδηλώθηκε μέσα μου. Άρχισα να αντιστέκομαι στο υπόγειο νταηλίκι της Τρεϊσίνα στη δουλειά. Δεν το έκανα με κακία· απλώς, όταν αργούσε, έφευγα στην ώρα μου αντί να περιμένω πρόθυμα την άφιξή της. Αποφάσισα πως ήταν αρμοδιότητα του Γουίλ να καλύψει το κενό και να τη μαλώσει, όχι δική μου. Επίσης άρχισα να πιάνω τα μαλλιά μου σε χαμηλή αλογοουρά, η οποία αναδείκνυε τις νέες ξανθές ανταύγειες μου. Έβαλα χέρι στα λεφτά της ασφάλειας που είχα πάρει όταν πέθανε ο Σκοτ και αγόρασα καινούρια ρούχα, μια πολυτέλεια που πρωτύτερα δεν είχα επιτρέψει στον εαυτό μου. Αγόρασα δύο στενά μαύρα παντελόνια και μπλουζάκια με V σε έντονα χρώματα. Επιτέλους βρήκα το κουράγιο να μπω στην Trashy Diva, ένα κατάστημα με ρετρό ρούχα και εσώρουχα στη Γαλλική Συνοικία, απ' όπου ψώνιζε συχνά η Τρεϊσίνα. Αγόρασα μερικά ωραία σουτιέν με ασορτί κιλοτάκια κι ένα πιο σέξι νυχτικάκι για να κοιμάμαι. Δεν ήταν κάτι το πολύ προκλητικό, αλλά ήταν ένα σκαλί παραπάνω από τα συνηθισμένα βαμβακερά που φορούσα. Δε σπαταλούσα απερίσκεπτα τα χρήματά μου. Απλώς ήθελα η εξωτερική μου εμφάνιση να αντικατοπτρίζει τη ζωντάνια που άρχιζα να νιώθω μέσα μου. Επίσης άρχισα να πηγαίνω πιο συχνά για τρέξιμο μετά τη δουλειά, κάνοντας μια διαδρομή πέντε χιλιομέτρων μέσα στη Γαλλική Συνοικία. Είδα μέρη της πόλης που πάντα αγνοούσα, τόσο κολλημένη ήμουν στη ρουτίνα μου. Μάλιστα πρόσφερα τη βοήθεια του καφέ στην επάνδρωση του περιπτέρου στο μπαλ μασκέ οικονομικής ενίσχυσης που διοργάνωνε η «Εταιρεία για την Αναζωογόνηση της Νέας Ορλεάνης», παρόλο που ο Γουίλ στην αρχή αρνήθηκε. «Αρκετή δουλειά δεν έχουμε με την ανακαίνιση του καφέ;»

Η αλήθεια ήταν ότι το καφέ περνούσε μια αργή αναγέννηση, η οποία ανάλωνε μεγάλο κομμάτι του ελεύθερου χρόνου του Γουίλ, προς μεγάλη δυσαρέσκεια της Τρεϊσίνα. Είχε αρχίσει βάφοντας το εσωτερικό και αγοράζοντας καινούριες συσκευές από ανοξείδωτο ατσάλι. Το σχέδιό του ήταν να χρησιμοποιήσει τον πρώτο όροφο για καλό φαγητό και μουσική, αλλά αφού εγκατέστησε μια μικρή τουαλέτα κοντά στο πλατύσκαλο, το δημαρχείο καθυστερούσε με τις άδειες. Πέταξε ένα στρώμα στο πάτωμα, κι αν δεν πήγαινε να κοιμηθεί στο σπίτι της Τρεϊσίνα, τον έβρισκα εκεί μερικές φορές, να σχεδιάζει, να συλλογίζεται ή απλώς να κλαίει τη μοίρα του. Προς το παρόν έπρεπε να αρκεστεί να κουβαλάει τις παλιατζούρες που είχαν ξεμείνει εκεί από την εποχή που το κτίριο αποτελούσε υποκατάστημα της αλυσίδας PJ's Coffee στη χωματερή.

«Ο αλτρουισμός είναι καλή διαφήμιση, Γουίλ» του είπα. «Η προσφορά κάνει καλό στην ψυχή». Αναπόλησα τη σκηνή στην κουζίνα του Μεγάρου πριν από μήνες, όπου είχα μάθει τις εγγενείς αρετές της προσφοράς. Πόσο μεγάλη αλλαγή σε τόσο σύντομο διάστημα!

Αποφασίζοντας να δουλέψω εθελοντικά στον πάγκο, ασχολήθηκα με ένα από τα δημοφιλέστερα χόμπι της Νέας Ορλεάνης: τη συμμετοχή σε διάφορα. Ποτέ στο παρελθόν δε μου άρεσε να συμμετέχω σε λέσχες, ομάδες, φιλανθρωπίες ή οτιδήποτε άλλο. Και παρόλο που οι κοσμικές στήλες δε με έκαναν ποτέ να λαχταράω χρήματα ή κύρος, μου δημιουργούσαν πάντα την αίσθηση πως εκεί έξω υπήρχε ένας εντελώς άλλος κόσμος, όπου η συμμετοχή στα κοινά είχε σημασία και η συναδελφικότητα ήταν απολαυστική. Είχα ζήσει σ' αυτή την πόλη σχεδόν έξι χρόνια. Κάποιος από τους τακτικούς θαμώνες του καφέ μού είχε πει κάποτε πως η Νέα Ορλεάνη «σε κατακτάει στα εφτά». Άρχιζα να καταλαβαίνω τι εννοούσε. Επιτέλους ένιωθα αυτό το μέρος σαν σπίτι μου. Το ανέφερα στη Ματίλντα όταν συναντηθήκαμε στο Tracey's για την καθιερωμένη συζήτηση μετά το Βήμα.

«Χρειάζονται πέντε χρόνια για να γίνει ένας τόπος πατρίδα σου» μου είπε. Και η ίδια είχε μετοικήσει εδώ πριν από δεκαετίες, αν κι αυτή είχε έρθει από τον Νότο. Επίσης μου ζήτησε χίλια συγγνώμη για την τούμπα που έφαγα από τη θαλαμηγό και τον τρόμο που μου προκάλεσε. «Αυτό δεν περιλαμβανόταν στο σενάριο. Είχαμε σκοπό να προσποιηθούμε ότι χάλασε ο κινητήρας σ' ένα σημείο όπου θα σ' έβρισκε ο

Τζέικ, μα δε φανταστήκαμε ότι θα χάλαγε *πραγματικά*. Πόσο μάλλον κατά τη διάρκεια τροπικής καταιγίδας!»

«Ποια τροπική καταιγίδα; Τυφώνας ήταν, Ματίλντα!» αποκρίθηκα με τα φρύδια σηκωμένα.

«Σωστά. Συγγνώμη... Πάντως κέρδισες και με το παραπάνω το κρεμαστό του Πέμπτου Βήματος» είπε δείχνοντας το βραχιόλι μου, που είχε γεμίσει όμορφα.

Σήκωσα τον ανοιχτόχρωμο χρυσό στο φως και χάζεψα τα κρεμαστά, που λαμποκοπούσαν. Παρόλο που μου άρεσε να τα συλλέγω, λαχταρούσα σταθερότητα στη ζωή μου. Είχα αρχίσει να φαντάζομαι πώς θα ήταν να είχα έναν άντρα στη ζωή μου, κάποιον που θα ήταν αφοσιωμένος μόνο σε μένα. Όσο κι αν οι φαντασιώσεις άλλαζαν τη ζωή μου και το πώς ένιωθα για τον εαυτό μου, αισθανόμουν ένα κενό. Δεν ήθελα να το αναφέρω στη Ματίλντα. Μου είχαν απομείνει τέσσερις φαντασιώσεις και ήξερα ότι θα με παρότρυνε να τις ζήσω και να μη βιαστώ να μπω σε μια σχέση προτού νιώσω έτοιμη ή και να μην το επιχειρήσω καθόλου. Σε λίγο καιρό όμως θα τέλειωνα με το S.E.C.R.E.T. Και μετά τι; Άραγε θα ήθελα να γίνω μέλος του S.E.C.R.E.T. ή θα ήθελα να πάρω τις εμπειρίες μου και να βρω κάποιον ξεχωριστό για να χτίσω μαζί του μια ζωή; Ήμουν έτοιμη; Και ποιος θα με ήθελε; Ήθελα να της κάνω ένα σωρό ερωτήσεις.

«Βρίσκεσαι σε μια εξερεύνηση» μου είπε ενώ πίναμε ποτό στο Tracey's. «Ποια είσαι ως άνθρωπος, τι σ' αρέσει και τι όχι· αυτά έχουν προτεραιότητα. Και μετά ο σύντροφός σου. Καταλαβαίνεις;»

«Κι αν πω στον επόμενο που θα μ' αρέσει πραγματικά πως ήμουν μέλος του S.E.C.R.E.T. κι αυτός φρικάρει; Τότε τι γίνεται;»

«Τότε δεν είναι κατάλληλος για σένα» μου απάντησε ανασηκώνοντας τους ώμους της. «Ένας άνθρωπος που θα υπαναχωρήσει στην ιδέα ότι μια αδέσμευτη υγιής γυναίκα έκανε σεξ με άλλους, *ικανοποιητικά και με ασφάλεια*, δεν αξίζει τον χρόνο σου, Κέισσι. Εξάλλου δεν είσαι υποχρεωμένη να δίνεις σε κάθε καινούριο εραστή πλήρη αναφορά για την προηγούμενη σεξουαλική συμπεριφορά σου, ιδίως αν δεν τον επηρεάζει καθόλου. Ιδίως αν *είναι προς όφελός του*!»

Κοίταξα ξανά το βραχιόλι μου. Δεν το φορούσα κάθε μέρα, αλλά όποτε το φορούσα, αισθανόμουν να με διαποτίζει κάτι ξεχωριστό. Ίσως έφταιγαν οι λέξεις που ήταν χαραγμένες επάνω στα κρεμαστά: *Παράδοση*, *Θάρρος*, *Εμπιστοσύνη*, *Γενναιοδωρία* και τώρα *Αφοβία*. Μέχρι στιγμής, με εξαίρεση το σχόλιο του Γουίλ στη δημοπρασία, δεν το είχε σχολιάσει κανένας άλλος στο καφέ. Ούτε καν η Τρεϊσίνα, που έκανε σαν κίσσα όταν έβλεπε λαμπερά πράγματα.

«Αυτές οι λέξεις σημαίνουν πραγματικά κάτι για μένα» είπα στη Ματίλντα. Ένιωσα έκπληξη που το έλεγα μεγαλόφωνα.

«Λοιπόν, αυτό είναι το παράδοξο, Κέισσι. Ένα παράδοξο που ελπίζω πως έχεις αρχίσει να μαθαίνεις να αποδέχεσαι. Κατά κάποιον τρόπο, μια στιγμή ευδαιμονίας δε σημαίνει τίποτα. Μα αν κατορθώσεις να μάθεις να την αφήνεις να συμβεί και μετά να την ξεπερνάς, τότε αρχίζει να σημαίνει τα πάντα».

Είχα γνωρίσει άντρες που δεν μπορούσαν να διανοηθούν να είναι μόνο με μία γυναίκα, που θα πέθαιναν για να έχουν την ευκαιρία να ζήσουν όλες τις σεξουαλικές τους φαντασιώσεις, χωρίς ανταλλάγματα, με διάφορες ονειρεμένες γυναίκες που είχαν επιστρατευτεί ακριβώς για να τους πραγματοποιήσουν τις επιθυμίες τους. Δεν ήμουν αχάριστη απέναντι στη Ματίλντα και στο S.E.C.R.E.T., όμως η επιθυμία να δεθώ, να τραβήξω έναν ξεχωριστό άνθρωπο πιο κοντά μου, γινόταν όλο και πιο ακαταμάχητη. Για ποιον λόγο είχα απορρίψει τον Γουίλ πριν από χρόνια; Αφού πάντα τον έβρισκα ελκυστικό. Απίστευτα μάλιστα. Εκείνη την εποχή όμως πίστευα πως, αν ερχόταν πιο κοντά μου, θα έβλεπε πώς ακριβώς ήμουν – βαρετή, φοβισμένη, ανέραστη. Τώρα, κατά πρώτη φορά, άρχιζα να πιστεύω πως δεν ήμουν τίποτε από αυτά. Αποκτούσα μια ταυτότητα, την πεποίθηση πως ίσως ήμουν αντάξια ενός άντρα όπως ο Γουίλ. Δυστυχώς, εκείνος παράλληλα αποκτούσε βαθύτερη σχέση με την Τρεϊσίνα.

Παρ' όλα αυτά, εξακολουθούσα να ανυπομονώ να τον δω στη δουλειά. Ζωντάνευα μόλις άκουγα το φορτηγάκι του να παρκάρει, αισθανόμουν νευρικότητα όταν μέναμε μόνοι οι δυο μας στο γραφείο. Και τώρα που το Café Rose θα επάνδρωνε τον πάγκο των δωρεών στον χορό της Εταιρείας για την Αναζωογόνηση της Νέας Ορλεάνης, περνούσαμε μαζί περισσότερο χρόνο από ποτέ, σχεδιάζοντας τα πανό για τον πάγκο. Περισσότερο απ' όσο περνούσε με την Τρεϊσίνα.

Το βράδυ πριν από τον χορό η Τρεϊσίνα με επιστράτευσε για να τη βοηθήσω να βοηθήσει τον Γουίλ με το κουστούμι του. Δεν ήξερε να ράβει, αλλά ήξερε και παραήξερε να μου δίνει αυταρχικές οδηγίες ενώ το έραβα εγώ. Το θέμα του φετινού χορού ήταν «Φανταστικές ιστορίες»· οι καλεσμένοι θα μεταμφιέζονταν στον αγαπημένο τους φανταστικό χαρακτήρα. Μετά τη δεξίωση θα ακολουθούσε πλειστηριασμός των πιο περιζήτητων εργένηδων και εργενισσών της πόλης, όπου όποιος πρόσφερε τα περισσότερα θα κέρδιζε έναν χορό με το έπαθλό του. Η Τρεϊσίνα είχε δηλώσει συμμετοχή στη δημοπρασία και για την ίδια και για τον Γουίλ. Μπορεί να της έλειπε η υψηλή κοινωνική θέση, όμως ήταν κόμματος και κατά πάσα πιθανότητα θα έπιανε καλή τιμή. Και ο Γουίλ, καίτοι ιδιοκτήτης ενός μικροσκοπικού εστιατορίου, καταγόταν από ένα από τα παλιότερα τζάκια της Λουϊζιάνας. Παρ' όλα αυτά, δεν ήθελε να πάρει μέρος.

«Έλα, Γουίλ! Θα έχει πλάκα» αναφώνησε η Τρεϊσίνα. «Και είναι για καλό σκοπό!»

Το στόμα μου ήταν γεμάτο καρφίτσες, μιας και ασχολιόμουν με το στρίφωμα του παντελονιού του. Ο Γουίλ θα ντυνόταν Χάκλμπερρυ Φιν, με κοντό παντελονάκι, τιράντες, ψαθάκι και καλάμι ψαρέματος. Η Τρεϊσίνα θα ντυνόταν Τίνκερμπελ με άσπρη τούτου, φτερά και ραβδάκι. Η στολή της ενοχλητικής νεραϊδούλας τής ταίριαζε γάντι, σκέφτηκα κοιτάζοντάς τη να περιφέρεται κουνιστή και λυγιστή στην κουζίνα. Κρατούσε το ραβδάκι της και άγγιζε τους πάντες στο κεφάλι.

«Ντελ, θα σου πραγματοποιήσω μία επιθυμία!» είπε αγγίζοντάς τη στο κεφάλι με το ραβδί της.

«Αν με ακουμπήσεις ξανά με αυτό το πράγμα, θα το σπάσω στα δύο και θα σ' το βάλω ξέρεις πού!»

Η Τρεϊσίνα έκανε μια γκριμάτσα αποδοκιμασίας στην Ντελ και μετά έστρεψε το ραβδί της προς το μέρος μου σαν πιστόλι.

«Μπαμ! Άκου, Κέισσι... Δεν μπορώ να δουλέψω στον πάγκο μαζί σου. Θα χορεύω! Και καλά θα κάνεις να χορέψεις κι εσύ».

«Δεν πηγαίνω για να περάσω καλά. Πηγαίνω για να βοηθήσω».

«Έλα τώρα... Χορός είναι. Πόσες φορές έχεις την ευκαιρία να βγεις έξω; Τέλος πάντων... Τι λες να ντυθείς;»

«Τίποτε» απάντησα. «Η βάρδιά μου τελειώνει την ώρα που θα σερβιριστεί το φαγητό. Κι αν δεν αναλάβεις εσύ τον πάγκο, πρέπει να βρω κάποιον άλλο να το κάνει».

«Θα βοηθήσω εγώ» προσφέρθηκε ο Γουίλ.

«Αφού θα συνοδεύεις εμένα...» γκρίνιαξε η Τρεϊσίνα. «Θα πείσουμε την Ντελ να το κάνει. Μα πρέπει να μεταμφιεστείς, Κέισσι, και ξέρω την τέλεια μεταμφίεση για σένα. Σταχτοπούτα!»

Η ιδέα να φορέσω τουαλέτα ήταν γελοία, κι όταν το είπα, η Τρεϊσίνα έβαλε τα γέλια.

«Όχι, εννοούσα Σταχτοπούτα *πριν* από τον χορό! Όταν ήταν παραδουλεύτρα κι έκανε όλες τις δουλειές, ενώ οι κακές θετές αδερφές της ξεσάλωναν. Θα σου πηγαίνει γάντι!»

Δεν ήμουν σίγουρη αν το έλεγε για προσβολή ή για αστείο. Ο Γουίλ στεκόταν ημίγυμνος από πάνω μου, κρατώντας το φαρδύ παντελόνι με το ένα χέρι, κι έμοιαζε πολύ με άγαλμα του Δαβίδ. Δε χτυπιόταν στα γυμναστήρια με τις ώρες, αλλά είχε εντυπωσιακά επίπεδη κοιλιά και μυώδη μπράτσα. Έκανα μεγάλη προσπάθεια να μην τον κοιτάζω.

«Κέισσι, γιατί αρνείσαι να συμμετάσχεις;» με ρώτησε. «Δεν είναι και πολύ ντόπιο εκ μέρους σου».

«Απ' ό,τι φαίνεται, δουλεύω ακόμα το θέμα της *ντοπιοσύνης* μου».

Η Τρεϊσίνα προειδοποίησε τον Γουίλ ότι ήθελε να καταφέρει να χορέψει με τον επίτιμο καλεσμένο, τον Πιέρ Καστίγ, τον δισεκατομμυριούχο που είχε στην κατοχή του δεκάδες παράλιες εκτάσεις στη λίμνη Ποντσαρτρέιν, οι οποίες ανήκαν εδώ και πολλές γενιές στην οικογένειά του. Δεν του άρεσαν τα φώτα της δημοσιότητας και είχε τη φήμη ότι μπαινόβγαινε από την πίσω πόρτα σε κάθε κοινωνική εκδήλωση.

Η Κέυ Λαντουσέρ, διάσημη προσωπικότητα και το πιο συντηρητικό μέλος του δημοτικού συμβουλίου, είχε την προεδρία του χορού εδώ και τέσσερα χρόνια. Εκείνη είχε κανονίσει να έρθει ο Πιέρ στη φετινή εκδήλωση. Ο Γουίλ δεν την πολυσυμπαθούσε. Είχε συγκρουστεί μαζί της όταν είχε κάνει την αίτηση για την επέκταση του εστιατορίου. Η Κέυ υποστήριζε πως, έτσι και δεν εκσυγχρόνιζε τις ηλεκτρικές εγκαταστάσεις όλου του κτιρίου, δε γινόταν να επεκταθεί. Ο Γουίλ όμως δεν μπορούσε να το κάνει αν δεν του επέτρεπαν να επεκταθεί. Κι έτσι, είχαν βρεθεί σε αδιέξοδο σχετικά με το ποιες ήταν οι κατάλληλες άδειες, παρόλο που τα μισά καταστήματα στην οδό Φρέντσμεν είχαν πανάρχαιες καλωδιώσεις.

Αν η τακτική της Τρεϊσίνα τον ενοχλούσε, έκανε το παν για να μην το δείξει. Άλλωστε δεν ήταν σίγουρο πως ο Πιέρ Καστίγ θα εμφανιζόταν. Σε μια από τις οργανωτικές συναντήσεις είχα ακούσει την Κέυ να παραπονιέται ότι δεν ήθελε να τους πει την ακριβή ώρα άφιξής του ούτε επέτρεπε στους διοργανωτές να αναφέρουν ότι θα ερχόταν ούτε και ήθελε να συμμετάσχει στον πλειστηριασμό, ενώ δε δεσμευόταν καν ότι θα παρευρισκόταν στη δεξίωση.

Ο Γουίλ με κοίταξε με το πιο δυστυχισμένο ύφος που είχα δει ποτέ. Ανασήκωσα τους ώμους συμπονετικά και ανέβασα το στρίφωμα άλλους πέντε πόντους, ενώ υπενθύμιζα στον εαυτό μου πως ο Γουίλ ανήκε σε άλλη γυναίκα, ανεξάρτητα από το αν η Τρεϊσίνα τον ήθελε όσο την ήθελε κι εκείνος, πράγμα για το οποίο είχα αρχίσει να αμφιβάλλω. Τις τελευταίες εβδομάδες εξαφανιζόταν και δεν απαντούσε στο τηλέφωνο επί ώρες, και ήξερα αρκετά καλά τον Γουίλ, ώστε να διαισθάνομαι τη ζήλια του.

«Μάλλον θα είχε κάποιο ραντεβού για τον αδερφό της» έλεγε τεντώνοντας τον λαιμό του, παρακολουθώντας τις θέσεις πάρκινγκ μπροστά από το καφέ, περιμένοντάς τη να έρθει. «Ή μπορεί να έχει πάει για ψώνια... Όλη την ώρα αυτό κάνει».

Χαμογελούσα κι έγνεφα καταφατικά, προσέχοντας να μην του φέρω αντίρρηση, ενώ σκεφτόμουν πόσο συναρπαστικό είναι το πώς καταφέρνουμε να λέμε ψέματα στον εαυτό μας όταν δε θέλουμε να ισχύει κάτι. Το έκανα επί χρόνια με τον Σκοτ. Αλλά ένα από τα πολλά οφέλη του S.E.C.R.E.T. ήταν ότι μέσα από τις εμπειρίες μου μάθαινα πώς να σταματήσω να λέω ψέματα στον εαυτό μου. Στη μέση της κουζίνας, κι ενώ του έραβα το στρίφωμα, τα μάτια του έσμιξαν με τα δικά μου λίγο περισσότερο απ' όσο συνήθως.

Είπα στον εαυτό μου πως αυτό δε σήμαινε τίποτα. Όταν προσφέρθηκε να με γυρίσει στο σπίτι, υπενθύμισα στον εαυτό μου πως το σπίτι μου ήταν στον δρόμο για το δικό του.

Αλλά όταν με περίμενε με το βανάκι ώσπου να περάσω την πόρτα του Γεροντοκοράδικου και μου έστειλε παιχνιδιάρικα ένα φιλάκι, αναρωτήθηκα μήπως άρχιζα πάλι να έχω τις ίδιες αυταπάτες.

* * *

Η Εταιρεία για την Αναζωογόνηση της Νέας Ορλεάνης ήταν μια από τις παλιότερες του είδους στην πόλη και είχε ιδρυθεί μετά τον εμφύλιο. Τον παλιό καιρό συγκέντρωνε χρήματα για να χτιστούν σχολεία στις συνοικίες όπου έρχονταν να εγκατασταθούν οι απελεύθεροι δούλοι. Μετά την καταστροφή που προκάλεσε ο τυφώνας Κατρίνα, η εταιρεία εστίασε στην ανοικοδόμηση των σχολείων, επειδή, αν περιμέναμε από την κυβέρνηση να το κάνει, θα περιμέναμε στον αιώνα τον άπαντα. Η εθελοντική συμμετοχή μου στην εταιρεία ήταν κομμάτι της προσπάθειάς μου να κάνω αυτή την πόλη πατρίδα μου και να δημιουργήσω φιλίες πέρα από το καφέ και τον κύκλο του. Το καθήκον μου εκείνο το βράδυ ήταν να δουλέψω στον πάγκο για τις δωρεές, να συγκεντρώνω τις επιταγές και να περνάω από το μηχάνημα τις πιστωτικές κάρτες. Για μένα δεν είχε κουστούμι και χορό. Ήθελα να το πάρω στα σοβαρά. Ως αντάλλαγμα για τον χρόνο μου, η Κέυ μάς επέτρεψε να κρεμάσουμε ένα διαφημιστικό πανό του Café Rose στα πόδια του πάγκου.

Φέτος ο χορός θα γινόταν στο Μουσείο Τέχνης της

Νέας Ορλεάνης, ένα από τα αγαπημένα μου κτίρια στην πόλη. Λάτρευα τη νεοκλασική πρόσοψη με τους τέσσερις κίονες και το τετράγωνο μαρμάρινο φουαγιέ που το περιέβαλλε ο ψηλός εξώστης. Όταν ήμουν ακόμα παντρεμένη με τον Σκοτ και υπήρχε ένταση ανάμεσά μας, περιφερόμουν στις ψηλοτάβανες αίθουσές του. Πήγαινα κι έβλεπα την «Πράσινη χορεύτρια» του Ντεγκά, καθώς μου φαινόταν θλιμμένη έτσι όπως είχε γυρισμένο το πρόσωπο, είτε επειδή ανησυχούσε για το παρελθόν είτε γιατί φοβόταν το μέλλον. Ή ίσως επειδή έτσι ένιωθα εγώ. Είχα μία ώρα περιθώριο να στήσω τον πάγκο και να συνεννοηθώ με την Κέυ. Τη βρήκα, ντυμένη Κόκκινη Βασίλισσα από την *Αλίκη στη χώρα των θαυμάτων*, να φωνάζει μες στη μέση του κατάλευκου μαρμάρινου φουαγιέ.

«Πάρτε τη σκάλα!»

Δύο νεαροί προσπαθούσαν να κρεμάσουν από το ταβάνι τεράστιες απαστράπτουσες χιονονιφάδες. Η Κέυ δε συμφωνούσε και πολύ.

«Δεν ξέρω πώς κολλάνε οι χιονονιφάδες με το θέμα "Φανταστικές ιστορίες"... Αλλά τι άλλο να κρεμάσουμε από το ταβάνι; Νεράιδες;»

Η εικόνα της Τρεϊσίνα να κρέμεται από μια κλωστή με έκανε να χαμογελάσω, όμως με διέκοψε η Κέυ, που με κοιτούσε πάνω από τα γυαλιά της πρεσβυωπίας.

«Πού θα στήσεις τον πάγκο; Όχι εδώ μέσα, ελπίζω!»

«Εκεί πέρα έλεγα...» απάντησα, δείχνοντας μια μεριά στο πίσω μέρος της αίθουσας.

«*Όχι!* Δε θέλω να μπερδέψουν οι καλεσμένοι την

όμορφη δεξίωσή μας με ένα ποταπό έρανο! Δίπλα στην γκαρνταρόμπα, σε παρακαλώ. Πού είναι τα εργαλεία σου;»

«Εργαλεία; Δεν κατάλαβα πως...»

Η Κέυ ξεφύσηξε απαυδισμένη.

«Θα φέρω έναν δυο εργάτες να σε βοηθήσουν».

Την ώρα που ήρθε η Τρεϊσίνα, στολισμένη στην πένα με τη λευκή τούτου και την τιάρα, ο πάγκος είχε στηθεί ήδη και λειτουργούσε, κι εγώ ήμουν κρυμμένη βολικά πίσω από την ψηλή ποδιά του.

«Πού είναι ο Γουίλ;» ρώτησα όσο πιο αδιάφορα μπορούσα.

«Παρκάρει. Πάω να πάρω ποτό. Θες;»

«Όχι. Εντάξει είμαι, ευχαριστώ».

Είχαν αρχίσει να καταφτάνουν οι πρώτοι καλεσμένοι. Εντόπισα μία Χιονάτη, αρκετές Σκάρλετ, έναν Ρετ Μπάτλερ, δύο Δράκουλες, έναν Αλή Μπαμπά κι έναν Χάρρυ Πόττερ. Επίσης υπήρχε μια Ντόροθυ, ένας Τρελοκαπελάς, ο Μαυρογένης ο πειρατής και ο Κυανοπώγωνας, ο εγκληματίας αριστοκράτης. Κοίταξα τη φούστα σε γραμμή άλφα που φορούσα και την απλή μπλούζα μου. Ίσως θα έπρεπε να έχω προσπαθήσει λίγο περισσότερο. Ήταν στ' αλήθεια ανάγκη να φορέσω την ποδίτσα της δουλειάς; Εντάξει, κάπου έπρεπε να βάζω τα στιλό και τα αποκόμματα από τις πιστωτικές κάρτες. Κι εξάλλου δεν είχα έρθει για να γνωρίσω άντρες. Είχα έρθει για να προσφέρω σε κάποιο ίδρυμα. Την ώρα όμως που στερέωνα το δεύτερο πανό του Café Rose στο πίσω μέρος του πάγκου, άκουσα: «Κέισσι, εδώ!». Μια πανέμορφη γυναίκα ντυμένη Σεχραζάτ με χαιρέτησε κουνώντας το χέρι, ανάμεσα στο πλήθος που συγκεντρωνόταν κοντά στον πάγκο. Ήταν η Αμάνι, η μικροκαμωμένη Ινδή γιατρός που είχε καθίσει δίπλα μου την πρώτη φορά που είχα πάει στα κεντρικά γραφεία του S.E.C.R.E.T. Τα κόκκινα και ροζ μαντίλια με τις αναβαθμίδες τους της πήγαιναν υπέροχα, τονίζοντας τα όμορφα σημεία του σχεδόν εξηντάχρονου σώματός της, που διέθετε ακόμα εκπληκτικές καμπύλες και αδιαμφισβήτητο παρουσιαστικό. Πάνω απ' όλα όμως ξεχώριζαν τα μάτια της – άστραφταν σκανταλιάρικα, βαμμένα με μαύρο μολύβι, πλαισιωμένα από ένα κατακόκκινο βέλο.

«Τι κάνεις εδώ;» ρώτησα. Μου φαινόταν παράξενο που συναντούσα ένα μέλος του S.E.C.R.E.T. σε μια κοινωνική εκδήλωση.

«Είτε το πιστεύεις είτε όχι, *η ομαδούλα μας* προσφέρει γενναιόδωρες δωρεές κάθε χρόνο γι' αυτό τον σκοπό, αλλά όχι με το όνομά μας. Ορίστε» μου απάντησε δίνοντάς μου έναν φάκελο. Την ευχαρίστησα για τη δωρεά. «Σε λίγο έρχεται και η Ματίλντα... Αδύνατον να μην την αναγνωρίσεις. Έχει ντυθεί νεραϊδονονά. Φυσικά!»

Πριν προλάβω να πω κουβέντα, η Κέυ είχε έρθει δίπλα μου και παρακολουθούσε τους καλεσμένους, που έριχναν ένας ένας τους φακέλους τους στο κουτί επάνω στο τραπέζι.

«Δόκτωρ Λάκσμι...» είπε η Κέυ τείνοντας το χέρι. «Είστε πανέμορφη!»

«Σ' ευχαριστώ, Κέυ» αποκρίθηκε η Αμάνι με μια ελαφριά υπόκλιση. «Κέισσι, ελπίζω να τα πούμε σύντομα».

Η Κέυ δε ρώτησε πώς είχα κατορθώσει να γνωρίζω τόσο καλά ένα διακεκριμένο μέλος της τοπικής κοινωνίας.

«Δεν έχει αρχίσει καν ο πλειστηριασμός, κι όπως φαίνεται, κοντεύουμε ήδη να φτάσουμε στον στόχο μας!» αναφώνησε.

«Ας το ελπίσουμε».

Το μενού της δεξίωσης περιλάμβανε ένα φαντασμαγορικό λουκούλλειο γεύμα των έξι πιάτων με ντόπιες σπεσιαλιτέ: αστακός ετουφέ και χυλός από καλαμπόκι με τρούφες και μπράντι. Φιλέ μινιόν και καβούρι με σάλτσα μπεαρνέζ. Για επιδόρπιο είχε μια πουτίγκα με ψωμί γαρνιρισμένη με κρεμ φρες και φύλλα χρυσού. Μόλις τέλειωσε το γεύμα, ήρθε η ώρα να φύγω. Ήμουν όμως περίεργη να δω τι θα γινόταν στον πλειστηριασμό, ήμουν περίεργη να δω ποια θα κέρδιζε τον Γουίλ.

«Εντάξει, ήρθε η ώρα ν' αρχίσουν οι προσφορές!» αναφώνησε η Κέυ πηγαίνοντας στο μπροστινό μέρος της αίθουσας. «Δεν μπορούμε να τον περιμένουμε άλλο». Εννοούσε τον Πιέρ Καστίγ – η Τρεϊσίνα δεν ήταν η μόνη που ήλπιζε να ξεκλέψει λίγες στιγμές μαζί του.

Παρακολούθησα τις γυναίκες να συγκεντρώνονται πιο κοντά στη σκηνή, όπου η Κέυ είχε μαζέψει τους άντρες που θα έβγαζε στο... σφυρί. Εκτός από τον Γουίλ, η δημοπρασία των εργένηδων περιλάμβανε έναν πολύ νεαρό γερουσιαστή, ο οποίος θα μου είχε πάρει τα μυαλά αν ήταν δημοκρατικός. Έναν μεγαλούτσικο, αλλά καλοδιατηρημένο, πρωτοδίκη που είχε αρχίσει να τρέχει μαραθωνίους από τότε που πέθανε η γυναίκα του, κερδίζοντας έτσι τη συμπάθεια και προσελκύοντας το βλέμμα κάθε *εργένισσας* άνω των πενήντα. Καθώς κι έναν ελκυστικό Αφροαμερικανό ηθοποιό από μια τηλεοπτική σειρά που γυριζόταν στη Νέα Ορλεάνη. Θα νόμιζε κανείς ότι ο ωραίος ηθοποιός θα έπιανε τα περισσότερα, αλλά τελικά ο ευυπόληπτος δικαστής κατακυρώθηκε αντί 12.500 δολαρίων στην πρόεδρο της Ιστορικής Εταιρείας της συνοικίας Γκάρντεν. Ο ηθοποιός ήρθε δεύτερος με διαφορά, αφού δημοπρατήθηκε στην τιμή των 8.000 δολαρίων.

Παρακολουθώντας τον σαματά και τη σκαμπρόζικη ενέργεια της δημοπρασίας πίσω από τον πάγκο, άρχισα να αισθάνομαι πάλι εκτοπισμένη στο περιθώριο. Μα γιατί παρακολουθούσα πάντα τη ζωή από μακριά αντί να συμμετέχω; Πότε θα έβαζα επιτέλους μυαλό;

«Και ο τελευταίος μας εργένης» ανακοίνωσε η Κέυ «είναι ο Γουίλ Φορέ, κληρονόμος και ιδιοκτήτης του διακεκριμένου Café Rose, ενός από τα καλύτερα καταστήματα της οδού Φρέντσμεν. Είναι τριάντα εφτά ετών, κυρίες μου, και είναι εργένης. Ποια θα κάνει την πρώτη προσφορά;»

Ο Γουίλ έδειχνε ντροπαλός, αλλά σέξι με τη στολή του Χάκλμπερρυ Φιν, το καλάμι και το φαρδύ παντελόνι με τις τιράντες. Το πλήθος συμφωνούσε. Όταν άναψε ο ανταγωνισμός, η Τρεϊσίνα άρχισε να πανικοβάλλεται. Και μόλις ο λογαριασμός έφτασε στις 15.000, η Τρεϊσίνα άρπαξε το μικρόφωνο από το χέρι της Κέυ.

«Δεν είναι πραγματικά εργένης» είπε. «Βγαίνουμε εδώ και τρία χρόνια και σκεφτόμαστε να συζήσουμε». Είχε πιει πολλή σαμπάνια, κι αν σκεφτόμουν νωρίτερα πως ο Γουίλ δε θα μπορούσε να ντραπεί περισσότερο, είχα κάνει λάθος: το πρόσωπό του έγινε κατακόκκινο.

Τελικά μια ηλικιωμένη με ξεθωριασμένη τιάρα πρόσφερε 22.000 δολάρια, και η Κέυ αναφώνησε ένα ηχηρό «Κατακυρώθηκε!». Ο Γουίλ, ο ακριβότερος εργένης της βραδιάς, οδηγήθηκε στη γυναίκα που τον περίμενε.

«Σ' αυτό το σημείο ολοκληρώνεται ο πλειστηριασμός των αντρών!» ανακοίνωσε η Κέυ χτυπώντας το σφυρί της. «Ξαναγεμίστε τα ποτήρια σας. Θα συνεχίσουμε με τον πλειστηριασμό των κυριών, και χρειαζόμαστε 75.000 δολάρια επιπλέον, φίλοι μου. Μη μαζέψετε ακόμα τα μπλοκ των επιταγών σας!»

Τη στιγμή εκείνη απλώθηκε σιωπή στον χώρο. Δύο φύλακες ασφαλείας μπήκαν στην αίθουσα, ανοίγοντας δρόμο ανάμεσα στη λαοθάλασσα. Τους ακολουθούσε ένας ψηλός άντρας με κομψό σμόκιν, μαύρο παπιγιόν, μαύρο πουκάμισο και γυαλιά πιλότου με γαλάζιους φακούς. Κάτω από τη μασχάλη του κρατούσε ένα κράνος μοτοσικλετιστή, το οποίο έδωσε γρήγορα στον φύλακα που στεκόταν δίπλα του. Έβγαλε τα γυαλιά ηλίου και τα έβαλε στην τσέπη του.

«Με συγχωρείτε που άργησα» δήλωσε. «Δεν μπορούσα να βρω τι να φορέσω».

Ήταν ο Πιέρ Καστίγ, και τα ξανθά μαλλιά του ήταν ελαφρώς ανακατωμένα από το κράνος. Χαιρέτησε με άνεση μερικούς που είχαν σπεύσει να τον προϋπαντήσουν, ανάμεσά τους και μια εμφανώς εκνευρισμένη Κέυ, η οποία άφησε το μικρόφωνο ώστε να πάει να τον υποδεχτεί. Το άνετο χαμόγελό του τον έκανε να μοιάζει λιγότερο με απόμακρο γόνο καλής οικογένειας και περισσότερο με στιλάτο ροκά. Όταν άφησε την Κέυ και στράφηκε προς τον πάγκο μου, με έπιασε χτυποκάρδι. Βλαστήμησα την Τρεϊσίνα, που με εγκατέλειψε. Κατέβασα το βλέμμα και καταπιάστηκα με τα αποκόμματα από τις πιστωτικές, προσπαθώντας να μην τον κοιτάζω σαν χάνος.

«Εδώ είναι το σημείο όπου μπορώ ν' αφήσω τη δωρεά μου;»

Όταν ύψωσα τη ματιά, στηριζόταν στον πάγκο με το ένα χέρι. Δε φαινόταν να νιώθει τελείως άβολα με το σμόκιν, πράγμα ευχάριστο. Για μια στιγμή ξέχασα πώς αρθρώνουν τις λέξεις.

«Εγώ... Μάλιστα. Μπορείτε να αφήσετε μια επιταγή στο κουτί αν θέλετε ή θα μπορούσατε να μου δώσετε μια πιστωτική κάρτα...»

«Υπέροχα!» αποκρίθηκε, κρατώντας το βλέμμα του στο δικό μου μια αιωνιότητα. Χριστέ μου, ήταν πολύ σέξι. «Πώς σε λένε;»

Γύρισα και κοίταξα πίσω μου, για να βεβαιωθώ ότι μιλούσε σε μένα. Μας κοιτούσε όλη η αίθουσα, συμπεριλαμβανομένου του Γουίλ, που διέσχιζε το πλήθος ερχόμενος προς το μέρος μας.

«Κέισσι. Κέισσι Ρόμπισο...»

«Ρόμπισο; Της γνωστής οικογενείας της Μάντεβιλ;»

Στο μεταξύ κοιτούσα ξαφνιασμένη τον Γουίλ, που είχε φτάσει στον πάγκο κι έτεινε το χέρι του στον Πιέρ.

«Είναι από τον βορρά, όχι από τον νότο» του απάντησε.

«Βρε, βρε, βρε, ο Γουίλ Φορέ ο δεύτερος... Πόσο καιρό έχω να σε δω; Δεκαπέντε χρόνια;»

Παρακολούθησα σαστισμένη τον Γουίλ *μου* να σφίγγει το χέρι *του* Πιέρ Καστίγ, ενώ μέσα στο πλήθος η Τρεϊσίνα διαγκωνιζόταν για να φτάσει κοντά τους.

«Κάπου τόσο, ναι».

«Χαίρομαι που σε βλέπω, Γουίλ» αποκρίθηκε ο Πιέρ Καστίγ. «Κρίμα που δεν είναι εδώ οι πατεράδες μας... Θα χαίρονταν να μας έβλεπαν έτσι».

«Ο δικός σου ίσως» αντιγύρισε ο Γουίλ ανασηκώνοντας ελαφρώς το φαθάκι του. «Κέισσι, τα λέμε αύριο στη δουλειά».

Τον ακολούθησα με το βλέμμα ενώ προσπερνούσε την Τρεϊσίνα κι έβγαινε από την πόρτα.

«Λοιπόν, Κέισσι Ρόμπισο, που δεν είσαι από τη Μάντεβιλ... Πού είχαμε μείνει;»

«Παραδόξως, μένω στην οδό Μάντεβιλ στο Μαρινύ, αλλά είμαι από το Μίσιγκαν. Το γαλλικό όνομα είναι από την οικογένεια του πατέρα μου. Αλλά δεν είμαι σίγουρη για το πώς προέκυψε...» *Φλυαρείς πολύ, Κέισσι!*

«Μάλιστα. Θα φροντίσω να περάσω από τον πάγκο για να κάνω μια δωρεά προτού φύγω» αποκρίθηκε εκείνος κάνοντας μια ελαφριά υπόκλιση.

Δε θαμπώνομαι εύκολα από τους πλούσιους και τους ισχυρούς, όμως αυτός εδώ ήταν χαρισματικός.

Ξαφνικά η Τρεϊσίνα προθυμοποιήθηκε να βοηθήσει.

«Θα αναλάβω εγώ στο εξής» είπε περνώντας κάτω από τον πάγκο. «Ο Γουίλ έφυγε, οπότε μπορώ να μείνω να βοηθήσω. Μπορείς να πας σπίτι σου τώρα. Εξάλλου δε φοράς στολή».

«Το ήξερες ότι γνωρίζονταν με τον Γουίλ;» ρώτησα.

«Είναι παιδικοί φίλοι».

«Μάλιστα. Εντάξει λοιπόν. Εεε... Υποθέτω πως ήρθε η ώρα να φύγω».

«Ναι, τρέχα» είπε, χωρίς να κοιτάζει εμένα, αλλά τον Πιέρ, που καθόταν σε μια καρέκλα στο μπροστινό μέρος της αίθουσας.

Σύντομα θα άρχιζε ο πλειστηριασμός των εργενισσών. Έριξα μια ματιά στα ρούχα που φορούσα. Η Τρεϊσίνα είχε δίκιο. Ήμουν μια παραδουλεύτρα. Τώρα που τέλειωσε η λάντζα, είχε έρθει η ώρα να φύγω. Βγήκα στον προθάλαμο αναζητώντας τον Γουίλ. Εντόπισα όμως τη Ματίλντα, η οποία μιλούσε στο κινητό της κι ερχόταν απευθείας προς το μέρος μου. Αποχαιρέτησε αυτόν με τον οποίο μιλούσε κι έκλεισε το καπάκι του τηλεφώνου. Τότε πρόσεξα τη στολή της: ένα πανέμορφο γοργονέ φουστάνι καλυμμένο από σμαραγδί πούλιες κι ένα μικρό στέμμα στα μαλλιά της.

«Κέισσι, περίμενε! Πού πας;»

«Τέλειωσα τη βάρδιά μου στον πάγκο των δωρεών. Επιστρέφω σπίτι. Παρεμπιπτόντως, ευχαριστώ για τη δωρεά. Ήταν πολύ γεν...»

«Όχι, δε θα επιστρέψεις σπίτι» αντιγύρισε και με έπιασε από το μπράτσο, με έστρεψε από την άλλη και με τράβηξε προς μια πόρτα που επάνω της έγραφε «ΠΡΟΣΩΠΙΚΟ». «Το καταλαβαίνω ότι το έχουμε κρατήσει πολύ καλά κρυμμένο, αλλά απόψε είναι... Απόψε είναι η βραδιά σου, Κέισσι».

«Απόψε;» ρώτησα, συνειδητοποιώντας σοκαρισμένη πως εννοούσε ότι με περίμενε μια φαντασίωση. «Μα είμαι ντυμένη...»

«Μην ανησυχείς. Έρχεται βοήθεια».

Πέρασε μια κάρτα μπροστά από ένα μικρό άσπρο κουτί ασφαλείας στον τοίχο, και η πόρτα άνοιξε με ένα κλικ. Από πίσω βρισκόταν ένα ζεστό καμαρίνι, όπου επάνω σε δύο σκαμπό με μεταξωτή επένδυση κάθονταν η Αμάνι και μια άλλη γυναίκα, η οποία μου φαινόταν αμυδρά γνωστή. Μόλις μπήκαμε, σηκώθηκαν, με ζωγραφισμένη την ανυπομονησία στο πρόσωπό τους. Στα αριστερά τους υπήρχε ένα μπουντουάρ με καθρέφτη πλαισιωμένο από γλόμπους, όπου επάνω σε μια άσπρη πετσέτα ήταν τακτικά αραδιασμένα σύνεργα του μακιγιάζ. Σε μια κρεμάστρα πιο πέρα ήταν κρεμασμένο ένα πανέμορφο ροζ παλ φουστάνι που έφτανε ως το πάτωμα. Δεν ντύνομαι πολύ κοριτσίστικα, όμως αυτό το μεταξένιο φουστάνι χορού γαργάλιζε κάτι αρχέγονο μέσα στο DNA μου. Από κάτω βρισκόταν ένα ζευγάρι εκθαμβωτικές κρυσταλλιζέ γόβες.

Η Ματίλντα ξερόβηξε.

«Θα σου εξηγήσουμε αργότερα, Κέισσι, αλλά τώρα πρέπει να σε ετοιμάσουμε. Γρήγορα. Όπου να 'ναι, αρχίζει».

«Ποιο πράγμα;»

«Θα δεις» απάντησε.

Όλα αυτά ήταν για μένα; Το φουστάνι, το μακιγιάζ. Θα με έβαζαν να κάνω επίδειξη, όμως για ποιον και με ποιον σκοπό;

«Θυμάσαι τη Μισέλ; Από τα κεντρικά γραφεία του S.E.C.R.E.T.; Είναι η στιλίστριά σου».

Θυμόμουν πράγματι το στρογγυλό αγγελικό προσωπάκι της και το αβίαστο γέλιο της. Στιλίστρια; Για ποιον λόγο με στόλιζαν;

«Κέισσι, χαίρομαι πάρα πολύ για σένα. Παρ' όλα αυτά, πρέπει να βιαστούμε... Πρώτα τα εσώρουχα. Βγάλ' τα».

Πριν προλάβω να αντιδράσω, η Μισέλ με έσπρωξε πίσω από ένα παραβάν από μπαμπού κι έριξε ένα αραχνοΰφαντο μεταξωτό σουτιέν, ένα κιλοτάκι και ανοιχτόχρωμες μακριές κάλτσες επάνω του.

«Στοίχημα πως νόμιζες ότι θα σε βοηθούσαν πουλάκια και πεταλουδίτσες να ντυθείς!» είπε γελώντας.

Δεν είχα ιδέα τι εννοούσε. Μόλις τα φόρεσα, η Μισέλ μού έδωσε μια ρόμπα και μετά με κάθισε μπροστά στον καθρέφτη. Μάζεψε τα μακριά μαλλιά μου σε χαμηλό σινιόν στον αυχένα. Η Αμάνι μού έβαψε τα μάγουλα και τα χείλη με ροζ παλ και μετά έδωσε λάμψη στο υπόλοιπο πρόσωπό μου με ένα μεγάλο πινέλο. Πρόσθεσε ελάχιστη μάσκαρα, και τελειώσαμε.

«Ώρα για το φουστάνι!» αναφώνησε η Μισέλ τραβώντας προσεκτικά το ροζ ρούχο από την κρεμάστρα, οδηγώντας με πάλι πίσω από το παραβάν.

Στο μεταξύ η Ματίλντα μπαινόβγαινε συνεχώς στο δωμάτιο.

«Αργούμε πολύ;» ρωτούσε την Αμάνι.

Αργούμε για ποιο πράγμα; Σήκωσα το βαρύ φόρεμα πάνω από τους ώμους μου και το ένιωσα να γλιστράει εύκολα στο κορμί μου και να πέφτει τέλεια γύρω από τους γοφούς μου. Βγήκα για να με βοηθήσουν να ανεβάσω το φερμουάρ, και μόλις κοιτάχτηκα στον καθρέφτη, έμεινα άφωνη. Το φόρεμα ήταν πανέμορφο, ανοιχτορόδινο σαν το εσωτερικό ενός όστρακου. Με έζωνε τόσο σφιχτά στη μέση, ώστε συνειδητοποίησα πως είχα στ' αλήθεια και τέτοια. Τη γυαλάδα τού τη χάριζε μια πολύ ανοιχτόχρωμη σατινέτα, και το φουστάνι ήταν έξωμο, με ντεκολτέ σε σχήμα καρδιάς, που αναδείκνυε τους ώμους και τα μπράτσα μου. Η φούστα άνοιγε σαν αυτήν της μπαλαρίνας, με ένα μαλακό κρινολίνο από κάτω, για να κρατάει το σχήμα της.

«Είσαι... πανέμορφη!» είπε η Ματίλντα.

«Πώς θα γίνει όμως; Υπάρχει κόσμος που με ξέρει. Η φιλενάδα του αφεντικού μου είναι ακόμα εδώ. Όλη η πόλη είναι εδώ!»

«Έχε μας εμπιστοσύνη, Κέισσι. Όλα θα πάνε καλά» απάντησε η Ματίλντα κοιτάζοντας το ρολόι της.

Ομολογουμένως, και κάποιες από τις άλλες φαντασιώσεις με είχαν αιφνιδιάσει, ειδικά ο Τζέσσι, αλλά τώρα ήταν αλλιώς. Ήταν η πρώτη φορά που βρισκόμουν δίπλα σε ανθρώπους που γνώριζα, στην κανονική μου ζωή. Ήταν συναρπαστικό και επικίνδυνο· ταυτόχρονα όμως με γέμιζε άγχος. Η Μισέλ έβγαλε προσεκτικά μια τιάρα, ένα ντελικάτο πραγματάκι από ασήμι που λαμπύριζε, από ένα βελούδινο πουγκάκι. Το ακούμπησε στην κορυφή του κεφαλιού μου, πλαισιώνοντας τις ατίθασες τούφες του σινιόν μου.

Η Ματίλντα κι εγώ κοιταχτήκαμε μέσα στον καθρέφτη.

«Είσαι εκθαμβωτική, αγαπητή μου! Μην ξεχάσεις όμως αυτά» μου είπε δίνοντάς μου τα λευκά γοβάκια, που λαμποκοπούσαν.

Γλίστρησα τα πόδια μου μέσα τους κι έκανα μερικά δοκιμαστικά βήματα με τα τακούνια, νιώθοντας ταυτόχρονα γελοία και καταχαρούμενη. Ναι, μπορούσα να χορέψω· μάλιστα υποπτευόμουν πως ακριβώς αυτό θα έκανα μετά τον πλειστηριασμό, που σύμφωνα με τους υπολογισμούς μου θα πρέπει να είχε τελειώσει τώρα. Χαιρόμουν που δεν τον είχα προλάβει.

«Είναι ώρα!» ανακοίνωσε η Ματίλντα πιάνοντάς με από το μπράτσο και σέρνοντάς με από το φουαγιέ στην αίθουσα του χορού.

«Τι; Πού πάμε; Δεν έχει αρχίσει ακόμα ο χορός!» διαμαρτυρήθηκα.

Η Ματίλντα όμως δεν άκουγε. Βαδίζαμε τόσο γρήγορα, ώστε αναγκάστηκα να κρατάω την τιάρα μου για να μη μου φύγει. Φτάσαμε στην αίθουσα του χορού, κι εγώ μπήκα πίσω από τη Ματίλντα, φροντίζοντας να με κρύβει από τα βλέμματα των παρευρισκομένων. Κρυφοκοίταξα πάνω από τον ώμο της και είδα μια σειρά από πανέμορφες κοπέλες που έπαιρναν θέση επάνω στη σκηνή. Ανάμεσά τους βρισκόταν μια ελκυστική παρουσιάστρια ειδήσεων, ένα μοντέλο που έμοιαζε με τη Ναόμι Κάμπελ στα νιάτα της, μια ηθοποιός από το ίδιο σίριαλ με τον ηθοποιό ο οποίος είχε πάρει μέρος στον πλειστηριασμό των αντρών, μια χαριτωμένη ξανθιά τσελίστρια από τη συμφωνική της Νέας Ορλεάνης, δύο όμορφες Ιταλίδες που είχαν ένα από τα πιο φημισμένα σπα της πόλης, μερικές κόρες γνωστών οικογενειών... και η Τρεϊσίνα, που τώρα πια ήταν πολύ μεθυσμένη και η φούστα της είχε στραβώσει.

«Έχει μείνει ένα σκαμπό αδειανό» είπε η Κέυ στο μικρόφωνο σκιάζοντας με το χέρι τα μάτια της, ώστε να κοιτάξει στο πίσω μέρος της αίθουσας. «Μπορεί να έφυγε...»

Θεούλη μου, κάνε με αόρατη, προσευχήθηκα. *Δεν μπορώ να διασχίσω την αίθουσα με αυτό το φουστάνι για να δημοπρατηθώ μπροστά στο πλήθος. Θα γίνω ρεζίλι των σκυλιών!*

«Δεν έχει φύγει!» φώναξε η Ματίλντα σπρώχνοντάς με.

«Να την!» ανακοίνωσε τραγουδιστά η Κέυ. «Η δεσποινίς Κέισσι Ρόμπισο, μια από τις καταπληκτικές εθελόντριές μας! Δεν είναι μαγευτική;»

Η Ματίλντα έβαλε τα χέρια στους πεσμένους μου ώμους. Μάλλον κατάλαβε πως είχα πετρώσει.

«Θυμήσου, Κέισσι, αυτό είναι το Έκτο Βήμα: *Αυτοπεποίθηση*... Την έχεις ήδη μέσα σου. Βρες την. Τώρα...» μου ψιθύρισε στο αυτί.

Με ένα τελευταίο σπρωξιματάκι, βρέθηκα μέσα στο πλήθος και προχώρησα αργά, νιώθοντας τα βλέμματα επάνω μου βαριά. Έκανα μανούβρες γύρω από τα τραπέζια, με τη φούστα μου να αγγίζει φευγαλέα καρεκλοπόδαρα και γάμπες. Την ώρα που διέσχιζα την άδεια πίστα του χορού και ανέβαινα στη σκηνή, το φουστάνι απέσπασε μερικά *Ωωω* και *Ααα*. Αλλά το δυνατό σφύριγμα από τον εξώστη με έκανε να βάλω τα γέλια. Πραγματικά για μένα ήταν; Περνώντας δίπλα από το τραπέζι του Πιέρ, προσπάθησα να αποφύγω τη ματιά του. Ανέβηκα τα σκαλοπάτια και προσπέρασα την Τρεϊσίνα, που είχε κουρνιάσει στο σκαμπό της σαν εκνευρισμένο πουλάκι.

«Όσο περισσότερο σε γνωρίζω, τόσο πιο ενδιαφέρουσα γίνεσαι...» μου σφύριξε την ώρα που καθόμουν.

«Τι λέτε; Να αρχίσουμε;»

Η Κέυ άρχισε τον πλειστηριασμό από την παρουσιάστρια, η οποία έπειτα από σκληρό ανταγωνισμό κατακυρώθηκε αντί 7.500 δολαρίων στον γενικό διευθυντή ενός καζίνου της παραλιακής. Η μοντέλα, που είχε επιχειρήσει πολύ επιθετικά να τραβήξει την προσοχή του Πιέρ, απογοητεύτηκε όταν ο Μαρκ «Καρχαρίας» Άλλεν, ο Βασιλιάς των Πετραδιών και των Κοσμημάτων με τα νερόβραστα νυχτερινά τηλεοπτικά σποτ, αγωνίστηκε σκληρά να κερδίσει έναν χορό μαζί της, ανεβάζοντας την τιμή στα 16.000 δολάρια. Οι αδερφές πουλήθηκαν πακέτο, και δύο από τις ντεμπιτάντ έπιασαν πενταψήφια νούμερα. Η Τρεϊσίνα φτιαχνόταν και κορδωνόταν όλη την ώρα, κοιτάζοντας τον Πιέρ, που καθόταν πρώτο τραπέζι πίστα. Αλλά τελικά τις προσφορές για κείνη άνοιξε κι έκλεισε ο Καρράδερς Τζόνστον, ένας εξαιρετικά ψηλός εισαγγελέας με φαρδιές πλάτες από το Όρλεανς Πάρις, ο οποίος την κέρδισε για 15.000 δολάρια, ποσό παχυλό, που έκανε το κοινό να ξεσπάσει σε χειροκροτήματα.

Εγώ δεν υπήρχε περίπτωση να πιάσω τόσα λεφτά. Η Τρεϊσίνα είχε μακριά πόδια και εξωστρεφή προσωπικότητα. Ήταν αστεία και τρέντι. Ήξερε να συμπεριφέρεται μέσα σε κόσμο. Μπορούσε να υψώσει το ανάστημά της. Ακόμα και ντυμένη νεράιδα, ήταν σέξι, κι όποιος αντέξει. Αισθάνθηκα ακόμα πιο ταπεινωμένη καθώς η εκδήλωση πλησίαζε στο άδοξο τέλος της.

«Δεν έχουμε φτάσει ακόμα στον στόχο μας, αλλά

μας απομένει μία ακόμα εργένισσα. Η Κέισσι εργάζεται ως σερβιτόρα στο Café Rose, έναν από τους αποψινούς χορηγούς μας. Οπότε, ας ξεκινήσουμε τις προσφορές από τα 500 δολάρια! Εντάξει;»

Ω Θεέ μου, ω Θεέ μου, ας με λυπηθεί κάποιος, να τελειώνουμε. Θα σε ξεπληρώσω, αρκεί να κάνεις μια χαμηλή προσφορά και να με κατεβάσεις από τη σκηνή, σκέφτηκα. Όταν όμως μια αντρική φωνή είπε «Θα ξεκινήσω τις προσφορές από τις 5.000», ήμουν σίγουρη ότι παράκουσα. Ο προβολέας ήταν στραμμένος επάνω μου κι έβλεπα με δυσκολία τα πρόσωπα στο κοινό.

«Είπατε 500, κύριε Καστίγ;» ρώτησε η Κέυ.

Κύριε Καστίγ; Ο Πιέρ Καστίγ πρόσφερε 500 δολάρια; Για μένα;

«Όχι. Είπα 5.000, Κέυ. Θα ήθελα να ξεκινήσω τις προσφορές από τις 5.000» απάντησε πλησιάζοντας στο βάθρο, μες στο φως του προβολέα, όπου μπορούσα επιτέλους να τον δω. Τα μάτια του με κοιτούσαν λιγούρικα, σαν να ήμουν ένα γλυκό που δεν είχε ξαναδοκιμάσει.

Έδεσα τα χέρια μπροστά μου, μετά σταύρωσα τα πόδια μου, ύστερα τα ξεσταύρωσα.

«Αυτή... Αυτή είναι μια πολύ γενναιόδωρη προσφορά, κύριε Καστίγ. Θα αρχίσουμε από τις 5.000. Υπάρχει κανείς που θέλει να δώσει περισσότερα;»

«6.000!» είπε μια φωνή στο βάθος, μια φωνή που ανήκε... στον Γουίλ.

Επέστρεψε; Η Τρεϊσίνα μετακινήθηκε και σούφρωσε τα γυαλιστερά χείλη της. Μα πώς του ήρθε; Δεν είχε τόσα λεφτά!

«7.000» είπε ο Πιέρ, ρίχνοντας μια ματιά στον Γουίλ.

Με έπιασε το στομάχι μου και μετά ένιωσα καταπληκτικά. Και ύστερα με έπιασε πάλι το στομάχι μου.

«8.000...» αποκρίθηκε πνιχτά ο Γουίλ.

Η Τρεϊσίνα μού έριξε ένα αγριεμένο βλέμμα και μετά αγριοκοίταξε τον Γουίλ, που ερχόταν στο μπροστινό μέρος της αίθουσας για να σταθεί δίπλα στον Πιέρ. Μα τι *έκανε*; Η Κέυ ήταν έτοιμη να χτυπήσει το σφυράκι της και να τον ανακηρύξει νικητή, όταν ο Πιέρ είπε:

«Προσφέρω 50.000 δολάρια». Το πλήθος κραύγασε έκπληκτο. «Φτάνετε έτσι στον στόχο σας, Κέυ;»

Η Κέυ είχε μείνει άναυδη.

«Κύριε Καστίγ... Οι 50.000 φτάνουν *και περισσεύουν*. Υπάρχει άλλη προσφορά;»

Παραλίγο να βάλω τα κλάματα με το ύφος του Γουίλ. Έσκυψε το κεφάλι και χαμογέλασε με το χαμόγελο του ηττημένου.

«Κατακυρώθηκε!» φώναξε η Κέυ κι έκλεισε τη δημοπρασία χτυπώντας το σφυράκι της στο βάθρο. «Ας αρχίσει ο χορός!»

Οι καλεσμένοι άρχισαν αμέσως να κουβεντιάζουν και να σηκώνονται από τις θέσεις τους, προχωρώντας προς τον άδειο χώρο μπροστά από τη σκηνή.

Η Τρεϊσίνα πήδησε από το σκαμπό της και εξαφανίστηκε μέσα στο πλήθος για να βρει τον πλειοδότη της. Ο Πιέρ ήταν στην άκρη της σκηνής με ένα χαμόγελο ζωγραφισμένο στο πρόσωπό του, ενώ ο Γουίλ στεκόταν αμήχανος δίπλα του.

«Καλή προσπάθεια, παλιόφιλε...» μουρμούρισε ο Πιέρ χτυπώντας τον κάπως δυνατά στην πλάτη. «Θα φροντίσω να περάσω από το καφέ τώρα που έχω καλό λόγο».

«Καλά θα κάνεις» αποκρίθηκε εκείνος. «Κέισσι, ελπίζω να μην... Ω, ξέχνα το. Πηγαίνω σπίτι».

Πριν προλάβω να πω κουβέντα, ο Γουίλ εξαφανίστηκε μέσα στο πλήθος.

«Είστε πανέμορφη, δεσποινίς Ρόμπισο!» δήλωσε ο Πιέρ. «Αντάξια ενός πρίγκιπα!» πρόσθεσε παίρνοντάς με από το χέρι για να με οδηγήσει στο κέντρο της πίστας, με τους σωματοφύλακες καταπόδας.

Αντιλαμβανόμουν την απορία που είχαν όλοι στον νου τους ενώ μας κοιτούσαν: *Ποια είναι αυτή η κοπέλα που γοήτευσε τόσο τον Πιέρ Καστίγ;* Παρόλο που έρχονταν κι άλλα ζευγάρια στην πίστα, αισθανόμουν σαν να μην υπήρχε κανένας άλλος γύρω μας. Με τράβηξε τόσο κοντά του, ώστε ένιωθα την ανάσα του στον λαιμό μου. Όταν ξεκίνησε η μπάντα και άρχισε να με χορεύει, μου φάνηκε ότι θα λιποθυμούσα.

«Γιατί εμένα;» ρώτησα. «Μπορείς να έχεις όποια θες».

«Γιατί εσένα; Θα καταλάβεις το γιατί μόλις αποδεχτείς το Βήμα» απάντησε, σφίγγοντάς με περισσότερο στην αγκαλιά του.

Ο Πιέρ Καστίγ συμμετέχει στο S.E.C.R.E.T.;

«Εγώ... Μα... Εσύ;»

«Κέισσι, δέχεσαι;»

Χρειάστηκα λίγες στιγμές για να χωνέψω το γεγονός ότι αυτός ο άντρας συμμετείχε στο S.E.C.R.E.T. Άραγε ποιος άλλος σ' αυτή την αίθουσα ήταν μέλος του ή ήξερε γι' αυτό; Η Κέυ; Μήπως ο εισαγγελέας; Μια δυο ντεμπιτάντ; Η αίθουσα στριφογύριζε μαζί με τις σκέψεις μου, ώσπου η μπάντα τέλειωσε το κομμάτι με μια φιοριτούρα. Ο Πιέρ με άφησε από την αγκαλιά του και μου φίλησε το χέρι.

«Σας ευχαριστώ για τον χορό, δεσποινίς Κέισσι Ρόμπισο. Εις το επανιδείν».

Ήθελα να φωνάξω: *Στάσου. Αποδέχομαι το Βήμα!* Το αποδεχόμουν όμως; Και ο Γουίλ; Ο Πιέρ έκανε βαθιά υπόκλιση και ύστερα βγήκε από την αίθουσα ακολουθούμενος από τους σωματοφύλακές του, εγκαταλείποντάς με ολομόναχη στην πίστα του χορού. Κοίταξα τριγύρω μήπως βρω τη Ματίλντα, την Αμάνι, οποιονδήποτε άλλο εκτός από την Τρεϊσίνα· αλλά φυσικά εκείνη ήταν η πρώτη που έσπευσε κοντά μου.

«Είσαι μυστήριο τελικά...» μουρμούρισε, με τη γροθιά σφιγμένη στη μέση της τσαλακωμένης τούτου της.

«Πού είναι ο Γουίλ;» τη ρώτησα τεντώνοντας τον λαιμό μου για να τον βρω.

«Έφυγε».

Πριν προλάβω να πω κάτι άλλο, με έπιασε από τον αγκώνα ένας φύλακας.

«Δεσποινίς Ρόμπισο, έχετε ένα επείγον τηλεφώνημα. Ακολουθήστε με, παρακαλώ» είπε, εκπλήσσοντας και μένα και την Τρεϊσίνα.

Ο φύλακας με οδήγησε από την αίθουσα του χορού στο μαρμάρινο φουαγιέ και από κει σε μια λιμουζίνα που περίμενε, χωρίς να πάρει τα μάτια του από πάνω μου ούτε στιγμή. Το κεφάλι μου γύριζε. Τι νύχτα κι αυτή. Όλη η πόλη είχε δει να με διαλέγουν, να με επιλέγουν, να με ποθούν. Ήταν όλα μεθυστικά και πανέμορφα. Αλλά για να το απολαύσω στο έπακρο, έπρεπε να βγάλω τον Γουίλ από το μυαλό μου.

Μέσα στη λιμουζίνα βρήκα ένα ποτήρι παγωμένη σαμπάνια στο μπράτσο του καθίσματος. Ήπια μια γουλιά και βυθίστηκα στο δερμάτινο κάθισμα, ενώ ο σοφέρ κατέβηκε σε μια ιδιωτική ράμπα, όπου εμφανίστηκε μια ομάδα φρουρών. Πριν προλάβω να ανοιγοκλείσω τα βλέφαρα, ο Πιέρ άνοιξε δρόμο ανάμεσά τους και χώθηκε κρυφά στη λιμουζίνα δίπλα μου. Όλα έγιναν τόσο γρήγορα, θαρρείς και ήταν δεύτερη φύση για όλους τους άλλους εκτός από μένα.

«Θα βγούμε από την πίσω έξοδο, από το γκαράζ» ανακοίνωσε στον σοφέρ.

Εκείνος έγνεψε καταφατικά και ύστερα ανέβασε το παράθυρο ανάμεσα στο μπροστινό και το πίσω μέρος της λιμουζίνας.

«Γεια...» είπε ο Πιέρ κοιτάζοντάς με, χαμογελαστός και λιγάκι αναψοκοκκινισμένος. «Καλά πήγε, νομίζω».

«Εγώ... Ναι, όντως...» τραύλισα, ενώ έπαιζα με τις πτυχές του φουστανιού μου. Ήταν πραγματικά το ομορφότερο ρούχο που είχα φορέσει ποτέ, για να μην πω που είχα δει.

«Λοιπόν, αποδέχεσαι το Βήμα;»

Ακόμα προσπαθούσα να εμπεδώσω το γεγονός ότι ένας δισεκατομμυριούχος συμμετείχε στο S.E.C.R.E.T. Στον νου μου ήρθε η εικόνα από τα εγκαίνια του Halo, τότε που τον είχα δει να κουβεντιάζει με την Κέυ Λαντουσέρ στο λόμπι. Κοκκίνισα λιγάκι μόλις θυμήθηκα εκείνο τον διαπρεπή Βρετανό και τα όσα έκανε με τα χέρια του. Άραγε ο Πιέρ συμμετείχε σε κάποια φαντασίωση κι εκείνο το βράδυ;

«Κέισσι, οι κανόνες υπαγορεύουν πως αυτή είναι η τελευταία φορά που μπορώ να σε ρωτήσω. Αποδέχεσαι το Βήμα;»

Περίμενα μια στιγμή και ύστερα έγνεψα καταφατικά.

Το φιλί του ήρθε τόσο γρήγορα, ώστε χρειάστηκα αρκετά δευτερόλεπτα για να το ανταποδώσω. Μόλις το έκανα, δε δυσκολεύτηκα καθόλου να συναγωνιστώ τη φλογερότητά του. Με τράβηξε πάνω του φιλώντας με στην κλείδα, στους ώμους, στον λαιμό, με τα χέρια του τυλιγμένα γύρω μου. Κατόπιν από το παράθυρο της λιμουζίνας είδα φευγαλέα την Τρεϊσίνα να φεύγει χέρι χέρι με τον εισαγγελέα. Τι; Όχι!

«Ο Καρράδερς Τζόνστον είναι αυτός;» ρώτησα τον Πιέρ ασθμαίνοντας.

Ο Πιέρ γύρισε ακριβώς τη στιγμή που ο γίγαντας σήκωνε την Τρεϊσίνα και την κάθιζε πάνω στο πορτμπαγκάζ ενός αυτοκινήτου, φιλώντας τη βαθιά.

«Ναι. Είναι λιγάκι γυναικάς, φοβάμαι...»

«Αχ τον καημένο τον Γουίλ...» μουρμούρισα.

«Κέισσι». Με έπιασε από το πιγούνι, αναγκάζοντάς με να τον κοιτάξω ίσια μέσα στα πιο πράσινα, πιο σκανταλιάρικα μάτια που είχα δει στη ζωή μου. «Εγώ είμαι εδώ. Πρέπει να σε βγάλουμε από τούτο το φόρεμα. Αμέσως».

Δεν μπορούσα, δεν ήθελα να σκέφτομαι τον Γουίλ τώρα. Όχι ενώ βρισκόμουν μέσα σε μια λιμουζίνα με τον πιο σέξι άντρα της πόλης.

«Και ο σοφέρ;»

«Το γυαλί είναι καθρέφτης. Εμείς τον βλέπουμε, αλλά εκείνος όχι. Κανένας δεν μπορεί να μας δει».

Και με αυτά τα λόγια, άπλωσε το χέρι του πίσω μου κι ένιωσα το ντελικάτο φερμουάρ του φουστανιού μου να κατεβαίνει σαν φίδι στην πλάτη μου και το μπούστο να ξεκολλάει από το δέρμα μου κι έμεινα τριγυρισμένη από το ροζ κρινολίνο και τη σατινέτα, σαν κεκάκι που έλιωνε στα πόδια του. Άρχισε να ψαχουλεύει τις πτυχές, έπιασε μια γερή χουφτιά ύφασμα και σήκωσε όλο το ρούχο πάνω από το κεφάλι μου. Η τιάρα μου πιάστηκε στο ύφασμα λύνοντας το σινιόν μου, κι έτσι, όταν μου έβγαλε τελείως το φόρεμα και το πέταξε στην άλλη άκρη της λιμουζίνας, ήμουν αναψοκοκκινισμένη και αναμαλλιασμένη, φορώντας μόνο ένα δαντελένιο στράπλες σουτιέν, ένα μεταξωτό κιλοτάκι και τα απαστράπτοντα γοβάκια μου, με τα μαλλιά λυτά στους γυμνούς ώμους μου.

«Απίστευτο!» αναφώνησε σπρώχνοντάς με στο κάθισμα απέναντί του. «Θέλω να σε δω ολόκληρη. Βγάλε και τα υπόλοιπα, Κέισσι».

Είχα πάρει θάρρος από τον πλειστηριασμό, τον χορό, τη σαμπάνια, την ιδιωτικότητα της λιμουζίνας, που πήγαινε με μεγάλη ταχύτητα, και την εμφανή έλξη που ένιωθε για μένα, κι έτσι το έκανα. Ξεκούμπωσα αργά το σουτιέν μου και το άφησα να πέσει στο δάπεδο. Ύστερα πέρασα το δάχτυλο στο πλάι του εσώρουχού μου, το κατέβασα στους αστραγαλούς μου και ύστερα το πέταξα με ένα τίναγμα του ποδιού. Κατόπιν ξάπλωσα πίσω στο μαλακό κάθισμα και άνοιξα τα πόδια μου για κείνον, φορώντας ακόμα τα γοβάκια. Τι είχε απογίνει η ντροπαλή Κέισσι, που ούτε από την κρεβατοκάμαρά της δεν έβγαινε χωρίς τη ρόμπα της; Είχα λιώσει, τα πόδια μου είχαν κοπεί κι έτρεμαν. Κοιταζόμασταν τόσο έντονα, που μου φαινόταν αδύνατο να τραβήξουμε τα βλέμματά μας.

«Εκπληκτικό!» είπε, σταματώντας για μια στιγμή προτού ορμήσει και χώσει το πρόσωπό του στα στήθη μου, απομονώνοντας με το χέρι του μια ρώγα, που τη ρούφηξε και την έγλειψε, στην αρχή αργά και μετά πιο επιτακτικά. Ήταν, *κι αυτό* που έκανε *κι εκείνος*, πολύ σέξι. Γλίστρησε αργά ένα δάχτυλο μέσα μου. Τα χέρια μου χώθηκαν στα απαλά μαλλιά του, και τα φιλιά του ακολουθούσαν το μονοπάτι από το ένα μου στήθος στο άλλο, ώσπου τελικά το στόμα του κατηφόρισε στην παλλόμενη κοιλιά μου.

Θεέ μου, ήταν αβάσταχτο! Έτρεμα με κάθε φιλί.

«Θα σε κάνω να ουρλιάξεις, Κέισσι...» μουρμούρισε προτού βυθιστεί μέσα μου, και η γλώσσα του προσγειώθηκε σ' εκείνο το εξαίσιο σημείο.

«Αχ, Θεέ μου...» Μόνο αυτό κατόρθωσα να ψελλίσω, πέφτοντας πίσω στους αγκώνες μου ενώ παραδιδόμουν στις αισθήσεις.

Εκείνος φίλησε τους μηρούς μου παίζοντας μαζί μου και ύστερα το ζεστό του στόμα έκλεισε γύρω μου, τραβώντας με γρήγορα σ' εκείνο το μαγικό μέρος. Δεν μπορούσα να σταματήσω τα κύματα ηδονής που με κατέκλυζαν ούτε και το ήθελα. Υποτάχθηκα πλήρως, με τα πόδια ανοιχτά και το σώμα ένα με το κάθισμα.

Και μετά πέρασα εκείνο το σημείο, εκείνη τη λευκοπυρωμένη καμπή όπου με έφερε τόσο εύκολα με το στόμα του. Άκουγα τη φωνή του, τα αγκομαχητά του. Άφησα τον γλυκό ανεμοστρόβιλο να δυναμώσει μέσα μου, ξέροντας πως αυτό ήταν μόνο η αρχή.

Ενώ προσπαθούσα να ξαναβρώ την ανάσα μου, εκείνος πέταξε τα ρούχα του από πάνω του σαν να του έκαιγαν το δέρμα. Με το ελεύθερο χέρι του φόρεσε το προφυλακτικό, κι εγώ γαντζώθηκα στα μυώδη μπράτσα του και κρατήθηκα καθώς έμπαινε μέσα μου.

«Είναι πολύ ωραία...» είπε βραχνά.

Η αποφασιστικότητα στο πρόσωπό του ήταν πολύ σέξι. Ήθελα οπωσδήποτε να το αγγίξω, και αμέσως μόλις το έκανα, το στόμα του αιχμαλώτισε τα δάχτυλά μου και τα ρούφηξε ενώ μπαινόβγαινε μέσα μου, πλημμυρίζοντάς με με πρωτόγνωρο πόθο. Τα πόδια μου τυλίχτηκαν γύρω από τους λεπτούς γοφούς του και ακολούθησα τις κινήσεις του, γραπώνοντας τους γλουτούς του, με προσοχή, για να μην μπήξω πολύ βαθιά τα νύχια μου στο δέρμα του, αλλά απολαμβάνοντας την αίσθηση της σφριγηλής σάρκας στα χέρια μου. Δεν έχασε ούτε μία φορά τον ρυθμό του στο κορμί μου. Ούτε καν όταν έστριβε το αυτοκίνητο... Επανέλαβε το όνομά μου, πάλι και πάλι, ώσπου τελικά τον ένιωσα να αναριγεί και να κοκαλώνει, με το χέρι του περασμένο γύρω μου, τραβώντας με προς εκείνο το γλυκό μέρος που είχα αρχίσει να μαθαίνω καλά. Και ύστερα με έφερε σ' ένα εντελώς νέο επίπεδο ευδαιμονίας. Τέλειωσα ξανά, και το σώμα μου κολλούσε στο δικό του καθώς τον έσφιγγα ανάμεσα στα μπούτια μου. Τον ένιωσα κι εκείνον να τελειώνει. Ύστερα, αργά αργά, χαμήλωσε το σώμα του επάνω μου, ενώ κρατούσε το χέρι μου στο δικό του· τα δάχτυλά μας ήταν πλεγμένα, τα στόματά μας σε απόσταση λίγων εκατοστών, παρόλο που δεν μπορούσαμε να φιληθούμε πια. Έπρεπε να ξελαχανιάσουμε. Αποτραβήχτηκε μαλακά και σωριάστηκε στο κάθισμα απέναντί μου, ενώ εγώ βαριανάσαινα ξαπλωμένη.

«Συγγνώμη αν σου φάνηκε κάπως βιαστικό έτσι μέσα στη λιμουζίνα, μα ήθελα να σε γδύσω από την ώρα που σε είδα επάνω στη σκηνή. Άρα έδειξα λίγη αυτοσυγκράτηση... Τι λες κι εσύ;»

«Χαίρομαι που κρατήθηκες...» Πήρα θάρρος κι έκανα κι εγώ μερικές ερωτήσεις. «Το έχεις ξανακάνει αυτό; Με το S.E.C.R.E.T.; Αυτό που εννοώ είναι πως είσαι... Εεε... Περιζήτητος. Τι ανάγκη έχεις να κάνεις κάτι τέτοιο για να πραγματοποιήσεις τις *δικές σου* σεξουαλικές φαντασιώσεις;»

«Θα εκπλαγείς, Κέισσι. Τέλος πάντων... Απ' ό,τι μου έχουν πει, δεν πρέπει να λέω πολλά. Η Ματίλντα με προειδοποίησε πως είσαι φιλοπερίεργη. Θα μπορούσα να σου κάνω κι εγώ την ίδια ερώτηση. Γιατί μια τόσο γοητευτική γυναίκα σαν εσένα έχει ανάγκη το S.E.C.R.E.T.;»

«Κι εσύ θα εκπλαγείς» απάντησα ενώ ανασηκωνόμουν και μάζευα το φουστάνι μου. Αισθάνθηκα ευάλωτη και λιγάκι θυμωμένη που η Ματίλντα τού είχε πει κάτι για μένα.

«Ήταν όπως το φανταζόσουν;» με ρώτησε.

«Το S.E.C.R.E.T. μού έχει διδάξει πολλά» είπα καθώς έκλεινα το κορσάζ, ανεβάζοντας μόνη μου το φερμουάρ.

«Όπως;»

«Όπως ότι ίσως είναι αδύνατο να εκπληρώσει ένας

άντρας *όλες* τις επιθυμίες μιας γυναίκας». Μήπως ήμουν πολύ ελαφριά;

«Μπορεί και να κάνεις λάθος...» αποκρίθηκε ο Πιέρ φορώντας το μποξεράκι και το παντελόνι του.

«Μπα;»

Άπλωσε το χέρι του προς το μέρος μου, το έκλεισε γύρω από τον καρπό μου και με τράβηξε κοντά του, ώσπου βρέθηκα γονατιστή εμπρός του. Τα μάτια του έσμιξαν με τα δικά μου για μερικές στιγμές και μετά έχωσε το πρόσωπό του στον λαιμό μου και μου έδωσε ένα παθιασμένο φιλί στο σημείο όπου ενωνόταν με τον ώμο μου. Αμέσως μετά η λιμουζίνα σταμάτησε μπροστά στο Γεροντοκοράδικο. Ο Πιέρ έβαλε το χέρι στην τσέπη του σακακιού του κι έβγαλε ένα χρυσό κρεμαστό. Το κρεμαστό μου.

«Α, για να δω! Ο λατινικός αριθμός έξι και από πίσω η λέξη "Αυτοπεποίθηση". Πολύ... *χαριτωμένο*».

Ενώ χαμογελούσε, άπλωσα το χέρι να το πάρω, αλλά εκείνος το κούνησε μακριά μου.

«Όχι ακόμα...» είπε, με τα πράσινα μάτια του να αστράφτουν. «Θέλω να σου πω κάτι, Κέισσι. Όταν θα τελειώσεις με... αυτό που κάνεις, θα έρθω να σε βρω. Και τότε θα σου δείξω πως ένας άντρας *μπορεί* να σου εκπληρώσει όλες σου τις επιθυμίες».

Μην ξέροντας αν έπρεπε να νιώσω χαρά ή ασφυξία, ανέβηκα τις σκάλες κουβαλώντας το φιλί που μου έδωσε για καληνύχτα και τα παπούτσια μου και προσπέρασα την πόρτα της Άννας στον δεύτερο όροφο, όπου πρόσεξα ότι τα φώτα της ήταν ακόμη αναμμένα.

[ΚΕΦΑΛΑΙΟ ΔΕΚΑ]

Μερες ολοκληρες μετά τον χορό ταλαντευόμουν, κλίνοντας πότε στην έκσταση και πότε στην κατήφεια. Αναπολούσα τις σκηνές με τον Πιέρ στη λιμουζίνα κι έσφιγγα τους μηρούς μου μεταξύ τους για να συγκρατήσω τον πόθο μου. Άλλες φορές έπεφτα στα τάρταρα, επειδή το αρνητικό μιας φαντασίωσης είναι πως, όσο αληθινή κι αν φαίνεται, όσο τέλεια εκτελεσμένη κι αν είναι, ουσιαστικά δεν είναι αληθινή.

Παρ' όλα αυτά, ήταν δύσκολο να αντισταθώ στον πειρασμό να ξεκοκαλίσω τις κοσμικές στήλες της *Times-Picayune*, ενός από τους στυλοβάτες της Νέας Ορλεάνης, της πόλης που λάτρευε τα γκαλά και τους χορούς. Φαινόμουν κι εγώ στις φωτογραφίες, στο φόντο φυσικά, επειδή το αστέρι της βραδιάς ήταν ο Πιέρ Καστίγ. Η λεζάντα με περιέγραφε ως «γητεύτρα Σταχτοπούτα» που «σαγήνευσε τον Εργένη της πόλης». Αυτό έδωσε ατέλειωτη τροφή για σχόλια, ακόμα και στην Ντελ, που είχε χάσει την υπομονή της μαζί μου, περισσότερο απ' όσο με την Τρεϊσίνα.

«Ε, γητεύτρα Σταχτοπούτα...» με πείραζε. «Μπορείς να αναλάβεις το τραπέζι δέκα; Θα έρθει απόψε να με πάρει ένας πρίγκιπας με μια πελώρια κολοκύθα. Θα σταματήσει εδώ απέξω, στην οδό Φρέντσμεν... Μήπως σου βρίσκεται κάνα ζευγάρι παπούτσια να μου δανείσεις;»

Η Τρεϊσίνα από την άλλη είχε συμμαζευτεί. Είχε κλειστεί τον εαυτό της, μολονότι μου έδινε συχνά την εντύπωση πως απλώς ανασύντασσε τις δυνάμεις της, μάζευε το δηλητήριό της, ώσπου να της δοθεί η ευκαιρία να με δαγκώσει.

Εμένα, ομολογουμένως, με απασχολούσε ο Πιέρ. Όταν συναντήθηκα με τη Ματίλντα για την καθιερωμένη συζήτηση μετά τη φαντασίωση, τη ρώτησα αμέσως για κείνον: θα τον έβλεπα ξανά; Είχε ρωτήσει για μένα; Αλλά προτού καν ανοίξει το στόμα της να μιλήσει, ήξερα ότι θα με συμβούλευε να μην τον ξαναδώ, μήπως και αναθέρμαινα κάτι κακό. Επειδή γνωρίζαμε πλέον και οι δύο ότι σωματικά με έλκυαν άντρες που δεν ήταν κατ' ανάγκη κατάλληλοι για μένα.

«Δεν εννοώ πως είναι κακός άνθρωπος, Κέισσι...» είπε. «Είναι γενναιόδωρος και έξυπνος. Μα ίσως αποδειχθεί επικίνδυνος για όποια γυναίκα πιστέψει πως είναι ικανός να δεθεί περισσότερο απ' όσο μπορεί πραγματικά».

«Αν ο Πιέρ είναι τόσο επικίνδυνος, γιατί τον διαλέξατε;»

«Ακριβώς επειδή ήταν τέλειος γι' *αυτήν* τη συγκεκριμένη φαντασίωση. Κατενθουσιάστηκα όταν μου τηλεφώνησε και μου είπε το ναι. Προσπαθούσαμε να τον πείσουμε χρόνια! Και ήξερα ότι δε θα απογοητευόσουν. Αυτή δεν ήταν η φαντασίωση που ήθελες να ζήσεις;»

«Ναι. Αλλά...»

«Δεν έχει αλλά».

Συγκατένευσα, κοντεύοντας να βάλω τα κλάματα. *Αχ, Θεέ μου*, σκέφτηκα, *μην κλάψεις. Δεν έχεις κανέναν λόγο να κλάψεις. Μια περιπετειούλα ήταν. Λίγο σεξ, σπουδαίο σεξ, αλλά αυτό μόνο.* Παρ' όλα αυτά, άρχισαν να κυλούν δάκρυα στα μάτια μου.

«Ίσως τελικά δεν είμαι για τέτοια πράγματα...» τραύλισα ρουφώντας τη μύτη μου. Κοίταξα γύρω μου για να δω μήπως με είχε πάρει χαμπάρι κανείς από τους άντρες στο Tracey's, από αυτούς που παρακολουθούσαν το ματς στην τηλεόραση, από αυτούς που έτρωγαν σάντουιτς με αλλαντικά. Δεν το είχε προσέξει κανένας.

«Ανοησίες...» αντιγύρισε η Ματίλντα δίνοντάς μου ένα χαρτομάντιλο. «Έχεις κάποια αισθήματα – είναι φυσιολογικά. Ο Πιέρ έχει ισχυρή προσωπικότητα... Οποιαδήποτε γυναίκα θα ξεμυαλιζόταν. Για να είμαι ειλικρινής, σχεδόν ήλπιζα να μη δεχτεί, μιας κι ένα κομμάτι μου ήξερε ότι θα σε επηρέαζε. Αλλά, Κέισσι, σ' το υπερτονίζω: όλα αυτά είναι φαντασιώσεις, και οι άντρες που συμμετέχουν δεν είναι απαραιτήτως καλοί σύντροφοι ζωής. Ζήσε τη στιγμή, απόλαυσέ την, όμως μετά ξέχασέ την».

Κούνησα καταφατικά το κεφάλι και φύσηξα τη μύτη μου.

* * *

Έπειτα από μερικές εβδομάδες ο χειμώνας σκέπασε την πόλη με μια αιφνίδια παγωνιά. Βγήκα στον κρύο αέρα, τραβώντας πίσω μου την πόρτα του Γεροντοκοράδικου. Είχα σκοπό να πάω για ένα τρεξιματάκι πριν από τη βάρδιά μου, νιώθοντας για μία ακόμα χρονιά έκπληξη που η Νέα Ορλεάνη είχε χειμώνα. Και φέτος δεν ήταν ήπιος. Έκανε ψοφόκρυο, και μάλιστα από κείνο το κρύο που σου περονιάζει τα κόκαλα και σε κάνει να θες να μουλιάσεις με καυτό νερό στην μπανιέρα με τις ώρες για να ζεσταθείς. Φορούσα σκούφο, γάντια και ισοθερμικά εσώρουχα, και παρ' όλα αυτά χρειάστηκε να διανύσω αρκετά τετράγωνα ώσπου να κάνει τη δουλειά του το τρέξιμο και να ζεσταθώ.

Κατέβηκα από τη Μάντεβιλ προς το Ντεκατούρ κι έστριψα δεξιά στη Γαλλική Αγορά, αποφεύγοντας το λιμάνι και τη γύρω περιοχή, ώστε να μη σκέφτομαι τον Πιέρ, που του ανήκε σχεδόν εξολοκλήρου. Αναρωτήθηκα τι θα τις έκανε στο τέλος τόσες άδειες εκτάσεις. Θα έχτιζε πολυκατοικίες; Πολυκαταστήματα; Ένα ακόμα καζίνο; Ο Γουίλ γκρίνιαζε ήδη ότι το Μαρινύ γινόταν «ο παράδεισος των χίπστερ». Η Φρέντσμεν είχε πήξει στους τουρίστες, έλεγε, και όχι στους καλούς, που εκτιμούσαν πραγματικά το φαγητό και τη μουσική, αλλά σ' αυτούς με τα γελοία χάρτινα καπελάκια και τα πλαστικά ποτήρια, που παζάρευαν τις τιμές στα χειροποίητα κοσμήματα στην υπαίθρια αγορά.

Πέρασα δίπλα από τη μεγάλη ουρά έξω από το Café Du Monde. Μολονότι ήταν μεγάλη τουριστική ατραξιόν και οι περισσότεροι ντόπιοι το απέφευγαν, μου άρεσε πολύ να τελειώνω το τρέξιμό μου με έναν καφέ Du Monde. Μπενιέ δεν έπαιρνα. Τι νόημα είχε να τρέχεις σαράντα λεπτά και ύστερα να σταματάς και να τρως ένα βουνό από λίπος και ζάχαρη; έλεγε πάντα ο Γουίλ. Χριστέ μου, με τον Γουίλ από τη μια και τον Πιέρ από την άλλη, στο μυαλό μου αντηχούσαν συνέχεια αντρικές φωνές. Έπρεπε να τις διώξω.

Όταν επέστρεψα στο σπίτι μετά το τρέξιμο, ανησύχησα που βρήκα την πόρτα ανοιχτή, ενώ με θορύβησε ακόμα πιο πολύ το γεγονός ότι είδα την Άννα στην είσοδο του Γεροντοκοράδικου να ψαχουλεύει ένα μεγάλο κουτί τυλιγμένο με απλό καφέ χαρτί.

«Αχ, Κέισσι, λυπάμαι πάρα πολύ...» είπε με ύφος κλέφτη που τον έπιασαν στα πράσα. «Άνοιξα κατά λάθος το πακέτο σου. Όταν το παρέλαβα, νόμισα πως ήταν για μένα. Γερνάω. Και τα μάτια μου... Το παλτό είναι όνειρο. Και τι παπούτσια! Σου έστειλαν από τώρα χριστουγεννιάτικο δώρο, καλή μου;»

Της άρπαξα το κουτί από τα χέρια και κοίταξα μέσα. Περιείχε ένα μακρύ καμηλό παλτό με μια απλή ζώνη. Δίπλα του βρισκόταν ένα ζευγάρι δεκάποντες μαύρες γόβες Christian Louboutin. Είδα πως η Άννα είχε ανοίξει το κουτί, αλλά ευτυχώς όχι την κάρτα που ήταν κολλημένη απέξω, δόξα τω Θεώ!

«Είναι δώρο, Άννα...» απάντησα, προσπαθώντας να κρύψω την ενόχλησή μου για την αδιακρισία της. Αυτό δεν είχε γίνει κατά λάθος. Τα πηγαινέλα μου της είχαν κινήσει την περιέργεια, και η λιμουζίνα την ανησυχούσε κάθε φορά που ερχόταν. Δίπλα στο παλτό και στα παπούτσια υπήρχε κι ένα μικρό μαύρο βελούδινο πουγκί. Η Άννα το πρόσεξε ταυτόχρονα με μένα.

«Τι έχει εκεί μέσα;» με ρώτησε δείχνοντάς το.

«Γάντια» είπα. Επινόησα ένα ψέμα για έναν πολύ

επίμονο κύριο που είχα γνωρίσει στη δουλειά, με τον οποίο είχα βγει μια δυο φορές και τώρα προσπαθούσε να με ρίξει, προσθέτοντας ψευτοδιαμαρτυρόμενη: «Μακάρι να σταματούσε να μου κάνει δώρα... Είναι πολύ νωρίς».

«Σαχλαμάρες!» αντιγύρισε. «Δέξου το τώρα που μπορείς».

Μόλις επέστρεψα στην ασφάλεια του διαμερίσματός μου, άνοιξα την κάρτα που είχε έρθει με το κουτί. Έβδομο Βήμα: *Περιέργεια*. Τι ταιριαστό, σκέφτηκα. Η Άννα θα έπαιρνε δέκα με τόνο. Ύστερα άνοιξα το βελούδινο πουγκί. Αν είχε δει τι υπήρχε μέσα του, ίσως είχε πέσει ξερή.

* * *

Την επομένη, αμέσως μετά το ηλιοβασίλεμα, η λιμουζίνα μπήκε στο ημικυκλικό δρομάκι και με άφησε ακριβώς έξω από την πόρτα του Μεγάρου. Την προηγούμενη φορά που είχα πάει, η λιμουζίνα είχε μπει από την πλαϊνή είσοδο. Αυτήν τη φορά το αυτοκίνητο σταμάτησε στη μεγαλοπρεπή κυρία είσοδο. Είχα συνηθίσει να περιμένω να μου ανοίξει ο σοφέρ την πόρτα της λιμουζίνας –κάτι που για μια κοπέλα από το Μίσιγκαν δε θα συνέβαινε ούτε στα πιο τρελά της όνειρα– κι εκείνος μου έκανε για μία ακόμα φορά τη χάρη. Πάτησα στο πλακόστρωτο φορώντας τις γόβες, οι οποίες, προς μεγάλη μου έκπληξη, ήταν πολύ άνετες. Ίσως επειδή κόστιζαν μια περιουσία. Εκείνο το βράδυ, όταν ύψωσα το βλέμμα και κοίταξα το σπίτι, είδα πως όλα τα δωμάτια ήταν κατάφωτα, σκορπίζοντας την ίδια λάμψη στο χρώμα της ώχρας, θαρρείς και με περίμενε προτού ζωντανέψει ξανά. Μια αρκτική παγωνιά περόνιασε τους γυμνούς αστράγαλούς μου κι ένιωσα ευγνωμοσύνη για το μακρύ παλτό, που κάλυπτε το υπόλοιπο σώμα μου.

Ανέβηκα αργά τα φαρδιά μαρμάρινα σκαλιά που οδηγούσαν στη δίφυλλη πόρτα, ενώ το στομάχι μου σφιγγόταν καθώς συλλογιζόμουν τι μπορεί να έφερνε η αποψινή φαντασίωση. Ήλπιζα πως είχα αποκτήσει αρκετή αφοβία, εμπιστοσύνη και αυτοπεποίθηση από τα προηγούμενα βήματα, ώστε να μπορέσω να αντεπεξέλθω σε τούτο εδώ. Αυτές ήταν οι ιδιότητες που θα χρειαζόταν να επιστρατεύσω, μου είχε πει η Ματίλντα. Επιπλέον είχα ανάγκη κάτι ικανοποιητικό και μεθυστικό, ώστε να αποβάλω τη σκέψη του Πιέρ από το κορμί μου και του Γουίλ από την καρδιά μου. Ψαχούλεψα μέσα στην τσέπη μου για να βρω το βελούδινο πουγκί. Είχα το προαίσθημα ότι θα τα κατάφερνα και τα δύο απόψε.

Χτύπησα δύο φορές, και η Κλοντέτ με υποδέχτηκε στο φουαγιέ σαν παλιά γνωστή της, χωρίς τη θέρμη με την οποία υποδέχεται κανείς έναν φίλο.

«Ήταν άνετη η διαδρομή σου;»

«Πάντα είναι» απάντησα ενώ περιεργαζόμουν την επιβλητική είσοδο και την πανέμορφη στριφογυριστή σκάλα. Χαιρόμουν που το δωμάτιο ήταν μισοφωτισμένο και ζεστό, σχεδόν υπερβολικά ζεστό, από τη θερμότητα που έβγαινε από το σαλόνι στα αριστερά μου, όπου διέκρινα μια ζωηρή φωτιά. Πρόσεξα το χρυσό κιγκλίδωμα και το παχύ κόκκινο χαλί που κάλυπτε τα σκαλοπάτια. Τα ασπρόμαυρα πλακάκια σχημάτιζαν μια σπείρα που κατέληγε σ' ένα ένθετο οικόσημο στο κέντρο. Το σχέδιο περιλάμβανε μια ιτιά που σκίαζε τρεις γυμνές γυναίκες, καθεμιά από αυτές με δέρμα διαφορετικού χρώματος –λευκό, καστανό, μαύρο– και από κάτω ήταν χαραγμένες οι φράσεις: *Nihil judicii. Nihil limitis. Nihil verecundiae.*

«Τι σημαίνει αυτό;» είπα στην Κλοντέτ.

«Είναι το μότο μας: Χωρίς επικρίσεις. Χωρίς όρια. Χωρίς ντροπή».

«Μάλιστα...»

«Το έφερες;» με ρώτησε.

Δε χρειάστηκε να διευκρινίσει ποιο εννοούσε.

«Ναι». Έβγαλα το βελούδινο πουγκί από την τσέπη μου και της το έδωσα.

«Είναι ώρα» αποκρίθηκε και πήρε το πουγκί από τα χέρια μου πηγαίνοντας πίσω μου.

Την άκουσα να τραβάει το λουράκι. Έπειτα από μερικά δευτερόλεπτα μου έδεσε ένα μαύρο σατέν μαντίλι γύρω από τα μάτια.

«Βλέπεις τίποτα;»

«Όχι». Και δεν έβλεπα. Μόνο απόλυτο σκοτάδι.

Τα χέρια της Κλοντέτ βρέθηκαν στους ώμους μου και τράβηξαν το παλτό μου. Και πριν προλάβω να τη ρωτήσω τι έπρεπε να κάνω στη συνέχεια, την άκουσα να φεύγει αλαφροπατώντας.

Επί αρκετά λεπτά έμεινα εκεί, στο ίδιο σημείο, δίχως να κουνιέμαι σχεδόν καθόλου. Οι μόνοι ήχοι που άκουγα ήταν το τρίξιμο της φωτιάς, το τακ τακ από τα τακουνάκια μου καθώς ζύγιαζα νευρικά το βάρος μου από το ένα πόδι στο άλλο και το κουδούνισμα από το βραχιόλι μου κάθε φορά που κουνούσα το χέρι μου. Ήμουν ευγνώμων που το δωμάτιο ήταν τόσο ζεστό, μιας και, εκτός από το μαντίλι στα μάτια και τις γόβες μου, δε φορούσα τίποτε άλλο. Η κάρτα για το Βήμα διευκρίνιζε πως έπρεπε να έρθω με το πουγκί στην τσέπη και να φοράω *μόνο* το καμηλό παλτό και τις γόβες. Έμεινα έτσι για ένα διάστημα που μου φάνηκε ατέλειωτο, γυμνή και με δεμένα μάτια, περιμένοντας να ξεκινήσει η φαντασίωση.

Έπειτα από λίγο ανακάλυψα ότι, χωρίς την όραση, οι άλλες μου αισθήσεις είχαν οξυνθεί. Από κάποια στιγμή και ύστερα ήμουν βέβαιη ότι κάποιος βρισκόταν στο δωμάτιο μαζί μου, αν και δεν είχα ακούσει κανέναν να μπαίνει. Αισθανόμουν απλώς μια παρουσία, μια παρουσία που έστειλε ένα ρίγος να διαπεράσει τη ραχοκοκαλιά μου.

«Είναι κανείς εδώ;» ρώτησα. «Πες κάτι, σε παρακαλώ...»

Δε με φιλοδώρησαν με καμία απάντηση. Έπειτα από μερικά δευτερόλεπτα όμως άκουσα κάποιον να ανασαίνει.

«Κάποιος *είναι* εδώ...» είπα. Παρά τη ζέστη, άρχισα να τρέμω από νευρικότητα. «Τι θες να κάνω;»

Άκουσα έναν άντρα να ξεροβήχει και αναπήδησα από το ξάφνιασμα.

«Ποιος είσαι;» ρώτησα, λίγο πιο δυνατά απ' όσο έπρεπε. Δεμένα μάτια είχα, δεν ήμουν κουφή, αλλά για κάποιον ανεξήγητο λόγο η φωνή μου έβγαινε δυνατότερη απ' ό,τι συνήθως.

«Κάνε μισή στροφή προς τα αριστερά» δήλωσε η φωνή. «Κάνε πέντε βήματα και σταμάτα».

Η χροιά της ήταν πολύ σέξι, ανήκε ίσως σ' έναν άντρα που ήταν λίγο μεγαλύτερος, που ίσως ήταν συνηθισμένος να έχει εκείνος τον έλεγχο. Έκανα αυτό που μου είπε, καταλαβαίνοντας ότι κατευθυνόμουν προς το μέρος του.

«Τέντωσε τα χέρια σου, σε παρακαλώ».

Το έκανα.

«Τώρα προχώρησε ευθεία ώσπου να μ' αγγίξεις».

Η νωθρότητα της φωνής είχε κάτι που με τράβηξε προς τα εμπρός. Έκανα ένα, ύστερα δύο προσεκτικά βήματα, αντιλαμβανόμενη πόσο εύκολα μπορείς να χάσεις την ισορροπία σου όταν δε βλέπεις. Τέντωσα τα χέρια, ώσπου ακούμπησαν σε γραμμωμένη ζεστή σάρκα. Παρόλο που δεν είχα την τόλμη να αφήσω τα χέρια μου να κατέβουν πιο χαμηλά, μου δημιουργήθηκε η εντύπωση πως ήταν κι αυτός γυμνός και ψηλός, με σφιχτό φαρδύ στέρνο.

«Κέισσι, αποδέχεσαι το Βήμα;»

Η φωνή του ήταν σαν ρευστός καπνός, τα σίγμα του τυλίγονταν γύρω από τα φωνήεντα.

«Ναι, το αποδέχομαι!» απάντησα, με κάπως υπερβολικό ενθουσιασμό, ενώ άφηνα επιτέλους τα χέρια μου να κατηφορίσουν στα πλάγια του λιγνού θώρακά του και να ανέβουν ξανά από την κοιλιά έως την κλείδα του. Συνειδητοποίησα πως η ντροπή μου είχε χαθεί, είχε λιώσει ή ίσως την είχα αφήσει κάπου στο Halo ή καταμεσής στον Κόλπο ή ενδεχομένως στο πίσω κάθισμα της λιμουζίνας. Δεν ήξερα, δεν μπορούσα να θυμηθώ και δε με ένοιαζε.

«Πώς σε λένε;» ρώτησα.

«Δεν έχει σημασία, Κέισσι... Μου επιτρέπεις;»

«Να σου επιτρέψω τι πράγμα;»

«Ν' αγγίξω το δέρμα σου;»

Άφησα τα χέρια μου να πέσουν στα πλευρά μου, πρόθυμη όσο ποτέ να υποταχθώ. Έγνεψα καταφατικά, κι εκείνος με πλησίασε τόσο πολύ, ώστε ένιωθα τα δάχτυλά του να περνούν φευγαλέα πάνω από τις θηλές μου, οι οποίες ανταποκρίνονταν ήδη. Τα χέρια του κινούνταν αργά και επιδέξια επάνω στα στήθη μου· χούφτωσε το ένα και το πήρε στο δροσερό και υγρό στόμα του. Το άλλο χέρι του τυλίχτηκε γύρω μου, έμεινε για λίγο στους γλουτούς μου και με τράβηξε πάνω του, έτσι που το δέρμα μου κόλλησε στο δικό του. Τον αισθανόμουν σκληρό στον μηρό μου. Το χέρι του γλίστρησε πίσω μου και ανέβηκε προς τα επάνω. Ήμουν ήδη υγρή.

Στην αρχή το σώμα μου αργούσε να ανταποκριθεί, όμως τώρα το πάθος μου ήταν άμεσο. Τον ήθελα. Όχι, όχι αυτόν. Πώς γινόταν να θέλω *αυτόν*, έναν άντρα που δεν ήξερα καν; Αλλά ήθελα *αυτό*. Όλο *αυτό*. Και άρχισα να καταλαβαίνω τι εννοούσε η Ματίλντα όταν έλεγε πως, αν έμπαινα ξανά μέσα στο κορμί μου, θα μπορούσα να βγάλω τον Πιέρ από το μυαλό μου. Ύστερα, γρήγορα όπως είχε αρχίσει, άλλο τόσο γρήγορα με άφησε από την καυτή αγκαλιά του και κόντεψα να χάσω την ισορροπία μου.

«Πού είσαι;» ρώτησα, ψηλαφίζοντας με τα χέρια τον αέρα γύρω μου. «Πού πήγες;»

«Ακολούθησε τη φωνή μου, Κέισσι».

Τώρα ακουγόταν από την άλλη άκρη του σαλονιού. Έστριψα λιγάκι για να την ακολουθήσω. Απομακρυνόμασταν από τη φωτιά, από τη ζεστασιά του σαλονιού, και πηγαίναμε προς ένα άλλο δωμάτιο, διαφορετικό.

«Έτσι μπράβο, ένα βήμα τη φορά...» μου ψιθύρισε. «Ξέρεις πόσο σέξι είσαι τώρα που φοράς μόνο τις γόβες σου;»

Τα λόγια του με άναβαν και με έκαναν πιο υγρή καθώς προχωρούσα προσεκτικά προς τη φωνή του, με τα χέρια τεντωμένα εμπρός μου. Αισθανόμουν τη λάβρα μιας άλλης φωτιάς μπροστά στο σώμα μου. Όταν ένιωσα το χαλί κάτω από τα τακούνια μου, παραλίγο να παραπατήσω.

«Ακριβώς μπροστά σου βρίσκεται μια καρέκλα. Δύο βήματα ακόμα».

Τα δάχτυλά μου ψηλάφισαν μια ξύλινη ψηλόραχη καρέκλα, που την ένιωσα μεγάλη σαν θρόνο. Κάθισα σ' ένα μαξιλάρι, που μου φάνηκε επενδεδυμένο με ακατέργαστο μετάξι. Αναρωτήθηκα με ντροπή πώς να φαινόταν η κοιλιά μου τώρα που ήμουν καθιστή. Έκλεισα σφιχτά τα πόδια μου. *Σταμάτα, Κέισσι. Δεν είναι ώρα για σκέψεις τώρα.* Η αίσθηση όμως του μεταξιού κάτω από τον πισινό μου ήταν υπέροχη, και τα χέρια μου άρχισαν να χαϊδεύουν το ύφασμα. Αισθάνθηκα τον άντρα να αλλάζει θέση μέσα στο δωμάτιο, ώσπου βρέθηκε ακριβώς πίσω από την καρέκλα μου.

Ένιωσα τα μεγάλα ζεστά χέρια του στους ώμους μου να μου χαϊδεύουν το δέρμα. Σκαρφάλωσαν στον λαιμό μου, όπου το ένα αγκάλιασε απαλά τον αυχένα μου, ενώ το άλλο τεντώθηκε κι έπιασε κάτι που βρισκόταν μπροστά μας. Το χείλος ενός ποτηριού άγγιξε απαλά το στόμα μου, και η θερμή μεστή μυρωδιά του κόκκινου κρασιού τρύπησε τη μύτη μου.

«Πιες μια γουλιά, Κέισσι...»

Έγειρε προσεκτικά το ποτήρι προς τα εμπρός. Ήπια πρόθυμα μια γουλιά. Δε γνώριζα από κρασιά, όμως μου φάνηκε πλούσιο και πολυεπίπεδο. Δεν ξέρω αν οι τόνοι που γεύτηκα ήταν από δρυ ή κεράσι ή σοκολάτα, αλλά ήξερα ότι μάλλον ήταν το ακριβότερο κρασί που είχα πιει ποτέ μου. Τον άκουσα να ακουμπάει μαλακά το ποτήρι στο τραπέζι. Έπειτα από ελάχιστα δευτερόλεπτα ήρθε μπροστά μου και το στόμα του βρήκε το δικό μου, η γλώσσα του με εξερευνούσε. Είχε κι εκείνος γεύση κρασιού και σοκολάτας. Κάθε κύτταρό μου ξύπνησε από τη γεύση και την αφή, τη μυρωδιά και την υφή του κορμιού του. Μετά σταμάτησε.

«Πεινάς, Κέισσι;»

Έγνεψα καταφατικά.

«Τι τραβάει η όρεξή σου;»

«Εσένα...»

«Αργότερα αυτό. Τώρα άνοιξε το νόστιμο στοματάκι σου».

Το έκανα, κι αυτός άρχισε να τρίβει κομματάκια φρούτου στα χείλη μου, αφήνοντάς μου χρόνο ίσα για να τα μυρίσω και ύστερα να τεντώσω τη γλώσσα και να τα δοκιμάσω. Γεύτηκα τη χυμώδη σάρκα ενός μάνγκο, κι όταν η γλώσσα μου τυλίχτηκε γύρω από τη φετούλα που μου πρόσφερε με τα δάχτυλά του, τα έγλειψα και τα δύο. Κατόπιν μου έδωσε μερικές φράουλες, τη μια μετά την άλλη, άλλες βουτηγμένες σε σοκολάτα κι άλλες σε σαντιγί. Αυτό όμως που με ξετρέλανε ήταν οι τρούφες· μου επέτρεψε μόνο να τις γλείφω και να τσιμπολογάω τις άκρες τους, χωρίς να με αφήσει να κόψω μια κανονική δαγκωνιά. Έπειτα από κάθε μπουκιά κολλούσε το στόμα του στο δικό μου φιλώντας με. Δεν μπορούσα να δω το πρόσωπό του, αλλά η αίσθηση ήταν βασανιστική, το πώς προέτρεπε το στόμα μου να ανοίξει με τη γλώσσα του.

Ύστερα στάθηκε με ανοιχτά τα πόδια από πάνω μου, ενώ εγώ ξάπλωνα στον ταπετσαρισμένο θρόνο μου. Ένιωθα τους γυμνούς μηρούς του στο εξωτερικό μέρος των δικών μου. Ξεροκατάπια όταν έπιασε τα ξύλινα μπράτσα της καρέκλας και την τράβηξε απότομα μπροστά.

«Τέντωσε τα χέρια σου» μου είπε, και μόλις το έκανα, τον άγγιξα, έτσι σφριγηλό, ζεστό και απαλό.

Τύλιξα το χέρι γύρω του, φέρνοντάς τον ανυπόμονα στο στόμα μου. Χρησιμοποιώντας και τα δυο χέρια, τον πήρα πιο βαθιά, νιώθοντας την ηδονή που πρόσφερα, την ηδονή της ικανοποίησης του άλλου να με κατακλύζει ξανά. Φαντάστηκα πώς θα φαινόμουν καθισμένη στην καρέκλα, με δεμένα μάτια, με τις γόβες, με αυτό το πανέμορφο σώμα από πάνω μου. Ένα μούδιασμα με διαπέρασε σ' αυτήν τη σκέψη.

«Σταμάτα, Κέισσι...» μουρμούρισε ενώ τραβιόταν απαλά από το στόμα μου. «Είναι υπέροχο, μα πρέπει να σταματήσεις».

Με σήκωσε από την καρέκλα και στήθηκα στα πόδια μου. Τα μέλη μου έτρεμαν από τον πόθο. Στάθηκε πίσω μου και κάναμε μαζί λίγα βήματα προς τα εμπρός, όπου τα χέρια μου ακούμπησαν σε κάτι που μου φάνηκε σαν μπράτσο μεταξωτού ανάκλιντρου. Ανάσανα τη μυρωδιά των πορτοκαλιών και του κρασιού και των κεριών με άρωμα βανίλιας. Άκουσα τη φωτιά που έτριζε και σπινθήριζε μπροστά μας και η καρδιά μου άρχισε να χτυπάει σαν τρελή. Η πλάτη μου αψιδώθηκε μόλις ένιωσα τα χέρια του να αρπάζουν γερά τους γοφούς μου και να με τραβούν προς το μέρος του. Αισθανόμουν τον πόθο του για μένα, και σκλήρυνε ακόμα πιο πολύ.

«Θα μπω μέσα σου τώρα, Κέισσι... Το θες;»

Σήκωσα το σώμα μου προς το μέρος του, για να του δείξω πως ναι, το ήθελα, πάρα πολύ.

«Πες το μου, Κέισσι. Πες το...»

«Σε θέλω...» ψιθύρισα, με φωνή πνιχτή από τη συγκίνηση.

«Πες το, Κέισσι. Πες μου ότι το θες...»

«Το θέλω. Το θέλω!»

«Πες το!»

«Σε θέλω. Σε θέλω μέσα μου. *Τώρα!*» τον πρόσταξα.

Τον άκουσα να σκίζει ένα φακελάκι κι έπειτα από μερικά δευτερόλεπτα τον ένιωσα να γλιστράει όλος μέσα μου, να βυθίζεται βαθιά και γρήγορα και δυνατά. Τον αισθάνθηκα να περνάει το χέρι του από κάτω μου, και τα δάχτυλά του με χάιδεψαν με ξέφρενο ρυθμό. Το άλλο του χέρι με κρατούσε από τον γοφό τόσο σφιχτά, που ουσιαστικά με σήκωνε από το πάτωμα. Έπιασε μια χουφτιά από τα μαλλιά μου, τραβώντας απαλά το κεφάλι μου προς τα πίσω. Τα χέρια του διέτρεξαν τη λυγισμένη πλάτη μου και τελικά χούφτωσαν τους μηρούς μου και τους μάλαξαν με τέτοια ένταση, που με ζάλισε. Τα μπάσα βογκητά του με έκαναν να νιώθω ότι τον τρέλαινα.

«Είσαι καύλα με τον κώλο σου τουρλωμένο έτσι, Κέισσι... Μ' αρέσει πολύ. Εσένα;»

«Ναι...»

«Πες το. Πες το πιο δυνατά».

«Μ' αρέσει. Μ' αρέσει να γαμιόμαστε έτσι!» είπα, εκπλήσσοντας τον εαυτό μου με αυτά που έλεγα. Ήταν ζωώδες και θεϊκό.

Μου άνοιξε περισσότερο τα πόδια και άρχισε να κουνιέται πιο έντονα και πιο γρήγορα.

«Ω Θεέ μου...» ψέλλισα. Γίνονταν όλα ταυτόχρονα και πάρα πολύ γρήγορα, και ο πόθος γιγαντωνόταν σε θύελλα μέσα μου.

«Μπορείς να τελειώσεις τώρα. Θέλω να τελειώσεις, Κέισσι...» με παρότρυνε, κι αυτό ακριβώς έκανα, με όλο μου το κορμί και με όλη μου την καρδιά.

Ύστερα ακολούθησε κι εκείνος. Μόλις τέλειωσε, τραβήχτηκε, κι εγώ έπεσα μπρούμυτα στο ανάκλιντρο τόσο εξουθενωμένη, ώστε γλίστρησα μαλακά στο αρκουδοτόμαρο στο πάτωμα κι έμεινα εκεί ξαπλωμένη ανάσκελα. Τον ένιωσα να γλιστράει δίπλα μου. Έκανα να βγάλω το μαντίλι.

«Μη...» μου είπε και μου έπιασε το χέρι, αφήνοντας το μαντίλι στη θέση του.

«Μα θέλω να σε δω... Θέλω να δω το πρόσωπο που κατάφερε να φέρει σ' αυτή την κατάσταση το σώμα μου».

«Προστατεύω την ανωνυμία μου».

Διαισθάνθηκε την απογοήτευσή μου, γι' αυτό έγειρε προς το πρόσωπό μου και πήρε το χέρι μου στο δικό του.

«Ορίστε, άγγιξε το πρόσωπό μου» μου πρότεινε. «Αλλά μη βγάλεις το μαντίλι από τα μάτια σου».

Πήρε το χέρι μου και το έφερε στο ελαφρώς αξύριστο μάγουλό του. Ψηλάφισα ένα έντονο, γωνιώδες πιγούνι, μάτια μακριά το ένα από το άλλο, απαλά μαλλιά μακριούτσικα, με κοντές φαβορίτες. Τα δάχτυλά μου χάιδεψαν ένα πλατύ στόμα, κι εκείνος τα δάγκωσε παιχνιδιάρικα. Ύστερα το χέρι μου κατηφόρισε ξανά στο μυώδες στέρνο και στη σφιχτή κοιλιά του.

«Είσαι καταπληκτικός!» αναφώνησα.

«Κι εσύ το ίδιο... Είναι ώρα να πηγαίνω όμως, Κέισσι. Προτού φύγω, άνοιξε το χέρι σου».

Το έκανα και τον ένιωσα να βάζει ένα μικρό στρογγυλό νόμισμα –το κρεμαστό του Έβδομου Βήματος, της *Περιέργειας*– στην υγρή παλάμη μου. Μου φαινόταν ακόμα πιο ντελικάτο και εύθραυστο τώρα που δεν μπορούσα να το δω, θαρρείς και θα τσακιζόταν με την παραμικρή πίεση.

«Ευχαριστώ...» είπα, ενώ το σώμα μου παλλόταν ακόμα. Τον άκουσα να κατευθύνεται αθόρυβα προς την έξοδο.

Έπειτα από μερικά δευτερόλεπτα με αποχαιρέτησε ψιθυριστά.

«Αντίο...» αποκρίθηκα.

Αφού έκλεισε σιγανά την πόρτα πίσω του, τράβηξα το μαντίλι και περιεργάστηκα το δωμάτιο. Ήταν εκθαμβωτικό, ανδροπρεπές, με ένα τεράστιο δρύινο γραφείο στο κέντρο και βιβλιοθήκες που έφταναν έως το ταβάνι στους τρεις τοίχους. Χοντρά κεριά σανταλόξυλου τρεμόπαιζαν στο τραπέζι, όπου υπήρχε ένα μεγάλο μπολ με πορτοκάλια. Έμεινα εκεί γυμνή, περνώντας τα δάχτυλά μου μέσα από τις τρίχες του απαλού αρκουδοτόμαρου επάνω στο οποίο ήμουν ξαπλωμένη. Η φωτιά έσβηνε λίγο λίγο.

Την ώρα που περνούσα το κρεμαστό του Έβδομου Βήματος στο βραχιόλι μου, αναρωτιόμουν πώς να ήταν στην όψη ο καινούριος μυστηριώδης άντρας μου, αυτός που είχε φύγει πριν από λίγες στιγμές, αφήνοντάς με χορτασμένη και περίεργη και με μια ζωτικότητα ακμαία και πρωτόγνωρη.

[ΚΕΦΑΛΑΙΟ ΕΝΤΕΚΑ]

ΜΕΤΑ ΤΗ ΦΑΝΤΑΣΙΩΣΗ με τα δεμένα μάτια η ζωή μού φαινόταν πιο έντονη. Όλες οι αισθήσεις μου είχαν ξυπνήσει. Έδινα μεγαλύτερη προσοχή σε πράγματα και ανθρώπους που πρωτύτερα αγνοούσα. Περνώντας, χάιδευα με τα χέρια τις καγκελόπορτες στη συνοικία Γκάρντεν, παρατηρούσα τα καλαμπόκια και τα πουλάκια που ήταν σκαλισμένα στον χυτοσίδηρο, φανταζόμουν τον τεχνίτη που πρόσθεσε τούτες τις διακοσμητικές πινελιές. Παλιότερα με ενοχλούσε όταν οι τακτικοί θαμώνες του Café Rose έπιαναν ένα τραπέζι έξω, παράγγελναν έναν καφέ και κάθονταν εκεί όλο το πρωί πιάνοντας την κουβέντα με τους περαστικούς, εμποδίζοντας την κυκλοφορία στο στενό πεζοδρόμιο με σκυλιά και ποδήλατα. Τώρα θαύμαζα την πρωινή εγκαρδιότητα της οδού Φρέντσμεν, το πώς διάφορες φυλές και ηλικίες μαζεύονταν γύρω από το ίδιο τραπέζι. Αισθανόμουν τυχερή που ανήκα σ' αυτή την κοινότητα. Άρχισα μάλιστα να νιώθω σαν στο σπίτι μου.

Αντί να αφήσω έτσι απλά τον καφέ μπροστά του, ρώτησα τον πολυλογά γέρο με το φανταχτερό σκαλιστό μπαστούνι για τη ζωή του. Μου είπε πως η γυναίκα του το είχε σκάσει με τον δικηγόρο του και πως είχε τρεις κόρες, τις οποίες έβλεπε σπάνια. Άρχισα να καταλαβαίνω πως οι εκκεντρικότητές του είχαν σκοπό να προσελκύουν τον κόσμο, για να μπορεί να πιάνει την κουβέντα και να αισθάνεται λιγότερη μοναξιά. Και με λίγη ενθάρρυνση, ο Τιμ από το ποδηλατάδικο του Μάικλ μού αφηγήθηκε σπαρακτικές ιστορίες από τους τυφώνες και μου μίλησε για μερικούς φίλους του που δεν τα κατάφεραν. «Πολλοί γλίτωσαν από τους τυφώνες, αλλά μετά πέθαναν από το μαράζι τους» μου είπε.

Τον πίστεψα, επειδή ήξερα πως η απώλεια και η απογοήτευση μπορούν να προκαλέσουν μεγάλο πόνο.

Η Νέα Ορλεάνη περνούσε έναν από τους θερμότερους χειμώνες στην ιστορία της, κι έτσι, όταν μου τηλεφώνησε ένας εθελοντής για να μου πει πως είχα κερδίσει στη λαχειοφόρο του Χορού της Εταιρείας Αναζωογόνησης ένα τετραήμερο ταξίδι για δύο στο Γουίστλερ της Βρετανικής Κολομβίας στον Καναδά, πέταξα από τη χαρά μου. Ήθελα να ξανακάνω σκι, αλλά κυρίως είχα ανάγκη να νιώσω πραγματικό χειμώνα στο πετσί μου. Παρόλο που είχα ασπαστεί τον Νότο και είχα αρχίσει να μαθαίνω την πόλη σε βάθος, η καρδιά μου ήταν ακόμα βόρεια.

Προτού φύγω για την εκδρομή, ζήτησα από την Άννα να κρατήσει την Ντίξι στο διαμέρισμά της. Δεν ήθελα να της δώσω κλειδιά για το σπίτι μου, από φόβο μήπως αρχίσει να ψάχνει τα πράγματά μου και ανακαλύψει το ημερολόγιο των φαντασιώσεων ή κάποιο άλλο στοιχείο που θα εξηγούσε τα μυστηριώδη πηγαινέλα με τη λιμουζίνα. Όταν ανέφερα στη Ματίλντα τα σχετικά με την εκδρομή λέγοντάς της ότι θα έλειπα, δε μου είπε τίποτε άλλο πέρα από το να περάσω καλά και να την πάρω μόλις επιστρέψω.

Ο Γουίλ δίσταζε λίγο να μου δώσει άδεια, όμως υπήρχε πάντα ένα σύντομο διάστημα ανάπαυλας ανάμεσα στις διακοπές και στην αρχή του Καρναβαλιού. Του θύμισα πως αυτή ήταν η πιο κατάλληλη περίοδος για να πάρω την άδειά μου.

«Εντάξει» αποκρίθηκε όταν του το είπα. Είχαμε καθίσει έξω για έναν γρήγορο καφέ αφότου έφυγαν οι πρωινοί πελάτες. «Μόνη σου θα πας;»

«Δεν έχω κανέναν να με συνοδέψει».

«Ο Πιέρ Καστίγ;» Ουσιαστικά έφτυσε το όνομα.

«Έλα τώρα...» του απάντησα, καλύπτοντας, ελπίζω, το ρίγος που με διαπερνούσε μόλις άκουγα το όνομα του Πιέρ. «Αυτό δεν ήταν τίποτα. Με όλη τη σημασία της λέξης!»

«Τον μάγεψες, Κέισσι. Έχει επικοινωνήσει μαζί σου;» Ο Γουίλ δεν έκανε καμία προσπάθεια να κρύψει τη ζήλια του, που κρεμόταν πάνω από το μεταλλικό τραπεζάκι μας σαν βαρύ σύννεφο.

«Όχι, Γουίλ, δεν έχει επικοινωνήσει. Ούτε περιμένω να το κάνει» είπα και το εννοούσα.

Πέρασα το στρίφωμα της ποδιάς μου ανάμεσα από τα δάχτυλά μου, ενώ σκεφτόμουν πόσο πολύ με έτρωγε η περιέργεια να μάθω τι σχέση είχε ο Γουίλ με τον Πιέρ. Τελικά βρήκα το θάρρος να ρωτήσω.

«Για πες... Πόσο καλά γνωρίζεστε με τον Πιέρ; Και γιατί δεν τον είχες αναφέρει ποτέ;»

«Από τον Τίμιο Σταυρό» απάντησε, αναφερόμενος

σ' ένα ιδιωτικό σχολείο αρρένων. «Πήγα με υποτροφία. Ο πατέρας του έβαλε μέσο για να με δεχτούν».

«Δηλαδή ήσαστε παιδικοί φίλοι;»

«Κολλητοί. Για χρόνια. Αλλά μας απομάκρυνε ο χρόνος και η ιδιοσυγκρασία. Και ύστερα εκείνο εκεί έδωσε το τελειωτικό χτύπημα» είπε, δείχνοντας την πολυκατοικία απέναντι. «Ο πατέρας του έφτιαξε την Κατασκευαστική Καστίγ, και οι Καστίγ έφτιαξαν αυτό το τερατούργημα. Αγωνίστηκα για να μη χτιστεί. Έχασα... Δεν ξέρω γιατί ήταν απαραίτητο να γίνει εννιαώροφο. Τέσσερις, άντε πέντε, εντάξει. Αυτοί όμως πήγαν κι έχτισαν ολόκληρη πολυκατοικία επάνω στη Φρέντσμεν! Πώς δίνει άδεια το δημοτικό συμβούλιο ώστε να γίνει αυτό, αλλά δε δίνει άδεια σε μένα να βάλω καμιά τριανταριά ανθρώπους να φάνε και να πιουν στον επάνω όροφο του Café Rose;»

«Είναι οι κολόνες που παλιώνουν. Και τα ηλεκτρολογικά, που έχουν ν' αλλαχτούν εξήντα χρόνια».

«Θα τα έφτιαχνα αυτά, Κέισσι. Θα τα έφτιαχνα...» αποκρίθηκε και ήπιε μια γουλιά από τον καφέ του.

«Με τα λεφτά που είχες σκοπό να δώσεις για να με κερδίσεις στον χορό;» ρώτησα.

Έκανε μια γκριμάτσα πόνου μόλις το θυμήθηκε, και μετάνιωσα που το είχα αναφέρει.

«Παρασύρθηκα στιγμιαία από τη διαδικασία...» Ύστερα, αλλάζοντας βιαστικά θέμα, πρόσθεσε: «Θα έπαιρνα δάνειο για να κάνω την ανακαίνιση. Ίσως μάλιστα μπορούσα να πάρω επιδότηση για την επέκταση. Ή από κάποιο κονδύλι για τους τυφώνες... Πρέπει να βρω έναν τρόπο να βγάλω περισσότερα λεφτά απ' αυτό το καταραμένο κτίριο!»

Κοίταξα το εννιαώροφο κίτρινο κτίριο στην απέναντι πλευρά του δρόμου και συλλογίστηκα ότι κατά πάσα πιθανότητα, κάθε φορά που το κοιτούσε ο Γουίλ, θα σκεφτόταν τον Πιέρ.

«Θα μου λείψεις, Κέισσι».

Δεν πίστευα στα αυτιά μου.

«Τέσσερις μέρες είναι μόνο...»

«Δεν ήξερα ότι κάνεις σκι».

«Πάει καιρός. Δέκα χρόνια» αποκρίθηκα και σκέφτηκα πως τα ρούχα του σκι που είχα θα φαίνονταν μάλλον τρομερά παλιομοδίτικα. «Έχεις κάνει ποτέ σου;»

«Όχι. Εγώ είμαι γέννημα θρέμμα νότιος. Ακόμα μ' εκπλήσσει το χιόνι κάθε φορά που πέφτει... Θα βγάλεις καμιά φωτογραφία;» με ρώτησε. Ύστερα, υιοθετώντας την πιο έντονη νότια προφορά, συμπλήρωσε περιπαικτικά: «Επειδή δεν έχω ματαδεί ψηλά βουνά στη ζωή μου!».

* * *

Έπειτα από τρεις εβδομάδες, κοιτάζοντας το όρος Γουίστλερ από κάτω μέσα από τον φακό για να το φωτογραφίσω, έπρεπε να ομολογήσω πως ούτε κι εγώ είχα ξαναδεί τόσο ψηλό βουνό. Στο Μίσιγκαν κάναμε σκι σε λόφους – ψηλούς, απότομους, λόφους πάντως. Λέγονταν όρος Μπράιτον και όρος Χόλλυ, αλλά δεν ήταν κανονικά βουνά. Όχι σαν κι αυτό. Παρόλο που η μέρα ήταν καθαρή, δεν μπορούσα καν να δω την κορυφή του, και για Ιανουάριο δεν έκανε τόσο κρύο εδώ, στη Βρετανική Κολομβία, όσο τον χειμώνα στο Μίσιγκαν. Μάλιστα είχα αρχίσει να αναθεματίζω την ολοκαίνουρια γαλάζια ολόσωμη φόρμα μου, επειδή είχα αναγκαστεί να ξεκουμπώσω το μπουφάν και να το αφήσω να κρέμεται στη μέση μου για να ανακουφιστώ λίγο από τη ζέστη που εξέπεμπε ο ολόλαμπρος ήλιος. Ήμουν σίγουρη ότι φαινόμουν σαν μαραμένη τουλίπα με παράξενο χρώμα. Το άσπρο καπέλο και τα άσπρα γάντια μου πιτσιλίστηκαν πολύ γρήγορα με καφέ και ζεστή σοκολάτα, επειδή επί μιάμιση μέρα έκοβα βόλτες στους πρόποδες του βουνού ώσπου να βρω το κουράγιο να πάρω το τελεφερίκ για την κορυφή.

Είχα έρθει ξανά στον Καναδά, στο Γουίντσορ του Οντάριο συγκεκριμένα, επειδή το όριο ηλικίας για την κατανάλωση αλκοόλ ήταν χαμηλότερο από το Μίσιγκαν κι εγώ έβγαινα με τον Σκοτ, ο οποίος έπινε πολύ, ακόμα και προτού παντρευτούμε. Θυμάμαι ότι για κάποιο διάστημα προσπάθησα να πίνω κι εγώ σαν εκείνον, αλλά τελικά δε μου άρεσε η επίδραση που είχε το αλκοόλ στο σώμα μου. Παρ' όλα αυτά, το χαρακτηριστικό του δεσμού μας ήταν το εξής: οτιδήποτε έκανε και απολάμβανε ο Σκοτ, κατέληγα να το κάνω και να το απολαμβάνω κι εγώ. Του άρεσαν τα Ford, οπότε το πρώτο μου αυτοκίνητο ήταν ένα Focus. Του άρεσε η ταϊλανδέζικη κουζίνα, κι έγινα κι εγώ θιασώτριά της. Ο Σκοτ ήταν δεινός σκιέρ, οπότε έγινα κι εγώ το ίδιο. Αλλά από αυτά που μου έμαθε, το σκι ήταν το μόνο πράγμα που μου άρεσε πραγματικά και στο οποίο τελικά έγινα καλή.

Στην αρχή κάναμε σκι μαζί· ο Σκοτ βρισκόταν εντελώς στο στοιχείο του όταν μου έλεγε ή μου έδειχνε πώς να κάνω κάτι. Αλλά ήμουν κι εγώ πρόθυμη, ήθελα *τόσο πολύ* να λειτουργήσει, να δεθούμε και να ταιριάξουμε, που λίγο έλειψε να σπάσω τον σβέρκο μου στις πίστες για ελεύθερο σκι έπειτα από μόνο τρεις μέρες μαθημάτων. Ήμουν φυσικό ταλέντο, κάτι που στην αρχή ευχαρίστησε τον Σκοτ και μετά άρχισε σιγά σιγά να τον ενοχλεί. Τελικά καταλήξαμε εγώ να πηγαίνω για σκι το πρωί, και ο Σκοτ να μένει πίσω και να κρατάει ζεστό τον καναπέ μπροστά από τη φωτιά περιμένοντας να επιστρέψω, με ένα ποτήρι μπράντι στο χέρι. Όταν έκανα σκι μόνη μου, είχα μια αίσθηση ανεξαρτησίας κι ένιωθα την έντονη συγκίνηση που προσφέρει το φλερτάρισμα με την ανεβασμένη αδρεναλίνη. Μου άρεσε να πηγαίνω γρήγορα και να αισθάνομαι τους μυς των μηρών μου να δουλεύουν σκληρά μες στο κρύο. Αλλά το καινούριο αυτό χόμπι δεν έμελλε να κρατήσει πολύ. Μόλις ο Σκοτ κατάλαβε ότι το ευχαριστιόμουν πραγματικά, και μάλιστα μερικές φορές τραβούσα την προσοχή των αντρών, κόψαμε το σκι εντελώς.

Τώρα, ενώ διέσχιζα το πλήθος στην κεντρική πλατεία του Γουίστλερ με την καινούρια μου στολή, μου ξύπνησαν κακές και καλές αναμνήσεις. Όφειλα να παραδεχτώ ότι, προτού αρρωστήσει ο Σκοτ, είχαμε περάσει μερικές από τις ευτυχέστερες στιγμές μας στις εκδρομές στην Άνω Χερσόνησο. Ίσως αυτό σήμαινε πως είχα αρχίσει να τον συγχωρώ, να ξεπερνάω την πικρία μου για κείνον και τις εγωιστικές αποφάσεις του, που με άφησαν χήρα στα είκοσι εννιά. Το ήλπιζα. Είχα βαρεθεί να τον κατηγορώ για τη μοναξιά μου, είχα βαρεθεί να στενοχωριέμαι γι' αυτό. Και κάτι μέρες σαν τη σημερινή, που ο ήλιος έλαμπε και το χιόνι στραφτάλιζε, μπορούσα μάλιστα να πω πως αγαπούσα τη ζωή μου περισσότερο, μιας και ήταν επιτέλους εντελώς δική μου. Ύψωσα τη ματιά και κοίταξα το βουνό. Δε θα θεωρούσα ποτέ δεδομένη τέτοια ομορφιά, ακόμα κι αν ζούσα εδώ και την έβλεπα κάθε μέρα. Αυτό που πλημμύριζε την καρδιά μου εκείνη τη στιγμή δεν ήταν μόνο ευγνωμοσύνη, αλλά ανόθευτη χαρά.

«Έλα. Δώσ' μου να σε βγάλω μια φωτογραφία μπροστά στο βουνό».

Ξαφνιάστηκα από τη φωνή και το χέρι που, πριν καλά καλά προλάβω να διαμαρτυρηθώ, τυλίχτηκε γύρω από την κάμερά μου.

«Όπα!» είπα τραβώντας τη. Χρειάστηκα ένα δυο δευτερόλεπτα για να καλοκοιτάξω τον νεαρό με το λακκάκι στο μάγουλο και τα ανακατωμένα καστανά μαλλιά, που ξεπρόβαλλαν αυθάδικα κάτω από το μαύρο σκουφί του. Άκουσα μια ελαφριά γαλλική προφορά.

«Δεν προσπαθούσα να σ' την πάρω...» είπε, με τις παλάμες ανοιχτές μπροστά μου σαν να παραδιδόταν. Ύστερα χαμογέλασε· τα δόντια του ήταν κατάλευκα, σε αντίθεση με το ηλιοκαμένο πρόσωπό του. «Σκέφτηκα ότι μπορεί να ήθελες να είσαι κι εσύ στη φωτογραφία. Με λένε Τεό».

«Γεια» αποκρίθηκα τείνοντάς του επιφυλακτικά το χέρι μου, ενώ με το άλλο κρατούσα την κάμερα μακριά του. Αποκλείεται να ήταν παραπάνω από τριάντα. Αλλά το πρόσωπό του το χτυπούσε ολημερίς ο ήλιος και ο αέρας. Οι σέξι ρυτίδες γύρω από τα καστανά μάτια του του χάριζαν μια πατίνα ωριμότητας, παρά το νεαρό της ηλικίας του. «Κέισσι».

«Και συγγνώμη... Δεν ήθελα να σε τρομάξω. Δουλεύω εδώ. Είμαι δάσκαλος του σκι».

Χμμμ... Είχα μείνει μόνη μου δύο μέρες και τις είχα ευχαριστηθεί πολύ. Και ξαφνικά μπροστά μου εμφανιζόταν ένας πανέμορφος άντρας. Κατά πάσα πιθανότητα τον είχε στείλει η Ματίλντα. Αποφάσισα να μπω στο ψητό.

«Ώστε δουλεύεις εδώ, στο Γουίστλερ; Ή μήπως είσαι από τους... *Ξέρεις...*»

Έγειρε το κεφάλι του στο πλάι.

«Ένας από τους... *Ξέρεις; Ποιους;* Ένας από τους... *άντρες;*» Κοίταξε ολόγυρα τη γεμάτη κόσμο πλατεία, με το ύφος του να προδίδει πόσο μπερδεμένος ήταν. «Λοιπόν, είμαι... Είμαι *άντρας*» είπε, προφανώς μην έχοντας ιδέα τι του έλεγα.

Μου πέρασε από τον νου η σκέψη ότι μπορεί να ήταν απλώς ένας τυχαίος, ένας ομορφούλης που έτυχε να έρθει να μου πιάσει την κουβέντα, ο οποίος δεν είχε καμία απολύτως σχέση με το S.E.C.R.E.T. Δε μου φαινόταν πια και τόσο απίθανο, κι αυτό με έκανε να χαμογελάσω.

«Εντάξει» αποκρίθηκα. «Τώρα πρέπει να ζητήσω *εγώ* συγγνώμη... Και δεν έπρεπε να υποθέσω πως ήθελες να μου κλέψεις την κάμερα». Συμμετείχα κι εγώ στο καναδέζικο χόμπι του να ζητάς συγγνώμη από αγνώστους, κάτι που αναφερόταν στον ταξιδιωτικό οδηγό μου.

«Πώς θα σου φαινόταν να επανορθώσεις αφήνοντάς με να σου κάνω ένα μάθημα σκι δωρεάν;» προσφέρθηκε εκείνος. Ναι, είχε αδιαμφισβήτητα γαλλική προφορά – ή, μάλλον, από το Κεμπέκ.

«Κι αν δε χρειάζομαι μάθημα;» ρώτησα, νιώθοντας την αυτοπεποίθησή μου να επιστρέφει.

«Δηλαδή ξέρεις καλά αυτές τις πλαγιές;» Μου χαμογέλασε με ένα ακαταμάχητο χαμόγελο. «Ξέρεις τις συνθήκες και μπορείς να εντοπίσεις τις μαύρες διαδρομές, ξέρεις πού σε πηγαίνει κάθε αναβατήρας και ποιες από τις πίστες των αρχαρίων μπορεί να αποδειχθούν επικίνδυνες αν δεν προσέξεις;»

Ποιον πήγαινα να κοροϊδέψω;

«Βασικά όχι» παραδέχτηκα. «Εδώ και δύο μέρες περιφέρομαι στους πρόποδες... Δεν ξέρω αν έχω τα κότσια ν' ανέβω».

«Θα γίνω εγώ τα κότσια σου» αποκρίθηκε, προσφέροντάς μου το μπράτσο του.

* * *

Ο Τεό ήταν ταλαντούχος δάσκαλος, και παρόλο που αντιστάθηκα στις πιο τρομακτικές μαύρες διαδρομές, αφού περάσαμε μία ώρα διασχίζοντας εύκολα τη Σέλα, την παγωμένη πλαγιά όπου το χιόνι ήταν το πιο γλιστερό και εύθραυστο που είχα δει ποτέ μου, πήραμε τον εξπρές ανελκυστήρα για τη Συμφωνία. Ο Τεό μού υποσχέθηκε ένα μείγμα δύσκολων καταβάσεων με εύκολες ράχες, έτσι ώστε να ξεκουραστούν λιγάκι οι τρεμάμενοι μύες στους μηρούς μου, και ύστερα μια άνετη διαδρομή οχτώ χιλιομέτρων έως το χωριό. Ευτυχώς που στη Νέα Ορλεάνη πήγαινα κάθε βράδυ για τρέξιμο. Αν είχα έρθει για σκι χωρίς αυτή την προετοιμασία, θα περνούσα το υπόλοιπο Σαββατοκύριακο παράλυτη μπροστά στη φωτιά.

Στο χείλος της πίστας αναγκάστηκα να σταματήσω. Ναι, το θέαμα του πάλλευκου ρυτιδωμένου χιονιού, που εκτεινόταν έως εκεί όπου έσμιγε με έναν ουρανό τόσο γαλανό που σε τύφλωνε, σου έκοβε την ανάσα. Συνάμα όμως απορούσα πόσο πολύ είχε αλλάξει ο κόσμος μου με ένα απλό «ναι». Τους τελευταίους μήνες είχα κάνει πράγματα που πριν από έναν χρόνο θα μου ήταν αδιανόητα. Δεν εννοώ μόνο το σεξ με αγνώστους, αλλά το ότι είχα προσφερθεί να βοηθήσω στον χορό, είχα αρχίσει το τρέξιμο, ντυνόμουν λίγο πιο σέξι, ήμουν πιο εξωστρεφής στις συναναστροφές μου, υπερασπιζόμουν τον εαυτό μου και τώρα είχα έρθει εδώ μόνη μου, χωρίς να ξέρω καλά καλά πώς θα εξελίσσονταν αυτές οι τέσσερις μέρες. Δε θα σκεφτόμουν ποτέ να τα κάνω όλα αυτά προτού δεχτώ το δώρο του S.E.C.R.E.T.

Όταν με πλησίασε στην πλατεία αυτός ο νεαρός με τα σκι στον ώμο, αντί να οπισθοχωρήσω, αντί να αμφισβητήσω την κίνησή του, προσπάθησα να αποδεχτώ πως ήταν πιθανό, πως μπορεί και να άξιζα την προσοχή του. Έπειτα από μία ώρα κυριολεκτικά στην κορυφή του κόσμου άρχισα να αισθάνομαι μεταμορφωμένη. Παρ' όλα αυτά, ένα κομμάτι μου εξακολουθούσε να αμφισβητεί το αυθόρμητο του πράγματος. Ένα κομμάτι μου περίμενε ακόμα να φτάσουμε σε μια καμπή, να σμίξουν οι ματιές μας και να με ρωτήσει ο Τεό αν αποδεχόμουν το Βήμα.

«Τι ομορφιά...» μουρμούρισε ο Τεό σταματώντας δίπλα μου, κοιτάζοντας τη θέα που θαύμαζα.

«Όντως. Νομίζω ότι δεν έχω ξαναδεί τίποτα τόσο εντυπωσιακό στη ζωή μου...»

«Εσένα εννοούσα...» είπε εκείνος, και είδα φευγαλέα το αβίαστο χαμόγελό του προτού δώσει ένα σπρώξιμο και πέσει από το χείλος της πίστας.

Τον ακολούθησα και για μερικά τρομακτικά δευτερόλεπτα βρέθηκα στον αέρα. Έπειτα από μια άτσαλη προσγείωση διόρθωσα τη στάση μου κι έπεσα στο αυλάκι που είχε χαράξει μπροστά μου. Διέσχισε με μαεστρία τα ξέφωτα, κοιτάζοντας πότε πότε πίσω του ώστε να βεβαιωθεί ότι τον προλάβαινα. Έπειτα από μια απότομη δεξιά στροφή σ' ένα ασημάδευτο μονοπάτι συναντήσαμε μια ομάδα σκιέρ, οι οποίοι έτρεχαν, ώστε να προλάβουν το σούρουπο, προς το χωριουδάκι, που τώρα αστραποβολούσε, βαμμένο κίτρινο και ρόδινο, κάτω από τον ήλιο, που έδυε.

Στη βάση πλησιάσαμε ο ένας τον άλλο και δώσαμε τα χέρια.

«Είσαι γενναία!» αναφώνησε.

«Γιατί;» τον ρώτησα τη στιγμή που έρχονταν σε επαφή τα γαντοφορεμένα χέρια μας. Ήμουν αναψοκοκκινισμένη και ζαλισμένη από τη γρήγορη κατάβαση.

«Το πρώτο χιλιόμετρο της τελευταίας διαδρομής ήταν μαύρο, και το κατάφερες. Χωρίς καν να το σκεφτείς!»

Ένιωσα περηφάνια ανάμεικτη με χαρά.

«Να πιούμε ένα ποτό για να το γιορτάσουμε;» τον ρώτησα.

Πήγαμε στο Chateau Whistler, όπου διέμενα, και διασχίσαμε τη Μεγάλη Αίθουσα, που ήταν γεμάτη από γνωστούς του Τεό. Με σύστησε στον σερβιτόρο, τον Μαρσέλ, παλιό του φίλο από το Κεμπέκ, που μας έφερε φοντί και ζεστό τόντι με ρούμι και ύστερα δύο αχνιστές γαβάθες με μύδια και πατάτες τηγανητές. Πεινούσα τόσο πολύ, ώστε άρχισα να καταβροχθίζω δέκα δέκα τις πατάτες, αλλά μετά σταμάτησα.

«Ω Θεέ μου...» τραύλισα, νιώθοντας καταντροπιασμένη. «Τρώω σαν ζώο. Κοίτα με...» πρόσθεσα και, ανίκανη να αντισταθώ, έβαλα άλλες δέκα πατάτες στο στόμα μου.

«Αυτό κάνω όλη μέρα!» αποκρίθηκε και με τράβηξε κοντά του για ένα φιλί. Τα χέρια του ήταν ρωμαλέα και ροζιασμένα από τα μπαστούνια του σκι που κρατούσε όλη μέρα. Τα μαλλιά του ήταν μπερδεμένα, όπως και τα δικά μου, αν και πιο χαριτωμένα. Αλλά δεν είχε σημασία. Ο τύπος με γούσταρε, το καταλάβαινα.

Θυμήθηκα την Πολίν και τον φίλο της στο Café Rose και την έντονη σχέση τους. Τώρα ζούσα κι εγώ την ίδια εμπειρία. Κοίταξα δειλά γύρω μου στο σαλέ, να δω αν είχε προσέξει κανείς αυτό... Εμένα... *Εμάς*. Όχι. Βρισκόμασταν στον δικό μας ιδιωτικό κόσμο, ακόμα και δημοσίως.

Συζητήσαμε επί πολλή ώρα, κυρίως για το σκι και τα συναισθήματα που μας προκαλούσε, αναπολώντας τις καλύτερες στιγμές μας. Δεν προσπαθούσα καθόλου να αποφύγω τις προσωπικές ερωτήσεις. Απλώς δε μου φαίνονταν τόσο σημαντικές όσο ο τρόπος με τον οποίο μου άγγιζε τον καρπό ή με κοιτούσε στα μάτια. Μετά το φαγητό, όταν άρπαξε τον λογαριασμό από το τραπέζι και στάθηκε από πάνω μου τείνοντάς μου το χέρι του, κατάλαβα ότι δε θα καληνυχτιζόμασταν σύντομα.

* * *

Δεν είχα συνειδητοποιήσει πόσο παγωμένη ήμουν, ώσπου ο Τεό με ξέντυσε αργά αργά μέσα στο μπάνιο του δωματίου μου.

«Υπάρχει καθόλου σάρκα κάτω απ' όλα αυτά τα στρώματα υφάσματος;» αστειεύτηκε ενώ τραβούσε το κολάν μου.

«Ναι!» Έβαλα τα γέλια.

«Μου το υπόσχεσαι;»

«Σ' το υπόσχομαι!»

Αφού πέταξε όλα μου τα ρούχα σε μια στοίβα ακριβώς έξω από το μπάνιο, έμεινα εντελώς γυμνή, εκτός από μερικές εντυπωσιακές μελανιές στις γάμπες και στα μπράτσα μου. Μόλις τις είδε, σφύριξε αργά.

«Ουάου! Τραύματα πολέμου». Άνοιξε τη βρύση του ντους, και το δωμάτιο άρχισε να γεμίζει με ατμό. «Ώρα να σε ζεστάνουμε».

«Δε θα με βάλεις να μπω μόνη μου εκεί μέσα... Έτσι δεν είναι;» ρώτησα, και η τόλμη μου σόκαρε περισσότερο εμένα παρά εκείνον.

Έσκασε στα γέλια και πέταξε τα ρούχα του. Το σώμα του ήταν γυμνασμένο, αθλητικό. Ναι, πράγματι έκανε σκι όλη μέρα. Όλο τον χρόνο μάλλον. Μπήκα στο ντους και με ακολούθησε, κι έπειτα από ελάχιστα δευτερόλεπτα τα χείλη μας έσμιγαν κάτω από το ορμητικό νερό. Τα χέρια του κατηφόρισαν χαϊδευτικά στα μπράτσα μου, οδηγώντας τα δικά μου πάνω από το κεφάλι μου και πιέζοντάς τα στον βρεγμένο τοίχο πίσω μας. Με τα γόνατά του άνοιξε απαλά τα δικά μου, σηκώνοντας ελαφρώς το σώμα μου, έτσι που τα πόδια μου βρέθηκαν δεξιά και αριστερά του. Οι κινήσεις του ήταν αποφασιστικές, αλλά όχι βίαιες.

Αισθανόμουν σαν αστερίας κολλημένος στον τοίχο. Έγλειψε τον λαιμό μου, ενώ το σκληρό όργανό του πιεζόταν στην κοιλιά μου. Ύστερα πήρε το ένα μου στήθος στην πλατιά παλάμη του και ρούφηξε τις σταγόνες του νερού από τη θηλή μου. Τα δάχτυλα του άλλου του χεριού άρχισαν μια οδυνηρή κατάβαση στο κορμί μου, ώσπου γλίστρησε πρώτα ένα και ύστερα δύο μέσα μου. Ένιωθα τα υγρά μου ενώ μας σφυροκοπούσε το νερό. Το βλέμμα του καρφώθηκε στο δικό μου, κι εγώ κατέβασα τα χέρια κι έμπλεξα τα δάχτυλά μου στα βρεγμένα μαλλιά του. Τα πόδια μου γλιστρούσαν στο νερό, κι εκείνος ακούμπησε απαλά το χέρι του στους γλουτούς μου και με αγκίστρωσε.

«Σ' αρέσει αυτό;»

«Δεν το έχω ξανακάνει» απάντησα.

«Θες λοιπόν να δοκιμάσεις κάτι καινούριο;»

Ο ατμός γέμιζε το ντους γύρω μας. Αισθανόμουν όλους τους πόρους του κορμιού μου να ανοίγονται για χάρη του, όλο μου το σώμα να ανοίγεται για χάρη του.

«Θα δοκίμαζα τα πάντα μαζί σου...» είπα.

Σήκωσε το γυμνό μου σώμα γύρω από τους γοφούς του, και προτού καλά καλά καταλάβω τι γινόταν, με έβγαλε στάζοντας νερά από το μπάνιο και διασχίσαμε το πλακάκι και το χαλί, ώσπου φτάσαμε στο τεράστιο κρεβάτι, όπου και με ξάπλωσε. Επέστρεψε στο μπάνιο για να κλείσει το ντους και να βρει το παντελόνι του, ώστε να ψάξει στις τσέπες, υποθέτω, για προφυλακτικό. Ύστερα στάθηκε στην άκρη του κρεβατιού, με το δέρμα του να γυαλίζει.

Μπουσούλισα προς το μέρος του και τον πήρα στο

στόμα μου ενώ με παρακολουθούσε. Έπειτα από μερικά δευτερόλεπτα έσκισε το φακελάκι και μου έδωσε το προφυλακτικό. Το ξετύλιξα επάνω του και ύστερα με ανασκέλωσε μαλακά και με έγλειψε επιδέξια, διψασμένα, με τα γόνατά μου ανοιχτά, με το μπράτσο μου μπροστά στα μάτια μου. Πριν προλάβω να ξαναβρώ την ανάσα μου, με έστρεψε μπρούμυτα με τα δυνατά χέρια του, έτσι που η πλάτη μου ήταν κολλημένη επάνω του κι ένιωθα τη στύση του πιο σκληρή από πριν. Με φίλησε στον λαιμό.

«Αυτό ήταν μόνο η αρχή...» μου ψιθύρισε. Άνοιξε μαλακά τα πόδια μου και τράβηξε τον έναν μηρό μου πάνω από τον δικό του, έτσι που τα μπλεγμένα σώματά μας σχημάτισαν ένα σίγμα τελικό. Τα χέρια του εξερεύνησαν την πλάτη μου και μετά ένα εντελώς καινούριο κομμάτι μου. Πρώτα ήταν μόνο ένα δάχτυλο, που πόνεσε στην αρχή, αλλά ο πόνος καταλάγιασε γρήγορα, δίνοντας τη θέση του σε μια πλατιά, γλυκύτατη πληρότητα.

Ένιωσα το στομάχι μου να πέφτει με τον ίδιο συναρπαστικό τρόπο όπως όταν έκανα σκι στη ράχη. Κατόπιν μπήκε μέσα μου από πίσω, αλλά όχι έτσι όπως περίμενα. Η αίσθηση ήταν έντονη, οδυνηρά ηδονική. Με έπιασε σφιχτά για να με κρατήσει κοντά του.

«Είναι καλό; Είσαι καλά;» μουρμούρισε, απομακρύνοντας τρυφερά τα υγρά μαλλιά μου από το πρόσωπο και τον λαιμό μου.

«Ναι...» απάντησα. «Ναι. Είναι πολύ... Πονάει, αλλά ωραία».

«Μπορώ να σταματήσω όποτε θες. Είσαι σίγουρη ότι σ' αρέσει;»

Έγνεψα πάλι καταφατικά, επειδή μου άρεσε· ήταν πολύ ωραίο, πολύ ερωτικό αυτό που κάναμε. Έπιασα σφιχτά το σεντόνι στη γροθιά μου και το τράβηξα κοντά μου καθώς η αίσθηση της πληρότητας έδινε τη θέση της σ' ένα κύμα έντονης ηδονής, που διαπέρασε όλο μου το κορμί. Ήταν κάτι που δε σκεφτόμουν ποτέ ότι θα ήθελα να δοκιμάσω. Κι όμως φώναζα «Ναι, ναι, ναι!» όταν μπήκε ακόμα βαθύτερα μέσα μου και πέρασε το χέρι του από κάτω μου, ερεθίζοντάς με όλο και πιο πολύ. Τέλειωσα ξανά, σπρώχνοντας το σώμα μου επάνω του, ενώ δυσκολευόμουν να συγκρατήσω την εγκατάλειψη που ένιωθα. Είχα ανάγκη να ξεδώσω έτσι, σ' αυτό το μέρος, σ' αυτό το δωμάτιο, σ' αυτό εδώ το κρεβάτι, με κάποιον που, απ' ό,τι φαινόταν, είχε βρεθεί εδώ για να με βοηθήσει να βιώσω τούτη την εμπειρία.

«Θα χύσω... Θα με κάνεις να χύσω τώρα» τραύλισε, σφίγγοντας με το χέρι του το κέντρο μου, κάνοντάς με να σκύψω λίγο πιο μπροστά, ενώ δάγκωνε απαλά τον ώμο μου και χάιδευε με το άλλο του χέρι το στήθος μου.

Όταν τέλειωσε, αποσύρθηκε με ένα απαλό τράβηγμα και ξαπλώσαμε και οι δύο ανάσκελα, με το χέρι του επάνω στην κοιλιά μου, για να κοιτάξουμε το στολισμένο ταβάνι που κανένας από τους δυο μας δεν είχε προσέξει έως τώρα.

«Ήταν... πολύ έντονο» ψέλλισε.

«Το ξέρω...» αποκρίθηκα κοντανασαίνοντας.

Είχα κάνει κάτι νέο και ήταν συναρπαστικό, όμως τώρα αισθανόμουν λιγάκι ευάλωτη. Αυτός ο άντρας δεν ήταν από το S.E.C.R.E.T. Δεν είχα αποδεχτεί κανένα Βήμα, απλώς είχα βουτήξει σε ένα εντελώς αχαρτογράφητο έδαφος. Ο Τεό μάλλον διαισθάνθηκε την αλλαγή στη διάθεσή μου.

«Είσαι εντάξει;»

«Ναι. Απλώς... δεν το είχα ξανακάνει ποτέ αυτό. Συνήθως δεν κάνω καμάκι σε αγνώστους για να τους ρίξω στο κρεβάτι μου» απάντησα. Παρά το γεγονός ότι οι άντρες του S.E.C.R.E.T. μού ήταν πρακτικά άγνωστοι, τους ήξεραν οι γυναίκες του S.E.C.R.E.T.

«Κι αν το έκανες; Ποιο το κακό;»

«Υποθέτω ότι δε θεώρησα ποτέ πως είμαι τέτοια γυναίκα».

«Εμένα μια τέτοια γυναίκα μού φαίνεται τολμηρή και γενναία».

«Αλήθεια; Έτσι με βλέπεις;»

«Ναι» είπε, αγκαλιάζοντάς με τόσο τρυφερά, που μου φαινόταν παράξενο το ότι γνωριζόμασταν ελάχιστα. Τράβηξε το βαρύ πάπλωμα επάνω μας, σφίγγοντάς το γύρω από τα κορμιά μας.

Όταν ξύπνησα, έπειτα από έξι ώρες, είχε φύγει. Και, παραδόξως, δε με πείραξε. Ήμουν χαρούμενη που είχα ζήσει αυτές τις στιγμές μαζί του και τις είχα αφήσει να περάσουν δίχως να νιώσω απώλεια. Όσο γλυκός κι αν ήταν, προτιμούσα να ευχαριστηθώ μόνη μου τις τελευταίες μου μέρες στο Γουίστλερ. Παρ' όλα αυτά, χάρηκα όταν διάβασα το σημείωμα που είχε αφήσει στο έπιπλο του μπάνιου: *Κέισσι, είσαι υπέροχη. Έχω αργήσει στη δουλειά! Ξέρεις όμως πού θα με βρεις. À bientôt, Τεό.*

* * *

Στο παλιό αμαξοστάσιο η Ματίλντα κοιτούσε και θαύμαζε τις φωτογραφίες που είχα τραβήξει, ενώ εγώ μιλούσα ακατάσχετα για το πόσο πολύ χαιρόμουν που είχα ξανακάνει σκι. Της είπα για τα μίνι μόγκουλ στο βουνό Μπλάκομπ, όπου είχα περάσει την τελευταία μέρα. Η Ντάνικα ήρθε με τους καφέδες και άρχισε να γουργουρίζει πάνω από μια φωτογραφία που μας είχε βγάλει ο Μαρσέλ, με τον Τεό και μένα να τρώμε φοντί.

«Τι γλυκούουουλης!» αναφώνησε προτού φύγει και μας αφήσει μόνες με τη Ματίλντα.

Όταν της είπα για τον Τεό, καταχάρηκε. Με ρώτησε πώς γνωριστήκαμε, τι μου είπε, τι του είπα. Μετά της διηγήθηκα... τι κάναμε.

«Σ' άρεσε;» με ρώτησε.

«Ναι» απάντησα. «Θα το έκανα πάλι ίσως. Με τον κατάλληλο παρτενέρ. Κάποιον που θα εμπιστευόμουν».

«Κέισσι, έχω κάτι για σένα» μου είπε ανοίγοντας ένα συρτάρι και βγάζοντας ένα μικρό ξύλινο κουτί.

Το άνοιξε. Είδα το κρεμαστό του Όγδοου Βήματος να λαμπυρίζει επάνω στο μαύρο βελούδο.

«Μα εγώ νόμιζα πως ο Τεό ήταν ένας τυχαίος, όχι ότι συμμετείχε στο S.E.C.R.E.T.».

«Δεν έχει σημασία αν είναι μέλος μας».

«Δεν καταλαβαίνω...»

«Αυτό το Βήμα είναι η *Γενναιότητα*, που διαφέρει από το θάρρος, επειδή απαιτεί από σένα να πάρεις ρίσκα χωρίς να το πολυσκέφτεσαι. Η *Γενναιότητα* λέει: "Κάν' το". Άρα δεν έχει σημασία αν ο Τεό είναι μέλος του S.E.C.R.E.T. Το κέρδισες!»

Πήρα το κρεμαστό από το κουτί, το στριφογύρισα στα δάχτυλά μου και το πέρασα στο βραχιόλι μου. Κούνησα τον καρπό μου και θαύμασα τα κρεμαστά, που λαμποκοπούσαν. Δηλαδή ο Τεό ήταν ένας τυχαίος άγνωστος που τον είχα προσελκύσει φυσικά; Ή ήταν μέλος του S.E.C.R.E.T.; Δεν μπορούσα να καταλάβω. Αλλά ίσως είχε δίκιο η Ματίλντα: δεν είχε σημασία.

«Θα επιτρέψω στον εαυτό μου να πιστέψει ότι τον προσέλκυσα από μόνη μου» είπα, «παρόλο που εξακολουθώ να έχω τις αμφιβολίες μου...».

«Ωραία, Κέισσι. Δεν είσαι πια ένα ταπεινό χαμομηλάκι. Έχεις ανθίσει, αγαπητή μου!»

[ΚΕΦΑΛΑΙΟ ΔΩΔΕΚΑ]

ΤΙΣ ΕΒΔΟΜΑΔΕΣ ΠΡΙΝ από το Μάρντι Γκρα, την Αποκριά, όλη η πόλη μοιάζει με νύφη που κάνει τις τελευταίες προετοιμασίες πριν από τη μεγάλη μέρα. Τι κι αν η γιορτή γίνεται και φέτος και του χρόνου και κάθε χρόνο· κάθε Μάρντι Γκρα δίνει την εντύπωση πως είναι το τελευταίο, το καλύτερο απ' όλα.

Όταν πρωτοήρθα, με είχαν συναρπάσει οι μασκαράδες και οι ομάδες, άλλες παμπάλαιες, άλλες σύγχρονες, που οργάνωναν τους χορούς και κατασκεύαζαν τα άρματα για την παρέλαση του Μάρντι Γκρα. Κατά κύριο λόγο αναρωτιόμουν γιατί να αφιερώσει κανείς τόσο πολύ από τον ελεύθερο χρόνο του ράβοντας κουστούμια και κολλώντας πούλιες. Αλλά αφού έζησα εδώ μερικά χρόνια, άρχισα να καταλαβαίνω τη μοιρολατρική φύση του μέσου κατοίκου της Νέας Ορλεάνης. Σ' αυτή την πόλη οι άνθρωποι ζούσαν και αγαπούσαν έντονα το σήμερα.

Ακόμα κι αν ήθελα να μπω σε κάποια ομάδα, σε πολλές από τις παλιότερες –που είχαν ονόματα όπως Πρωτεύς, Βασιλεύς και Βάκχος– ήταν αδύνατο να μπεις, εκτός αν καταγόσουν από αριστοκρατική οικογένεια της πόλης. Αλλά τώρα που έφτανα στο τέλος της θητείας μου στο S.E.C.R.E.T., είχα αρχίσει να αισθάνομαι μια έντονη επιθυμία να ανήκω σε κάποιον ή κάτι – που, στο κάτω κάτω της γραφής, είναι το μόνο αντίδοτο στη μοναξιά. Είχα αρχίσει να συνειδητοποιώ πως η μελαγχολία δεν είναι ρομαντική. Είναι απλώς μια πιο ωραία λέξη για την *κατάθλιψη*.

Τον μήνα πριν από το Μάρντι Γκρα δεν μπορούσα να περπατήσω στο Μαρινύ ή στην Τρεμέ, πόσο μάλλον στη Γαλλική Συνοικία, χωρίς να ζηλεύω τις παρέες που ήταν συγκεντρωμένες στις βεράντες, ράβοντας με το χέρι γυαλιστερά κουστούμια και κολλώντας πούλιες σε περίτεχνες μάσκες ή καπέλα με ψηλά φτερά. Άλλα βράδια πήγαινα για τρέξιμο στις Αποθήκες και διέκρινα, μέσα από μια χαραμάδα στην πόρτα, μπογιατζήδες με μάσκες να βάζουν με σπρέι τις τελευταίες πινελιές σε ζωηρόχρωμα άρματα. Η καρδιά μου σταματούσε και άφηνα να τρυπώσει μέσα της λίγη χαρά.

Αλλά μία εκδήλωση γέμιζε την καρδιά μου με απόλυτο, αμιγή τρόμο: το ετήσιο ρεβί «Τα κορίτσια της Φρέντσμεν», μια μπουρλέσκ παράσταση για το Μάρντι Γκρα, ανεβασμένη από τις γυναίκες που εργάζονταν στα μπαρ και τα εστιατόρια του Μαρινύ. Ήταν ένας σέξι τρόπος για να γιορτάσει η γειτονιά μας, και κάθε χρόνο η Τρεϊσίνα, που πρωτοστατούσε στη διοργάνωσή του, με ρωτούσε για τους τύπους αν ήθελα να λάβω μέρος. Κάθε χρόνο απαντούσα όχι. Κατηγορηματικά όχι. Ο Γουίλ επέτρεπε στα «Κορίτσια» να προβάρουν τις χορογραφίες τους στον πρώτο όροφο του καφέ και πάντα, μα πάντα, σχολίαζε πως, αφού είκοσι κοπέλες μπορούν να χοροπηδούν χωρίς να ανοίγουν τρύπες στις παμπάλαιες σανίδες του πατώματος, τότε σίγουρα είκοσι πελάτες που κάθονται ήσυχα ήσυχα και τρώνε το φαγητό τους δε θα αποτελούσαν κίνδυνο.

Φέτος η Τρεϊσίνα όχι μόνο δε με ρώτησε αν ήθελα να συμμετάσχω, αλλά απέσυρε και τη δική της συμμετοχή από το ρεβί, λέγοντας πως είχε οικογενειακές υποχρεώσεις. Ο Γουίλ μού είπε πως η κατάσταση του αδερφού της είχε γίνει ακόμα πιο περίπλοκη τώρα που έμπαινε στην εφηβεία, πράγμα που προσπαθούσα να έχω στο μυαλό μου κάθε φορά που έμπαινα στον πειρασμό να την κριτικάρω.

Αιφνιδιάστηκα όταν ο Γουίλ άρχισε να με ψήνει να μπω στα «Κορίτσια».

«Έλα, Κέισσι... Ποια θα εκπροσωπήσει το Café Rose στο ρεβί;»

«Η Ντελ. Έχει πολύ ωραία πόδια...» απάντησα, αποφεύγοντας το βλέμμα του ενώ σκούπιζα την καφετιέρα.

«Μα...»

«Όχι. Αυτή είναι η οριστική μου απάντηση». Έριξα τον δίσκο με τα άδεια κουτιά από γάλα στα σκουπίδια, για να τονίσω την απόφασή μου.

«Δειλή...» με πείραξε ο Γουίλ.

«Αν θέλετε να ξέρετε, κύριε Φορέ, έχω κάνει κάτι πράγματα φέτος που θα σας έκαναν να τρέμετε από την κορφή ως τα νύχια. Συμβαίνει λοιπόν να ξέρω τα όρια του θάρρους μου. Κι αυτό σημαίνει ότι *δε θέλω* να κουνάω τα βυζιά μου μπροστά σ' ένα πλήθος από μεθυσμένους άντρες!»

Τη βραδιά του ρεβί έκλεινα εγώ το καφέ αντί για την Τρεϊσίνα, δεύτερη φορά μέσα σε μία εβδομάδα. Στις οχτώ ακριβώς, ενώ αναποδογύριζα τις καρέκλες για να σφουγγαρίσω, άκουσα στον επάνω όροφο τις χορεύτριες να κάνουν μια τελευταία πρόβα – καμιά δεκαριά πόνι όλο χάρη ξαμολημένα πάνω από το κεφάλι μου. Άκουγα κάθε «Κορίτσι» να χορεύει το σόλο της μπροστά στην ομάδα εν μέσω τρανταχτών γέλιων, επευφημιών και σφυριγμάτων. Ξαναγύρισαν μέσα μου τα οικεία συναισθήματα της μοναξιάς και της κατωτερότητας, μαζί με τη σκέψη πως, αν εγώ επιχειρούσα κάτι παρόμοιο, θα γελούσε και το παρδαλό κατσίκι. Στα τριάντα πέντε, σχεδόν τριάντα έξι, θα ήμουν η γηραιότερη χορεύτρια μαζί με την Μπέττυ το Ατμόπλοιο και την Κιτ ΝτεΜάρκο. Η Κιτ ήταν μπαργούμαν στο Spotted Cat και στα σαράντα ένα της μπορούσε ακόμα να υποστηρίξει μπλε καρφάκια στα μαλλιά και κομμένα τζιν. Η Μπέττυ το Ατμόπλοιο δούλευε στο παλιό καπνοπωλείο στο Σναγκ Χάρμπορ και χόρευε κάθε χρόνο με την ίδια στολή, την οποία ισχυριζόταν ότι φορούσε εδώ και τριάντα έξι χρόνια, και πάντα κοκορευόταν ότι της πήγαινε ακόμα – κάπως. Επίσης δεν υπήρχε περίπτωση να χορέψω δίπλα στην Άντζελα Ρεζάν, μια αγαλμάτινη θεά από την Αϊτή που δούλευε αρχισερβιτόρα στο Maison και παραπλεύρως ήταν τραγουδίστρια της τζαζ. Το σώμα της ήταν τόσο τέλειο, ώστε ήταν μάταιο να ζηλέψεις.

Αφού τέλειωσα με τα καθήκοντά μου, ανέβηκα στον επάνω όροφο για να δώσω τα κλειδιά στην Κιτ, η οποία είχε προσφερθεί να κλειδώσει μόλις τέλειωναν. Το ρεβί θα άρχιζε μετά τις δέκα. Τα κορίτσια θα έκαναν πρόβα επάνω έως την τελευταία στιγμή, και στο μεταξύ εγώ ήθελα να πάω στο σπίτι μου και να κάνω ένα ντους. Ήλπιζα να συναντήσω τον Γουίλ στο σόου, όμως νωρίτερα, όταν τον είχα ρωτήσει αν θα πήγαιναν με την Τρεϊσίνα, είχε ανασηκώσει ασαφώς τους ώμους του.

Στην κορυφή της σκάλας πέρασα πάνω από μια καινούρια κοπέλα με ξανθιές μπουκλίτσες σαν ελατήρια, η οποία καθόταν σταυροπόδι στο πάτωμα και κρατούσε έναν καθρέφτη. Έβαζε ψεύτικες βλεφαρίδες με αριστοτεχνική ακρίβεια. Μου ήταν αδύνατο να καταλάβω αν τα μαλλιά της ήταν περούκα ή αληθινά· πάντως ήταν εντυπωσιακά. Καμιά δεκαριά άλλες ημίγυμνες κοπέλες κάθονταν ή στέκονταν όρθιες εδώ κι εκεί και ετοιμάζονταν για τη μεγάλη βραδιά, έχοντας παρατήσει τα παλτά τους σε μια στοίβα επάνω στο παλιό στρώμα που είχε Γουίλ στο πάτωμα, εκεί όπου μερικές φορές κοιμόταν. Εκτός από το στρώμα, τα μόνα άλλα έπιπλα εδώ πάνω ήταν μια σπασμένη ξύλινη καρέκλα, επάνω στην οποία έβρισκα μερικές φορές καβάλα τον Γουίλ χαμένο στις σκέψεις του, με το πιγούνι ακουμπισμένο στην πλάτη της. Το καφέ ήταν μια ευρύχωρη άδεια αίθουσα, τέλεια ως προσωρινός χώρος για πρόβες. Κλείναμε νωρίς, βρισκόμασταν πολύ κοντά στο Blue Nile, τον χώρο όπου θα γινόταν φέτος η εκδήλωση, και το μπάνιο στον επάνω όροφο ήταν ολοκαίνουριο, παρόλο που δεν είχε πόρτα. Αρκετές γυναίκες, η μία γυμνόστηθη, συνωστίζονταν γύρω από τον καθρέφτη του και βάφονταν με τη σειρά. Ψαλίδια για μπούκλες και για ίσιωμα καταλάμβαναν όλες τις πρίζες. Πολύχρωμα κουστούμια, μποά από φτερά και μάσκες έδιναν εορταστική ατμόσφαιρα στο συνήθως μελαγχολικό, γκρίζο δωμάτιο.

Βρήκα την Κιτ, με ένα στράπλες σουτιέν και ψηλές κάλτσες, να προβάρει κάποια χορογραφία, ενώ το κουστούμι της κρεμόταν στον ασοβάτιστο τοίχο σαν έργο τέχνης. Το είχε ράψει ειδικά για την περίσταση· κορσές από λευκή δαντέλα σε μαύρο σατινένιο φόντο, με ροζ φεστόνι γύρω από το καρδιόσχημο ντεκολτέ. Τα κορδόνια στην πλάτη ήταν επίσης ροζ. Άπλωσα το χέρι για να το αγγίξω, αλλά ανατρίχιασα ακουμπώντας το σατέν, καθώς με πλημμύρισαν καυτές οι αναμνήσεις από τότε που είχα δεμένα τα μάτια. Δε θα κατάφερνα ποτέ να κάνω αυτό που ετοιμάζονταν να κάνουν η Κιτ και τα κορίτσια μπροστά σε μια αίθουσα γεμάτη κόσμο – όχι χωρίς μαντίλι στα μάτια.

«Γεια σου, Κας. Θυμήσου να ευχαριστήσεις τον Γουίλ που μας αφήνει να μείνουμε μετά το κλείσιμο. Θα σου δώσω τα κλειδιά στο Blue Nile» μου είπε, χωρίς να χάσει τον ρυθμό στα πόδια της. «Θα έρθεις απόψε... Έτσι δεν είναι;»

«Δε θα το έχανα με τίποτα!»

«Πρέπει να χορέψεις μαζί μας μια χρονιά, Κέισσι!» φώναξε η Άντζελα από την ομάδα που συνωστιζόταν μέσα στο μπάνιο.

«Θα γελοιοποιηθώ» αποκρίθηκα, αν και η προσοχή της με κολάκεψε.

«Μα *πρέπει* να γελοιοποιήσεις τον εαυτό σου. Αυτό το κάνει σέξι...» μου είπε γλυκά.

Οι άλλες γυναίκες έσκασαν στα γέλια κι έγνεψαν καταφατικά, ενώ η Κιτ μού κούνησε τον πισινό της.

«Έτσι ντύνονται συνήθως οι λεσβίες;» με ρώτησε πειραχτικά.

Είχε αποκαλύψει τη σεξουαλικότητά της πριν από ένα δυο χρόνια, και ο μόνος που είχε εκπλαγεί ήταν ο Γουίλ.

«Τυπικός ετεροφυλόφιλος...» είχε πει η Τρεϊσίνα κοιτάζοντας το ταβάνι. «Επειδή ντύνεται σέξι, νομίζεις ότι το κάνει για να τραβήξει τους άντρες».

Η Κιτ είχε αρχίσει να ντύνεται πιο σέξι αφού πρώτα μας ανακοίνωσε πως είναι λεσβία και βρήκε σταθερή φιλενάδα. Απόψε είχε ζωγραφίσει μια ελιά δίπλα στα χείλη της και φορούσε ψεύτικες βλεφαρίδες, καθώς και το πιο κόκκινο κραγιόν που είχα δει ποτέ στη ζωή μου. Είχε αφήσει τα μπλε καρφάκια της να μακρύνουν σ' ένα πολύ ελκυστικό καρεδάκι. Αλλά η υπερτονισμένη θηλυκότητά της ερχόταν σε αντίθεση με τις χαρακτηριστικές καουμπόικες μπότες και τα μαύρα πετσετέ περικάρπια που φορούσε μονίμως στους καρπούς της.

«Ίσως του χρόνου, Κιτ...» είπα και το εννοούσα λιγάκι.

«Το υπόσχεσαι;»

«Όχι!» Γέλασα.

Τους ευχήθηκα καλή τύχη και κατέβηκα με φόρα τις σκάλες, αλλά μόλις έφτασα κάτω, αντιλήφθηκα πως είχα ξεχάσει να δώσω στην Κιτ τα κλειδιά! Τη στιγμή που έκανα μεταβολή για να ανέβω και πάλι, τράκαρα ορμητικά με την Κιτ, η οποία κατέβαινε, μάλλον επειδή συνειδητοποίησε το ίδιο πράγμα. Αντί όμως να κάνει πίσω, έχασε τελείως την ισορροπία της, κουτρουβάλησε από τα τελευταία πέντε σκαλοπάτια και προσγειώθηκε με τον πισινό στο σκληρό πλακάκι. Ευτυχώς, εγώ φορούσα αθλητικά.

«Κιτ!»

«Γαμώτο...» μούγκρισε και γύρισε στο πλευρό της.

«Είσαι εντάξει;»

«Νομίζω πως έσπασα τον κώλο μου!»

Κατέβηκα τρέχοντας τα υπόλοιπα σκαλιά προς το μέρος της.

«Ω Θεέ μου! Χίλια συγγνώμη... Κάτσε να σε βοηθήσω».

Η Άντζελα, με τις δεκάποντες γόβες-στιλέτο της, κατέβαινε ήδη προσεκτικά τη σκάλα, με ένα έντονο ροζ μποά ριγμένο στους ώμους και τυλιγμένο γύρω από τους καρπούς της.

Η Κιτ καθόταν εντελώς ακίνητη.

«Μη με κουνάς, Άντζι. Οχ... Άσχημα τα πράγματα. Δεν πονάει ο κώλος μου. Πονάει ο κόκκυγάς μου...»

«Τι πάθαμε!» φώναξε η Άντζελα κι έσκυψε από πάνω της. «Μπορείς να κάτσεις; Τα πόδια σου τα νιώθεις; Μήπως τα βλέπεις όλα διπλά; Πώς με λένε; Ποιον πρόεδρο έχουμε; Μήπως να καλέσω ασθενοφόρο;»

Χωρίς να περιμένει απάντηση, πήγε με ασταθή βήματα στο τηλέφωνο της κουζίνας. Παρακολούθησα την Κιτ να επιχειρεί να ανασηκωθεί, να συσπάται από τον πόνο και να ξαπλώνει πάλι στο πάτωμα.

«Κέισσι...» μουρμούρισε.

«Τι είναι, Κιτ;» ρώτησα μόλις την πλησίασα.

«Κέισσι... Το πάτωμα είναι *πολύ* βρόμικο...»

«Το ξέρω. Συγγνώμη...» αποκρίθηκα. Ήμουν έτοιμη να της πιάσω το χέρι για να την παρηγορήσω, αλλά πρόσεξα ότι με την πτώση ένα από τα περικάρπιά της είχε μετακινηθεί, αποκαλύπτοντας ένα αστραφτερό χρυσό βραχιόλι – από το S.E.C.R.E.T. Γεμάτο κρεμαστά!

Ανταλλάξαμε ένα βλέμμα.

«Τι στο...»

«Ο κώλος μου είναι μια χαρά, Κέισσι. Και κάτι ακόμα...» μου ψιθύρισε κουνώντας το δαχτυλάκι της για να με φέρει πιο κοντά.

Έσκυψα προς το βαμμένο στόμα της.

«Κέισσι... Αποδέχεσαι το τελευταίο Βήμα σου;»

«Τι *πράγμα*; *Μαζί σου;* Θέλω να πω, είσαι πολύ αξιολάτρευτη και τα ρέστα, Κιτ, αλλά...»

Ένα χαμόγελο σχηματίστηκε φευγαλέα στα χείλη της ενώ ανασηκωνόταν.

«Ηρέμησε, δε συμμετέχω. Απλώς μου ζήτησαν να σε παροτρύνω. Κοντεύεις, κορίτσι μου. Δεν είναι ώρα τώρα να κάνεις πίσω. Όχι τώρα που θα αποκτήσει *ενδιαφέρον* το πράγμα...»

Μόλις ακούσαμε την Άντζελα να επιστρέφει από την κουζίνα, η Κιτ σωριάστηκε πάλι στο πάτωμα και άρχισε ξανά να ψευτοβογκάει.

«Έχουμε πρόβλημα!» δήλωσε η Άντζελα με τα χέρια στη μέση.

«Το ξέρω. Ποια θα χορέψει στη θέση μου;» ρώτησε η Κιτ, σκεπάζοντας δραματικά με το χέρι τα μάτια της. «Ποια θα βρούμε τελευταία στιγμή;»

«Δεν ξέρω...» απάντησε η Άντζελα.

Ήταν κι αυτή στο κόλπο;

«Ποια ξέρουμε που να είναι ελεύθερη απόψε; Και

να είναι χαριτωμένη; Και να *της κάνει και το κουστούμι μου;*» ρώτησε η Κιτ.

«Δεν ξέρω...» είπε η Άντζελα, δίχως να πάρει το σκανταλιάρικο βλέμμα της από πάνω μου.

Ήξερα χρόνια την Κιτ, αλλά νόμιζα πως ήταν *ανέκαθεν* έτσι: σίγουρη, δυναμική, δυνατή. Για να είναι στο S.E.C.R.E.T., θα πρέπει να είχε περάσει μια εποχή πολύ μεγάλου φόβου και ανασφάλειας. Τώρα όμως δεν έδειχνε κανένα τέτοιο σημάδι. Και από την άλλη ήταν η Άντζελα, εκθαμβωτικό παράδειγμα σωματικής τελειότητας. Γιατί λοιπόν, αφού ήξερα όσα ήξερα για το S.E.C.R.E.T. και τον τρόπο με τον οποίο επέλεγαν συμμετέχοντες, ένιωσα τέτοια έκπληξη μόλις ανακάλυψα πως, όταν γλίστρησε το ροζ μποά από τα χέρια της, φορούσε κι εκείνη το βραχιόλι;

«Εντάξει, λοιπόν» συνέχισε η Άντζελα τείνοντάς μου το χέρι, για να με βοηθήσει να σηκωθώ από κει όπου είχα κουλουριαστεί δίπλα στην Κιτ. «Πάμε πάνω, δεσποινίς μου. Πρέπει να μάθουμε καινούρια βήματα».

«Μα... τα βραχιόλια σας; Εσείς οι δύο...»

«Θα έχουμε καιρό για ερωτήσεις αργότερα. Τώρα χορεύουμε!» αντιγύρισε, χτυπώντας τα δάχτυλά της σαν χορεύτρια του φλαμέγκο.

«Μιας και το ανέφερες, πού είναι το βραχιόλι *σου*;» ρώτησε η Κιτ τινάζοντας τη βρομιά από το δέρμα της. Ήταν ακόμα με το στράπλες σουτιέν και τα εσώρουχα, κάνοντας μερικούς περαστικούς να σταματήσουν και να κοιτάξουν από την τζαμαρία του Café Rose.

«Στην τσάντα μου» απάντησα.

«Λοιπόν, πρώτα θα φορέσεις αυτό. Και ύστερα το κουστούμι μου».

Ξεροκατάπια.

Η Άντζελα με γύρισε και με έσπρωξε να ανέβω επάνω. Όταν ανακοίνωσε στις υπόλοιπες κοπέλες ότι θα έπαιρνα τη θέση της Κιτ στο ρεβί, περίμενα απογοήτευση ή εκνευρισμό. Στο κάτω κάτω θα αλλοίωνα αισθητά την ποιότητα της χορογραφίας. Αντί γι' αυτό όμως, ξέσπασαν σε χειροκροτήματα και σφυρίγματα και με έβαλαν στη σειρά και ύστερα μου έδειξαν υπομονετικά και πρόθυμα τα πρώτα βήματα της χορογραφίας. Η Κιτ, με την πλάτη γιατρεμένη από θαύμα, έγινε χορογράφος, κρατώντας τον ρυθμό με τα δάχτυλά της και μετρώντας, με μόνη περιβολή το σουτιέν και τα εσώρουχά της. Ήταν λες και βρισκόμουν στο πιτζάμα πάρτι όπου δε με είχαν καλέσει ποτέ, μόνο που φορούσαμε δαντελωτά εσώρουχα. Όταν έκανα λάθος, καμία δε με μάλωσε· όλες γέλασαν, κάνοντάς με να νιώσω πως ο ερασιτεχνισμός μου θα με έκανε αγαπητή στα μάτια του κοινού, ανεξάρτητα από το αν θα δυσκόλευα την παράσταση. Και η αλήθεια είναι πως η γενναιοδωρία τους, η γνήσια υποστήριξη και ενθάρρυνσή τους γι' αυτό το τρομακτικό πράγμα που ετοιμαζόμουν να κάνω μου έφερε δάκρυα στα μάτια, τα οποία φρόντισα να πνίξω, για να μη μουτζουρώσω τα έξι στρώματα μάσκαρας που μου έβαλε τελικά η Άντζελα. Όλο αυτό απάλειψε ένα κομμάτι του τρόμου. Ένα κομμάτι.

* * *

Έπειτα από δύο ώρες, αφού πέρασα την πρώτη μαθαίνοντας τη χορογραφία της ομάδας και τη δεύτερη με την Άντζελα να με βοηθάει να επινοήσω μια δική μου, βρισκόμουν στα παρασκήνια στο Blue Nile, ενώ πλήθος κόσμου, κυρίως άντρες, συνέρρεε στα ασταθή τραπέζια μπροστά στη σκηνή. Ανάμεσα σε σύντομες πρόβες και κρίσεις πανικού, ένα από κορίτσια με βοήθησε να προσθέσω τις τελευταίες πινελιές: να βάλω μια ψεύτικη ελιά και να φτιάξω τις δικτυωτές κάλτσες μου. Στο τέλος η Άντζελα στάθηκε μπροστά μου, με το μπουρλέσκ κουστούμι της Κιτ, άσπρη δαντέλα σε μαύρο φόντο, να κρέμεται από τα δάχτυλά της, ενώ οι μακριές ροζ κορδέλες σέρνονταν στο πάτωμα.

«Εντάξει, μωρό... Πρώτα το ένα πόδι, ύστερα το άλλο» είπε, ανεβάζοντας το εφαρμοστό κουστούμι στους μηρούς μου. «Γύρνα να σε δέσω».

Γύρισα, πιάνοντας με το ένα χέρι τα ανακατεμένα σωθικά μου. Είδα πως, όσο πιο σφιχτά έδενε η Άντζελα τις κορδέλες, τόσο ψηλότερα ανέβαιναν φουσκώνοντας τα στήθη μου στο ντεκολτέ του κορσέ. Εκείνη τη στιγμή χώθηκε στα παρασκήνια η Ματίλντα, και μόλις την αντίκρισα, αισθάνθηκα να φεύγει και ο υπόλοιπος αέρας από τα πνευμόνια μου. Χαμογέλασε στην Άντζελα και άνοιξε την αγκαλιά της.

«Είσαι κορυφή, Άντζελα!» αναφώνησε κι έγειρε πιο κοντά για να της ψιθυρίσει: «Νομίζω πως είσαι σχεδόν έτοιμη να γίνεις καθοδηγήτρια. Άφησέ μας λίγο μόνες, καλή μου...».

Η Άντζελα αποχώρησε με ένα χαμόγελο έως τα αυτιά. Δηλαδή σύντομα θα γινόταν καθοδηγήτρια στο S.E.C.R.E.T. Αναρωτιόμουν πώς να ήταν αυτό.

«Κέισσι, είσαι χάρμα οφθαλμών!» δήλωσε η Ματίλντα.

«Νιώθω σαν λουκάνικο... Δεν είμαι σίγουρη πως είναι πολύ καλή ιδέα».

«Σαχλαμάρες!»

Η Ματίλντα με τράβηξε μακριά από τις άλλες κοπέλες για να μη μας ακούνε, ώστε να μου δώσει μερικές οδηγίες της τελευταίας στιγμής.

«Απόψε έχεις επιλογές, Κέισσι».

«Τι επιλογές;»

«Άντρες».

«Ποιους άντρες;»

«Από τις φαντασιώσεις σου. Αυτούς που σκέφτηκες περισσότερο τη χρονιά που πέρασε. Αυτούς που σε τυράννησαν, που σ' έκαναν να τους συλλογίζεσαι καιρό. Αυτούς τους άντρες».

«Ποιους; Ποιους απ' όλους; *Είναι εδώ;*» Σχεδόν φώναζα.

Η Ματίλντα πίεσε την παλάμη της στο στόμα μου. Το ψυχρό δέος που λίμναζε στα σωθικά μου αντικαταστάθηκε γρήγορα από ναυτία. Με κοίταξε παράξενα.

«Λοιπόν, προφανώς γνωρίζεις ποιος είναι ο ένας απ' αυτούς...»

«Ο Πιέρ;»

Η καρδιά μου αναπήδησε στο άκουσμα το ονόματός του. Η Ματίλντα έγνεψε καταφατικά – και κάπως μελαγχολικά, νομίζω.

«Ποιος άλλος;»

«Ποιος άλλος σε ξεμυάλισε;»

Μια εικόνα πέρασε αστραπιαία από τον νου μου: δέρμα με τατουάζ, ένα λευκό φανελάκι που σηκώθηκε και αποκάλυψε μια γραμμωμένη κοιλιά... Το πώς με ξάπλωσε στο μεταλλικό τραπέζι... Έκλεισα τα μάτια και κατάπια.

«Ο Τζέσσι...»

Ήμουν σίγουρη ότι δε θα τους έβλεπα ποτέ ξανά, γι' αυτό και είχα κατορθώσει να αφεθώ τόσο πολύ. Τώρα που ήξερα ότι θα βρίσκονταν στο κοινό, ήμουν σίγουρη ότι θα πάγωνα.

«Ο Πιέρ και ο Τζέσσι ξέρουν ο ένας για τον άλλο; Υποτίθεται ότι θα διαλέξω τον έναν και θα απορρίψω τον άλλο; Δεν ξέρω αν νιώθω άνετα με κάτι τέτοιο, Ματίλντα... Μάλιστα *ξέρω* ότι δε νιώθω άνετα. Δεν μπορώ να το κάνω. Δε γίνεται...»

«Άκουσέ με... Δε γνωρίζουν ο ένας για τον άλλο. Αυτό που ξέρουν είναι πως έχουν προσκληθεί σε μια θρυλική μπουρλέσκ παράσταση μαζί με την υπόλοιπη πόλη. Δεν έχουν ιδέα ότι θα εμφανιστείς. Και δε θα καταλάβουν ότι θα είσαι εσύ επάνω στη σκηνή».

«Πώς γίνεται να *μην* καταλάβουν ότι είμαι εγώ;»

Άνοιξε την τσάντα της κι έβγαλε μια ξανθιά πλατινέ περούκα σε στιλ Βερόνικα Λέικ. Τη στριφογύρισε στη γροθιά της.

«Κατ' αρχάς θα φοράς αυτήν» απάντησε. Βάζοντας ξανά το χέρι μέσα στην τσάντα της, πρόσθεσε: «Και μια τέτοια». Έβγαλε μια λεία μαύρη μάσκα γάτας. «Να θυμάσαι, Κέισσι. Παίζεις έναν ρόλο...» συνέχισε, μιλώντας αργά και μελετημένα ενόσω στερέωνε αριστοτεχνικά την περούκα πάνω από τα μαλλιά μου. «Επιτρέπεται να έχεις τρακ στη σκηνή. Η παλιά Κέισσι ίσως σκεφτόταν ότι δεν αξίζει όλη αυτή την προσοχή, ότι δεν είναι αρκετά όμορφη ή αρκετά σέξι για να τα καταφέρει. Μα η γυναίκα που φοράει αυτή την περούκα κι αυτήν τη μάσκα δε θα σκεφτόταν ποτέ κάτι τέτοιο. Και οι άντρες που την παρακολουθούν δε θα το πίστευαν ποτέ... Επειδή ξέρει πως όχι μόνο μπορεί να σαγηνεύσει έναν άντρα, αλλά επίσης ότι έχει όλη την αίθουσα στο χέρι της.

»Να» είπε κι έβαλε προσεκτικά τη μάσκα πάνω από τα μάτια μου, τέντωσε το λαστιχάκι στο πίσω μέρος του κεφαλιού μου και το άφησε. «Πανέμορφη. Και τώρα πήγαινε και γίνε αυτή η γυναίκα!»

Για ποια γυναίκα μιλούσε; Αναρωτήθηκα – ώσπου έπειτα από μερικές στιγμές έπεσα επάνω της στον καθρέφτη των καμαρινιών.

Οι κοπέλες ήταν μαζεμένες μπροστά του, κάνοντας τις τελευταίες διορθώσεις στα κουστούμια, τα μαλλιά και στο μακιγιάζ τους. Στεκόμουν κι εγώ ανάμεσά τους, ίση μεταξύ ίσων, σκέφτηκα, ούτε καλύτερη ούτε χειρότερη, απλώς μια γυναίκα που χαίρεται το σώμα της. Εκείνη τη στιγμή η Μπέττυ το Ατμόπλοιο βγήκε διαγκωνιζόμενη μπροστά από την αγέλη κι έφτιαξε επιθετικά τα στήθη της μέσα στο κορμάκι της.

«Τα κορίτσια είναι ατίθασα απόψε!» δήλωσε και μάλλον δεν αναφερόταν στα Κορίτσια της Φρέντσμεν.

Η Κιτ και η Άντζελα χαμογελούσαν σαν μητέρες που καμάρωναν. Ύστερα σήκωσαν τους καρπούς τους με τα βραχιόλια προς το μέρος μου και τους κούνησαν. Έσεισα κι εγώ τα κρεμαστά μου, και το κουδούνισμά τους ακούστηκε σαν μουσική στα αυτιά μου.

Η μπάντα ξεκίνησε να παίζει. Άκουσα τον τελετάρχη να ανακοινώνει την έναρξη του φετινού ρεβί των Κοριτσιών της Φρέντσμεν, υπενθυμίζοντας στους άντρες «να είναι γενναιόδωροι», αλλά «να δείξουν σεβασμό, αλλιώς θα τους πετάξουν έξω με τις κλοτσιές».

«Βιάσου, Κέισσι. Βγαίνουμε!» φώναξε η Άντζελα.

Πήρα μια τελευταία βαθιά ανάσα και κοίταξα τις κοπέλες με τις οποίες θα έβγαινα μαζί στη σκηνή, καθεμιά όμορφη με τον δικό της τρόπο, με τις περούκες και τις ελιές και τις ενισχύσεις στα σουτιέν μας. Καθεμιά μας έπαιζε μια εκδοχή του εαυτού της, μια υπερβολική, εναλλακτική και προκλητικότερη εκδοχή. Ίσως αυτό κάνουν όλες οι γυναίκες πότε πότε. Κάτω από τα καθημερινά μας κουστούμια μάς τυραννούν όλες οι ίδιοι φόβοι και οι ίδιες ανασφάλειες. Η Άντζελα θα τους είχε, το ίδιο και η Κιτ. Αλλά τώρα που τις έβλεπα, δεν μπορούσα να τις φανταστώ να διστάζουν μπροστά από την κόκκινη πόρτα του παλιού αμαξοστασίου, κοκαλωμένες από τον τρόμο. Το συναίσθημα που πλημμύριζε αυτήν τη στιγμή την καρδιά μου ήταν η ευγνωμοσύνη, καθώς και μια ικμάδα ελπίδας πως, αφού κατάφεραν εκείνες να ξεπεράσουν τους φόβους τους, ίσως μπορούσα κι εγώ να το κάνω... Αρκούσε απλώς να το πιστέψω.

Έκανα τα πρώτα βήματα. Βρήκα τον ρυθμό, μετρώντας φωναχτά τα βήματα, ώσπου βγήκαμε μία μία με το πόδι ψηλά από τις κουίντες, κουνώντας τα γαντοφορεμένα χέρια μας σαν χορεύτριες του Μπομπ Φόσσι. Το κοινό, σκοτεινό πίσω από τους λαμπερούς προβολείς, άρχισε να παραληρεί, κι αυτό μας πλημμύρισε με ένα είδος σκηνικής αδρεναλίνης, που μεταδόθηκε από τη μια κοπέλα στην άλλη και με χτύπησε με όλη του τη δύναμη.

«Είδες;» ψιθύρισε η Άντζελα. «Σ' το είπα ότι θα σε λατρέψουν...»

Τα πρώτα λεπτά του χορού πέρασαν σαν αστραπή ενώ προσπαθούσα να προσαρμόσω τα μάτια μου στα φώτα και υπενθύμιζα διαρκώς στον εαυτό μου ότι κανένας δεν ήξερε πως ήμουν εγώ, η άτολμη Κέισσι από το Café Rose. Χωριστήκαμε σε ζευγάρια στη σκηνή, και η μεταμφίεσή μου με διευκόλυνε να γυρίσω την πλάτη μου στο κοινό και να κουνήσω αργά τη λεκάνη μου εμπρός πίσω, ακολουθώντας τις κινήσεις της Άντζελας, καθώς το τύμπανο χτυπούσε στον ίδιο ρυθμό με τις χορογραφημένες περιστροφές μας. Αυτή ήταν η παρτενέρ μου, και ήταν τόσο συναρπαστικό να συγχρονίζομαι θαρρετά και με την προκλητική μουσική και την πανέμορφη Άντζελα Ρεζάν, ώστε άρχισα να χαλαρώνω και να αυτοσχεδιάζω λιγάκι. Κάποια στιγμή κουνούσα τον πισινό μου τόσο γρήγορα, που η Άντζελα έριξε πίσω το κεφάλι και άφησε μια κραυγή. Όταν γύρισε και κατέβηκε χορεύοντας από τη σκηνή μέσα στο κοινό, την ακολούθησα χωρίς δεύτερη σκέψη, μιμούμενη τον τρόπο με τον οποίο έπιανε τη γραβάτα ενός άντρα και την τίναζε πίσω από το κεφάλι του ή ανακάτευε τα μαλλιά του ή ίσως και της γυναίκας του. Οι γυναίκες στο κοινό το απολάμβαναν εξίσου με τους άντρες· η ζωντάνια μας τις ενέπνεε να σηκωθούν και να λικνιστούν κι εκείνες για χάρη του φιλοθεάμονος κοινού. Κάποιοι ήταν τουρίστες, που είχαν την τύχη να πετύχουν την τοπική γιορτή. Αναγνώρισα όμως και πολλούς θαμώνες του καφέ, μουσικούς, καταστηματάρχες και εκκεντρικούς, που είχαν έρθει για να επευφημήσουν αυτό τον μικρό θύλακο ομορφιάς στην πληγωμένη και ταραγμένη πόλη μας.

Η Άντζελα κι εγώ κάναμε τη χορογραφία μας για το κοινό. Ύστερα μου έκλεισε το μάτι.

«Κάνε ό,τι κάνω, Κας...» ψιθύρισε προτού στραφεί από τη άλλη, πετάξει το ροζ μποά της γύρω από τον λαιμό μου και με τραβήξει σ' ένα κανονικό φιλί.

Ακολούθησε έκρηξη από χειροκροτήματα και φωνές όσο τα χείλη της Άντζελας παρέμεναν στα δικά μου, και ύστερα ολοκλήρωσε το φιλί με μια φιοριτούρα, σπρώχνοντάς με απαλά πίσω στη θέση μου. Με τα γόνατά μου να τρέμουν, προσπάθησα να συνεχίσω τη χορογραφία, επιδεικνύοντας τις ζαρτιέρες ψηλά στους μηρούς μου, όμως το φιλί με είχε ζαλίσει και είχε κάνει το ξετρελαμένο κοινό να σηκωθεί όρθιο. Διέκρινα την Κιτ και τη Ματίλντα, που κάθονταν μαζί κοντά στην μπάρα χειροκροτώντας και σφυρίζοντας σαν περήφανες μαμάδες.

Όταν έστριψα για να στείλω ένα φιλάκι στο κοινό, τα μάτια μου έπεσαν σ' ένα οικείο βλέμμα. Ήταν ο Τζέσσι, που καθόταν σ' ένα τραπέζι κοντά στη σκηνή, με ένα χαμόγελο στο πρόσωπό του που θα έλιωνε και παγόβουνο ακόμα.

«Βρε καλώς την...» είπε γέρνοντας πίσω στην καρέκλα του και με κοίταξε από πάνω έως κάτω, ρίχνοντας πίσω το κεφάλι.

Πώς είχα ξεχάσει πόσο σέξι ήταν; Αυτήν τη φορά φορούσε ένα στενό καρό πουκάμισο και τζιν, με το λευκό φανελάκι να ξεμυτίζει από κάτω. *Το φανελάκι. Το λιγνό κοίλο στομάχι του, με το χέρι του να αναπαύεται στις τρίχες που οδηγούν...* «Θεέ μου...»

ψέλλισα ενώ στεκόμουν μπροστά στο τραπέζι του. Η σαστισμένη έκφρασή του μου θύμισε ότι δεν ήξερε ποια ήμουν κάτω από την περούκα και τη μάσκα. Κοίταξα ολόγυρα την αίθουσα αγχωμένη. Όλα τα βλέμματα ήταν στραμμένα επάνω μας. Χαμογέλασα ξανά στον Τζέσσι και πάγωσα. Η Άντζελα με έπιασε από το χέρι και με γύρισε από την άλλη, για να κουνήσουμε μαζί τους πισινούς μας. Κοίταξα τον Τζέσσι πάνω από τον ώμο μου. Φαινόταν κατενθουσιασμένος που καθόταν πρώτο τραπέζι πίστα για το θέαμα. Όταν τελειώσαμε το νούμερό μας, ο Τζέσσι κι όλοι οι υπόλοιποι στο μαγαζί ξέσπασαν σε ζητωκραυγές και επευφημίες.

Ενθαρρυμένη από την ανωνυμία μου, γύρισα κι έσκυψα προς τα εμπρός, ακούμπησα τα χέρια στους ώμους του και τον άφησα να δει σε όλη του τη δόξα το εντυπωσιακό ντεκολτέ μου, που τονιζόταν από το κουστούμι που φορούσα. Στους άλλους θα φαινόταν ότι γνωριζόμασταν και ανταλλάσσαμε τυπικότητες, αλλά όταν έσκυψα κοντά του, του ψιθύρισα:

«Και τι δε θα ήθελα να σου κάνω...».

«Ουάου! Παρομοίως, μωρό μου» μου αποκρίθηκε, με την καυτή ανάσα του στο αυτί μου.

Ώστε έτσι γίνονται αυτά, σκέφτηκα, βάζοντας το δάχτυλό μου κάτω από το αξύριστο σαγόνι του. Μόλις έφερα τα μάτια του στο ίδιο ύψος με τα δικά μου, μου φάνηκε πως είδα μια έκφραση αναγνώρισης να σχηματίζεται φευγαλέα στο πρόσωπό του. Τραβήχτηκα γρήγορα, κι εκείνος έριξε πίσω το κεφάλι γελώντας, απολαμβάνοντας το φλερτ. Ποια ήταν αυτή η θαρραλέα γυναίκα που έκανε αυτά τα θαρραλέα πράγματα; Δεν ήμουν εγώ. Κι όμως εγώ ήμουν! Και ο Τζέσσι είχε συμμετάσχει κι αυτός στην απελευθέρωσή μου.

Τώρα όλα τα κορίτσια είχαν κατέβει από τη σκηνή και προκάλεσαν στο πλήθος φρενίτιδα. Δύο στέκονταν πάνω από τον Τζέσσι, που είχε μια έκφραση πονεμένης ηδονής στο πρόσωπό του. Ξαφνικά η κοπέλα με τις μπουκλίτσες πέρασε το μποά της γύρω από τον λαιμό του. Την είδα να τον σηκώνει όρθιο. Μες στα ουρλιαχτά του πλήθους την άφησε πρόθυμα να τον τραβήξει μαζί της έξω από την πόρτα, έχοντας ζωγραφισμένο στο πρόσωπο το χαμόγελο του τυχερότερου άντρα στον κόσμο. Είχα την ευκαιρία να τον επιλέξω και δεν το έκανα. Χαμογέλασα και είπα ένα σιωπηλό μελαγχολικό αντίο στον αξιαγάπητο εισβολέα μου.

Ακολούθησα την παρτενέρ μου, την Άντζελα, πιο βαθιά μέσα στο κοινό. Όταν πήγε πίσω από μια φαρδιά κολόνα, την έχασα από τα μάτια μου κι έπειτα από λίγες στιγμές το βλέμμα μου διασταυρώθηκε με κείνο ενός άλλου όλο πάθος θεατή, του Πιέρ Καστίγ, που στεκόταν με τα χέρια σταυρωμένα, γερμένος με την πλάτη στον τοίχο, και με κοιτούσε με προβληματισμένο ύφος, με τον σωματοφύλακα στο πλευρό του. Ορίστε η επιλογή μου. *Πόση δύναμη έχεις όταν ορίζεις εσύ απόλυτα το σώμα σου*, σκέφτηκα. Με τα χέρια στους γοφούς, το σαγόνι κατεβασμένο και τους ώμους μπροστά, βημάτισα προς τον Πιέρ, ακολουθώντας τον ρυθμό των τυμπάνων. Μείωσα την απόσταση που μας χώριζε, υπενθυμίζοντας στον εαυτό μου πως ήμουν το κορίτσι με την πλατινέ περούκα και τη μαύρη μάσκα. Έβλεπα το μήλο του Αδάμ να ανεβοκατεβαίνει στον λαιμό του. Μόλις έφτασα στο ένα μέτρο, έφερα το γαντοφορεμένο μου δάχτυλο στα δόντια μου και τράβηξα το γάντι μου με μία κίνηση. Το πέταξα πίσω από την πλάτη μου, ενώ το πλήθος από πίσω μου παραληρούσε. Ύστερα έβγαλα και το άλλο γάντι και το στριφογύρισα στο χέρι μου. Σε απόσταση μερικών εκατοστών από τον Πιέρ, που τώρα χαμογελούσε πλατιά, άπλωσα το χέρι και τον χτύπησα μαλακά με το γάντι στο πρόσωπο μία, δύο φορές.

«Ακούω πως είσαι πολύ κακό αγόρι...» ψιθύρισα, με την ίδια βραχνή φωνή που είχα χρησιμοποιήσει και με τον Τζέσσι.

«Καλά σ' τα λένε» μου αποκρίθηκε.

Με κοίταξε πεινασμένα και μετά με έπιασε από τη μέση σαν να του ανήκα. Όταν παρίστανε τον πρίγκιπά μου και με είχε διεκδικήσει, αυτό ήταν μέρος του ρόλου, της φαντασίωσης. Τώρα όμως το άγγιγμά του μου φαινόταν βάναυσο, αγενές.

Η Άντζελα μπήκε στη μέση και τον μάλωσε.

«Α, α, α... Δεν είναι δική σου, κύριε. Να το θυμάσαι».

Όλα τα μάτια είχαν στραφεί επάνω μου, παρόλο που τα υπόλοιπα κορίτσια είχαν μπει πάλι στη γραμμή και κατευθύνονταν προς τη σκηνή χορεύοντας κλακέτες με μια αστεία χορογραφία. Έλυσα τα μάγια κάνοντας μεταβολή. Με την πλάτη στραμμένη στον Πιέρ, έκανα ένα μπουρλέσκο λίκνισμα, συστρέφοντας το σώμα μου σαν τολύπα καπνού μπροστά του, προς γνώση και συμμόρφωση του κοινού. Τελικά ο προβολέας έφυγε από πάνω μας και ξαναγύρισε στα τεκταινόμενα στη σκηνή, δίνοντας στον Πιέρ την ευκαιρία να με πιάσει από τις κορδέλες του κορσέ μου σαν να με κρατούσε από λουρί. Με τράβηξε απότομα κοντά του, και το στόμα του πλησίασε το αυτί μου.

«Νόμιζα ότι δε θα σ' έβλεπα ποτέ ξανά, Κέισσι».

Τα μάτια μου άνοιξαν απότομα πίσω από τη μάσκα μου.

«Πώς...»

«Το βραχιόλι σου. Αναγνώρισα το κρεμαστό μου».

«Εννοείς το κρεμαστό *μου*!»

«Σε προτιμώ καστανή».

Γύρισα βιαστικά. Το στήθος μου χάιδεψε φευγαλέα το δικό του. Με τα τακούνια που φορούσα ήμαστε σχεδόν στο ίδιο ύψος. Ένα σέξι πείσμα φούσκωσε μέσα μου.

«Κι εγώ *σε* προτιμούσα πρίγκιπα» αντιγύρισα.

Μπορεί να φορούσα εγώ τη μάσκα, αλλά επιτέλους έβλεπα κάτω από τη δική του. Ενώ η δική μου έκρυβε μερικούς συνηθισμένους φόβους και ανασφάλειες, κάτω από τη δική του επιφάνεια διαισθανόμουν απειλή· οι γυναίκες εξυπηρετούσαν έναν σκοπό, κι όταν τέλειωνε μαζί τους, τις πετούσε. Ήταν τέλειος για μια φαντασίωση, αλλά πέρα από αυτό δεν μπορούσα να με φανταστώ να περνάω τη ζωή μου στο πλευρό του.

«Δεν είμαι δική σου...» του ψιθύρισα. «Αν μη τι άλλο, το αντίστροφο συμβαίνει».

Μόλις μας ξαναβρήκε ο προβολέας, ο Πιέρ άπλωσε το χέρι στο ντεκολτέ μου και το τράβηξε για να ανοίξει. Έριξε δεκάδες χρυσά νομίσματα μέσα στο κορμάκι μου, αφήνοντας μερικά να πέσουν στο πάτωμα για εφέ. Σοκαρίστηκα και πάγωσα. Το κοινό δεν ήξερε αν έπρεπε να χειροκροτήσει ή να τον γιουχάρει. Ο προβολέας στράφηκε ξανά στη σκηνή, όπου οι κοπέλες ολοκλήρωναν τη χορογραφία με το κλασικό βήμα του καν καν.

«Άφησέ την!» άκουσα μια φωνή μες στο σκοτάδι. «Αλλιώς θα σου σπάσω τα δόντια!»

Είδα μια φιγούρα να πλησιάζει, να διαγράφεται μέσα σε μια άλω από φως. Αλλά δε χρειαζόμουν κανέναν άντρα να έρθει να με σώσει. Τράβηξα τον κορσέ μου από τα χέρια του Πιέρ κι έπεσα με την όπισθεν επάνω στον Γουίλ Φορέ, που ακούμπησε το ζεστό του χέρι στη μέση μου για να μην πέσω.

«Είσαι εντάξει;» με ρώτησε.

«Ναι. Μια χαρά είμαι» απάντησα.

Τα τύμπανα οδηγούσαν το νούμερο του φινάλε προς το τέλος του. Ο Γουίλ στράφηκε στον Πιέρ, που ακουμπούσε ακόμη αλαζονικά στον τοίχο.

«Δεν είναι στριπτιζάδικο εδώ, Πιέρ».

«Απλώς αντάμειψα αυτή την πανέμορφη χορεύτρια με το κατάλληλο νόμισμα...» αποκρίθηκε ο Πιέρ, σηκώνοντας τα χέρια του σαν να παραδιδόταν.

«Της έπιασες το ρούχο. Δεν επιτρέπεται».

«Δεν ήξερα πως υπήρχαν *κανόνες*, Γουίλ».

«Αυτό ήταν πάντα το πρόβλημά σου, Πιέρ».

Το χειροκρότημα δυνάμωσε, κι όλοι γύρω μας σηκώθηκαν όρθιοι για να επιβραβεύσουν τα κορίτσια στη σκηνή.

Ο Πιέρ τίναξε το ένα μανίκι του, ύστερα το άλλο, ίσιωσε το σακάκι του και κατόπιν μου πρόσφερε το μπράτσο του.

«Το θέαμα τέλειωσε. Πάμε να φύγουμε, Κέισσι».

Στο άκουσμα του ονόματός μου, ο Γουίλ στράφηκε προς το μέρος μου με ανοιχτό το στόμα. Μου ήταν αδύνατο να καταλάβω αν ήταν εντυπωσιασμένος ή απογοητευμένος.

«Κέισσι;»

Έβγαλα τη μάσκα μου.

«Γεια...» είπα με τα χέρια στον κορσέ. «Τι να πω; Αντικατάσταση της τελευταίας στιγμής...»

«Νό... Νόμισα ότι... Που να πάρει... Είσαι πανέμορφη» τραύλισε ο Γουίλ.

Η υπομονή του Πιέρ είχε αρχίσει να εξαντλείται.

«Να πηγαίνουμε σιγά σιγά;»

«Ναι» απάντησα. Αλλά εκείνη τη στιγμή είδα τους ώμους του Γουίλ να πέφτουν, όπως τότε στον χορό, όταν ο Πιέρ είχε κερδίσει στον πλειστηριασμό. Γύρισα στον Πιέρ και πρόσθεσα: «Μπορείς να πηγαίνεις. Όποτε θες».

Έκανα ένα διστακτικό βήμα προς τον Γουίλ, για να τονίσω το γεγονός ότι έκανα την επιλογή μου.

«Εσύ είσαι...» μουρμούρισα. «Διαλέγω εσένα».

Παρακολούθησα την έκφραση του Γουίλ να μαλακώνει σ' ένα ήρεμο θριαμβικό ύφος, που ολοκληρώθηκε μόλις γλίστρησε το χέρι του μέσα στο δικό μου και το έσφιξε, μια χειρονομία τόσο οικεία, που μου έκοψε τα πόδια. Ο Γουίλ δεν ξεκολλούσε τα μάτια από πάνω μου. Του πήγαινε η νίκη, αποφάσισα.

Ο Πιέρ έβαλε τα γέλια και κούνησε το κεφάλι, λες και ο Γουίλ είχε παρεξηγήσει κάτι πολύ σημαντικό.

«Οι καλοί τερματίζουν τελευταίοι» αποφάνθηκε ο Γουίλ, κοιτάζοντας μόνο εμένα.

«Ποιος είπε ότι τελειώσαμε;» αντιγύρισε ο Πιέρ.

Αφού με κοίταξε καλά καλά, με ένα αλαζονικό χαμόγελο να ζωγραφίζεται στο πρόσωπό του, ο Πιέρ εξαφανίστηκε μέσα στο πλήθος, με τον σωματοφύλακα να προσπαθεί να τον προλάβει. Χάρηκα που έφυγε.

«Πάμε να φύγουμε από δω» πρότεινε ο Γουίλ, τραβώντας με για να διασχίσουμε το πλήθος.

Όταν περάσαμε μπροστά από το τραπέζι της Ματίλντας και της Κιτ, μου κούνησαν τους καρπούς τους. Έκανα κι εγώ το ίδιο. Μετά είδα την Άντζελα, που ανέβαινε ξανά στη σκηνή. Μου κούνησε κι εκείνη το χέρι της, και τα κρεμαστά λαμποκόπησαν στο φως του προβολέα.

«Για δες... Φοράει το ίδιο βραχιόλι με σένα» είπε ο Γουίλ.

«Ναι».

Ένα χέρι με έπιασε από τον πήχη. Ανήκε σε μια κοντόχοντρη γυναίκα μέσης ηλικίας, η οποία φορούσε ένα πελώριο μπλουζάκι που έγραφε: *Στη Νέα Ορλεάνη τα κάνουν όλα καλύτερα.*

«Από πού μπορώ να αγοράσω ένα τέτοιο βραχιόλι;» με ρώτησε τσιριχτά ή, μάλλον, απαίτησε να μάθει. Η προφορά της ήταν από τη Νέα Αγγλία· τη Μασσαχουσέττη ή το Μέιν.

«Μου το έκανε δώρο μια φίλη» απάντησα. Αλλά πριν προλάβω να τραβήξω τον καρπό μου, έπιασε ένα κρεμαστό με τον αντίχειρα και τον δείκτη της.

«Θέλω κι εγώ ένα τέτοιο!» στρίγκλισε.

«Δεν αγοράζονται» αντιγύρισα, τραβώντας μαλακά τον καρπό μου από το χέρι της. «Κερδίζονται!»

Ο Γουίλ με τράβηξε μακριά της και διασχίσαμε

μαζί τους θεατές, που συνωστίζονταν ακόμα στην πόρτα. Έξω, στην ψυχρή χειμωνιάτικη νύχτα, έριξε το παλτό του στους γυμνούς ώμους μου και ύστερα κόλλησε την πλάτη μου στην τζαμαρία του Three Muses, μην μπορώντας να περιμένει άλλο για να με φιλήσει. Και με φίλησε. Με φίλησε βαθιά, με όλη του την καρδιά, σταματώντας κάθε τόσο για να βεβαιωθεί πως ήμουν εγώ αυτή που στεκόταν μπροστά του κι έτρεμε στον κόρφο του. Δεν κρύωνα. Ξυπνούσα, και το σώμα μου αναριγούσε μέσα στην αγκαλιά του. Ήταν αλλιώς να σε κοιτάζει ένας άντρας που ποθείς κι αλλιώς ένας άντρας που αγαπάς. Αλλά έπρεπε να ρωτήσω, παρόλο που δεν ήμουν σίγουρη πως ήθελα να μάθω την απάντηση.

«Γουίλ, με σένα και την Τρεϊσίνα τι...»

«Έχει τελειώσει. Έχει τελειώσει εδώ και καιρό. Τώρα είμαστε εσύ κι εγώ, Κέισσι. Έπρεπε από την αρχή να είμαστε εμείς οι δύο...»

Αφήσαμε μερικούς τουρίστες να περάσουν, ενώ προσπαθούσα να χωνέψω τις συγκλονιστικές πληροφορίες. *Εσύ κι εγώ*. Προχωρήσαμε λίγο παρακάτω, και ο Γουίλ με σταμάτησε ξανά, κολλώντας με αυτήν τη φορά στον τοίχο του Praline Connection, όπου ένας δυο σερβιτόροι μάς κοίταξαν με υψωμένα φρύδια. *Ο Γουίλ Φορέ και η Κέισσι Ρόμπισο*; θα σκέφτονταν σίγουρα. *Φιλιούνται; Στη Φρέντσμεν;*

Τα χέρια του, η μυρωδιά του, το στόμα του, η αγάπη που νόμιζα πως έβλεπα στα μάτια του, όλα φάνταζαν λογικά. Τον ήθελα, ολόκληρο. Βρισκόταν ήδη στο μυαλό και στην καρδιά μου, και τώρα τον ήθελε και το σώμα μου. Όταν με σταμάτησε ξανά στον δρόμο και κράτησε το πρόσωπό μου στα ζεστά του χέρια, αναζητώντας στα μάτια μου μια απάντηση στο άρρητο ερώτημά του, ήξερα πως άκουσε το βουβό μου *ναι*. Διασχίσαμε κυριολεκτικά τρέχοντας το υπόλοιπο μισό τετράγωνο έως το Café Rose, όπου τα χέρια του Γουίλ έτρεμαν τόσο πολύ, ώστε του έπεσαν δύο φορές τα κλειδιά προτού καταφέρει να ανοίξει την πόρτα.

Πώς ήταν δυνατόν να έχει περισσότερο άγχος από μένα; Πώς ήταν δυνατόν εγώ να μην έχω καθόλου άγχος;

Τα Βήματα.

Όρμησαν σαν χείμαρρος στο μυαλό μου. Μπορούσα επιτέλους να παραδοθώ σ' αυτό τον άντρα στον οποίο είχα αντισταθεί από την αρχή. Ένιωθα αρκετά ατρόμητη, γενναία, γενναιόδωρη και σίγουρη για τον εαυτό μου ώστε να τον δεχτώ. Τον εμπιστευόμουν, κι αυτό μου έδινε θάρρος να αντιμετωπίσω ό,τι μας επιφύλασσε το μέλλον. Και είχα τρελή περιέργεια να ανακαλύψω πώς ήταν στο κρεβάτι, πώς θα ήμαστε μαζί. Ένα νέο συναίσθημα γεννήθηκε μέσα μου: η ζωντάνια, η έσχατη υπόσχεση του Ένατου Βήματος. Ήμαστε η χαρά προσωποποιημένη.

Μπήκαμε παραπατώντας στο εστιατόριο με γέλια και φιλιά, σκοντάφτοντας στα παπούτσια που πετάξαμε στη βιασύνη μας να ανέβουμε τις σκάλες, ενώ ο Γουίλ προσπαθούσε μετά μανίας να λύσει τον κορσέ μου, με μένα να τον βοηθάω να βγάλει την μπλούζα του, σ' ένα δωμάτιο που ποτέ πια δε θα απέπνεε μοναξιά.

Απείχε πολύ από τον άτολμο εραστή που φανταζόμουν. Ήταν άγριος και τρυφερός συγχρόνως, και προσπάθησα να γίνω κι εγώ έτσι. Τον τράβηξα κοντά μου, φιλώντας τον με όλη μου τη δύναμη, μην αφήνοντας καμία αμφιβολία για τη λαχτάρα μου. Αυτός ο άντρας ήταν δικός μου. Όρθιος από πάνω μου, ημίγυμνος, με τα πανέμορφα μπράτσα και το στέρνο να επιδεικνύονται υπέροχα, τράβηξε τη ζώνη του. Ύστερα πέταξε το τζιν και το εσώρουχό του στην άλλη άκρη του δωματίου.

«Γαμώτο...» μουρμούρισε, έχοντας ξαφνικά μια επιφοίτηση. Πήγε βολίδα να μαζέψει το πεταγμένο τζιν του, τινάζοντάς το για να βγάλει ένα πορτοφόλι, που στη συνέχεια κανιβάλισε για να βρει το προφυλακτικό. Έσπασε όλα τα ρεκόρ ταχύτητας, σκέφτηκα παρακολουθώντας τον να το φοράει. Επέστρεψε στο στρώμα, γονάτισε και μου άνοιξε τα πόδια. Με κοίταξε από πάνω έως κάτω και κούνησε το κεφάλι, θαρρείς κι αυτό που έβλεπε ξεπερνούσε τα πιο τρελά του όνειρα. Κατόπιν βρέθηκε από πάνω μου, γεμίζοντάς με με φιλιά, τρυφερά, ύστερα πιο αποφασιστικά, αρχίζοντας ένα βασανιστικά αργό ταξίδι από τον λαιμό προς την κλείδα μου, σταματώντας για λίγο στο στήθος μου.

Δεν μπορούσα να συγκρατήσω τα γελάκια μου καθώς κατηφόριζε πιο κάτω, με τα αξύριστα γένια του να μου γαργαλίζουν το δέρμα. Σταματούσε κάθε τόσο για να κοιτάξει το πρόσωπό μου, με τη ματιά του να αναζητάει τη δική μου, κάνοντάς με να ικετέψω το άγγιγμά του. *Θα κάνω σεξ με τον Γουίλ Φορέ, το αφεντικό μου, τον φίλο μου, τον άντρα μου.*

Η ανάσα μου έγινε ρηχή και η πλάτη μου κυρτώθηκε καθώς γλιστρούσε μέσα μου. Πώς το λένε όταν καίγεσαι από πόθο για κάποιον κι αυτός βρίσκεται ακριβώς δίπλα σου και σου δίνει ακριβώς αυτό που θέλεις; Πώς λέγεται κάτι που κάνει την καρδιά, το μυαλό και το κορμί σου να σκιρτούν ταυτόχρονα; Με τους υπόλοιπους άντρες το σώμα μου ήταν εντελώς παρόν, αλλά η καρδιά μου δεν είχε ξυπνήσει ποτέ πλήρως. Με τον Γουίλ κάθε κομμάτι μου ήταν ζωντανό από κάτω του. Το μυαλό μου έλεγε ναι, το κορμί μου έλεγε τώρα, ενώ η καρδιά μου κόντευε να σπάσει από το δέος μπροστά σε όλα αυτά. *Έτσι είναι να αγαπάς; Ναι*, σκέφτηκα, *αυτό θα πει αγάπη*, συνειδητοποίησα. *Να η αγάπη μου, ο νεαρός άντρας μου, ο Γουίλ μου.*

«Είσαι πολύ όμορφη έτσι...» μου ψιθύρισε, με φωνή λίγο πνιχτή.

«Αχ, Γουίλ...» Δυσκολευόμουν να πιστέψω πως ήταν δυνατόν να νιώσει κανείς τέτοια έκσταση. Το σώμα μου σπαρταρούσε κάτω από το δικό του, τρελαμένο από τον πόθο. Ήθελα να τελειώσω, έπρεπε να τελειώσω, και ταυτόχρονα ήθελα να σταματήσω, να παγώσω αυτό το αίσθημα ρευστής μακαριότητας μέσα μου.

«Ήθελα να το κάνω αυτό από την πρώτη μέρα που γνωριστήκαμε...» μου είπε.

Ανέβηκε πιο ψηλά, για να με φιλήσει στο πρόσωπο. Οι αργές βαθιές κινήσεις του με έκαναν να παραδοθώ χίλιες φορές. Ακούμπησε τους αγκώνες του δεξιά και αριστερά από το κεφάλι μου και χτένισε πίσω τα μαλλιά μου, ενώ το βλέμμα του έψαχνε το πρόσωπό μου. Και τότε άρχισε να πεινάει για κάτι που μόλις τώρα είχε αρχίσει να γεύεται. Το έβλεπα στην έκφρασή του. Με μια ομαλή κίνηση με έφερε από πάνω του.

Ακούμπησα τα χέρια στους μυώδεις ώμους του, και οι λαγόνες μου ακολούθησαν τον ρυθμό του. Το αισθανόταν κι εκείνος, το ήξερα: μια ηδονή μεγαλύτερη και δυνατότερη από αυτήν που είχε ζήσει έως τώρα. Η ευδαιμονία εξαπολύθηκε μέσα μου και με διαπέρασε, κι εγώ ρίχτηκα μέσα της πιο φρενιασμένα. Όταν τέλειωσα, τον άκουσα να φωνάζει το όνομά μου, και το στέρνο του κύρτωσε καθώς με γέμιζε, συντήκοντας το πανέμορφο σώμα του με το δικό μου.

Ύστερα ξάπλωσα επάνω στο στήθος του. Η ψύχρα απέξω, η ανάσες μας, τα σώματά μας, που ζέσταιναν το δωμάτιο, είχαν καλύψει τα παράθυρα με ατμό. Προτού κατορθώσω να ηρεμήσω την αναπνοή μου, το στόμα του βρήκε το δικό μου για ένα παρατεταμένο φιλί. Μετά ξάπλωσε ξανά πίσω κι έκλεισε τα μάτια του. Ήμαστε και οι δύο χαμένοι σε μια ήσυχη γαλήνη.

«Νομίζω ότι θ' αργήσεις να έρθεις στη δουλειά αύριο...» είπε μαλακά έπειτα από λίγο. «Και νομίζω πως δε με πειράζει».

Γέλασα γέρνοντας το κεφάλι μου στο στήθος του, για να αφουγκραστώ την καρδιά του. Τύλιξε τα χέρια του γύρω μου τραβώντας με κοντά του και μου έδωσε ένα φιλί στην κορυφή του κεφαλιού.

«Αλήθεια σκεφτόσουν να το κάνεις αυτό από την πρώτη μέρα που με γνώρισες;» τον ρώτησα.

«Ναι. Αυτό και τίποτε άλλο, Κέισσι».

Μια τρομερή αμφιβολία γιγαντώθηκε μέσα μου. Έπρεπε να μάθω.

«Λοιπόν, γιατί χωρίσατε;» Αυτό εξηγούσε την κακοκεφιά της Τρεϊσίνα και τις απουσίες της τις τελευταίες εβδομάδες.

Έκλεισε τα μάτια του σαν κάποιος που ξέρει ότι πρέπει να ανακοινώσει μια είδηση την οποία θα προτιμούσε να ξεχάσει.

«Πριν από μια δυο εβδομάδες είδα κάτι μηνύματα που είχε ανταλλάξει με τον εισαγγελέα από τον πλειστηριασμό... Αλλά η σχέση μας είχε τελειώσει πολύ πιο πριν. Απλώς μου έδωσε μια δικαιολογία».

«Σε απατούσε;»

«Εκείνη λέει πως όχι. Αλλά όπως και να 'χει, δε με νοιάζει. Δεν έχει σημασία. Έχει τελειώσει».

«Τι θα πει όταν θα μάθει για μας;»

«Θα πει "Σ' τα 'λεγα". Ήξερε από την αρχή πως ήμουν λιγάκι ερωτευμένος μαζί σου».

Λιγάκι ερωτευμένος μαζί μου; Πρέπει να κατάλαβε την έκπληξή μου.

«Ναι, αυτό που άκουσες...» συμπλήρωσε γαργαλώντας με. «Σε τρομάζει; Που σ' το λέω;»

«Μπα... Είπες *λιγάκι* ερωτευμένος. Δεν είπες *πολύ* ερωτευμένος. *Αυτό* θα με τρόμαζε».

«Που λες...» άρχισε.

Κάλυψα με το χέρι το γλυκό του στόμα.

«Μη!» αναφώνησα ακουμπώντας το κεφάλι στο χέρι μου, πάνω από το πολύ όμορφο και πολύ συλλογισμένο πρόσωπό του.

Εκείνος πήρε το χέρι μου και το φίλησε.

«Είσαι διαφορετική απ' ό,τι νόμιζα, ξέρεις...» μου είπε κοιτάζοντάς με έντονα.

«Εννοείς... στο κρεβάτι;»

«Όχι. Δεν εννοώ το σεξ, όχι ακριβώς. Εννοώ *εσύ*.

Φαίνεσαι πιο... συγκροτημένη. Πιο σίγουρη, δεν ξέρω. Θέλω να πω, εγώ πάντα έτσι σ' έβλεπα, μα δε νομίζω ότι το έβλεπες κι εσύ, μέχρι πρόσφατα. Τελευταία είσαι πιο... Πιο *εσύ*».

Του χαμογέλασα, επειδή μου είχε κάνει τη μεγαλύτερη φιλοφρόνηση της ζωής μου.

«Ξέρεις, νομίζω πως έχεις δίκιο. Μάλλον *είμαι* πιο εγώ τελευταία» αποκρίθηκα κι έσκυψα για να του δώσω άλλο ένα φιλί.

Έπειτα από λίγες στιγμές αποκοιμηθήκαμε υπό τους ήχους του σαξοφωνίστα που έπαιζε τις νύχτες στο κατώφλι του Café Rose, με το καπέλο στα πόδια, και μετουσίωνε τη μοναξιά του σε μουσική, ενώ η δική μου διαλυόταν μες στη νύχτα.

[ΚΕΦΑΛΑΙΟ ΔΕΚΑΤΡΙΑ]

ΟΥΤΕ ΚΙ ΕΓΩ ΞΕΡΩ πώς άφησα τον Γουίλ να κοιμάται εκεί πέρα. Υποθέτω ότι θεώρησα πως θα τον έβλεπα πάλι έπειτα από μερικές ώρες, αφού πρώτα πεταγόμουν στο σπίτι, τάιζα τη γάτα, έκανα ένα ντους και φορούσα ένα ωραίο τζιν κι ένα σέξι μπλουζάκι για να ανοίξω το εστιατόριο.

Τελικά δεν άργησα. Αντίθετα, έφτασα νωρίς. Τόσο νωρίς, ώστε κατάφερα να έχω φτιάξει τον καφέ προτού διασχίσει ο πρώτος πελάτης μας την πόρτα, περνώντας πάνω από την *Times-Picayune* αντί να έχει την ευγένεια να μου τη φέρει μέσα. Αλλά δε θύμωσα. Τίποτα δε θα μπορούσε να με ρίξει εκείνη τη μέρα, αποφάσισα, ούτε η βροχή ούτε το γεγονός ότι τα κορίτσια είχαν αφήσει το επάνω δωμάτιο σε κακό χάλι και μάλλον θα έπρεπε να το καθαρίσω εγώ. Στο κάτω κάτω είχαμε συμβάλει κι εγώ με τον Γουίλ στην ακαταστασία. Σωστά; Ο Γουίλ κι εγώ. Εγώ και ο Γουίλ. Υπήρχε «εμείς»; Το ήλπιζα. *Όχι. Παραείναι νωρίς για να σκέφτεσαι έτσι, Κέισσι.* Εκκρεμούσαν ακόμα δύο θέματα: να πάρω το κρεμαστό μου και να πω στη Ματίλντα πως είχα λάβει την απόφασή μου. Επέλεγα να κάνω σχέση με κάποιον άντρα που αγαπούσα αντί να επιλέξω το S.E.C.R.E.T. Και ήμουν ευγνώμων, παρά πολύ ευγνώμων, που μου ήταν τόσο εύκολο να πάρω αυτή την απόφαση. Η σεξουαλική απελευθέρωση της Κέισσι Ρόμπισο είχε ολοκληρωθεί.

Ομολογουμένως, θα μου έλειπε λιγάκι η συγκίνηση. Και λάτρευα την αδελφοσύνη που εισέπραξα από τις γυναίκες του S.E.C.R.E.T., όπως η Ματίλντα και η Άντζελα και η Κιτ. Μόνο να φανταστώ μπορούσα πώς θα ήταν να βοηθάς στην εκπλήρωση των φαντασιώσεων μιας άλλης γυναίκας, να μεταδίδεις τα μαθήματα που διδάχτηκες. Αλλά ήθελα μια ζωή με τον Γουίλ. Κάτι μέσα μου ήξερε ότι θα ήταν πλήρης, γεμάτη αγάπη και κέφι. Μου είχε αποδείξει ήδη πως το σεξ μαζί του ήταν όλα όσα χρειαζόμουν, ήθελα και είχα φανταστεί. Και ήμουν έτοιμη να κάνω κι εγώ το ίδιο για κείνον.

Όχι, τίποτα δε θα μπορούσε να με ρίξει εκείνη τη μέρα, ώσπου είδα την Τρεϊσίνα να στρίβει με βαριά βήματα από τη γωνία της πολυκατοικίας, περιμένοντας να περάσει ένα φορτηγό με αναψυκτικά προτού διασχίσει αργά τη Φρέντσμεν, με τα χέρια τυλιγμένα σφιχτά γύρω της. Αισθάνθηκα τύψεις, παρά τη σιγουριά μου ότι δεν είχα κάνει τίποτα κακό. Είχαν χωρίσει. Δεν ήμαστε φίλες. Δεν της χρωστούσα τίποτα. Παρ' όλα αυτά, κρύφτηκα στο πίσω μέρος του καφέ κι έπεσα με τα μούτρα στην προετοιμασία των σάντουιτς. Το στομάχι μου σφίχτηκε όταν άκουσα τα κουδουνάκια στην πόρτα, που σήμαναν την άφιξή της. Χαιρέτησε έναν δυο τακτικούς πελάτες. Γιατί είχε έρθει τόσο νωρίς; Άπλωσα βιαστικά καμιά δεκαριά φέτες του τοστ σαν να μοίραζα χαρτιά.

«Γεια» είπε, κάνοντάς με να τιναχτώ έως το ταβάνι.

«Αμάν!»

«Σιγά, Κέισσι, ηρέμησε. Δεν ήθελα να σε τρομάξω».

«Δεν πειράζει. Είμαι λίγο τσιτωμένη...» αποκρίθηκα γελώντας νευρικά.

Με ρώτησε πώς πήγε το σόου. Είχε μάθει ότι τελικά χόρεψα.

«Έγινα ρεζίλι...» απάντησα ανασηκώνοντας τους ώμους.

«Εγώ άλλα άκουσα...»

Κάτι ήξερε. Το καταλάβαινα από τον τόνο της φωνής της. Ο Γουίλ κι εγώ είχαμε φύγει από το Blue Nile χέρι χέρι.

«Χαίρομαι που τέλειωσε» αποκρίθηκα ενώ άλειφα μαγιονέζα στο ψωμί, αποφεύγοντας το βλέμμα της.

«Ο Γουίλ ήρθε;»

«Α... Έτσι νομίζω, ναι».

«Δε γύρισε σπίτι χτες βράδυ...» μου είπε, σφίγγοντας περισσότερο το παλτό επάνω της.

Ήθελα να ουρλιάξω: *Τι εννοείς όταν λες «σπίτι»; Χωρίσατε. Τις τελευταίες δύο εβδομάδες κοιμάται πάνω! Μου το είπε.*

«Μήπως τον είδες να φεύγει χτες βράδυ;»

«Δεν τον είδα να φεύγει. Όχι» απάντησα ψέματα.

«Πήγες στο Maison με τα υπόλοιπα κορίτσια μετά το σόου;»

«Μπα... Γύρισα κατευθείαν σπίτι».

«Άρα γι' αυτό δε σε πέτυχα εκεί».

Το αίμα πάγωσε στις φλέβες μου. Άφηνε να εννοηθεί πως ναι, πράγματι, κάτι ήξερε. Με έπιασε πανικός. Θα μου έβγαζε τα μάτια; Θα μου έσπαγε τα δόντια; Για όνομα του Θεού, πού ήταν ο Γουίλ;

«Ο Γουίλ είπε ότι δεν ένιωθες καλά χτες. Είσαι καλύτερα σήμερα;» ρώτησα.

«Συνήλθα. Το χειρότερο είναι το πρωί. Κοίτα πώς έχει γίνει το δέρμα μου...» απάντησε.

Περιεργάστηκα διστακτικά το πρόσωπό της κι έπρεπε να παραδεχτώ πως όντως το δέρμα της ήταν κάπως πελιδνό και τα μάτια της λίγο βαθουλωμένα.

«Αλλά ο γιατρός είπε πως οι πρωινές ναυτίες θα περάσουν σύντομα, μόλις μπω στο δεύτερο τρίμηνο».

Στο δεύτερο τρίμηνο; Τι στο...

«Είσαι...»

«Έγκυος; Ναι, Κέισσι, είμαι έγκυος. Μα ήθελα να βεβαιωθώ πρώτα, γιατί έχω ξαναμπεί σ' αυτό το τριπάκι κι έχω απογοητευτεί. Δεν ήθελα να πω τίποτα προτού σιγουρευτώ. Και τώρα... σιγουρεύτηκα».

Ακούμπησε το χέρι στην κοιλιά της, η οποία, τώρα που την έβλεπα, φαινόταν ελαφρώς φουσκωμένη.

«Ο... Γουίλ το ξέρει;»

Το βλέμμα της συνάντησε το δικό μου.

«Το ξέρει. Του τηλεφώνησα. Πριν από μία ώρα. Ήρθε τρέχοντας».

Πρέπει να τον πήρε αμέσως μόλις έφυγα για το σπίτι.

«Τι είπε;»

«Ήταν τόσο χαρούμενος, που... κόντεψε να βάλει τα κλάματα. Το πιστεύεις;» είπε, βουρκώνοντας και η ίδια.

Ναι, το πίστευα πως αυτή η είδηση θα έκανε τον Γουίλ να κλάψει... Το πίστευα. Μάλιστα εκείνη τη στιγμή μού ανέβηκε και μένα ένας κόμπος στον λαιμό.

«Είναι όλο πολύ ξαφνικό, το ξέρω. Αλλά αφού του το είπα σήμερα το πρωί, μου έκανε πρόταση. Είναι πολύ καλός άνθρωπος, Κέισσι... Και ξέρεις πόσο πολύ αγαπάει τον αδερφό μου. Και θέλει να του δώσει το καλό παράδειγμα».

Το μυαλό μου έτρεχε. *Πώς γίνεται να συμβαίνει αυτό; Εγώ διάλεξα αυτόν, κι εκείνος διάλεξε εμένα.* Άνοιξα το στόμα, αλλά οι λέξεις βγήκαν με δυσκολία από μέσα μου.

«Δεν ξέρω τι να πω...» ήταν το μόνο που κατάφερα να αρθρώσω.

Με κοίταξε, κι όλο το σώμα της χαλάρωσε τώρα που το είχε βγάλει από μέσα της.

«Πες συγχαρητήρια, Κέισσι... Κι ας το αφήσουμε εκεί».

«Συγχαρητήρια...» αποκρίθηκα και την πλησίασα για να της δώσω μια αμήχανη αγκαλιά. Για μια στιγμή δεν μπορούσα να πάρω ανάσα, οπότε, όταν ακούστηκε το κουδουνάκι της πόρτας, το χρησιμοποίησα ως δικαιολογία και πήγα βιαστικά στην μπροστινή αίθουσα.

Αλλά δεν ήταν πελάτης. Ήταν ο Γουίλ, που φαινόταν πιο βασανισμένος από ποτέ.

«Κέισσι!»

«Πρέπει να φύγω» είπα. «Η Τρεϊσίνα είναι στην κουζίνα».

«Κέισσι, περίμενε... Δεν το ήξερα! Τι να κάνω; Τι να πω;»

Στράφηκα και τον αντίκρισα.

«Τίποτα, Γουίλ. Έκανες την επιλογή σου... Δεν υπάρχει κάτι άλλο να κάνεις».

Δάκρυα κύλησαν στα μάγουλά μου. Άπλωσε το χέρι του για να τα σκουπίσει, όμως το έσπρωξα.

«Κέισσι, σε παρακαλώ, μη φεύγεις...» με ικέτεψε ψιθυριστά.

Βούτηξα το παλτό μου από τον καλόγερο, το φόρεσα και βγήκα από το Café Rose αφήνοντας την πόρτα ορθάνοιχτη. Καθώς κατηφόριζα τη Φρέντσμεν, η παγωμένη βροχή άρχισε να κοπάζει. Το περπάτημά μου έγινε τρεχαλητό στο Ντεκατούρ καθώς διέσχιζα τη Γαλλική Συνοικία, που ξυπνούσε ήδη για τους εορτασμούς της μέρας. Στο Κανάλι η παραφροσύνη του Μάρντι Γκρα είχε αρχίσει να κορυφώνεται, κι εγώ διέσχισα το πλήθος με φρενιασμένες δρασκελιές. Έπρεπε να φύγω από κει πέρα. Στη Μαγκαζίν, όπου έσκυψα λαχανιασμένη προσπαθώντας να ξαναβρώ την ανάσα μου, συνειδητοποίησα πως είχα ξεχάσει να βγάλω την ποδιά μου. Δε με ένοιαζε. Μπροστά από τα μάτια μου περνούσαν εικόνες του κορμιού μου αγκαλιασμένου με το κορμί του Γουίλ. Τα φιλιά του, οι μύες του στέρνου του που έκαναν συσπάσεις από κάτω μου, ο τρόπος με τον οποίο αγκάλιαζε το κεφάλι μου με τα χέρια του. Έσφιξα τα πλευρά μου, και οι λυγμοί έβγαιναν βίαια στην επιφάνεια. Ο Γουίλ μου, το μέλλον μου, διαλύθηκε. Έτσι απλά. Άφησα ένα γεμάτο λεωφορείο να περάσει, ύστερα ένα δεύτερο. Αποφάσισα να περπατήσω στην Τρίτη οδό ώστε να συνεχίσω να κλαίω, χωρίς να με νοιάζει ποιος με έβλεπε, ενώ ο συρφετός των τουριστών αγωνιζόταν να πιάσει μια καλή θέση κατά μήκος της πορείας της παρέλασης.

Αχ, Γουίλ. Τον αγαπούσα, αλλά δεν μπορούσα να κάνω τίποτα. Δεν μπορούσα να γίνω η γυναίκα που χώρισε έναν πατέρα από το παιδί του. Μία τέλεια νύχτα, αυτό είχαμε ζήσει, και τώρα έπρεπε να το ξεχάσω. Είχα μάθει από τους άλλους άντρες πώς να πηγαίνω μαζί τους και μετά να τους ξεχνάω. Μπορούσα άραγε να το κάνω αυτό με τον Γουίλ; Έπρεπε να προσπαθήσω.

Πέρασα κάτω από τη λεωφόρο ταχείας κυκλοφορίας της Ποντσαρτρέιν, και το σώμα μου άρχισε να χαλαρώνει έτσι όπως αραίωναν οι τουρίστες. Η υγρασία της Γαλλικής Συνοικίας παραχώρησε τη θέση της στην ευωδιά των ανθισμένων αναρριχητικών φυτών που κάλυπταν τα σπίτια στη συνοικία Λόουερ Γκάρντεν. Η βροχή είχε σταματήσει, και τα φαρδιά πεζοδρόμια γαλήνεψαν την καρδιά μου.

Μόλις έστριψα στην Τρίτη οδό, θυμήθηκα την πρώτη μου κάθοδο σε τούτη την πλούσια γειτονιά και πόσες φορές με είχε κάνει να σταματήσω ο φόβος μου εκείνη τη μέρα. Τώρα στεκόμουν πάλι εδώ, μούσκεμα έως το κόκαλο, με πληγωμένη την καρδιά. Κάποτε φοβόμουν παρά πολύ τον κόσμο. Τώρα, παρόλο που πονούσα, ο φόβος είχε σβήσει, είχε αντικατασταθεί από μια αληθινή και ουσιαστική αίσθηση ταυτότητας. Πατούσα γερά στο έδαφος. Η καρδιά μου ήταν βαριά, όμως θα επιβίωνα και θα γινόμουν πιο δυνατή. Ήξερα τι ήθελα. Ήξερα τι έπρεπε να κάνω.

Η Ντάνικα μου άνοιξε για να μπω. Διέσχισα αργά

την αυλή, θαυμάζοντας την άνοιξη που ερχόταν Φλεβάρη στη Νέα Ορλεάνη. Πριν προλάβω να χτυπήσω τη μεγάλη κόκκινη πόρτα, η Ματίλντα άνοιξε με ένα χαμόγελο προσμονής στο πρόσωπο.

«Κέισσι! Ήρθες για να πάρεις το τελευταίο κρεμαστό;»

«Ναι».

«Δηλαδή πήρες την απόφασή σου;»

«Ναι».

«Λοιπόν, θα μας αποχαιρετήσεις ή θα επιλέξεις το S.E.C.R.E.T.;»

Δρασκέλισα το κατώφλι κι έδωσα στην Ντάνικα το βρεγμένο παλτό μου.

«Επιλέγω το S.E.C.R.E.T.»

Η Ματίλντα χτύπησε παλαμάκια και μετά έβαλε τα χέρια της στα μάγουλά μου.

«Κέισσι, πρώτα θα σκουπίσουμε τα δάκρυά σου. Ύστερα θα τηλεφωνήσουμε στην Επιτροπή. Ντάνικα, βάλε λίγο καφέ. Η συνεδρίαση θα κρατήσει πολύ!» αποκρίθηκε, κλείνοντας μαλακά τη μεγάλη κόκκινη πόρτα πίσω μας.

ΕΥΧΑΡΙΣΤΙΕΣ

Ευχαριστώ τους Μπραντ Μάρτιν, Κριστίν Κοχρέιν, Σκοτ Ρίτσαρντσον, Λυν Χένρυ και Έντρια Αϊγουόσατουκ, από το Random House Canada και το Doubleday Canada, οι οποίοι πρόσφεραν απλόχερα την υποστήριξή τους σ' αυτό το βιβλίο. Επιπλέον τη Σουζάν Μπράντρεθ και τον Ρον Έκελ για την εκπληκτική δουλειά που έκαναν στη Φρανκφούρτη. Επίσης ένα ευχαριστώ στις Μόλλυ Στερν, Αλέξις Γουόσαμ, Κάθριν Κομπέιν, Ζακλίν Σμιτ και Κρίστυ Φλέτσερ, που με δέχτηκαν από νωρίς. Χρωστάω μεγάλη ευγνωμοσύνη στις Λι-Αν Μακαλίαρ, Βανέσσα Κάμπιον, Κάθι Τζέιμς και Σαρλίν Ντόνοβαν (Μαϊμού!)· επίσης στους Τρέισι Τάι, Άλεξ Λέιν και Μάικ Αρμιτέιτζ για την άδεια από τη δουλειά και την υποστήριξη. Θέλω να εκφράσω την αγάπη και τις ευχαριστίες μου στην οικογένειά μου, και ιδιαίτερα στην αδερφή μου, τη Σου, που ήταν η πρώτη αναγνώστρια του βιβλίου. Και χωρίς τη Νίτα Πρόνοβοστ, την ορμητική και ακούραστη επιμελήτριά μου, αυτό το βιβλίο δε θα υπήρχε. Σε ευχαριστώ.